D1620298

modern
TALKS

modern

владимир сорокин

тридцатая
любовь
марины

очередь

Москва

БСГ-ПРЕСС

2000

С 65   Сорокин В. Г.
Тридцатая любовь Марины. Очередь.—
М., Б. С. Г.-ПРЕСС, 2000 — 640 стр.

Сорокин Владимир Георгиевич родился в 1955 году в Подмосковье. Окончил МИНХ и ГП им. Губкина. Занимался книжной графикой, живописью, концептуальным искусством. Участник многих выставок. Прозу пишет с 1978 года. Первая публикация: роман «Очередь», Париж, издательство «Синтаксис», 1985. Написал романы «Очередь», «Норма», «Тридцатая любовь Марины», «Роман», «Сердца четырех», «Голубое сало», а так же сборники рассказов, пьес и три киносценария. Книги Сорокина переведены на 10 языков.

ISBN 5-93381-012-0

*Книга издана при участии
Издательского дома «Подкова»*

© В. Сорокин, 1999
© Издательство «Б.С.Г.-ПРЕСС», 1999
© А. Бондаренко, оформление, 1999

тридцатая
любовь
марины

ГОНЧАРОВ
ПОСОБ.
МЭОННЫЙ

...ибо Любовь, мой друг, как и
Дух Святой, живет и дышит
там, где хочет.

МишельМонтень,
из приватной беседы

Царапая старую побелку длинным перламутровым ногтем, Маринин палец в третий раз утопил черную кнопку звонка.

За высокой, роскошно обитой дверью послышались, наконец, торопливые шаркающие шаги.

Марина вздохнула, сдвинув рукав плаща, посмотрела на часы. Золотые стрелки сходились на двенадцати.

В двери продолжительно и глухо прохрустели замки, она приоткрылась ровно на столько, чтобы пропустить Марину:

— Прости, котеночек. Прошу.

Марина вошла, дверь с легким грохотом захлопнулась, открыв массивную фигуру Валентина. Виновато-снисходительно улыбаясь, он повернул серебристую головку замка и своими огромными белыми руками притянул к себе Марину:

— Mille pardons, ma cherie...

Судя по тому как долго он не открывал и по чуть слышному запаху кала, хранившегося в складках его темно-вишневого бархатного халата, Маринин звонок застал его в уборной.

Они поцеловались.

— С облегчением вас, — усмехнулась Марина, отстраняясь от его широкого породистого лица и осторожно проводя ногтем по шрамику на тщательно выбритом подбородке.

— Ты просто незаконнорожденная дочь Пинкертона, — шире улыбнулся он, бережно и властно забирая ее лицо в мягкие теплые ладони.

— Как добралась? Как погода? Как дышится?

Улыбаясь и разглядывая его, Марина молчала.

Добралась она быстро — на по-полуденному неторопливом, пропахшем бензином и шофером такси, погода была мартовская, а дышалось в этой большой пыльной квартире всегда тяжело.

— Ты смотришь на меня глазами начинающего портретиста, — проговорил Валентин, нежно сдавливая громадными ладонями ее щеки. — Котик, тебе поздно менять профессию. Твой долг — выявлять таланты и повышать общий музыкальный уровень трудящихся прославленной фабрики, а не изучать черты распада физиономии стареющего дворянского отпрыска.

Он приблизился, заслоняя лицом ложно-ампирный интерьер прихожей, и снова поцеловал ее.

У него были чувственные мягкие губы, превращающиеся в сочетании с необычайно умелыми руками и феноменальным пенисом в убийственную триаду, базирующуюся на белом нестареющем теле, массивном и спокойном, как глыба каррарского мрамора.

— Интересно, ты бываешь когда-нибудь грустным? — спросила Марина, кладя сумку на телефонный столик и расстегивая плащ.

— Только когда Менухин предлагает мне совместное турне.

— Что, так не любишь?

— Наоборот. Жалею, что врожденный эгоцентризм не позволяет мне работать в ансамбле.

Едва Марина справилась с пуговицами и поясом, как властные руки легко сняли с нее плащ.

— А ты же выступал с Растрапом.

— Не выступал, а репетировал. Работал.

— А мне говорили — выступал...

Он сочно рассмеялся, вешая плащ на массивную алтароподобную вешалку:

— Бред филармонийской шушеры. Если б я согласился тогда выступить, сейчас бы у меня было несколько другое выражение лица.

— Какое же? — усмехнулась Марина, глядя в позеленевшее от старости зеркало.

— Было бы меньше продольных морщин и больше поперечных. Победив свой эгоцентризм, я в меньшей степени походил бы на изможденного страхом сенатора времен Калигулы. В моем лице преобладали бы черты сократовского спокойствия и платоновской мудрости.

Сбросив сапожки, Марина поправляла перед зеркалом рассыпавшиеся по плечам волосы:

— Господи, сколько лишних слов...

Валентин обнял ее сзади, осторожно накрыв красиво прорисовывающиеся под свитером груди совковыми лопатами своих ладоней:

— Ну, понятно, понятно. Silentium. Не ты ли, апсара, нашептала этот перл дряхлеющему Тютчеву?

— Что такое? — улыбаясь, поморщилась Марина.

— Мысль изреченная есмь ложь.

— Может быть, — вздохнула она, наложив свои, кажущиеся крохотными, ладони на его. — Слушай, какой у тебя рост?

— А что? — перевел он свой взгляд в зеркало.

Он был выше ее на две головы.

— Просто.

— Рубль девяносто три, прелесть моя, — Валентин поцеловал ее в шею и она увидела его лысеющую голову.

Повернувшись к нему, Марина протянула руки.

Они поцеловались.

Валентин привлек ее к себе, обнял и приподнял, как пушинку:

— Покормить тебя, котенок?

— После... — пробормотала она, чувствуя опьяняющую мощь его рук.

Он подхватил ее и понес через длинный коридор в спальню.

Обняв его за шею, Марина смотрела вверх.

Над головой проплыл, чуть не задев, чудовищный гибрид потемневшей бронзы и хрусталя, потянулось белое потолочное пространство, потом затрещали бамбуковые занавески, скрывающие полумрак.

Валентин бережно опустил Марину на разобранную двуспальную кровать.

— Котеночек...

Глухие зеленые шторы были приспущены, бледный мартовский свет проникал в спальню сквозь узкую щель.

Лежа на спине и расстегивая молнию на брюках, Марина разглядывала другого медно-хрустального монстра, грозно нависавшего над кроватью. Он был меньше, но внушительней первого.

Валентин присел рядом, помогая ей снять брюки:

— Адриатическая ящерка. Не ты ль окаменела тогда под шизоидным взглядом Горгоны?

Марина молча улыбнулась. В спальной она не умела шутить.

Громадные руки в мгновенье содрали с нее свитер и колготки с трусиками.

Валентин привстал, халат на нем разошелся, закрыв полкомнаты, и бесшумно упал вниз на толстый персидский ковер.

Кровать мучительно скрипнула, белые руки оплели смуглое тело Марины.

У Валентина была широкая безволосая грудь с большими, почти женскими сосками, с двухкопеечной родинкой возле еле различимой левой ключицы.

— Котеночек...

Губы его, хищно раздвинув волосы, медленно вобрали в себя Маринину мочку, мощная рука ваятеля прошлась по грудям, животу и накрыла пах.

Ее колени дрогнули и разошлись, пропуская эту большую длань, источающую могущество и негу.

Через минуту Валентин уже лежал навзничь, а Марина, стоя на четвереньках, медленно садилась на его член, твердый, длинный и толстый, как сувенирная эстонская свеча за три девяносто.

— Венера Покачивающаяся... прелесть... это ты святого Антония искушала...

Он шутил, силясь улыбнуться, но его породистое лицо с этого момента начинало катастрофически терять свою породистость.

Марина жадно вглядывалась в него.

Притененное сумраком спальни, оно расплывалось, круглело, расползаясь на свежей арабской простыне.

Когда Марина опустилась и лобковые кости их встретились, на лицо Валентина сошло выражение полной беспомощности, чувственные губы стали просто пухлыми, глаза округлились, выбритые до синевы щеки заалели и на Марину доверчиво взглянул толстый мальчик, тот самый, что висит в деревянной треснутой рамке в гостиной над громадным концертным роялем.

Подождав мгновенье, Марина начала двигаться, упершись руками в свои смуглые бедра.

Валентин молча лежал, блуждая по ней невменяемым взором, руки его, вытянутые вдоль тела, бессильно шевелились.

Прямо над кроватью, на зеленовато-золотистом фоне старинных обоев, хранивших в своих буколических узорах смутный эротический подтекст, висел в глубокой серой раме этюд натурщицы кисти позднего Фалька.

Безликая женщина, искусно вылепленная серо-голубым фоном, сидела на чем-то бледно-коричневом и мягком, поправляя беспалыми руками густые волосы.

Ритмично двигаясь, Марина переводила взгляд с ее плавной фигуры на распластавшееся тело Валентина, в сотый раз убеждаясь в удивительном сходстве линий.

Оба они оказались беспомощны, — женщина перед кистью мастера, мужчина — перед смуглым подвижным телом, которое так легко и изящно покачивается над ним в полумраке спальни.

Марина порывисто обняла его, припав губами к коричневому соску и стала двигаться резче.

Валентин застонал, обнял ее голову.

— Прелесть моя... сладость... девочка...

Его лицо совсем округлилось, глаза полуприкрылись, он тяжело дышал.

Марине нравилось целовать и покусывать его соски, чувствуя как содрогается под ней беспомощная розовая глыба.

Мягкие округлые груди Марины касались его живота, она ощущала насколько они прохладнее Валентинова тела.

Его руки вдруг ожили, сомкнулись за ее спиной.

Он застонал, делая неловкую попытку помочь ей в движении, но никакая сила, казалось, не в состоянии была оторвать эту махину от кровати.

Поняв его желание, Марина стала двигаться быстрее.

Часы в гостиной звучно пробили половину первого.

В тяжелом дыхании Валентина отчетливей проступила дрожь, он стонал, бормоча что-то, прижимая к себе Марину.

В его геркулесовых объятьях ей было труднее двигаться, груди плющились, губы покрывали гладкую кожу порывистыми поцелуями, каштановые, завивающиеся в кольца волосы подрагивали на смуглых плечах.

Он сжал ее сильнее.

Ей стало тяжело дышать.

— Милый... не раздави меня... — прошептала она в круглый, поросший еле заметными волосками сосок.

Он разжал руки, но на простыне им больше не лежалось, — они стали конвульсивно трогать два сопряженных тела, гладить волосы Марины, касаться ее колен.

Дыхание его стало беспорядочным, хриплым, он подрагивал всем телом от каждого движения Марины.

Вскоре дрожь полностью овладела им. Марина пристально следила за его лицом.

Вдруг оно стало белым, слившись с простыней. Марина стремительно приподнялась, разъединяясь, отчего ее влагалище сочно чмокнуло. Соскочив с Валентина и наклонившись, она сжала рукой его огромный член, ловя губами бордовую головку.

— Ааааа.... — замерший на мгновенье Валентин застонал, столбоподобные ноги его мучительно согнулись в коленях.

Марина едва успела сжать одно из страусиных яиц громадной полиловевшей и подобравшейся мошонки, как в рот ей толкнулась теплая густая сперма.

Ритмично сжимая член, Марина впилась губами в головку, жадно глотая прибывающую вкусную жидкость.

Мертвенно бледный Валентин вяло бился на простыне, беззвучно открывая рот, словно выброшенное на берег морское животное.

— Ааааа... смерть моя... Мариночка... одалисочка... сильней... сильней...

Она сдавила напружинившийся горячий жезл, чувствуя как пульсирует он, выпуская сакральные порции.

— Оооооой... смертеподобно... гибель... прелесть ты... котенок...

Через мгновенье он приподнялся на локтях, а Марина, слизнув с бордового лимона последние мутные капли, блаженно вытянулась на прохладной простыне.

— Сногсшибательно... прелесть... — пробормотал Валентин, разглядывая свой лежащий на животе и достающий до пупка пенис.

— Доволен... — утвердительно спросила Марина, целуя его в абсолютно седой висок.

— Ты профессиональная гетера, я это уже говорил, — устало выдохнул он и, откинувшись, накрыл ее потяжелевшей рукой. — Beati possidentes...

Лицо его порозовело, губы снова стали надменно-чувственными.

Марина лежала, прижавшись к его мерно вздымающейся груди, глядя как вянет на мраморном животе темно-красный цветок.

— Меч Роланда, — усмехнулся Валентин, заметив куда она смотрит. — А ты — мои верные ножны.

Марина рассеянно гладила его руку:

— Не я одна. У него наверно были сотни ножен.

— Il est possible. On ne peux passe passer de cela...

— Все-таки какой он огромный...

— Je remercie Dieu...

— Ты не измерял его напряженным?

— Il ya longtemps. Au temps de ma jeunesse folle...

— Слушай, говори по-русски!

— Двадцать восемь сантиметров.

— Потрясающе...

Марина коснулась мизинцем влажного блестящего кончика, сняв с него липкую прозрачную каплю.

Где-то в глубине Валентина ожил на короткое время приглушенный гобой. Валентин громко выпустил газы:

— Pardon...

— Хам... — тихо засмеялась Марина, отводя упавшую на лицо прядь.

— L'homme est faible...

— Не понятно, для кого ты это говоришь?

— Для истории.

Марина со вздохом приподнялась, потянулась:

— Дай пожрать чего-нибудь...

— Погоди минутку. Ляг.

Он мягко шлепнул ее по спине.

Марина легла.

Валентин погладил ее волосы, поцеловал в смуглое плечо с рябеньким пятнышком прививки:

— Устала, ангел мой?

— От твоего дурацкого французского.

— Дурацкого — в смысле плохого?

— Дело в том, что я не знаю никакого — ни хорошего, ни плохого. Тебе это прекрасно известно. Что за снобизм такой...

Он глухо засмеялся, нависая над ней на локте:

— Так я же и есть старый, вовремя не добитый сноб!

Марина снова потрогала шрамик на его подбородке:

— Неисправимый человек.

— Бэзусловно.

Он гладил ее волосы.

Несколько минут они пролежали молча.

Потом Валентин сел, протянул руку, нашарил сигареты на низкорослой индийской тумбочке:

— Котенок, а у тебя действительно никогда с мужчиной оргазма не было?

— Никогда.

Он кивнул, ввинчивая сигарету в белый костяной мундштук.

— А про меня и забыл, — тихо проговорила Марина, что-то наигрывая пальцами на его плече.

— Pardon, милая. Холостяцкие привычки... прошу...

Топорщась, сигареты полезли из пачки.

Марина вытянула одну.

Щелкнула газовая зажигалка, выбросив не в меру длинный голубой язык.

Прикурили.

Марина встала, жадно затягиваясь, прошлась по ковру и снова посмотрела на картину. Размытая женщина все еще поправляла волосы.

Сидя, Валентин поднял халат, накинул и с трудом оторвался от кровати.

— Уютный уголок, — Марина зябко передернула плечами.

— Милый, правда? — пробормотал Валентин, сжимая зубами мундштук и завязывая шелковый пояс с кистями.

— Да...

Она наклонилась и стала собирать свое разбросанное белье.

Валентин мягко коснулся ее плеча и, обильно выпуская дым, выплыл из спальной:

— Пошли обедать.

Стряхнув сероватый цилиндрик пепла в тронутую перламутром раковину, Марина натянула свитер, косясь на себя в продолговатое трюмо, стала натягивать трусики.

Слышно было, как в просторной кухне Валентин запел арию Далилы.

Марина достала из широкого воротника свитера свои волосы и босая побежала на кухню.

В прихожей она подфутболила свой слегка забрызганный грязью сапожок:

— Хей-хо!

Валентин, копающийся в недрах двухэтажного «Розенлефа», оглянулся:

— Очаровашка... знаешь... — он вынул на минуту мундштук и быстро заговорил, другой рукой прижимая к бархатной груди кучу вынутых продуктов: — Ты сейчас похожа на римлянку времен гибели империи. У нее семью вырезали, дом разрушен. Неделю жила с волосатым варваром. Он ей и подарил свою козью душегрейку. Так она и побежала в ней по раздробленным плитам Вечного Города. Как, а?

— Вполне. Тебе пора в Тациты подаваться.

— Да ну. Не хочу в Тациты. Я б в Светонии пошел, пусть меня научат...

Мелкими шажками он добрался до широкого стола и резко наклонился. Продукты глухо посыпались на стол. Костяной мундштук вновь загремел о зубы:

— Светоний точнее их всех. Нигдо не здает жизнь двога дучше сеггетагя. Или повага. Садись.

Марина опустилась на скрипучий венский стул, распаковала желтую пирамидку сыра и принялась резать его тяжелым серебряным ножом.

Докурив, Валентин бросил сигарету в раковину, мундштук со свистом продул и опустил в карман халата:

— Его б гофрировать надо, по-хорошему...

— Перебьешься. Порезюкай колбаску лучше.

— Ну, cherie, что за жаргон...

— Какие ножи хорошие.

— Еще бы. Моего расстрелянного дедушки.

— А что, его расстреляли?

— Да. В двадцать шестом.

— Бедняга.

Марина разложила листочки сыра на тарелке.

Валентин с треском снял кожу с колбасы и стал умело пластать ее тонкими кусочками.

— Тебе повар «Метрополя» позавидует, — усмехнулась Марина, открывая розеточку с икрой. — Все-таки холостяцкая жизнь многому учит.

— Безусловно, — продолговатые овалы ложились на дощечку.

— Послушай, а что ж твоя домработница тебе не готовит?

— Почему не готовит? Готовит.

— А сейчас?

— Не каждый день же ей тут торчать...

— Она когда приходит?

— Вечером.

— Ну, ты ее конечно уже, да?

— Было дело, котеночек, было...

— Ну?

— Не интересно. Закомплексованный советский индивидуум.

— Фригидна, что ль?

— Да нет, не в этом дело. Она-то визжала от восторга. Билась, как белуга подо мной. Я о другом говорю.

— Дикая?

— Абсолютно. Про минет впервые от меня услышала. Сорок восемь лет бабе.

— Ну а ты бы просветил.

— Зайка, я не умею быть наставником. Ни в чем.

— Я знаю...

Марина помогла ему уложить колбасу на тарелку.

Валентин зажег конфорку, с грохотом поставил на нее высокую кастрюлю:

— Борщ, правда, варит гениально. За это и держу.

— А ей действительно с тобой хорошо было?

— Со мной? Котик, только ты у нас патологическая мужефобка. Кстати, поэтому ты мне и нравишься.

— Да кто тебе, скажи на милость, не нравится?! С первой встречной готов.

— Правильно. Я, милая, как батенька Карамазов. Женщина достойна страсти уже за то, что она — женщина.

— На скольких тебя еще хватит...

— Будем стараться.

— Тоже мне...

— Слушай, chérie, в тебе сегодня чувствуются какието бациллы агрессивности. Это что — влияние твоей экзальтированной любовницы?

— Кого ты имеешь в виду?

— Ну, эту... которая и не играет и не поет и не водит смычком черноголосым.

— Мы с ней разошлись давно, — пробормотала Марина, жуя кусочек колбасы.

— Вот как. А кто же у тебя сейчас?

— А тебе-то что...

— Ну, котенок, успокойся.

— А я спокойна...

Валентин снова открыл холодильник, достал начатую бутылку шампанского, снял с полки бокалы:

— За неимением Аи.

— Сто лет шампанского не пила.

— Вот. Выпей и утихомирься.

Слабо пенясь, вино полилось в бокалы.

Марина взяла свой, посмотрела на струящиеся со дна пузырьки:

— У меня, Валечка, сейчас любовь. Огромная.

— Это замечательно, — серьезно проговорил Валентин, пригубливая вино.

— Да. Это прекрасно.

Марина выпила.

— А кто она?

— Девушка.

— Моложе тебя?

— На пять лет.

— Чудесно, — с изящным беззвучием он поставил пустой бокал, снял крышку с хрустальной розеточки, полной черной икры, и широким ножом подцепил треть содержимого.

— Да. Это удивительно, — прошептала Марина, водя ногтем по скатерти.

Валентин толстым слоем располагал икру на ломтике хлеба:

— Хороша собой?

— Прелесть.

— Характер?

— Импульсивный.

— Сангвиник?

— Да.

— Склонна к медитации?

— Да.

— Чувственна?

— Очень.

— Ранима?

— Как ребенок.

— Любит горячо?

— Как огонь.

— К нашему брату как относится?

— Ненавидит.

— Постой, но это же твоя копия!

— Так и есть. Я в ней впервые увидела себя со стороны.

Валентин кивнул, откусил половину бутерброда и наполнил бокалы.

Марина рассеянно слизывала икру с хлеба, вперясь взглядом в золотистые пузырьки.

— Завидую тебе, детка, — пробормотал он, жуя и приподнимая бокал. — Твое здоровье.

Шампанское уже отдалось в Марине теплом и ленью.

Она отпила, поднесла бокал к глазам и посмотрела сквозь переливающееся золотистыми оттенками вино на невозмутимо пьющего Валентина.

— Всю жизнь мечтал полюбить кого-то, — бормотал он, запивая уничтоженный бутерброд. — Безумно полюбить. Чтоб мучиться, рыдать от страсти, седеть от ревности.

— И что же?

— Как видишь. Одного не могу понять: или мы в наших советских условиях это чувство реализовать не можем, или просто человек нужный мне не встретился.

— А может ты просто распылился по многим и все?

— Не уверен. Вот здесь, — он мягко дотронулся до груди кончиками пальцев, — что-то есть нетронутое. Этого никто никогда не коснулся. Табуированная зона для пошлости и распутства. И заряд мощнейший. Но не дискретный. Сразу расходуется, как шаровая молния.

— Дай Бог тебе встретить эту женщину.

— Дай, Случай,

— Дай Бог.

— Для тебя — Бог, для меня — Случай.

— Твое дело. Борщ кипит вовсю...

— Аааа... да, да...

Он заворочался, силясь приподняться, но потом передумал:

— Котеночек, разлей ты. У тебя лучше получается.

Марина прошлепала к плите, достала из сушки две глубокие тарелки и стала разливать в них дымящийся борщ.

— И понимаешь в чем, собственно, весь криминал, — я не могу полюбить, как ни стараюсь. А искренне хочу.

— Значит не хочешь.

— Хочу, непременно хочу! Ты скажешь — любовь, это жертва прежде всего а этот старый сноб на жертву не способен. Способен! Я все готов отдать, все растратить и сжечь, лишь бы полюбить кого-то по-настоящему! Вот почему так завидую тебе. Искренне завидую!

Марина поставила перед ним полную тарелку.

Валентин снял крышку с белой банки, зачерпнул ложкой сметану:

— Но ты-то у нас в воскресенье родилась.

— Да. В воскресенье, — Марина осторожно несла свою тарелку.

— Вот, вот...

Его ложка принялась равномерно перемешивать сметану с борщем.

Марина села, перекрестилась, отломила хлеба и с жадностью набросилась на борщ.

— Сметаны положи, котенок, — тихо проговорил Валентин и надолго склонился над тарелкой.

Борщ съели молча.

Валентин лениво отодвинул пустую тарелку.

Его квадратное лицо сильно порозовело, словно под холеную кожу вошла часть борща:

— А больше и нет ничего... мда...

— По-моему достаточно, — ответила Марина, вешая на край тарелки стебелек укропа.

— Ну и чудно, — кивнул он, доставая из халата мундштук.

— За этот борщ твоей бабе можно простить незнание минета...

— Безусловно...

Вскоре они переместились в просторную гостиную.

Марина забралась с ногами в огромное кожаное кресло, Валентин тяжело опустился на диван.

— Теперь ты вылитая одалиска, — пробормотал он, выпуская сквозь губы короткую струйку дыма. — Матисс рисовал такую. Правда она была в полосатых шальварах. А верх обнажен. А у тебя наоборот.

Марина кивнула, затягиваясь сигаретой.

Он пристально посмотрел на нее, проводя языком по деснам, отчего уста вспучивались мелькающим холмиком:

— Странно все-таки...

— Что — странно?

— Лесбийская страсть. Поразительно... что-то в этом от безумия бедного Нарцисса. Ведь в принципе ты не чужое тело любишь, а свое в чужом...

— Неправда.

— Почему?

— Ты все равно не поймешь. Женщина никогда не устанет от женщины, как мужчина. Мы утром просыпаемся еще более чувственными, чем вечером. А ваш брат смотрит, как на ненужную подстилку, хотя вечером стонал от страсти...

Валентин помолчал, нервно покусывая мундштук, потом, лениво потянувшись, громко хрустнул пальцами:

— Что ж. Возможно...

Пепел упал в одну из складок его халата.

Марина посмотрела на толстого мальчика в треснутой рамке. Застенчиво улыбаясь, он ответил ей невинным взглядом. Огромный бант под пухлым подбородком расползся красивой кляксой.

В ямочках на щеках сгустился серый довоенный воздух.

— Валя, сыграй чего-нибудь, — тихо проговорила Марина.

— Что? — вопросительно и устало взглянул он.

— Ну... над чем ты работаешь?

— Над Кейджем. «Препарированный рояль».

— Не валяй дурака.

— Лучше ты сыграй.

— Я профнепригодна.

— Ну, сыграй без октав. Чтоб твой раздробленный пятый не мучился.

— Да что мне-то... смысла нет...

— Сыграй, сыграй. Мне послушать хочется.

— Ну, если только по нотам...

— Найди там.

Марина слезла с кресла, подошла к громадному, во всю стену шкафу. Низ его был забит нотами.

— А где Шопен у тебя?

— Там где-то слева... А что нужно?

— Ноктюрны.

— Вот, вот. Поиграй ноктюрны. По ним сразу видно все.

Марина с трудом вытянула потрепанную желтую тетрадь, подошла к роялю. Валентин стремительно встал, открыл крышку и укрепил ее подпоркой. Опустившись на потертый плюш стула, Марина подняла пюпитр, раскрыла ноты, полистала:

— Так...

Прикоснувшись босой ступней к холодной педали, она вздохнула, освобождая плечи от скованности и опустила руку на клавиатуру. Черный, пахнущий полиролью «Блютнер» откликнулся мягко и внимательно. Повинуясь привычной податливости пожелтевших клавиш, Марина сыграла два такта вступления немного порывисто и громко, заставив Валентина пространно вздохнуть.

Возникла яркая тоскливая мелодия правой и басы послушно отодвинулись, зазвучали бархатней.

Она вчера играла этот ноктюрн на чудовищном пианино заводского ДК, жалком низкорослом обрубке с латунной бляшкой ЛИРА, неимоверно тугой педалью и отчаянно дребезжащими клавишами.

Этот сумасшедший бутылочный Шопен еще звучал у нее в голове, переплетаясь с новым — чистым, строгим и живым.

Валентин слушал, покусывая мундштук, глаза его внимательно смотрели сквозь рояль.

Повторяющееся арпеджио басов стало подниматься и вскоре слилось с болезненно порхающей темой, начались октавы, и негнущийся пятый палец уступил место четвертому.

Валентин молча кивал головой.

Crescendo перешло в порывистое forte, Маринины ногти чуть слышно царапали клавиши.

Валентин встал и изящно перелистнул страницу, потрепанную, словно крылышко у измученной ребенком лимонницы.

Ноктюрн начал угасать, Марина чуть тронула левую педаль, сбилась, застонала, морщась, и нервно закончила.

Мягко положив ей руку на плечо, Валентин вынул мундштук изо рта:

— Вполне, вполне, милая.

Она засмеялась, тряхнув волосами и грустно вздохнула, опустив голову.

— Нет, серьезно, — он повернулся, бросил незатушенный окурок в пепельницу, — шопеновский нерв ты чувствуешь остро. Чувствуешь.

— Спасибо.

— Только не надо проваливаться из чувств в чувствительность, всегда точно знай край. Теперь большинство его не ведает. Либо академизм, сухое печатанье на машинке, либо сопли и размазня. Шопен, милая Марина, прежде всего — салонный человек. Играть его надо изысканно. Горовиц говорил, что, играя Шопена, он всегда чувствует свои руки в манжетах того времени. А знаешь какие тогда были манжеты?

— Брабантские?

— К чёрту брабантские. Оставим их для безумных гумилевских капитанов. В первой половине девятнадцатого носили простые красивые и изысканные манжеты. Так и играй — просто, красиво, изысканно. И ясно. Непременно — ясно. И, голубушка, срежь ты коготки свои, страшно такими щапками к роялю прикасаться. А главное — постановка руки меняется, тебе ясный звук труднее извлекать.

— Саша говорит, что мне идут... Пролам и с такими ногтями играть можно...

— Пролам можно, а мне нельзя.

Он осторожно сжал ее плечо:

— Пусти, я сыграю тебе.

— Этот же? Сыграй другой.

— Все равно...

— Я найду тебе щас... — потянулась она к нотам, но Валентин мотнул головой. — Не надо. Я их помню.

— Все девятнадцать?

— Все девятнадцать. Сядь, не стой над душой.

Марина села на диван, закинув ногу на ногу.

Поправив подвернувшийся халат, Валентин опустился на стул, потирая руки, глянул в окно.

Из хрустального зева пепельницы тянулся вверх голубоватый серпантин.

Белые руки зависли над клавишами и плавно опустились.

Марина вздрогнула.

Это был ЕЕ ноктюрн, тринадцатый, до-минорный, огненным стержнем пронизавший всю ее жизнь.

Мать играла его на разбитом «Ренеше» и пятилетняя Марина плакала от незнакомого щемящего чувства, так просто и страшно врывающегося в нее. Позднее, сидя на круглом стульчике, она разбирала эту жгучую пружину детскими топорщащимися пальчиками. Тогда эти звуки, неровно и мучительно вспыхивающие под пальцами, повернули ее к музыке — всю целиком.

Ноктюрн был и остался зеркалом и камертоном души. В школе она играла его на выпускном, выжав слезы из оплывших неврастенических глаз Ивана Серафимыча и заставив на мгновенье замереть переполненный родителями и учениками зал.

Пройденное за три года училище изменило ноктюрн до неузнаваемости. Марина смеялась, слушая свою школьную потрескивающую запись на магнитофоне Ивана Серафимыча, потом смело садилась за его кабинетный рояльчик и играла. Старичок снова плакал, захлебываясь лающим кашлем, сибирский полупудовый кот, лежащий на его вельветовых коленях, испуганно щурился на хозяина...

Это был ее ноктюрн, ее жизнь, ее любовь.

Мурашки пробежали у нее по обтянутой свитером спине, когда две огромные руки начали лепить перекликающимися аккордами то самое — родное и мучительно сладкое.

Он играл божественно.

Аккорды ложились непреложно и страстно, рояль повиновался ему полностью, — из распахнутого черного зева плыла мелодия муки и любви, ненадолго сменяющаяся неторопливым кружевом арпеджио.

Большие карие глаза Марины сузились, подернулись терпкой влагой, белые руки расплылись пятнами.

Пробивающаяся сквозь аккорды мелодия замерла и, о Боже, вот оно сладкое родное ре, снимающее старую боль и тянущее в ледяной омут новой. Валентин сыграл его так, что очередная зыбкая волна мурашек заставила Марину конвульсивно дернуться. Слезы покатились по щекам, закапали на голые колени.

Марина сжала рукой подбородок: рояль, Валентин, книжный шкаф — все плыло в слезах, колеблясь и смешиваясь.

И ноктюрн мерно плыл дальше, минор сменился спокойной ясностью мажорных аккордов, холодным прибоем смывающих прошлые муки.

Марина встала и неслышно подошла к роялю.

Побежали октавы, сыгранные с подчеркнутым изяществом, снова вернулись осколки щемящего прошлого, засверкали мучительным калейдоскопом и собрались, но — в другое.

— Очищение... — прошептала Марина и замерла.

Тринадцатый катился к концу, слезы просыхали на щеках.

— Очищение...

Боль таяла, уходила, отрываясь от души, прощаясь с ней.

Белым рукам оставалось мало жить на клавишах: хлынули волны арпеджио и вот он — финальный аккорд, прокрустово ложе для короткопалых.

Марина смотрела как поднялись чудовищные длани и легко опустились.

Подождав пока растает звук, Валентин снял руки с клавиш.

Марина молча стояла рядом, рассеянно потирая висок.

— Что с тобой, котеночек? — спросил он, с удивлением рассматривая ее заплаканное лицо.

— Так... — еле слышно проговорила.

— Ну... совсем не годится...

Валентин тяжело встал, обнял ее и бережно вытер щеки кончиками пальцев.

Марина взяла его руку, посмотрела и поцеловала в глубокую линию жизни.

— Что с тобой? — он поднял ее, пытаясь заглянуть в глаза.

Марина отвела их и, теребя пальцами бархатный воротник халата, вздохнула навесу.

— Вспомнила что-нибудь?

Она неопределенно кивнула.

— Бывает. Понравился ноктюрн?

Она опять кивнула.

Валентин опустил ее.

— Сыграть еще?

— Не надо, а то обревусь вся.

— Как хочешь, — сухо пробормотал он.

Марина погладила его плечо:

— Ты великий пианист.

Он вяло рассмеялся:

— Я это знаю, котик.

— А когда ты узнал?

— Еще в консерватории.

— Тебе сказали или ты сам понял?

— Сказали. А потом понял.

— Кто сказал?

— Гарри.

— А он многим говорил?

— Не очень многим. Но говорил.

Марина села на диван, вытащила сигарету из пачки, щелкнула знакомой зажигалкой, заблаговременно отстранившись.

— Ты поняла как надо играть Шопена?

Она усмехнулась, сузив слегка припухшие от слез глаза:

— Я знаю как его надо играть. Просто не умею. А ты знаешь и умеешь. Честь Вам и хвала, Валентин Николаич.

— Что с тобой сегодня? Не понимаю.

— И слава Богу.

Он вздохнул и побрел на кухню:

— Чай поставлю...

— Ставь. Только я не дождусь.

— Что так? — спросил он уже из кухни.

— Пора мне...

— Что?

— Пора, говорю!

— Как хочешь, кис...

Марина прошла в спальню, подняла брюки и, натягивая их, послала фальковской натурщице чуть слышный воздушный поцелуй:

— Живи, милая...

Из кухни французским басом запела Далила.

Часы пробили.

— Это что, час? — спросила Марина у своего тройного отражения, — А может больше?

— Полвторого.

— Мне в два к пролам надо... Господи...

— Возьми мотор, — посоветовал Валентин, выходя их кухни. — Как у тебя с финансами?

— Херовенько...

Он кивнул и скрылся в кабинете.

Марина принялась натягивать сапожки.

Валентин вышел, обмахиваясь веером из десяток.

— Благодетель, — улыбнулась Марина, — играл как Рихтер.

— Фи, глупость какая. Он Шопена совсем не способен играть. Слишком кругл и академичен. И мучиться не умеет. Я как Горовиц играл.

— Ну, как Горовиц. До слез довел.

Легким жестом картежника он сложил веер в тоненькую колоду и протянул:

— Je vous pris adopter cela a signe de ma pleinae disposition.

— Мерси в Баку...

Марина взяла деньги и сунула в сумочку.

Валентин снял с вешалки плащ и, словно торреадор, протянул ей:

— Прошу.

Она поймала руками рукава:

— Спасибо... Я может послезавтра забегу.

— Лучше — завтра.

— Завтра не могу.

— Понимаю... Слушай, киска, — он изящно тронул отворот ее бежевого плаща, — А ты... ты не могла бы и подругу свою захватить? Я б вам поиграл, чайку б попили, и вообще... чудно время провели. Я бы...

Правая рука Марины медленно поднялась до уровня его рта, сложилась кулачком, сквозь который протиснулся большой палец.

Валентин усмехнулся, поцеловал кукиш в перламутровый клювик:

— Ну, молчу, молчу... Значит послезавтра жду тебя...

— Спасибо тебе.

— Тебе спасибо, милая...

Они быстро поцеловались.

Марина тронула его гладкую щеку, улыбнулась и вышла за дверь, туда, где ждала ее жизнь — беспокойная, пьянящая, яростная, беспощадная, добрая, обманчивая, и конечно же — удивительная...

Марина была красивой тридцатилетней женщиной с большими, слегка раскосыми карими глазами, мягкими чертами лица и стройной подвижной фигурой.

Ее улыбчивые, слегка припухлые губы, быстрый взгляд и быстрая походка выдавали характер порывистый и неспокойный. Кожа была мягкой и смуглой, руки — изящными, с длинными тонкими пальцами, ногти которых в эту весну покрывал перламутровый лак.

Кроша каблучками полусапожек непрочный мартовский ледок, Марина бодро шла по Мещанской к Садовому кольцу в надежде поймать такси и поспешить к двум в свой заводской Дом Культуры, где преподавала игру на фортепиано детям рабочих.

Она родилась тридцать лет назад в подмосковном одноэтажном поселке, вмерзшем в пористый от слез мартовский снег пятьдесят третьего года.

Сталин умер, а Марина родилась.

Детство мелькало меж частых сараев и редких сосен бескрайнего двора.

Бузина и шиповник разрослись под окнами до самой крыши, отец часто вырубал буйные кусты, но к концу лета они снова восполняли урон, а весной уже стучались в стекло колючками и сучками.

В этом тесном хаосе веток, колючек и листвы проделывались ходы, тянувшиеся вдоль дряхлого забора и возле помойки заканчивающиеся просторным штабом.

Здесь было просторно и тесно, пахло землей, шиповником и помойкой, крысы которой частенько забегали в штаб, заставляя малолетних стратегов визжать и швыряться камнями.

В штабе придумывали новые игры, плели заговоры против суровой домохозяйки Тимохи, разрабатывали планы набегов на дачную клубнику.

Здесь же скрывались от требовательных вечерних призывов родителей, вслушивались в их сердитые голоса, скорчившись в прохладной тьме, щедро платившей за укрытье ссадинами и уколами.

— Марина! Домоооой! — кричал отец, стоя у крыльца, и сквозь переплетенье веток Марина видела оранжевый огонек его папиросы.

Он был худым, высоким, с узким чернобровым лицом, тонким носом и большими пухлыми губами.

Любил играть с ней, учил собирать грибы, качал в гамаке, подвешенном меж двух толстых сосен, строил рожицы, рассказывал смешную чепуху.

С получки покупал вафельные трубочки с кремом и игрушки.

— Балуешь ты ее, Ваня, — часто говорила мать, поправляя свои красиво уложенные волосы перед овальным зеркалом и с улыбкой поглядывая на хрустящую трубочками Марину.

Отец молчал, после выпитой четвертинки узкое лицо его бледнело, папироса бегала в налившихся кровью губах.

По вечерам, придя с работы, засучив рукава клетчатой рубахи, он рубил дрова возле сараев, Маринка с соседским Петькой складывали их в кладню.

— Вань, смотри осторожней! — кричала мать из окна, отец оглядывался и успокаивающе поднимал тонкую худую руку.

Он работал инженером на химзаводе, уезжал рано, возвращался поздно.

Мать не работала, давала уроки музыки местным ребятишкам, брала на дом машинопись.

Большую часть времени она лежала на просторной металлической кровате, положив ногу на ногу, разбросав по подушке свои красивые волосы и куря бесконечные папиросы.

Сладковатый дым расплывался возле ее привлекательного лица, она улыбалась чему-то, глядя в протекший потолок.

В доме жили еще три семьи.

Длинный ломаный коридор кончался тесной кухней с тремя столами и двумя газовыми плитами, работавшими от одного зеленого баллона, спрятанного возле крыльца в металлический ящик.

Мать готовила плохо и неряшливо — котлеты подгорали, суп от многочасового кипения превращался в мутную бурду, молоко белой шапкой сползало на плиту.

Зато чай, хранившийся в круглой жестяной банке, она заваривала в красивом чайнике, разливала в фарфоровые чашки и пила помногу, с удовольствием чмокая маленькими губами.

— Маринка, моя половинка, — любила говорить она, сажая Марину на колени и отводя подальше руку с потрескивающей папиросой.

Отец чай не любил — выпивал полчашки и уходил на террасу курить и читать газету.

Мать садилась к пианино, листала ноты, наигрывала романсы и тихо пела красивым грудным голосом.

Марину забавляли клавиши, она шлепала по ним руками и тоже пела, подражая матери.

Иногда мать затевала с ней музыкальные игры, стуча по басам и по верхам:

— Здесь мишка косолапый, а здесь птички поют...

В пять лет Марина уже играла вальсы и этюды Гедике, а в шесть отец уехал по договору на Север «чтоб Маринку на юга повозить».

Они остались вдвоем, у матери появились ученики с соседних улиц, печатать она бросила.

Марина пошла в детский сад — длинный барак, покрашенный синей краской. В нем было много знакомых мальчишек и девчонок, но игры казались скушными, — какие-то праздники, которые репетировали, неинтересные стишки, танцы с глупыми притопами и прихлопами. Мальчишки здесь больше дрались, норовя дернуть за косичку или ущипнуть.

Дралась и толстая воспитательница, щедро раздавая подзатыльники. Звонкий голос ее гремел по бараку с утра до вечера.

Зато в детском саду Марина впервые узнала про ЭТО.

— Давай я тебе покажу, а после ты мне? — шепнул ей на ухо черноглазый, похожий на муравья Жорка и, оглядываясь, двинулся по коридору.

Смеясь, Марина побежала за ним.

Они прошли весь коридор, Жорка свернул и, быстро открыв зеленую дверь подсобки, кивнул Марине.

В тесной темной комнатенке стояли ведра, швабры и метла. Пыльные лучи пробивались сквозь дощатые щели заколоченного окошка.

Пахло мокрым тряпьем и хлоркой.

— Дверь-то притяни, — прошептал Жорка и стянул с плеча помочь.

За гнутую скобу Марина притворила дверь, повернулась к Жорке.

Синие штаны его упали вниз, он спустил трусики и поднял рубашку:

— Смотри...

Большой рахитичный живот со следом резинки и розочкой пупка перетекал в такой же как и у Марины бледный треугольник. Но там висели два обтянутых сморщенной кожей ядрышка и торчала коротенькая смуглая палочка.

— Потрогай, не бойся, — пробормотал он и, неловко переступая, подошел к ней, заслонив собой пыльные лучи.

Марина робко протянула руку, коснулась чего-то теплого и упругого.

Придерживая рубашку, Жорка склонил голову.

Они слабо стукнулись лбами, разглядывая в полумраке торчащую палочку.

— Это хуй называется. Только ты не говори никому. Это ругательное слово.

Марина снова потрогала.

— Теперь ты давай.

Она быстро подняла платье, стянула трусики.

Жорка засопел, присел, растопыря ободранные колени:

— Ты ноги-то раздвинь, не видно...

Она раздвинула ноги, оступилась и громко задела ведро.

— Тише ты, — поднял он покрасневшее лицо, просунул шершавую руку и стал ощупывать Марину.

— А у меня как называется? Писька? — спросила Марина, подергиваясь от щекотки.

— Пизда, — быстро проговорил он и крылья ноздрей его дернулись.

— Тоже ругательное?

— Ага.

Молча он трогал ее.

Солнечный лучик попал Марине в глаз, она зажмурилась.

Жорка встал, натягивая трусы со штанами:

— Пошли, а то Жирная узнает. Ты не говори никому, поняла?

— Поняла.

Марина подняла свои трусики, опустила платье.

Они побывали в подсобке еще раза три, трогая и рассматривая друг друга.

Запах хлорки и прелого тряпья вместе с щекочущими касаниями изъеденных цыпками рук запомнились навсегда.

Тогда в ней что-то проснулось, толкнувшись в сердце сладковатой тайной.

— Это наша тайна, поняла? — часто шептал ей Жорка, трогая пухленький пирожок ее гениталий.

Марина стала расспрашивать старших подруг по двору и в перерыве между громкими играми, когда прыгалки бесцельно мотались в руке, в ухо вползла запыхавшаяся истина:

— У него павочка, а у тебя дывочка. Фот и фсе!

— Что все?

— Павочка в дывочку.

Неделю Марина переваривала откровение, изумленно косясь на людей, которые отныне делились на «палочек» и «дырочек».

— Надь, а это все делают? — спросила она у плетущей венок подруги.

— Фсе, конефно. Только детям не развефают. А взрослые — фсе. Я два ваза видела, как мама с папой. Интевесно так...

— А ты когда вырастешь будешь так делать?

— Ага. А как же. От этого дети бывают.

— Как?

— Ну, так поделают, поделают, а потом вывот развежут и вебенка вынут. Митьку нашего так вынули.

Утром в набитом автобусе мать везла ее в детсад, Марина внимательно смотрела на окружающих ее пассажиров — смешливых и устало-молчащих, красивых и невзрачных.

Там, под платьями и брюками росли палочки, открывались дырочки, стаскивалась одежда, палочки лезли в дырочки, и разрезались страшными ножами животы, и вынимались спеленутые дети с сосками в ротиках, укладывались в приготовленные коляски, а коляски со скрипом развозились по дворам и улицам.

Она не верила.

Жорка тоже не верил, хотя услышал об этом гораздо раньше:

— Дура, дети от лекарств бывают. А этого никогда не делают. Это как бы ругательство такое... Дураки придумали...

Но Надя укоризненно оттопыривала рыбью губку:

— Ты фто! Мне же Мафа гововила, а она в фестом квассе! Не вевишь — не надо...

Марина верила и не верила. Верила и не верила до той самой НОЧИ.

Вспоминая предшествующий день, Марина с удивлением обнаруживала новые и новые многозначительные случайности, делающие его особым: Жирная заболела и не пришла, вместо нее была молоденькая светловолосая уборщица Зоя, Васька Лотков сломал себе руку, прыгая с батареи на пол, в кастрюле с компотом нашли сварившуюся крысу с жалко подогнувшимися лапками и белыми выпученными глазами...

А вечером мать пришла за ней в новом коричневом платье, с новой прической и ярко накрашенными губами.

Сунув ей шоколадку, она быстро повела к остановке:

— Пошли, Мариночка...

В автобусе Марина ела шоколад, шелестя фольгой, мать смотрела в окно, не замечая ее.

Когда они вошли в свою комнату, там пахло табаком и цветами, которые стояли в синей вазе посреди накрытого стола.

За столом сидел широкоплечий светловолосый мужчина в сером пиджаке, пестром галстуке и читал книгу, помешивая чай в стакане.

Заметив вошедших, он неторопливо встал и, присев перед Мариной на корточки, протянул большую ладонь:

— Ааааа... вот значит и красавица Марина. Здравствуй.

Марина протянула руку и посмотрела на мать.

— Ну, поздоровайся с дядей Володей, что ж ты... — пробормотала мать, странно улыбаясь и глядя мимо.

— Здрасьте, — сказала Марина и опустила голову.

— Вот и застеснялись, — засмеялся дядя Володя, обнажив ровные белые зубы.

— Всегда такая бойкая, а теперь застеснялась, — наклонилась к ней мать. — Идем я тебя покормлю...

Она стремительно повела Марину на кухню, где в чаду толкались возле плит пять женщин.

Все они повернулись и посмотрели на мать, кто-то сказал, что Танечка сегодня очаровательна.

Улыбаясь им, мать плюхнула Марине холодного пюре, сверху положила длинный раскисший огурец с огромными белыми семечками:

— Поешь и приходи. Чаю выпей...

Процокав каблучками по коридору, она скрылась.

Марина стала ковырять пюре алюминиевой ложкой, полная Таисия Петровна из четвертой, запахнув полинявший китайский халат, наклонилась к ней, погладила по голове белой от стирки рукой:

— Мариночка, а кто это к вам приехал?

— Дядя Володя, — четко проговорила Марина, кусая водянистый огурец.

Таисия Петровна со вздохом выпрямилась и улыбнулась тете Клаве, переворачивающей рыбные котлеты:

— Дядя Володя...

Та слабо засмеялась, отгоняя чад рваным полотенцем.

Марине показалось, что они знают что-то очень важное.

Она доела пюре, огурец кинула в ведро и пошла к себе.

В комнате было накурено, горела люстра, мать играла «Посвящение», дядя Володя покачивался в плетеном кресле, подперев щеку рукой с папиросой.

Марина приблизилась к разоренному столу, взяла конфету и ушла на террасу.

Весь вечер мать с дядей Володей пили чай, танцевали под патефон, курили и оживленно разговаривали.

Стемнело.

Двор за облупившимся переплетом террасы опустел, в домах зажглись окна. Марина смотрела как в окне напротив Нина Сергеевна кормит Саньку с Олегом, потом листала подшивку «Крокодила», разглядывая толстых некрасивых генералов с тонкими паучьими ножками, потом вырезала из цветной бумаги лепестки, сидя за своим маленьким столиком.

Прошло много времени, окна стали гаснуть, вырезанные лепестки Марина наклеила в тетрадку.

В стеклянную дверь было видно как дядя Володя, улыбаясь, что-то говорил маме, держа перед собой рюмку с вином. Мать медленно подняла свою, вздохнула и, рассмеявшись, выпила, быстро запрокинув красивую голову. Дядя Володя выпил медленно и вылил остатки в чай.

Он сидел без пиджака, пестрый галстук красиво лежал на белой рубашке.

Мать встала, прошла на террасу и наклонилась к Марине:

— Ты спать хочешь.

— Да нет, не хочу... — бормотала Марина, разглядывая незнакомое раскрасневшееся лицо с пьяно поблескивающими глазами.

— Хочешь, хочешь, куколка. Пошли, я тебе в комнате постелю, а мы с дядей Володей здесь посидим.

Марина двинулась за ней.

Румяный дядя Володя улыбнулся ей, пожелал доброй ночи и, прихватив бутылку с рюмками, ушел на террасу.

Мать быстро разобрала постель, переодела Марину в ночную рубашку, поцеловала пьяными губами, уложила и погасила свет.

Марина легла щекой на тяжелую сыроватую подушку, стеклянную дверь плотно притворили.

Эту ночь Марина помнила ясно и подробно.

В комнате было душно и накурено, лишь из открытой форточки тянуло прохладой.

Букет гладиолусов маячил в темноте белым пятном.

В соседнем дворе хрипло лаяла собака.

Марина смотрела на светящуюся стеклянную дверь, за которой тихо смеялись и разговаривали. Прямоугольная полоска света вместе с клетчатой тенью дверного переплета лежала на полу, задевая верхним углом кровать Марины.

Прижавшись щекой к подушке, она все смотрела и смотрела на дверь, пока глаза не стали слипаться. Марина терла их кулачком, но желтая дверь двоилась, расплывалась, обрывки сна лезли в голову.

Еще минута и она провалилась бы в сон, но свет вдруг погас, темнота заставила проснуться.

Собака уже не лаяла, а бессильно поскуливала.

Дверь распахнулась, Марина закрыла глаза, чувствуя как мать осторожно входит в комнату. Туфли громко касались пола. Мать приблизилась, пахнущие табаком руки поправили одеяло.

Потом она также на цыпочках вышла и притворила дверь.

— Конечно спит... — услышала Марина ее приглушенный стеклом шепот.

С этого мгновенья Маринино сердце забилось чаще. Окружавшая ее тьма усиливала этот нарастающий стук.

За дверью наступила тишина, потом еле слышный шорох одежды, шепот и снова тишина.

Потом что-то подвинули, что-то упало и покатилось по полу.

Марина подняла голову, освобождая второе ухо. Сердце стучало, отдавая в виски.

Снова послышался шорох одежды, шепот и легкий скрип отцовской кровати. Проехал ножками по полу отодвигаемый стул и стало тихо.

Марина вслушивалась в тьму, приподнявшись, но кроме собаки и патефона на том конце улицы ничего не было слышно.

Время шло и, улыбнувшись, она опустила голову на подушку: вот они Надькины враки. Да и как она могла поверить! Такая глупость...

Ее напряженное тело расслабилось, глаза стали слипаться.

И вдруг неожиданно, как вспышка света, возник громкий звук скрипящей кровати. Она скрипела ритмично, на ней что-то делали с неторопливым упорством.

Марина приподняла голову.

Кровать скрипела и слышалось еще что-то похожее на хныканье.

В висках снова застучало.

Скрип изредка прерывался бормотанием, шепотом, затем продолжался.

Когда он убыстрялся, хныканье становилось громче, кровать стучала спинкой о стену.

Мать с дядей Володей что-то делали.

Марина села, осторожно откинула одеяло.

Сердце неистово колотилось, заставляя прокуренную тьму пульсировать в такт.

Кровать заскрипела чаще и до Марины долетел слабый стон.

Это стонала мать.

Мелкая зыбкая дрожь овладела Мариной. Посидев немного, она спустила ноги с кровати. Как только ступни коснулись холодного пола, дрожь тут же унялась, словно стекла по ногам.

Кровать оглушительно скрипела, спинка стучала.

Марина подошла к двери и заглянула, привстав на цыпочках.

Мутно-желтый свет висящей над крыльцом лампочки скупо освещал террасу, пробиваясь сквозь заросли шиповника и бузины. Неровные клочья его дрожали на полу, столе, стенах.

В этом часто подрагивающем калейдоскопе что-то двигалось, двигалось, двигалось, заставляя скрипеть кровать.

Привстав еще больше, Марина посмотрела в угол.

Там, в пятнах света, в сбившейся простыне сплелись два обнаженных тела.

Широкая спина дяди Володи скрывала мать — были видны только руки, гладящие мужские плечи, причудливо разметавшиеся по подушке волосы, и ноги — сильно разведенные, пропустившие тесно сжатые ноги дяди Володи.

Это он тяжело и часто двигался, словно стараясь еще больше втиснуть мать в прогнувшуюся кровать, его голый, слегка плоский зад поднимался и опускался, поднимался и опускался, руки по локти ушли под подушку.

Все это качалось, плыло вместе с покачивающимися кусками света, черные ветки бузины царапались в стекла.

Вдруг ноги матери ожили, согнулись в коленях и оплели ноги дяди Володи. Он стал двигаться быстрее.

Мать застонала, вцепившись в его плечи, высветилось на мгновенье бледное незнакомое лицо.

Глаза были прикрыты, накрашенные губы разошлись гримасой.

Марина смотрела, смотрела, смотрела. Все в ней превратилось в зрение, руки прижались к стеклу, снова появилась дрожь, но уже другая — горячая, расходящаяся откуда-то из середины груди.

Мать стонала и с каждым стоном что-то входило в Марину — новое, сладкое и таинственное, вспухающее в груди и бешено стучащее в висках.

Она видела их тайну, она чувствовала, что им хорошо, она понимала, — то что они делают — делать им нельзя...

Дядя Володя глухо застонал в мамины волосы и замер без движения.

Ноги матери расплелись.

Несколько минут они лежали неподвижно, предоставив пятнам света ползать по их разгоряченным телам.

Потом дядя Володя перевернулся на спину и лег рядом с матерью.

Марина опустилась на корточки.

Послышался шепот, шорох одеяла.

Они вытерли пододеяльником у себя между ног. Там было темно и Марина ничего не разглядела кроме белой материи и устало движущихся рук.

— Танюш, дай папиросы... — глухо проговорил дядя Володя.

Отстранившись от двери, Марина прошла по полу и нырнула под одеяло.

Этой ночью она почти не спала.

Сон не успевал охватывать ее, как кровать снова оживала, заставляя сбросить одеяло и на цыпочках красться к двери.

Это продолжалось много раз, ветер качал лампочку, ветви стучали, мать стонала, а дядя Володя терся об нее...

Марина не помнила как заснула.

Ей снился детский сад — ярко, громко.

Жирная рассказывает им про Артек, а они слушают, сидя в узкой столовой. Солнце через распахнутые окна освещает длинный стол, накрытый цветастой клеенкой. Клеенка блестит от солнечных лучей, на ней дымятся тарелки с красным борщем.

Жирная возвышается над ними, солнце играет в ее волосах, брошке, звучный голос заполняет столовую:

— Артек! Артек, ребята! Артек — это сказка, ставшая былью!

На правой стене висит большой портрет Ленина, убранный как на праздник — красными бумажными гвоздиками.

Ленин улыбается Марине и весело говорит, картавя:

— Агтек, Маиночка, Агтек!

Марина наклоняется к переливающемуся жировыми блестками борщу, зачерпывает его ложкой, но Жирная вдруг громко кричит:

— Не смей жрать! Встань! Встань на стол!

Марина быстро вскарабкивается на стол.

— Сними трусы! Подними юбку! — кричит Жирная, трясясь от злобы.

Холодеющими руками Марина поднимает юбку и спускает трусы.

— Смотрите! Все смотрите! — трясется Жирная и вдруг начинает бить Марину ладонью по лицу. — На! На! На!

Марина плачет. Ей больно и сладко, невообразимо сладко.

Все, все, — ребята, девочки, Ленин, уборщицы, воспитательницы, родители, столпившиеся в узкой двери, — все смотрят на нее, она держит юбку, а Жирная бьет своей тяжелой, пахнущей цветами и табаком ладонью:

— На! На! На! Выше юбку! Выше! Ноги! Ноги разведи!

Марина разводит дрожащие ноги и Жирная вдруг больно хватает ее между ног своей сильной когтистой пятерней.

Марина кричит, но злобный голос перекрикивает ее, врываясь в уши:

— Стоять! Стоять! Стоять!! Шире ноги! Шире!!

И все смотрят, молча смотрят, и солнце бьет в глаза — желтое, нестерпимое, обжигающе-страстное, испепеляюще-святое, дурманяще-грозное...

Серая «волга» плавно затормозила, сверкнув приоткрытым треугольным стеклом.

Марина открыла дверь, встретилась глазами с вопросительным лицом бодрого старичка.

— Метро Автозаводская...

— Садитесь, — кивнул он, улыбаясь и отворачиваясь.

Седенькая голова его по уши уходила в темно-коричневую брезентовую куртку.

Марина села, старичок хрустнул рычагом и помчался, порул10вая левой морщинистой рукой. В замызганном салоне пахло бензином и искусственной кожей.

Машину сильно качало, сиденье скрипело, подбрасывая Марину.

— Вам само метро нужно? — спросил старичок, откидываясь назад и вытаскивая сигареты из кармана куртки.

— Да. Недалеко от метро...

— Как поедем? По кольцу?

— Как угодно... — Марина раскрыла сумочку, отколупнула ногтем крышку пудреницы, поймала в зеркальный кругляшок свое раскрасневшееся от быстрой ходьбы лицо.

— Хорошая погодка сегодня, — улыбнулся старичок, поглядывая на нее.

— Да...

— Утром солнышко прямо загляденье.

— Угу... — она спрятала пудреницу.

— Вы любите солнечную погоду?

— Да.

— А лето любите? — еще шире заулыбался он, все чаще оглядываясь.

— Люблю.

— А загород любите ездить? На природу?

— Люблю, — вздохнула Марина. — Охуительно.

Он дернулся, словно к его желтому уху поднесли электроды, голова сильней погрузилась в куртку:

— А... это... вам... — по кольцу?

— По кольцу, по кольцу... — устало вздохнула Марина, брезгливо разглядывая шофера — старого и беспомощного, жалкого и суетливого в своей убого-ущербной похотливости...

Дядя Володя еще несколько раз приезжал к ним, оставаясь на ночь и она снова все видела, засыпая только под утро.

В эти ночи ей снились яркие цветные сны, в которых ее трогали между ног громко орущие ватаги ребят и девочек, а она, оцепенев от страха и стыда, плакала навзрыд. Иногда сны были сложнее, — она видела взрослых, подсматривала за ними, когда они мылись в просторных, залитых светом ваннах, они смеялись, раздвигая ноги и показывая друг другу что-то черное и мокрое. Потом они, заметив ее, с криками выскакивали из воды, гонялись, ловили, привязывали к кровати и, сладко посмеиваясь, били широкими ремнями. Ремни свистели, взрослые смеялись, изредка трогая Марину между ног, она плакала от мучительной сладости и бесстыдства...

Однажды, после бессонной ночи она сидела в туалете и услыхала утренний разговор соседок на кухне.

— Дядя... дядя Володя... — яростно шептала Таисия Петровна Зворыкиной. — Ты б послушала что ночью у них на террасе творится! Заснуть невозможно!

— А что, слышно все? — спросила та, громко мешая кашу.

— Конешно! Месит ее, как тесто, прям трещит все!

— Ха, ха, ха! Ничего себе...

— Муж уехал, а она ебаря привела. Вот теперя как...

Марина ковыряла пальцем облупленную дверь, жадно вслушиваясь в новые слова. Ебарь, сука, блядище — это были незнакомые тайные заклинания, такие же притягательные, как новые сны, как скрип и стоны в темноте.

Мать не менялась после приездов дяди Володи, только синяки под глазами и припухшие губы выдавали ночную тайну, а все привычки оставались прежними. Она смеялась, играя с Мариной, учила ее музыке, привычным шлепком освобождая зажатые руки, напевала, протирая посуду, и печатала, сосредоточенно шевеля губами.

Марина стала приглядываться к ней, смотрела на ее руки, вспоминая как они смыкались вокруг чужой шеи, помнила сладостное подрагивание голых коленей, на которых теперь так безмятежно покоилось вязание...

«Она показывает ему все, — думала Марина, глядя на опрятно одетую мать, — Все, что под лифчиком, все, что под трусами. Все, все, все. И трогает он все. Все, что можно».

Это было ужасно и очень хорошо.

Все, все все показывают друг другу, раздвигают ноги, трутся, постанывая, скрипят кроватями, вытираются между ног. Но в электричке, в метро, на улице смотрят чужаками, обтянув тела платьями, кофтами, брюками...

— Мама, а отчего дети бывают? — спросила однажды Марина, пристально глядя в глаза матери.

— Дети? — штопающая мать подняла лицо, улыбнулась. — Знаешь детский дом на Школьной?

— Да.

— Вот там их и берут. Мы тебя там взяли.

— А в детском доме откуда?

— Что?

— Ну, раньше откуда?

— Это сложно очень, девулькин. Ты не поймешь.

— Почему?

— Это малышам не понять. Вот в школу пойдешь, там объяснят. Это с наукой связано, сложно все.

— Как — сложно?

— Так. Вырастешь — узнаешь.

Через полгода вернулся отец.

Еще через полгода она пошла в школу, чувствуя легкость нового скрипучего ранца и время от времени опуская нос в букетище белых георгинов.

Длинный, покрашенный в зеленое класс с черной доской, синими партами и знакомым портретом Ленина показался ей детским садом для взрослых.

Все букеты сложили в огромную кучу на отдельный стол, научили засовывать ранцы в парты.

Высокая учительница в строгом костюме прохаживалась между партами, громко говоря о Родине, счастливом детстве и наказе великого Ленина: «учиться, учиться и учиться».

Школа сразу не понравилась Марине своей звенящей зеленой скукой. Все сидели за партами тихо, с испуганно-внимательными лицами и слушали учительницу. Она еще много говорила, показывала какую-то карту, писала на доске отдельные слова, но Марина ничего не запомнила и на вопрос снимающей с нее ранец матери, о чем им рассказывали, ответила:

— О Родине.

Мать улыбнулась, погладила ее по голове:

— О Родине — это хорошо...

С тех пор потянулись однообразные сине-зеленые дни, заставляющие готовить уроки, рано вставать, сидеть за партой, положив на нее руки, и слушать про палочки, цифры, кружочки.

Гораздо больше ей нравилось заниматься дома музыкой, разбирая ноты и слушая, как мать играет Шопена и Баха.

Через год сгорел соседский дом и Надька научила ее заниматься онанизмом.

Еще через два года отец повез Марину к морю.

Когда оно — туманное и синее — показалось меж расступившихся гор, Марина неожиданно для себя нашла ему определение на всю жизнь:

— Сгущеное небо, пап!

Они поселились в белом оплетенном виноградом домике у веселого старичка, с утра до вечера торчащего на небольшой пасеке.

После того как отец сунул в его заскорузлые от прополиса руки «половину вперед», присовокупив побулькивающую четвертинку «Московской», старичок расщедрился на дешевые яйца и мед.

— А хочете — тут и камбалой разжиться можно. У Полины Павло привозит. Я ж зараз поговорю с ним...

Но ждать переговоров с Павлом они не стали — перерытый чемодан был запихнут под койку, Марина зубами сорвала Гумовскую бирочку с нового купальника, отец вышел из-за занавески в новых красных плавках:

— Давай быстрей, Мариш.

Десятиминутная каменистая дорожка до моря петляла меж проглоченных зеленью домиков, скользила над обрывом и стремительно, по утоптанному известняку катилась вниз, навстречу равномерному и длинному прибою.

— Живое, пап, — жадно смотрела Марина на шипящее у ног море, стаскивая панамку с головы.

Отец, сидящий на песке и занявший рот дышащей тальком пипкой резинового круга, радостно кивал.

Через минуту Марина визжала в теплом, тягуче накатывающемся прибое, круг трясся у нее подмышками.

— По грудь войди, не бойся! — кричал уплывающий отец, увозя за собой белые, поднятые ногами взрывы.

Марина ловила волну руками, чувствуя ее упругое ускользающее тело, пила соленую вкусную воду и громко звала отца назад.

— Трусиха ты у меня, — смеялся он, бросаясь на горячий песок и тяжело дыша. — Вся в мамочку.

Марина сидела на краю прибоя, с восторгом чувствуя, как уходящая волна вытягивает из-под нее песок.

Сгущеное небо вытеснило все прошлое, заставило забыть Москву, подруг, онанизм.

Утром, сидя под виноградным навесом, они ели яйца с помидорами, пили краснодарский чай и бежали по еще не нагретой солнцем тропинке.

На диком пляже никого не было.

Отец быстро сбрасывал тенниску, парусиновые брюки и, разбежавшись, кидался в воду. Он заплывал далеко, Марина залезала на огромный, всосанный песком камень, чтоб разглядеть мелькающее пятно отцовской головы.

— Паааап!

Сидящие поодаль чайки поднимались от ее крика и с писком начинали кружить.

Отец махал рукой и плыл назад.

Часто он утаскивал ее, вдетую в круг на глубину. Марина повизгивала, шлепая руками по непривычно синей воде, отец отфыркивался, волосы его намертво приклеивались ко лбу...

На берегу они ели черешню из кулька, пуляя косточками в прибой, потом Марина шла наблюдать за крабами, а отец, обмотав голову полотенцем, читал Хемингуэя.

Через неделю Марина могла проплыть метров десять, шлепая руками и ногами по воде.

Еще через неделю отец мыл ее в фанерной душевой под струей нагретой солнцем воды. Голая Марина стояла на деревянной, голубоватой от мыла решетке, в душевой было тесно, отец в своих красных плавках сидел на корточках и тер ее шелковистой мочалкой.

От него сильно пахло вином, черные глаза весело и устало блестели. За обедом они со старичком выпили бутылку портвейна и съели сковороду жареной камбалы, показавшейся Марине жирной и невкусной.

— Ты какая в классе по росту? — спросил отец, яростно намыливая мочалку.

— В классе?

— Да.

— Пятая. У нас девочки есть выше.

Он засмеялся, обнажив свой веселый стальной зуб и, повернув ее, стал натирать спину:

— Выросла и не заметил как. Как гриб.

— Подосиновик?

— Подберезовик! — громко захохотал отец и, отложив мочалку, принялся водить по ее белой спине руками.

Пена с легким чмоканьем капала на решетку, сквозь дырки в фанере пробивался знойный полуденный свет.

— Вот. Спинка чистенькая. А то просолилась... вот так...

Его руки, легко скользящие в пене, добрались до Марининых ягодиц:

— Попка тоже просолилась... вот...

— Попка тоже просолилась, — повторила Марина, прижимая мокрые ладошки к фанере и любуясь пятипалыми отпечатками.

Отец начал мылить ягодицы.

Он мыл ее впервые — обычно это делала мать, быстрые и неумелые руки которой никогда не были приятны Марине.

Грубые на вид отцовские ладони оказались совсем другими — нежными, мягкими, неторопливыми.

Марина оттопырила попку, печатая новый ряд ладошек.

— Вот красулечка какая...

Она сильнее оттопырилась, выгнув спину.

Отцовская рука скользнула в промежность и Марина замерла, рассматривая отпечатки.

— Вот... и тут помыть надо...

Средний палец скользнул по гениталиям.

Сильнее разведя ноги, она присела, пропуская его:

— Ой... как приятно, пап...

Отец тихо засмеялся и снова провел по гениталиям.

— Ой... как хорошо... еще, пап...

Это было так же восхитительно, как лежать в набегающем прибое, всем телом отдаваясь ласке упругих волн.

— Еще, пап, еще...

Посмеиваясь, отец гладил ее промежность.

Марина разводила и сводила ноги, мокрые прилипшие к плечам волосы подрагивали.

В неровной широкой щели виднелся край залитой солнцем пасеки и полоска синего неба, пересеченного мутным следом реактивного самолета.

Внезапно сладостный прибой прервался:

— Ну, хватит. Давай окатываться...

— Пап, еще! Еще так поделай.

— Хватит, хватит, Марин. Мы долго тут возимся...

— Пап, еще...

— Не капризничай...

Он повернул вентиль, вода неровно полилась сверху.

— Да ну тебя, — обиженно протянула Марина, выпрямляясь под душем, и вдруг заметила, как торчат красные плавки отца.

Сгущеное небо отошло назад, скрылось за сомкнувшимися розовыми горами, нахлынула тьма, пропахшая цветами и табаком, всплыл ритмичный скрип, Марина вспомнила тайные Надькины уроки...

Делая вид, что смотрит в щель, она косилась на плавки.

ОН торчал вверх, растягивая их своим скругленным концом, торчал, словно спрятанная в плавках морковь. Нагибаясь к Марине, отец неловко маскировал его, прижимая локтем. Он уже не смеялся, лицо поджалось, алые пятна играли на щеках.

Через минуту вентиль был закрыт, широкая махровая простыня с головы до ног накрыла Марину:

— Вытирайся быстро и дуй в комнату.

Фанерная дверка распахнулась, ослепив открывшимся миром, отцова ладонь шлепнула сзади:

— Быстро... я окачусь, приду щас...

Щурясь, Марина ступила на горячие кирпичи дорожки, дверца закрылась и послышался звук сдираемых плавок.

Вытираясь на ходу и путаясь в простыне, она взбежала на крыльцо, прошла в комнатенку.

Новые трусики, белые носки с синей каемочкой и зеленое платьице с бретельками лежали комом на кровати.

Отшвырнув простыню, Марина стала натягивать трусики и, случайно прикоснувшись к гениталиям, замерла.

«Так вот сожмешь ноги, представишь мужчину с женщиной»... — всплыли слова Нади, — «И так вот — раз, раз, раз... так здорово...»

Марина легла на кровать, согнула ноги в коленях и, поглаживая себя, закрыла глаза.

В перегретой комнате было душно, пахло краской и влажным постельным бельем. Сильно привернутое радио что-то строго рассказывало комариным голосом.

Представив дядю Володю с матерью, она стала сильно тереть свой пирожок, через пару минут ей стало очень, очень хорошо, сжав колени, она застонала, глядя в потолок, — белый, беспредельный и сладкий, добрый и родной, усыпляюще-успокаивающий...

— Через мост переедем и направо, — проговорила Марина, вынимая из расшитого бисером кошелька два металлических рубля.

Старичок, не оборачиваясь, кивнул, пролетел по мосту и лихо развернулся.

— Прямо, прямо, — продолжала Марина, держась за ручку двери.

Массивные серые дома кончились, показалось желтое двухэтажное здание ДК.

— Остановите здесь, пожалуйста...

Старичок затормозил, Марина протянула ему два рубля. Они звякнули в его украдкой протянутой руке.

— До свидания, — пробормотала Марина, открывая дверь и ставя ноги на грязный асфальт.

— До свидания, — непонимающе посмотрел он.

Дверца хлопнула, Марина с удовольствием вдохнула сырой мартовский воздух.

Желтый ДК с пузатыми колоннами высился в десяти шагах.

В такую погоду он выглядел особенно жалко, — на колоннах темнели потеки, облупившийся фриз напоминал что-то очень знакомое...

Марина поднялась по каменным ступенькам и потянула дверь за толстую пообтертую ручку — простую, примитивную, тупо-исполнительную в своей тоталитарной надежности...

В ту ночь она проснулась от нежных прикосновений.

Пьяный отец сидел на корточках рядом с кроватью и осторожно гладил ее живот.

Марина приподняла голову, спросонья разглядывая его:

— Что, пап?

В комнате стояла душная тьма, голый отец казался маленьким и тщедушным.

— Марин... Мариночка... а давай я это... — бормотал он, сдвигая с нее одеяло.

Она села, протирая глаза.

— Давай... хочешь я тебе там поглажу... ну... как в душе...

От него оглушительно пахло вином, горячие руки дрожали.

Он сел на кровать, приподнял Марину и посадил к себе на колени.

Его тело, как и руки, было горячим и напряженным. Он стал гладить ее между ног, Марина замерла в полусне, положив тяжелеющую голову ему на плечо. Ей стало приятно, сон быстро возвращался, нежный прибой шевелился между ног.

Она очнулась от острой боли внизу живота. Обхватив дрожащими руками, отец сажал ее на что-то твердое, скользкое и горячее.

Она вскрикнула, отец испуганно отстранился:

— Ну, не буду, не буду...

Хныкая, она легла на кровать, свернулась калачиком.

Низ живота ныл, ей казалось, что отец что-то оставил там, не вынув:

— Больно, пап...

— Ну, не буду, не буду... не буду, милая...

Он долго бормотал в темноте, поглаживая ее.

Потом опять взял на руки и жадно зашептал на ухо:

— Марин... я только так вот... тебе хорошо будет... раздвинь ножки вот так... шире, шире...

«Шире! Шире!!» — закричала в ее сонной голове Жирная, и знакомая стыдливая сладость хлынула в грудь.

Марина раздвинула ноги.

— Шире, Мариночка, шире...

«Шире! Шире ноги!! Шире!!»

Стыд и сладость помогли ей стерпеть повторную боль. Что-то вошло в нее и, нещадно растягивая, стало двигаться.

— Я немного... Марин.. так вот... это полезно... — шептал отец в ее волосы, хрипло дыша перегаром.

Тьма шевелилась, смотрела на нее глазами столпившихся в дверях родителей, кто-то шептал в такт отцовским движениям:

— Шире... шире... шире... шире...

Она покачивалась на отцовских ногах, ткнувшись лицом в его потное плечо, кровать тоже покачивалась, и подоконник покачивался, и едва различимая люстра, и редкие звезды в окне, и темнота:

— Сладко-стыдно... сладко-стыдно... сладко-стыдно...

Вскоре отец дернулся, словно кто-то толкнул его, дрожащие руки сжали Марину:

— Нааааа.... ммнаааа... мммнаааа... мммм...

Из его скрытых тьмою губ рвалось что-то, плечи тряслись.

Он снова дернулся.

Больно и резко вышло из нее горячее и липкое, Марина оказалась на кровати, отец проволок ноги по полу и рухнул на свою койку.

Марина потрогала промежность. Там было липко и мокро.

Слабо дыша, отец лежал не шевелясь.

Замерев, Марина смотрела на скупые очертания люстры и трогала свои липкие бедра.

Низ живота немного болел, голова кружилась и хотелось спать.

Вскоре отец захрапел.

Марина натянула одеяло и тут же провалилась в яркий большой сон.

Ей снилось бесконечное море, по которому можно было спокойно ходить, не проваливаясь. Она шла, шла по синему, теплому и упругому, ветер развевал волосы, было очень хорошо и легко, только слегка болел низ живота. Марина посмотрела туда, разведя ноги. В ее пирожке угнездился краб. Она протянула к нему руку, но он угрожающе раскрыл клешни, еще глубже забрался в розовую щель.

«Нужна палочка», — подумала Марина. — Без палочки его не выковырнуть...»

Но вокруг было только море и больше ничего, море на все четыре стороны.

Она побежала, едва касаясь ногами упругой поверхности, потом подпрыгнула и полетела, в надежде, что встречный ветер выдует краба из щели. Ветер со свистом тек через ее тело, раздирая глаза, мешая дышать. Марина развела ноги и свистящая струя ворвалась в пирожок. Краб пятился, прячась, но клешни отлетели. Видя, что он безоружен, Марина попыталась выдернуть его из себя.

Это оказалось не так просто — скользкий панцирь вжимался в складки гениталий, ножки не давались. Она нажала посильней и панцирь хрустнул, краб обмяк.

Марина с облегчением вытащила его и бросила вниз. Раздавленный краб бессильно закувыркался, удаляясь, но за ним сверкнула на солнце тончайшая леска, потянувшаяся из гениталий. Марина схватила ее руками, дернула, но та не кончалась, все длилась и длилась, вытягиваясь из Марины и неприятно щекоча. Ветер ослаб, Марина почувствовала, что падает. Леска путалась между ног, море приближалось, снова засвистел в ушах ветер.

Марина зажмурилась, врезалась в море и проснулась.

Солнечный луч еще не упал на групповую фотографию смуглолицых моряков, висящую над ее кроватью. Невысвеченные моряки дружно улыбались Марине. В третьем ряду, шестым слева улыбался молодой старичок-пасечник.

Узкая койка отца была пуста, скомканная простыня сползла на пол, обнажив полосатый матрац.

Марина сбросила одеяло, спустила ноги и чуть не вскрикнула: боль шевельнулась внизу живота.

Морщась, она встала и посмотрела, раздвинув колени. Ее пирожок сильно вспух, покраснел и болел от прикосновений. Ноги были в чем-то засохшем, похожем на клей, смешанным с кровью.

Марина захныкала, хромая подошла к стулу, сняла со спинки платье. На улице восходящее солнце пробивалось сквозь густые яблони соседа, белая кошка спокойно шла по забору, старичок-пасечник притворял дверцу сарая, прижимая к груди полдюжины испачканных куриным пометом яиц.

— Здрасьте, — негромко сказала Марина и зевнула.

— Здоровеньки, дочка. То ж ранние птахи, шо батька твий, шо ты. Солнце не встало, а вин побиг до моря, як угорилый. Чого так торопиться? Не сгорит ведь, ей-бо...

— А когда он пошел? — спросила Марина.

— Давно. Зараз повернеться... Погодь.

Но отец не вернулся ни через час, ни к обеду, ни к ужину.

Его выловили через неделю, когда прилетевшая самолетом мать уже успела за три дня прокурить всю дедову избушку.

Хмурым утром в зашторенное окно к ним постучал коричневолицый участковый, мать стала быстро одеваться, раздраженно приказывая Марине сидеть и ждать ее.

— Я боюсь, мам, я с тобой! — кричала сонная Марина, цепляясь за ускользающее платье.

Мать быстро вышла.

Лихорадочно одевшись, Марина побежала за ней.

Пестрая мать шла с синим участковым по знакомой тропинке.

Хныча, Марина преследовала их.

Несколько раз мать оглядывалась, грозя ей, потом отвернулась и не обращала внимания...

Он лежал навзничь на мокром брезенте, в окружении немногочисленной толпы.

Втащенная на берег лодка спасателей, задрав кверху крашеный нос, равнодушно подставила обрубленный зад окрепшему за ночь прибою.

— Всем разойтися зараз! — выкрикнул участковый и толпа неохотно расступилась.

— Господи... — мать остановилась, прижала ладони к вискам.

Участковый расталкивал смотрящих баб:

— Шоб быстро! Идите отсюда! А ну!

Отец лежал, красные плавки ярко горели на бледно-синем теле.

— Господи... — мать подошла, топя туфли в песке.

Трое местных спасателей распивали поодаль бутылку.

— Охааа... родненький ты мий... — протянула полная босая баба, подперев пальцем стянутую белым платком щеку.

Марина подбежала к матери, намертво вцепилась в ее платье.

— Это он? — тихо спросил участковый, подходя.

Мать кивнула.

Следы багра на боку и бедре кто-то уже успел присыпать песком.

Раскрыв черный планшет и присев на колено, участковый стал медленно писать, шевеля облупившимися губами.

Мать молча плакала, прижав руки к щекам.

Марина жадно смотрела на синее неподвижное тело, которое неделю назад смеялось, плавало, пахло потом, сладко покачивало на горячих коленях.

— Придется в Новороссийск везти, шоб вскрытие сделали. С машиной помогу, — пробормотал участковый, снимая фуражку и вытирая лысоватую голову платком. — А хоронить вы в Москву повезете, или здесь?

Мать молчала, не глядя на него.

Он пожал широкими плечами:

— У нас тут кладбище аккуратное...

Мать молчала, ветер шевелил ее платье и концы бабьих платков.

Прибой дотянулся до пыльного сапога участкового, слизнул с него пыль, заставив заблестеть на только-что выглянувшем солнце...

— Ну куда, куда ты летишь! — раздраженно шлепнула Марина по своей вельветовой коленке.

Старательно мучающая клавиши девочка замерла, покосилась на нее.

— Счет какой?

— Четыре четверти...

— А почему ты вальсируешь?

Девочка опустила непропорционально маленькую голову, посмотрела на свои пальцы с обкусанными полумесяцами ногтей.

— Сыграй сначала.

Девочка вздохнула, выпрямляя шерстяную спину с лежащими на ней косичками, и начала прелюд снова.

— Легче... легче... ты же зажатая вся... — нервно стуча каблучками по неровному паркету, Марина подошла к ней, вцепилась в худые плечики и качнула. — Вот, смотри, как статуя... отсюда и звук пишущей машинки...

Смущенно улыбаясь, девочка качалась в Марининых руках. Красный пионерский галстук трясся на ее плоской груди.

«Я индюк — красные сопли...» — вспомнила Марина и улыбнулась. — Ну, давай по-хорошему. Свободно, ясно, следи за счетом. Раз, два, три, четыре, раз, два, три, четыре...

Девочка принялась играть, старательно поднимая брови.

За окном посверкивала частая капель, широкоплечий дворник в ватнике, платке и юбке скалывал с тротуара черный блестящий на солнце лед.

Прелюд незаметно сбился на вальс.

— Снова-здорово. Ну что с тобой сегодня, Света? — Марина повернулась к ней: — Метроном есть у тебя дома?

— Нет...

— Купи. Если так считать не в силах — купи метроном.

Ученица снова посмотрела на свои ногти.

За стеной кто-то барабанил этюд Черни.

— Давай еще раз. Успокойся, считай про себя, если ритм держать не можешь...

Марина взяла с подоконника свою сумочку, открыла, нашарила «Мишку» и стала разворачивать, стараясь не шелестеть фольгой.

«Пролочку грех отвлекать. Не конфетами едиными сыт человек... впрочем они их теперь жуют, как хлеб...»

Из-за красного кругляшка пудреницы торчал краешек сложенной клетчатой бумаги.

Марина вытянула его и, жуя конфету, развернула.

Листок косо пересекали расползающиеся строчки круглого, почти детского почерка:

MAPИНOЧKE

Моя Мариночка, люблю!
Люблю тебя, родная!

Сними одежду ты свою,
Разденься, дорогая!

Тебя я встретила, как сон,
Как сон святой и сладкий!
Целую губ твоих бутон,
Прижми меня к кроватке!

Люблю, люблю, люблю тебя!
Русалка ты, царица!
Пускай ночь эта для меня
Все время повторится!

С тобою быть навек хочу,
Любимая, родная!
Прижмись тесней к моему плечу
И никогда вовек тебя не отобьет другая!

Марина улыбнулась, поднесла листок к лицу.

Строчки расплылись, бумага, казалось, пахнет мягкими Сашенькиными руками.

Чего бы ни касались эти порывистые руки — все потом источало светоносную ауру любви.

Марина вспомнила ее податливые, нежно раскрывающиеся губы, неумелый язычок, и горячая волна ожила под сердцем, вспенилась алым гребнем: сегодня Сашенька ночует у нее.

Прелюд кончился. Ученица вопросительно смотрела на Марину.

— Уже лучше. Теперь поиграй нашу гамму.

Марина спрятала листок и вдруг наткнулась на другой — знакомый, но давно считавшийся потерянным.

— Господи... как это сюда попало...

Девочка заиграла ми-мажорную гамму.

Этот листок был совсем другим — аккуратным, надушенным, с бисерным изысканным почерком:

AVE MARINA

Среди лесбийских смуглокожих дев
Сияешь ты, как среди нимф — Венера.
Феб осенил тебя, любовь тебе пропев,
Склонилась с трепетом Юнона и Церера.

Наследница пленительной Сафо,
Как ты прекрасна, голос твой так звучен.
Любить тебя, весталочка, легко:
Твой облик мною наизусть изучен;

Изучены и губы, и глаза,
Изгибы рук, прикосновенье пальцев.
На клиторе твоем блестит слеза...
Ты прелесть, ангел мой. Скорее мне отдайся...

Марина усмехнулась и вздохнула.

Это писала Нина два года назад...

Поразительно. Оба стихотворения посвящались ей, в них говорилось в сущности одно и то же, но как далеки они были друг от друга! От неумелого Сашиного исходило тепло искреннего любовного безрассудства, когда при мысли о любимой сердце останавливается в груди, а мир дрожит и рассыпается калейдоскопической зыбью. Второе стихотворение источало холод рассудочного ума, цинично взвешивающего сердечную страсть, отринувшего Случай, как опасность потери своего Эго.

Спотыкаясь, гамма ползла вверх.

— Медленней, не спеши. Не бормочи, старайся следить за пальцами.

Марина спрятала Сашино посвящение, а Нинино разорвала и бросила в корзинку.

Дворник в юбке, накрошив льда, воткнул мокрый лом в снег и побрел за лопатой.

Марина посмотрела на часы. Без четверти три.

— Ну, ладно, Света. К следующему разу приготовишь начисто сонатину и прелюд. А дома... дома...

Подойдя к пианино, она полистала «Школу». — Вот этюд этот разберешь сама. Запомнила?

— Да...

— Ну и хорошо.

Дверь робко приоткрылась, заглянули светлые кудряшки.

— Проходи, Олег.

Плоскогрудая Света стала собирать свои ноты в капроновую сумку.

Олег громко ввалился со щедро расстегнутым портфелем, шмыгая носом, пылая круглыми девичьими щеками. Тупорылые ботинки были мокрыми, низ форменных брюк — тоже. Галстук с крохотным, намертво затянутым узлом съехал набок.

— Господи, откуда ты? — улыбнулась Марина, кивнув уходящей Свете.

— А я это... опаздывал... и это... — ответно улыбнулся он, хлюпнув носом.

Марина поправила ему галстук, чувствуя на расстоянии как пылает пухленькое красивое лицо.

Этот двенадцатилетний Адонис нравился ей. У него были курчавые светло-каштановые волосы, девичьи черты, голубые глаза, оправленные в бахрому черных ресниц, полные вишневые губы и круглый аппетитный подбородок.

Помимо этого он был патологически глуп, ленив и косноязычен, как и подобает классическому любовнику Венеры.

Олег порылся в растерзанном портфеле, выудил испачканную чернилами «Школу» и мятую тетрадь.

Прислонившись к подоконнику и улыбаясь, Марина рассматривала его:

— Почему ты такой неряшливый, Олег?

— Да я просто спешил... вот...

— Ты всегда куда-то спешишь...

— Да нет... не всегда... иногда...

Он давно уже чувствовал ее расположение и носил невидимый венок любимчика с угловатой удалью, позволяя себе глупо шутить с Мариной и задушенно смеяться в собственный воротник.

При этом он безнадежно краснел и моргал своими густыми ресницами.

Его отец был стопроцентный прол — отливал что-то на Заводе Малогабаритных Компрессоров, в Доме культуры которого и преподавала музыку Марина.

Мать Олега заведовала небольшой овощной базой.

— Ну, как этюд? — спросила Марина, когда он сел за инструмент и привычно сгорбился, положив большие клешни рук на колени.

— Ну... я в начале там нормально... Марин Иванна... только это, в конце там... сложно немного...

— Что ж там сложного? — она подошла, поставила его «Школу» на пюпитр и нашла этюд.

Олег испуганно посмотрел в ноты, потер руки и робко начал.

Играл он неплохо, но природная лень не пускала дальше.

— Немного живее, не засыпай, — сразу подстегнула его Марина и безжалостно нажала на левое плечо, качнув вбок. — Свободней левую, басов не слышно совсем.

Во время игры он забывал обо всем, по-детски оттопыривал верхнюю губу и шлепал ресницами.

Глаза его округлялись, нежная шейка тянулась из школьного воротника.

— Пальцы, пальцы! — воскликнула Марина, клюнув ногтем исцарапанную крышку «Лиры». — Остановись. Опять путаница. Пятый, третий, первый, четвертый. Сыграй еще.

Он повторил.

— Теперь снова, только легче и свободней.

Он сыграл легче и свободней.

«Все может, если захочет. Как партия... — подумала Марина, любуясь им, — За таким вот теленочком и гонялась Хлоя по лесбосским лугам. Мой миленький дружок, лесбийский пастушок...»

Из его кудряшек выглядывала аппетитная розовая мочка.

Марина представила, как содрогнулся бы этот угловатый увалень, когда б ее губы втянули эту мочку, а язык и зубы с трех сторон сжали бы ее.

— Пауза! Пауза! Почему забываешь? Снова сыграй...

Он вернулся к началу.

«Интересно, есть у него волосики там, или нет еще?» — подумала она и, улыбаясь, представила, как, зажав в темный угол этого испуганно пылающего бутуза, стянула бы с него штаны с трусами и настойчивыми прикосновениями заставила б напрячься растущую из пухлого паха пушечку... Опустевший школьный спортивный зал гулко разносит Олегово хныканье и Маринин горячий шепот, поднятая ушедшим классом пыль еще висит в воздухе, запертую на швабру дверь дергает шатающийся по коридору лоботряс. Олег смолкает, покоряясь угрожающим ласкам, Марина валит его на рваный кожаный мат, ее губы втягивают в себя терпко пахнущую головку, а рука властно забирает эластичные яички...

— А теперь как, Марин Иванна?

— Вполне, — шире улыбнулась она, обняв себя за локти. — Слушай, Олег, а у тебя подружки есть?

Посмеиваясь, он пожал плечами:

— Неа...

— Почему?

Угловато он повторил тот же жест.

— Такой взрослый мальчик, симпатичный... — Марина подошла, потрепала его кудряшки. — Только ленивый предельно.

— Да нет, Марин Иванна, я не ленивый...

— Ленивый, ленивый, — ласково качала его голову Марина, чувствуя шелковистость курчавых волос. — Больше заниматься надо, больше. Ты талантливый парень. Если будешь лентяем — ни одна девочка с тобой дружить не станет.

— Ну и не надо...

— Как же не надо? Придет время и будет надо...

Она наклонилась и сильно дунула ему в ухо.

Он захихикал, втягивая голову в плечи.

— Лень-то матушка! — засмеялась Марина, раскачивая его. — Ладно, давай сонату. Разбирал?

— Ага... немного, — насторожился он и со вздохом полез в ноты.

— Трудно было?

— Очень...

— Не ври. Ничего там трудного нет.

Слюнявя палец, он нашел нужную страницу, посмотрел, подняв брови и приоткрыв рот.

— Начинай.

Неряшливые мальчишеские руки нащупали клавиши.

«В мужчинах прежде всего отталкивают руки и ноги... — вспомнила Марина Сашину фразу. — Толстопалые руки и вонючие заскорузлые ноги...»

Спотыкаясь, соната стала раскручивать свое мажорное кружево.

Марина выудила из сумки «Мишку», развернула, откусила половинку.

Бирюзовый глаз в черной оправе покосился на нее.

Она подошла к Олегу и поднесла оставшуюся половинку к его губам. Он по-жеребячьи шарахнулся назад.

— Бери, не отрывайся.

И взял, как жеребенок берет теплыми губами с ладони, — нежно, осторожно...

«Прелесть ты моя, — подумала Марина, — Выпила бы тебя всего за одну ночь. Весь твой свеженький, еще не загустевший кефирчик».

Он играл, гоняя во рту конфету, — хрупкую, податливую, пряную и соблазнительную, как сама жизнь...

После смерти отца время полетело быстрей.

Дядя Володя увез маму в Ленинград, комнату сдали, Марина переехала в Москву к бабушке.

Варсонофьевский немноголюдный переулок, многолюдный центр, шум, асфальт, новая школа, новый каменный двор, — все это ворвалось в жизнь Марины быстро и решительно, сломив ее кратковременную ностальгию по редким соснам и частым сараям.

Сухонькая подвижная бабушка продолжала с ней заниматься музыкой, раз в неделю пекла торт «Гости на пороге», разрешала играть во дворе допоздна (только не выбегай на улицу!), водила в консерваторию и в Большой Театр.

В двенадцать лет Марина познакомилась с Игорем Валентиновичем, — пианистом, литератором и старым другом бабушки.

— Это чуудный человек, — вытягивала морщинистые губки бабушка. — В консерватории преподавал семнадцать лет, три романа написал, ТАМ побывал... вот так...

— Где там?

— На Севере.

— Там где папа?

— Да... там, — усмехнулась бабушка, поправляя перед зеркалом свою шляпку. — Слава Богу, что согласился. Вместо того, чтоб по дворам-то гонять, позанимаешься месяца два у него. Дороговато, но ничего. Мы люди не безденежные...

— Он в консерватории работает?

— Нет. Теперь дома.

В этот же день они поехали к нему.

Игорь Валентинович жил в огромном высотном здании на площади Восстания.

— Очень рад, — проговорил он сухим высоким голосом, пожал руку Марине и сдержанно улыбнулся.

Сам он был, как и голос, — сухощавый и высокий, с бабушкой держался галантно и улыбчиво.

Втроем они прошли в одну из больших просторных комнат и после ознакомительной беседы Марина села за рояль.

— Не волнуйся, главное, — шепнула с дивана бабушка, наклоняясь вперед.

— Пусть, пусть волнуется, — усмехнулся Игорь Валентинович. — Лишь бы играла. Не низко?

— Нет, нет...

Вытерев потные ладошки о колени, Марина заиграла «К Элизе».

Бетховен быстро помог успокоиться и этюд Черни неожиданно для себя она исполнила легко.

Незнакомый рояль пел и гремел под ее длинными крепкими пальцами, бабушка улыбалась, Игорь Валентинович кивал в такт головой.

Марина сыграла еще «Баркароллу» из «Времен года» и облегченно повернулась к Игорю Валентиновичу.

Он встал, сунув руки в карманы узких брюк, прошелся и оптимистично кивнул:

— Ну, что ж, будем, будем работать. Есть над чем.

Бабушка вопросительно приподнялась с дивана, но бодрым кивком он предупредил ее:

— Все, все в порядке. И пальчики бегут, и звук есть. Стоит, стоит поработать.

Марина стала ездить к нему два раза в неделю, — понедельник и четверг отныне окрасились звуками, наполнились слегка душноватым воздухом громадной квартиры и быстрой речью Игоря Валентиновича:

— Милочка, посмотри внимательно...

Придвигаясь к ней поближе, он выпрямляется, словно проглотив подпорку для крышки рояля, плавно поднимает руку и мягко опускает ее на клавиатуру.

Чистый и свободный звук плывет из-под крышки.

— Все не из пальца, а от плеча. От плеча, вот отсюда, здесь он зарождается, — Игорь Валентинович гладит другой рукой свое худое обтянутое кофтой плечо, — зарождается, и по руке, по руке стекает к пальцу, а палец полусогнут, эластичен, кисть свободна, локоть тоже.

Марина повторяет, чувствуя, что ее до совсем другое.

— А кисть не проваливается ни в коем случае! — мягко подхватывает он ее руку снизу. — Кисть эластична, но не безвольна. Еще раз...

За месяц он поставил ей руку на всю жизнь, открыв свободу и мощь кистевой пластики.

— Легче, легче... еще легче! — раскачивал он ее, когда она играла бисерный этюд Мошковского и вскоре пальцы действительно задвигались отдельно от ее тела, побежали легко и свободно.

— Идеальное состояние для таких этюдов — полусон. Тогда вообще полетит, как пух Эола.

Дома, на бабушкином разбитом «Августе Ферстере» Марина повторяла тот же этюд, сама покачиваясь на мягком большом стуле.

На втором месяце Игорь Валентинович «впустил ее в Баха», как написала бабушка матери.

Это был бесконечный ввысь и вширь собор, пустынный и торжественный, громадный и совершенный. Марина не знала что это такое, но прекрасно видела подробную лепку порталов, размытые сумраком пилоны, чередование колонн, недосягаемый свод, пронизанный пыльным солнечным светом.

— Понимаешь, милочка, здесь две Марии, — с настойчивой мягкостью повторял Игорь Валентинович, разглаживая на пюпитре «Хорошо темперированный клавир», распахнутый на фа-минорной прелюдии-фуге. — Прелюдия — одна Мария, а фуга — совсем другая. Они разные, если не по духу, то по характеру.

Он начинал прелюдию, умышленно замедляя и без того неторопливую перекличку аккордов:

— Это состояние божественной просветленности, ожидание Благовещения, небесная любовь...

Прелюдия текла по своей неземной схеме, Марина слушала, любуясь искусными пальцами Игоря Валентиновича, забывая обо всем.

Прелюдия гасла, он тут же начинал фугу:

— А это земное чувство. Другая Мария. Такая же просветленная, но и реально чувствующая землю под ногами. И любовь — земная, в лучшем смысле этого слова, любовь истинная и полнокровная, бескорыстная и добрая, страстная и обжигающе-тревожащая...

А что потом?

А потом в первое же лето Москва швырнула Марину из Варсонофьевского в родное Подмосковье: пионерский лагерь «Горнист» лежал тремя продолговатыми корпусами на берегу Клязьмы, автобусы остановились возле деревянных распахнутых ворот с транспарантом

ДОБРО ПОЖАЛОВАТЬ В ПИОНЕРСКИЙ ЛАГЕРЬ ГОРНИСТ!

Они поселились в девичьем корпусе, где остро пахло краской, а железные с высокими спинками койки стояли так тесно, что на них приходилось запрыгивать с разбега.

В первый же день Марина облилась киселем в просторной столовой, научилась играть в настольный теннис, познакомилась с двумя отличными девчонками — белобрысой Надькой и остроносенькой лупоглазой Верой.

Сосновый бор окружал лагерь, теплая, усыпанная иглами земля мягко прогибалась под ногами, гипсовые пионер-горнист, пионер-футболист, пионер-барабанщик выступали привидениями на темно-зеленом фоне леса.

Надькина койка была рядом.

После отбоя они долго шептались, комкая влажные простыни с казенным клеймом ПИОЛАГ ГОРНИСТ.

Надька рассказывала страшные истории: «Черный лоскут», «Светящийся череп», «Голубые руки».

Все это было не страшно, зато таинственно. Марина с тревогой вглядывалась в темноту, полную сопения спящих девочек, перебивала сонно бормочущую Надю:

— А дальше, Надь?

— А дальше... дальше череп покатился по узенькой дорожке и прямо к их дому. И в окошко — стук, стук, стук. А они — кто там? А он — это ваша служанка Марта. Хозяйка отворила, а он ее раз и задушил. И по лестнице наверх покатился. А хозяин спрашивает — кто там на лестнице? А череп говорит — это я, твоя жена. И тоже его задушил. А мальчик увидел и побежал на третий этаж, где у них дедушкина шкатулка лежала... вот. А череп за ним, за ним...

Марина слушала, а тьма пульсировала возле глаз, убаюкивала, словно старая знакомая.

Надя засыпала первой.

Утром они бежали на зарядку, предварительно навизжавшись и набрызгавшись в умывальной.

На площадке возле корпуса их ждали двое — толстая кудрявая баянистка и вожатая Таня. Пухлые руки растягивали меха, на клавишах играло пробившееся сквозь сосновые кроны солнце:

Ииии раз, два три!
Эх, хорошо в стране Советской жить!
Эх, хорошо страну свою любить!
Эх, хорошо в стране героем быть!
Красный галстук новенький носить!

Они маршировали на месте — восемьдесят две девчонки, делали наклоны, приседания, прыжки. А перед двумя мальчишескими корпусами то же самое проделывали голоногие мальчишки под баян усатого хромого Виктора Васильевича. Играл он всегда неизменное попурри из сталинских кинофильмов:

Эй, вратарь, готовься к бою!
Часовым ты поставлен у ворот!
Ты представь, что за тобою —
Полоса пограничная идет!

Пора в путь дорогу!
Дорогу дальнюю, дальнюю, дальнюю идем!
Над мирным порогом
Махну серебряным тебе крылом!

Гремя огнем, сверкая блеском стали
Пойдут машины в боевой поход!
Когда нас в бой пошлет товарищ Сталин,
А Первый Маршал в бой нас поведет!

Завтракали жидкой манной кашей, крутыми яйцами и чаем в граненых стаканах.

Однажды, когда добрая сотня алюминиевых ложек гремела, размешивая желтый кубинский сахар в красном краснодарском чае, Марина, отхлебнув, подняла голову и встретилась с пристальным взглядом старшего пионервожатого, который, примостившись с краю противоположного стола, пил кофе из своего термоса.

Секунду он смотрел все так же пристально, потом молодое, почти мальчишеское лицо его растянулось улыбкой. Подняв шутливо никелированный стаканчик, он кивнул Марине.

Ответно улыбнувшись, она попробовала поднять свой стаканище, но чай был горяч, обжег кончики пальцев. Она подула на них, смеясь, а старший грозно нахмурил брови, оттопырил нижнюю челюсть и покачал головой, изображая директора лагеря — угрюмого толстяка, везде появляющегося со своей женой — такой же грузной неприветливой женщиной.

Марина прыснула, узнав объект пародии, но Володя уже спокойно допивал кофе, что-то быстро говоря сидящему рядом Виктору Васильевичу.

Володя...

Он был душой лагеря, этот невысокий спортивный парень. Тогда он казался Марине страшно взрослым, хотя и носил белую тенниску, узкие спортивные брюки и белые баскетбольные кеды. Красный галстук болтался у него на шее, придавая ему мальчишеский вид. Он мог быть строгим и веселым, занудливым и безрассудным, тошнотворно-спокойным и озорным.

У него было увлечение — новенький фотоаппарат иностранной марки, который он часто носил с собой.

Фотографировал он редко, снимая, как правило, бегущих или играющих пионеров.

Что-то подсказало Марине тогда в столовой, что этот пристальный взгляд, брошенный под музыку алюминиевых ложек, был неслучаен.

И скоро пришлось убедиться в этом.

Почему-то он стал чаще оказываться с ней рядом, — подходил к теннисному столу и, сунув мускулистые руки подмышки, смотрел как она играет с Надькой, отпуская острые, как сосновые иголки словечки:

— Так. Саликова подает, внимание на трибунах.

— Алексеева, Алексеева, мышей не ловишь.

— Саликова, ну что такое? Ты же чемпион дворов и огородов...

— Алексеева, закрой рот, шарик проглотишь.

Сидящие рядом на лавочке ребята смеялись, смеялась и Марина, отбивая цокающий шарик с синим китайским клеймом.

Володя стоял и смотрел, облокотясь на толстенный сосновый ствол. Она заметила, что смотрит он больше на нее, комментируя в основном ее игру. Когда же, уступив ракетку, Марина садилась на лавочку, он присаживался рядом и с серьезно-озабоченным видом тренера давал ей советы, показывая своей смуглой широкой ладонью как надо гасить, а как — резать:

— Поразмашистей и полегче, Марин. У тебя же вон руки какие длинные.

Он брал ее за запястье, заводил руку вперед и останавливал возле лба:

— Вот. Чтоб сюда проходила. Как пионерский салют.

Марина насмешливо кивала, чувствуя теплую шершавую кожу его крепких пальцев.

Он чем-то нравился ей.

На общелагерной линейке он принимал рапорты командиров отрядов с серьезным и строгим лицом. Ему рапортовали пионервожатые — старшеклассники, приехавшие в «Горнист» на весь летний сезон:

— Товарищ старший пионервожатый, отряд номер три на утреннюю линейку построен. Командир отряда Зубарева.

А он — подтянутый, крепкий — принимал рапорт, уверенно вскинув руку, словно погасив звонкий китайский шарик...

В начале июля была «Зарница».

Река разделила «синих» и «зеленых» на две противоборствующие армии. Напялив синие и зеленые пилотки, разжигали костры на скорость, натягивали дырявые палатки, кидали гранаты, бежали «партизанскую эстафету».

Директор, затянув свои огузья-оковалки в белый китель с зелеными галифе, пускал ракеты из тупорылой ракетницы.

Марина была медсестрой. Зеленая пилотка плотно сидела на голове, короткие косички с белыми бантиками торчали из-под нее. Сумка с медикаментами висела через плечо, повязка с красным крестом, слишком туго завязанная Ольгой, сжимала предплечье.

Володя командовал «зелеными», худой бритоголовый командир шестого отряда — «синими».

После однодневной подготовки произошла схватка.

В 8.15 переправились.

В 8.45 вернулась группа разведки, таща на себе «языка» и подвихнувшего ногу товарища.

В 9.00 вышли на исходный рубеж.

В 9.05 красная ракета зашипела над директорскими кустами и Володя, подняв стартовый пистолет на шнуре, повел за собой кричащих ура «зеленых».

Марина по непонятному совпадению или неосознанному порыву бежала рядом, придерживая свою сумку и дивясь обилию росы.

Вдруг впереди в кустах захлопала сосновыми досками «полевая артиллерия» и, крикнув «ложись!», Володя

повалился в траву, еще не скошенную колхозными за-
булдыгами.

Марина плюхнулась рядом, доски равномерно, как
учили, хлопали, Володя, улыбаясь, крутил головой.

Зеленые пилотки торчали то тут то там.

— Ба! Алексеева, друг боевой! Ты здесь? — командир
заметил ее, приподнявшуюся на руках и разглядываю-
щую противника.

И не дождавшись ответа, сильной рукой схватил ее за
плечи, повалил рядом с собой:

— Убьют, ты что!

Его разгоряченное лицо оказалось совсем рядом,
тонкие губы смеялись:

— Медсестрам умирать нельзя. Кто перевязывать будет?

Улыбаясь, он еще крепче прижал ее:

— Снаряды рвутся, а ты высунулась. Не боишься?

— Не боюсь, — усмехнулась Марина, снова поднимая голову.

Его ладонь оставалась у нее на шее:

— Рвешься в бой, Мальчиш-Кибальчиш?

Он пригнул ее голову к траве:

— Лоб пулям не подставлять. Выжить — вот наша задача.

Смеясь, Марина пробовала освободиться, но рука
старшего пионервожатого была крепкой. Перехватив ее
своей, Марина напряглась и вдруг почувствовала его
горячие губы в своем ухе:

— Тише, убьют! Тише, убьют! Тише, убьют!

Стало тепло и щекотно.

Еще не ставшая сеном трава густо стояла вокруг,
пахло клевером, мятой, душицей и чабрецом; малень-

кий, словно пластмассовый, кузнечик тер ножками
крылья, примостившись на стебельке.

— Тише... Ложись... Тише... Ложись...

Шепот был горячий, шершавые пальцы прижимали
голову к траве, волна мурашек пробегала от уха по шее
и по спине.

Притянув ее всю к себе, он непрерывно шептал, поглаживая.

Словно в забытьи Марина прикрыла утомленные
ранним подъемом глаза, тьма и легкий запах табака от
Володиных губ оживили прошлое. Сердце толкнулось к
горлу, застучало знакомыми толчками:

— Тук, тук, тук... скрип, скрип, скрип...

Скрипит кровать, мужская спина движется в темноте, букет белых гладиолусов цветет застывшим взрывом...

Треснуло сзади, красная ракета зашипела над их го-
ловами.

Быстро отпрянув, Володя вскинул руку с пистолетом:

— Зеленые! Вперед! В атаку! Урааа!!

— Ураааа!!! — замелькали кругом голые коленки и
красные галстуки...

А ночью после победного парада Марина натерла
свой пирожок так, что утром болезненно морщилась,
делая первые шаги, — робкие, неуверенные, пугающие,
удивляюще-зовущие...

Старший пионервожатый жил в отдельной комнате в мальчишеском корпусе.

Часто, стоя на пороге своего жилья, весело покрикивал на мальчишек:

— Соловьев, ну-ка отдал мяч быстро. И не лезь больше.

Или советовал:

— Ребята! Отнесите эти обручи в третий отряд, что они тут валяются...

У него была своя лодка — синяя с белыми веслами.

И вот однажды:

— Алексеева!

Он стоял на пороге, засучивая рукава бежевой рубашки.

— Что?

— Поди-ка сюда. Не чтокай...

Передав ракетку Рите, Марина подошла.

Не глядя на нее, он аккуратно расправлял закатанные рукава:

— Хочешь на лодке прокатиться?

— Не знаю... — пожала плечами Марина, чувствуя как краснеют ее щеки.

Нахмурившись, он снял с плеча капельку сосновой смолы, пробормотал:

— Ну что — не знаю... Иди к спуску, жди меня там. Грести тебя научу.

И добавил, кольнув быстрыми зелеными глазами:

— Только не говори никому, а то лодка старая, двоих выдерживает.

Они плыли по течению, Марина неловко гребла, непослушные весла вырывались из рук, шлепали по воде.

Он смеялся, закрываясь от брызг, в его улыбке было что-то беспомощное.

Марина упиралась ногами, откидывалась назад, вытирала забрызганное лицо о локоть и гребла, гребла, гребла, словно стараясь уплыть от этих зеленых глаз и смуглого улыбающегося лица. Но оно все время было рядом, несмотря на то что лагерь, плес, ивы — давно исчезли.

Он попросил подвинуться, сел рядом, положил свои ладони на ее:

— Ну, зачем же так дергать... смотри... и-раз, и-раз, и-раз...

Весла сразу стали ручными, лодка понеслась так быстро, что вода зашелестела под килем.

— Как здорово... — пробормотала Марина, чувствуя необыкновенную легкость, силу и азарт.

— И-раз, и-раз, и-раз... — приговаривал он и они гребли, наклоняясь и откидываясь, его пальцы крепко прижали Маринины, уключины скрипели и скрип этот был замечательным, мучительным, сладостным.

Лодка неслась, речной подмосковный воздух дышал Марине в затылок, свистел за ушами, шелестел галстуком.

— Как здорово, — снова прошептала она.

— Смотри! Поворачиваем, — пробормотал Володя, поднимая правое весло.

Лодка понеслась правее и с ходу врезалась в камыши...

Он стал целовать ее тут же, как только бросил весла, целовать в шею, в губы, в глаза, а лодка еще ползла по инерции, хрустела камышами.

Марина не противилась, а лишь прикрыла глаза, оцепенев.

Его губы были горячи, требовательны и умелы, рука, пройдясь по коленям, проворно забралась в трусики.

Он сосал ее мочки, губы, язык, не вынимая руки из трусов, и лавина сладкого оцепенения обрушилась на нее.

Опять, как и тогда, в душной избенке старика-пасечника, Марина оказалась на горячих мужских коленях, безжалостно раздвинувших ее стройные ноги. И опять вошло в нее что-то горячее, опять стало больно, муторно, сладко.

Застонав, она открыла глаза.

Его плечо, его щека, его покрасневшая, приросшая к щеке мочка...

Прямо за камышами поднялась чайка и с громким писком закружилась по небу, разглядывая сопряженных мужчину и девочку в пионерских галстуках, белую отмель, труп отца, толпу баб, пишущего участкового.

— У нас тут кладбище аккуратное...

Туфли матери вязли в песке.

Грудь старшего пионервожатого покрывали бесцветные волосы.

Марина рыдала, шершавые пальцы зажимали ей рот.

Прибой дотянулся до пыльного сапога участкового, слизнул с него пыль, заставив заблестеть на только что выглянувшем солнце...

Ее звали Мария. Маша. Машенька.

Волны земной любви... Они исходили от нее, незримые, теплые и упругие, как пенящийся морской прибой.

Первая любовь обрушилась на Марину в пятнадцать, когда необычайно жаркое лето свернуло листву московских тополей, размягчило асфальт, пахнуло печным жаром из раскаленных дворов.

Три месяца назад умер Игорь Валентинович, в Ленинграде родился Маринин брат Николай, в соседнем двухэтажном доме был яростный пожар, сожравший девять квартир, Володька Хомутов уехал с родителями на Кубу, Марина экстерном заканчивала музыкальную школу.

— Будь умницей, с тетей Верой повежливей, не дури, занимайся, дверь запирай, когда уходишь, — бабушка еще раз посмотрелась в свое любимое зеркало, поцеловала Марину в лоб и, сдвинув к локтю надетую на руку сумочку, зацокала к двери.

Узкоплечий, но коренастый племянник дяди Володи поднял перетянутый ремнями зеленый чемодан, подмигнул Марине и, изогнувшись, отставляя руку, двинулся следом.

Отстранив лениво колышащийся тюль, Марина вышла на балкон.

Внизу стояла зеленая «Победа», белобрысый шофер, загнав папиросу в угол хмурого рта, открывал багажник.

Появилась бабушкина соломенная шляпка, выплыл скособочившийся Рома.

Прищурившись, бабушка помахала Марине:

— На улице осторожней! У Веры допоздна не сиди!

Широко расставив ноги, Рома опустил чемодан в черную дыру, шофер запоздало двинулся помочь ему.

Потом все трое исчезли в машине, она заурчала и, раздвинув играющих в расшибец мальчишек, уползла под арку.

Марина вернулась в прохладную комнату, скинула тапочки, и босая запрыгала на липком от растопившейся мастики паркете:

— Одна! Одна! Одна!

Ее отражение прыгало в бабушкином трюмо: белое коротенькое платье в синий горошек, вьющиеся каштановые волосы до плеч, худые загорелые руки.

Бабушка уехала на две недели, оставила соседке семьдесят рублей с просьбой «посматривать».

Марина подбежала к телефону, набрала номер.

— Але? — нараспев протянула Вера.

— Вер! Бабуля уехала.

— Уже?

— Ага.

— Счастливая. Ну чо, ты придешь?

— Конечно.

— Приходи пораньше, поможешь торт сделать.

— Какой?

— Ореховый.

— С кремом?

— Обязательно...

— Вер, а кто еще будет?

— Танька, Ольга и ты. Может Мишка с Олегом зайдут.

— Нормально.

— Приходи... Щас, мам, иду... ну, пока, Марин.

— Пока.

Марина положила трубку, села к инструменту, полистала ноты.

С балкона сквозь тюль текла жара, внизу кричали мальчишки, клавиши пахли нагретой слоновой костью, большие часы, висящие над пианино, громко тикали.

Лукавые четверти мазурки были хорошо знакомы, но играть не хотелось.

Разыскав брошенные тапочки, Марина сбегала к соседке.

— Только ты сразу не трать, Мариночка, — нравоучительно склонила голову набок Вероника Евгеньевна, протягивая сложенную пополам десятку. — Кушать у тебя есть что?

— Бабуля на неделю наготовила.

— Держи в холодильнике, а то прокиснет в момент...

— Я знаю, теть Вер.

Марина купила на Петровке три пачки серебристого, покрытого изморозью эскимо, одну съела, запивая ледяной, бьющей в нос газировкой, две других сунула в пакет с тремястами граммами развесного шоколада и побежала домой.

Сунув шоколад с мороженым в холодильник, пошла в ГУМ, толкаясь в потной толпе, купила Верке пластинку Караклаич, голубую шапочку для купания и капроновые чулки.

Пухлой веснушчатой Вере исполнялось пятнадцать, Марина была на полмесяца старше...

— Мы уже все скомбинировали! — похвалилась Вера, распахивая дверь и с треском вырывая зубами из яблока добрую треть, — Навай... пиоходи...

— Прожуй, подавишься, — усмехнулась Марина, перешагивая обитый войлоком порог.

— Угу...

Они прошли в комнату, посреди которой посверкивал стеклом накрытый стол. На кухне что-то громко жарилось и в чаду мелькала оплывшая фигура Вериной мамы.

— Ух ты, платье милое какое, — проговорила Вера, глотая и слегка кривя смешливые губы. — Софи Лорен, прямо...

Марина опустилась на диван, стала распаковывать большой сверток.

Она была в белом, матерью сшитом платье, волосы перехватила белой лентой, слегка напудрилась из фарфоровой пудреницы и подкрасила губы бабушкиной розовой помадой.

— Эт что, мне все? — хихикнула Вера, присаживаясь рядом.

— Тебе. Держи.

Марина сунула ей пластинку.

— Эт кто?

— Караклаич.

— Во, спасибо. Давай заведем...

— И вот еще, погоди...

— Шапочка! У меня нет, как раз...

— И вот. Тоже тебе.

— Ну, Маринк, куда мне столько...

— А главное — гляди... закрой глаза...

Вера сморщилась и отвернулась, тряхнув длинной косой.

Марина положила ей на колени небольшой альбом для марок.

— Ой, Марин, спасибо...

— Расти большой, не будь лапшой... вобщем, поздравляю...

Марина чмокнула ее в щеку и пошла на кухню:

— Здрасьте, теть Наташ...

Тяжело дышащая туша в фиолетовом халате повернула к Марине красное лицо с едва различимыми щелками глаз:

— Мариночка, здравствуй... Ишь ты, красивая какая сегодня. Уехала бабушка?

— Уехала.

— Надолго?

— Недели на две.

— Во, благодать-то! — утробно заквохтала туша, лихо переворачивая шипящие в масле антрекоты. — А не страшно?

— Что я, маленькая что ли...

— Молодец. Ты проходи к Вере, тут угарно...

Шесть часов наступили быстро.

— Ну вот, — яростно шепнула Марине Вера, с грудой подарков выходя из весело болтающего коридора, — сеструху свою притащила.

— И что?

— Да ничего, старуха ведь...

— А сколько ей?

— Двадцать три...

— Кошмар...

Когда вошла ОНА, Марине вдруг стало зябко и весело.

Глаза их встретились, улыбка сошла с красивого лица Марии, черные дуги бровей дрогнули:

— Аааа... это наша знаменитая пианистка?

— Очень знаменитая, — смеясь, пробормотала Марина.

— Мария, — она подошла ближе и мягкие пальцы крепко сомкнулись вокруг Марининых.

— Марина.

— Какие у тебя красивые подружки, Вер.

— А я что, некрасивая? — хихикнула Вера.

— И ты тоже...

Она была худая, как и Марина, но тело отличалось большей неподвижностью, движения его длились плавно и размеренно.

— Можно мне здесь?

— Конечно.

Мария села напротив Марины и время окостенело, комната, стол, лица девчонок, — все стягивалось к этим черным пристальным глазам, к красивому, слегка надменному рту...

Марина не понимала что с ней происходит.

Выпили сидра, пришли мальчишки, принесли сухого. Выпили невкусного сухого.

Уплыла Веркина мать, стемнело, кто-то завел Дина Рида, кто-то плюхнул в Маринину тарелку огромный клин торта, кто-то, дурачась, заговорил голосом Райкина, а пристальные глаза все смотрели, смотрели, словно нанизывали на два черных луча.

— Ты давно играешь? — спросила она сквозь хриплый голос Дина Рида.

— С детства, — улыбнулась Марина, разглядывая ее индейское лицо, обрамленное прямыми блестящими волосами.

— Нравится музыка?

— Конечно.

— А что больше?

— Бах и Шопен.

Мария кивнула и положила в рот кусочек печенья. К торту она не притронулась.

— А я тебя у Тани никогда не видела. Даже и не знала, что у нее такая взрослая сестра.

— Правильно. Я тут не живу. Так, приезжаю иногда...

Ее руки изящно ломали печенье:

— Ты с родителями живешь?

— С бабушкой. Но она щас уехала. К маме. В Ленинград.

Рука с печеньем остановилась на полдороге к губам:

— Как же она тебя оставила?

— А что такого. Я не маленькая.

— Справляешься?

— А чего там. Я все умею.

— Молодец. Я вот до сих пор готовить не научусь.

— Почему?

— Муж избаловал.

— Он хорошо готовит?

— Да. Лучше любой бабы.

— Ты давно замужем?

— Три года.

— Хорошо быть замужней?

Мария усмехнулась, лениво потягиваясь:

— Ничего хорошего.

— Почему?

Мария неторопливо подняла из-за стола свое гибкое тело:

— Когда выйдешь замуж — поймешь. Пошли покурим на лестницу...

Марина двинулась за ней.

— Куда это вы? — спросила пунцовая от смеха Ольга.

— Сейчас придем...

На лестнице было темно и прохладно, Мария достала из сумочки сигареты, протянула Марине:

— Куришь?

— Нет, — улыбнулась Марина.

Чиркнула спичка, высветив индейское лицо:

— Честно говоря, не помню, когда была на таком девишнике.

— А что?

— Да смешно до слез. Дети вы. Правда, завидно немного...

Она затягивалась, разглядывая Марину:

— Ты очень красивая. Как принцесса.

Марина улыбнулась:

— Ты красивее.

Дым со смехом пошел у нее изо рта:

— Спасибо... У тебя мальчики есть?

— Неа.

— Почему?

— Да ну... Неинтересно с ними...

— Понятно.

— Маша, а где ты такие брюки достала?

— Нравятся?

— Очень. Это ведь новая мода.

— Хочешь такие?

— Дорогие, наверно...

— Матерьял тридцать и шитво десятка.

— Дорого.

— Чего ж дорогого?

Марина пожала плечами.

Тонкий палец щелкнул по сигарете, стряхивая пепел:

— Послушай, а у тебя инструмент дома есть?

— Конешно.

— Давай сбежим к тебе, ты мне поиграешь? А то тут с тоски помрем.

— Давай. Только Вера может обидеться...

— А я совру чего-нибудь. Пошли...

Швырнув сигарету вниз, она скрылась за дверью...

Вскоре они уже сидели на протертом бабушкином диване и Марина первый раз в жизни пробовала курить.

— Да нет, не так. В себя тяни, в себя, — тихо проговорила Мария, придвинулась и, обняв Марину за плечо, взяла из ее губ сигарету. — Смелее, вот так...

Она стремительно втянула в себя дым, заставив сигарету зашипеть, и изящно выпустила его тонкой струйкой, сложив губы бутоном.

— У меня так не получится, — улыбнулась Марина.

— Получится, получится... Эта лампа горит? — спросила Мария, потянулась к горбатой настольной лампе, с хрустом включила. — Выключи люстру, по глазам бьет...

Марина погасила верхний свет.

— Совсем другое дело, — усмехнулась из полумрака Мария и, откинувшись на спинку дивана, эффектно забросила ногу на ногу. — Ну, иди, поучимся принцесса.

Глаза ее таинственно поблескивали, сигарета пляса-
ла в подвижных губах.

Марина присела рядом, осторожно затянулась из ее
руки и закашлялась:

— Ой... кха... гадость какая...

— Ха-ха-ха! Деточка ты моя. Привыкай. Давай еще...
Она обняла ее, прижавшись теснее. Марина чувствовала упругую грудь, упирающуюся в ее плечо.

Черные влажные глаза шевелились рядом, разглядывая
Марину. Казалось они жили своей отдельной жизнью...

— Ну, давай, давай...
Дым снова неприятно ворвался в легкие, но Марина
сдержалась, а когда выпустила его, комната слегка качнулась, пол поплыл и стало весело.

Она засмеялась, прижав ладони к глазам, Мария обняла ее и повалила назад:

— Пробрало, пробрало принцессу!

Марина смеялась, а влажные глаза таинственно поблескивали возле ее щеки.

— Послушай, а ты действительно к мальчикам равнодушна?

— Не знаю, — посмеивалась Марина, чувствуя не-
большое головокружение.

— А за тобой ухаживал кто-нибудь?

— Неа...

— Скоро начнут табунами ходить.

— Почему?

— Ты очень красивая. Мальчишки из-за тебя поуби-
вают друг друга.

— Да ну их...

— Почему?
Марина пожала плечами.

Черные глаза укоризненно качнулись:

— Ну и зря. В удовольствиях себе не надо отказывать.

— В каких?

— Ну, в разных. Будет за тобой ухаживать мальчик, в кино сводит, угостит мороженым, проводит до дома. А в подъезде нежно прижмется и поцелует. Разве плохо?

Последние слова она произнесла таинственно и чуть слышно, с пристальной нежностью глядя в глаза Марины.

Марина снова попыталась пожать плечами, но Мария слишком сильно обнимала ее, прижавшись грудью:

— Знаешь как мальчики умеют целовать?

Ее губы приблизились к уху Марины, горячий шепот исходил из них:

— Этот мальчик, который тебя проводит, будет высоким, широкоплечим, стройным. Как принц. Волосы светлые, глаза большие, красивый, как и ты. Такому отказывать никогда не нужно. Губы у него алые, мягкие. А в подъезде он прижмется, нежно обнимет и поцелует. Знаешь, как приятно? Ты не целовалась никогда?

Марина покачала головой. Ей было спокойно и хорошо в объятиях Марии. Голова слегка кружилась, в окне и в распахнутой двери балкона чернела тьма, горячий шепот приятно щекотал ухо:

— Мальчики по-разному целуются. Кто как умеет. Но если мальчик и девочка умеют целоваться — это очень приятно. Важно уметь. Если не умеешь — ничего не почувствуешь. Меня в твоем возрасте подружка научила. И знаешь как приятно потом было? С ума сойти. У него губы были большие, нежные. Он так обнимет за плечи и за шею, приблизится медленно, в глаза глянет и губы сойдутся. И мы целуемся, целуемся. Это ужасно приятно...

— А ты за него замуж вышла? — прошептала Марина, неподвижно уставившись в черную дверь балкона.

— Да нет, что ты, — еще крепче обняла ее Мария. — Вышла я за Сережу, а Женечка у меня первый был. Первая любовь. Он меня и женщиной сделал. Мы так любили друг друга, обалденно... Все-таки я вот смотрю на тебя — какая ты красивая. Невероятно! Просто завидую тебе...

Она погладила пальцем Маринину бровь:

— Настоящая принцесса...

— Да какая я принцесса... это ты принцесса...

— Как тебя будут любить, Маринка, как будут страдать из-за тебя!

— Прямо уж...

— Точно. Проходу не дадут.

— Да ну их...

— Как же — да ну? — нежно повторила Мария, гладя ее щеку. — Мальчик тебе объяснится в любви, а ты — да ну? Это не дело. На чувства надо отвечать. Губами. Понимаешь? Хочешь научу тебя целоваться?

— Я не знаю...

Длинные пальцы гладили подбородок, бездонные глаза смотрели в упор:

— Тебе нужно это уметь, Мариночка. Обязательно нужно. Давай...

Перегнувшись через сиденье дивана, она хрустнула выключателем.

Комната погрузилась в темноту, только слабый свет двух уличных фонарей протянулся по потолку бледно-голубыми полосками.

— Повернись ко мне, — прошептала Мария, разворачивая ее за плечи.

Марина повернулась.

Ее белое платье было заметно в темноте, в то время как от темно-коричневой Марии остались только блестящие глаза, поймавшие искорки двух фонарей.

— Я буду твоим мальчиком...

Невидимые руки настойчиво обняли, Мария прижалась своей мягкой грудью и стала целовать в шею, горячо шепча:

— Милая... любимая моя... люблю тебя... ты будешь моей... моей женщиной... моей первой женщиной...

Марине было приятно и хорошо, она положила свои руки на съеденные тьмой плечи, прижалась к невидимому телу.

Так длилось долго. Мария целовала ее в шею, в щеки, посасывала мочки ушей, гладила грудь и плечи. Губы ее были теплыми и мягкими.

Потом вдруг они оторвались от щеки, исчезая на секунду, и вдруг...

Это было так нежно и неожиданно, что Марина вздрогнула, знакомая зыбкая волна мурашек стремительно прошлась по спине.

Нежные губы коснулись ее губ, требовательно раздвинули и чужой язык вошел в них, тронул язычок Марины. Рот приятно онемел, словно принял в себя обжигающее сладкое вино, которое быстро прошло в грудь, заставив сердце затрепетать, а тело — замереть.

Смоляные глаза стали совсем близкими, тусклый отблеск фонаря играл на гладких волосах лунной морской дорожкой.

Язык снова вошел в рот Марины, неожиданно для себя она поняла сущность урока, ее губы ответно ожили, дрожь прошла по членам.

Это тянулось долго, мучительно долго и было сладко целоваться с этой взрослой, умной, красивой женщиной, которая все знает и все умеет, и так нежно пахнет духами, незнакомой жизнью и опытом, опытом...

— Милая, но мальчику поцелуя будет мало, — еще горячее зашептала Мария, часто дыша и не переставая прижимать к себе Марину. — Знаешь какие они требовательные? Особенно — красивые. Представляешь, он узнает, что у тебя дома — никого. Бабушка уехала, как сейчас, квартира пустая. Он требует. Понимаешь? И ты должна пустить его, если любишь. И вот вы уже здесь. Дверь он крепко запер, соседи все давно спят. Вы одни. Он долго-долго целует тебя, а потом... потом...

Ее рука нащупала на спине молнию, потянула. Маринино платье ослабло на плечах, горячие руки стали раздевать ее:

— Потом он станет раздевать тебя. И шептать... милая, милая моя, я хочу тебя... будь моей... я люблю тебя... не противься...

Ловкие руки сняли с нее платье и трусики, потом с зеленоватым электрическим треском содралась Машина водолазка, приглушенно зыкнула молния брюк, загремели отброшенные туфельки, щелкнула застежка лифчика и дрожащее тело вплотную прижалось к ней:

— Милая... девочка моя... сейчас ты будешь моей...

Через минуту они уже лежали в мягкой бабушкиной кровати, прохладное бедро настойчиво раздвигало ноги Марины, губы настойчиво целовали, руки настойчиво ласкали. Прижав бедром гениталии Марины, Маша стала двигаться, кровать заскрипела и, словно спала непроницаемая пелена, долгое время скрывавшая что-то родное и знакомое: с каждым скрипом, с каждым движением навалившегося тела тьма начинала становиться ТЬМОЙ, обретая свой прежний знак Тайны и Стыда, наполняясь мучительным запахом табака и цветов, пульсируя кровью в висках...

Первая ночь с первой любимой... Она навсегда вошла в сердце, в тело, в душу, заставив пятнадцатилетнее существо раскрыться огненным соцветием любви.

Ночь была душной и бесконечной, свежей и мгновенной, полной всего нового, трепетного и опьяняющего: долгих поцелуев, нежных прикосновений, сбивчивых признаний, ошеломляющих открытий, скрипящей кровати, бесчисленных оргазмов, восторженных слез, мокрой подушки, перепутавшихся волос, мутного рассвета, скомканной простыни, усталого благодарного шепота, полусонной клятвы, внезапного забытья и сна, сна, сна, — глубокого и спокойного, под нарастающий шум проснувшегося города...

— И в следующий раз будь посерьезней! — крикнула вдогонку Олегу Марина и, зажав подмышкой ноты, пошла в преподавательскую.

Там одиноко сидела на столе Клара и курила, покачивая пухлой ногой, крепко затянутой в коричневый сапог.

— Привет, Кларусик, — кивнула Марина.

— Привет...

— Все разбежались?

— Ага. Одни мы, две дуры... — равнодушно затянулась Клара.

Расписавшись в журнале, Марина посмотрела на часы:

— Ой, мне лететь надо, как угорелой.

Клара выпустила дым, понимающе оттопырив ярко накрашенные губы:

— Ясненько. Послезавтра собрание...

— Знаю...

Марина сняла с вешалки плащ, искоса посмотрела на Клару.

«Интересно, что она говорит, когда ее Вартан на нее наваливается? Наверно анемично вздыхает. Или молчит, как скифская баба...»

— Ну, я бегу, — Марина махнула сумочкой сгорбленной джерсовой фигуре, — пока...

— Пока...

На улице было мокро и по-весеннему свежо.

Благодаря усилиям угрюмого дворника в юбке, успевшего сколоть лед почти со всей дорожки, Маринины сапожки застучали по мокрому аспидному асфальту.

— «Тридцатая весна», — подумала она и, улыбнувшись, наступила на одиноко тающий комок снега.

Он погиб без хруста, Марина перебежала к шоссе, замахала группе машин, плавно ускоряющихся после светофора.

Красный «Москвич» притормозил, свернул к ней.

— Площадь Ногина, — проговорила она, с трудом открывая неподатливую дверцу.

— Пожалста... — равнодушно отвернулся котообразный толстяк в кроликовой шапке, тупой, безразличный, обрюзгший, словно тоталитарный режим в африканской стране...

Марина проснулась от чего-то непонятного и нежного, не помещающегося во сне и последовательно выдвигающегося в реальность.

С трудом разлепив веки, она увидела перед собой ровный пробор, бледной полоской рассекающий покачивающиеся смоляные волосы.

Мария посасывала ее сосок, одновременно поглаживая рукой пах.

Солнце, пробиваясь сквозь раздвинутые шторы, ощупывало двумя узкими лучами складки Машиных вельветовых брюк, бесстыдно раскинувшихся на диване.

Марина улыбнулась, вспомнив все, и слабо застонала.

Пробор и волосы исчезли, Машино лицо заполнило комнату:

— Проснулась птичка... цветочек мой...

Она нежно поцеловала Марину в щеку, щадя запекшиеся, опухшие от поцелуев губы.

Ее лицо слегка осунулось, но глаза сияли все тем же таинственным черным огнем, щеки были бледны.

Марина обняла ее и прижалась, словно ребенок к матери.

— Хорошая ночка была? — шепнула Мария.

— Да...

— Наша первая брачная. Поздравляю тебя, птичка...

Они поцеловались.

Еще сонными глазами Марина разглядывала красивую грудь с маленькими сосками, длинную шею, спрятавшийся в складке пупок, темнеющий внизу пах. Все было рядом — чужое, раньше недоступное, все можно было потрогать и разглядеть.

— Так необычно... — проговорила она, проводя рукой по плечу Марии.

— Что?

— Ну... все... никогда не знала, что женщины могут любить друг друга...

— Могут. Еще как...

— Даже не верится...

— Но ты-то веришь в это?

Марина вздохнула, вспоминая прелесть прошедшей ночи:

— Конечно...

— А любишь меня?

— Люблю.

— Скажи еще.

— Люблю.

— Еще, птичка, еще...

— Люблю... люблю...

Они обнялись...

Через минуту Маша, набросив на плечи бабушкин халат, жарила на кухне яичницу, а Марина — голая, с распущенными волосами — играла свой сокровенный Тринадцатый, звучащий в это утро ново и не до конца понятно, страстно и сурово-возвышенно, нежно и пастельно-сдержанно.

— Вот здесь остановимся, — Марина протянула толстяку два рубля, покосилась на мелькнувшие за окном часы, — Десять шестого... опаздываю, как всегда...

Изнутри дверца оказалась более податливой, Марина вылезла и побежала вверх по Старой площади. Свернув в тесный Никитинков переулок, заспешила к трехэтажному стеклянному зданию рядом с церквушкой.

Покуривая, Леонид Петрович прохаживался чуть поодаль. Воротник его коротенькой дубленки был поднят, нерповая шапочка с козырьком съехала на глаза.

Запыхавшаяся Марина подошла, тронула его за локоть:

— Привет... ой... давно ждешь?

Он улыбнулся, бросил сигарету:

— Да нет. Рад видеть тебя. Что, зашилась на работе?

— Ага... ой... не отдышусь никак... у вас от метро подъем такой...

— А как же. Мы на горе стоим. Это понятно, — заулыбался он, полагая, что сказал что-то остроумное. — Ну, пошли.

На ходу он достал из кармана талончик, протянул ей.

— Спасибо...

Марина проскользнула в стеклянную дверь, преду-предительно отведенную Леонидом Петровичем и ока-залась в просторном вестибюле, где у пластмассовой проходной топтались двое в штатском.

Марина показала им талончик, а Леонид Петрович свое красное удостоверение заведующего сектором ЦК КПСС.

Высокий широколицый блондин кивнул, они про-шли и стали подниматься по просторной винтовой ле-стнице. Впереди никого не было, Леонид Петрович бы-стро обнял ее и поцеловал в губы.

Марина улыбнулась, провела рукой по миловидному морщинистому лицу с приветливыми глазами и белы-ми щеточками седых висков, выглядывавших из-под шапки.

Он снова поцеловал ее.

Сверху стали спускаться, весело переговариваясь.

Леонид Петрович отстранился и пошел рядом, расте-рянно улыбаясь и глядя под ноги.

Они свернули на второй этаж.

Здесь располагалась уютная диетическая столовая и светился неоном стеклянный прилавок отдела заказов, возле которого стояло человека четыре.

Две полные женщины в белых фартуках и шапочках расторопно отпускали коробки с заказами, накалывая талончики на спицу.

Марина протянула свой, розовощекая баба с лисьим носиком взяла, подала ей коробку, перетянутую шпага-том и положила сверху листок с перечнем.

Марина кивнула, снимая заказ со стойки, но пальцы Леонида Петровича оттерли, отняли и понесли.

— Настоящий джентльмен, — благодарно хмыкнула Марина.

— Ага... Тебе в буфете не нужно ничего?

— Да куда еще...

На этот раз лестница встретила медленно поднимающимися одиночками и третьего поцелуя не последовало...

На улице Марина открыла сумочку:

— Леня, сколько я должна?

— Закрой, закрой... — пробормотал он. — Пошли провожу тебя.

— Нет, ну серьезно, сколько?

— Нисколько.

— Лень, это нехорошо.

— Хорошо, хорошо... Пошли...

Они вышли из переулка и двинулись вниз к метро мимо длинных зданий ЦК и МГК.

Спускаться отсюда было гораздо легче, чем подниматься.

Леонид Петрович закурил, не предложив Марине:

— Как у тебя дела?

— Какие?

— Всякие...

— По-всякому. А вообще хорошо. Вот заказ цековский получила...

— А со временем как?

— Туговато.

— А в субботу?

— Да я не знаю, Лень...

— Поехали ко мне на дачу? Там так хорошо щас. Пусто...

— А твои где?

— Дома...

— Посмотрим...

Он замолчал, часто отпуская дым свежему весеннему ветерку. Надвинутая на глаза шапка придавала его лицу угрюмый вид.

— Как на работе? — равнодушно спросила Марина.

— Все в норме...

— Трясет вас Юрий Владимирович?

— Слегка...

— Ничего себе слегка... Вон перетасовки какие. У тебя ж начальника сняли...

— Ну и что. Все равно работаем по-старому...

— А тебя почему не снимают?

— Не знаю. Заслужил, наверно...

«Не пизди, Ленечка, — подумала Марина, с улыбкой поглядывая на него, — Не ты заслужил, а твой брат, генерал-майор КГБ, который так глупо и безнадежно клеился ко мне в вашем сочинском санатории...»

Она вспомнила полного, косноязычного Сергея Петровича, спускавшегося в столовую в неизменном шерстяном тренировочном костюме, и засмеялась.

— Что? — устало посмотрел на нее Леонид Петрович.

— Ничего, ничего...

Он бросил окурок:

— Ну так я позвоню тебе утром, а?

— Звони...

Марина взяла у него коробку:

— Спасибо тебе...

— Да не за что, Мариш. До субботы.

Его пальцы украдкой пожали ее запястье.

Марина кивнула и стала спускаться в подземный переход по залитым жидкой грязью ступеням.

Метро было переполнено. В поезде ей уступил место какой-то подвыпивший мужчина, по виду стопроцентный слесарь.

Марина села и, не вслушиваясь в его сбивчивые портвейновые речи сверху, вытянула из-под бечевки опись заказа:

март 1983

——————————————

Колбаса сырокопченая		*1*	*4-24*	*4-24*
Кета с/посола	*0,5*	*7-81*	*3-91*
Икра кетовая 1/140	*1*	*4-20*	*4-20*
Икра зернистая 1/56	*1*	*3-00*	*3-00*
Крабы 1/420	*1*	*2-40*	*2-40*
Печень трески 1/320	*1*	*0-95*	*0-95*
Огурцы консерв. 1/510	*2*	*0-44*	*0-88*
Говядина тушеная 1/250	*2*	*0-68*	*1-36*
Судак в томатном соусе 1/350	*1*	*0-58*	*0-58*
Ветчина 1/454	*1*	*1-90*	*1-90*
Язык в желе 1/350	*1*	*1-23*	*1-23*
Коробка			*0-32*
Конверты			*0-03*

——————————————

итого   *25-00*

«Четвертак подарил мне, — подумала Марина, пряча листок в карман, — А заказики ничего у них. Ребята будут рады...»

Слесарь что-то бормотал наверху, уцепившись костлявой рукой за поручень.

Марина посмотрела на него.

Темно-синее демисезонное пальто с огромными черными пуговицами, засаленными лацканами и обтертыми полами нелепо топорщилось на его худощаво скособочившейся фигуре. Свободная рука сжимала сетку с завернутой в «вечерку» сменой белья, широкие коричневые брюки вглухую наползали на грязные ботинки. На голове косо сидела серая в крапинку кепка, пестрый шарф торчал под небритой челюстью.

От слесаря пахло винным перегаром, табаком и нищетой, той самой — обыденной и привычной, бодрой и убогой, в существование которой так упорно не хотел верить улыбающийся Марине слесарь.

Подняв руку с болтающейся сеткой, он отдал честь, приложил к свежестриженному виску два свободных пальца с грязными толстыми ногтями:

— Ваше... это... очень рад... рад... вот так...

Сетка болталась у его груди...

Больше всего на свете Марина ненавидела советскую власть.

Она ненавидела государство, пропитанное кровью и ложью, расползающееся багровой раковой опухолью на нежно-голубом теле Земли.

Насилие всегда отзывалось болью в сердце Марины.

Еще в детстве, читая книжки про средневековых героев, гибнущих на кострах, она обливалась слезами, бессильно сжимая кулачки. Тогда, казалось, что и ее волосы трещат вместе с пшеничными прядями Жанны д'Арк, руки хрустят, зажатые палачами Остапа в страшные тиски, а ноги терзают чудовищные «испанские сапоги», предназначенные для Томмазо Кампанеллы.

Она ненавидела инквизицию, ненавидела Куклукс-клан, ненавидела генерала Галифе.

В семнадцать лет Марина столкнулась с хиппи. Они открыли ей глаза на окружающий мир, стали давать книжки, от которых шло что-то новое, истинное и светлое, за что и умереть не жаль.

Дважды она попадала в милицию, и эти люди в грязно-голубых рубашках, с тупыми самодовольными мордами навсегда перешли в стан ее врагов. Это они стреляли в Линкольна, жгли Коперника, вешали Пестеля.

Один раз Солнце взял ее «на чтение».

Читал Войнович на квартире одного пианиста. Так Марина познакомилась с диссидентами.

За месяц ее мировоззрение поменялось до неузнаваемости.

Она узнала, что такое Сталин. Она впервые оглянулась и с ужасом разглядела мир, в котором жила, живет и будет жить.

«Господи, — думала она, — Да это место на Земле просто отдано дьяволу, как Иов!»

А вокруг громоздились убогие дома, убогие витрины с равнодушием предлагали убогие вещи, по убогим улицам ездили убогие машины. И под всем под этим, под высотными сталинскими зданиями, под кукольным Кремлем, под современными билдингами лежали спрессованные кости миллионов замученных, убиенных страшной машиной ГУЛАГа...

Марина плакала, молилась исступленно, но страшная жизнь текла своим убогим размеренным чередом.

Здесь принципиально ничего не менялось, реальное время, казалось, давно окостенело или было просто отменено декретом, а стрелки Спасской башни крутились просто так, как пустая заводная игрушка.

Но страшнее всего были сами люди, — изжеванные, измочаленные ежедневным злом, нищетой, беготней. Они, как и блочные дома, постепенно становились в глазах Марины одинаковыми.

Отправляясь утром на работу в набитом, надсадно пыхтящем автобусе, она всматривалась в лица молчащих, не совсем проснувшихся людей и не находила среди них человека, способного удивить судьбой, лицом, поведением. Все они были знакомы и узнаваемы, как гнутая ручка двери или раздробленные плитки на полу казенного туалета.

Не успевали они открывать свои рты, как Марина уже знала что будет сказано и как. Речь их была ужасной, — косноязычие, мат, неряшливые междометия, блатной жаргон свились в ней в тугой копошащийся клубок:

— Девушк, а как вас звать?

— Я извиняюсь конешно, вы не в балете работаете?

— Вы не меня ждете?

— Натурально, у меня щас свободный график. Сходим в киношку?

— У вас глаза необычайной красоты. Красота глаз на высоком уровне.

— А я, между прочим, тут как бы неподалеку живу...

Она морщилась, вспоминая тысячи подобных приставаний в метро, в автобусе, на улице.

Ей было жалко их, жалко себя. Почему она родилась в это время? За что?!

Но это была греховная мысль и Марина гнала ее, понимая, что кому-то надо жить и в это время. Жить: верить, любить, надеяться.

Она верила, любила. И надеялась.

Надежда эта давно уже воплотилась в сокровенную грезу, предельная кинематографичность которой заставляла Марину в момент погружения забывать окружающий мир.

Она видела Внуковский аэродром, заполненный морем пьяных от свободы и счастья людей: заокеанский лайнер приземляется вдали, с ревом бежит по бетонной полосе, выруливает, прорастая сквозь марево утреннего тумана мощными очертаниями. Он еще не успевает остановиться, а людское море уже течет к нему, снося все преграды.

Марина бежит, бежит, бежит, крича и размахивая руками и все вокруг бегут и кричат, бегут и кричат.

И вот бело-голубая громадина «Боинга» окружена ревущим морем голов. Открывается овальная дверь и в темном проеме показывается ЛИЦО. Широколобое, с узкими, обрамленными шкиперской бородкой щеками, маленьким, напряженно сжатым ртом и неистово голубыми глазами. И в них, в этих мудрых, мужественных глазах великого человека, отдавшего всего себя служению России, стоят слезы.

ОН выходит из проема на верхнюю площадку подкатившегося трапа, выходит в том самом тулупчике, прижимая к груди мешочек с горстью земли русской.

Людское море оживает, вскипает безумными валами, Марину несет к трапу, она оказывается у подножья, она видит ЕГО совсем близко. А ОН, там наверху, залитый лучами восходящего солнца, поднимает тяжелую руку и размашисто медленно крестится, знаменуя Первый День Свободы.

И все вокруг крестятся, целуются, размазывая слезы.

И Марина тоже крестится и плачет, крестится и плачет.

И Солнце Свободы встает, затопляя все своим светом...

— Да открыто, входите! — приглушенно донеслось из-за двери, Марина коробкой толкнула ее.

Дверь распахнулась, Марина вошла в узкий и короткий коридорчик, тесно заваленный и заставленный.

— Ау... — негромко позвала она, морщась от режущей руку коробки.

Послышалось нарастающее шарканье разношенных тапочек, Люся вошла в коридор:

— Маринка! Привет...

— Привет... держи быстро, а то руки отваливаются...

— Что это? — Люся приподняла коробку и, пошарив ладонью по обоям, щелкнула выключателем. — Ух-ты упаковано как сурово...

— Это вам.

— А что это? Диссида?

— Да нет. Разверни, узнаешь...

— Да ты раздевайся, проходи... Мить, Маринка пришла!

— Слышу, слышу, — худощавый, коротко подстриженный Митя заглянул в коридор. — Привет.

— Привет, Мить, — Марина повесила плащ на один из огромных корабельных гвоздей, поправила свитер и пошла за исчезнувшими хозяевами.

В проходной комнате никого не было — Люся на кухне распутывала цековские узлы на коробке, Митя чем-то щелкал в своей комнатенке.

Марина осмотрелась, потирая онемевшую руку.

Эта комната, увешанная картинами, книжными полками, фотографиями и репродукциями, всегда вызывала у нее желание потянуться до хруста, закурить и блаженно рухнуть на протертый тысячами задниц диван.

Как много всего было в этой комнате, под матерчатым, полинявшим от табачного дыма абажуром.

Марина вдохнула и знакомый невыветривающийся запах табака качнул память, оживляя яркие слайды минувшего: немногословный Володя Буковский ввинчивает в пепельницу сигарету, просит Делонэ почитать новые стихи... строгий молчаливый Рабин неторопливыми движениями распаковывает свою картину, на которой корчится желто-коричневый барак со слепыми окошками... бодрый, подтянутый Рой Медведев что-то быстро говорит, сдержанно жестикулируя... улыбчивый круглолицый Войнович читает «Иванькиаду», прерываясь, чтобы дать угаснуть очередному взрыву смеха... американская корреспондентка поднимает увесистый «Никон», нацелив выпуклый глаз объектива на оживленно беседующих Сахарова и Митю... весело поблескивающий очками Эткинд стремительно целует руку вошедшей Чуковской — высокой, седовласой, осанистой...

— Маринк... откуда роскошь такая? Где ты? Иди сюда! — крикнула из кухни Люся.

Марина прошла к ней.

Удивленно глядя на нее, Люся держала в руках батон колбасы и банку с икрой:

— Не понимаю...

— Поймешь, когда съешь, — усмехнулась Марина, перешагивая через пушистого кота. — Это вам к Пасхе.

— От кого?

— От ЦК КПСС.

— Ну, серьезно?

— Да не все ли равно, от кого? От меня!

— Роскошь какая... спасибо... а сколько я должна, Мариш?

— Чашку чая. И пожрать чего-нибудь...

— Нет, ну как же... Митя! Митька! Марин, но я заплачу, у нас щас есть...

— Ладно, заткнись.

Митя вошел в кухню, приветливо улыбнулся Марине:

— Ты просто девушка из Голливуда. Что это?

— Жратва.

— Кому?

— Вам.

— От кого?

— От сочувствующих диссидентскому движению в СССР.

Засмеявшись, он взял банку:

— Так. Судак в томатном соусе. Невероятно.

Марина вытянула из лежащей на столе пачки сигарету, закурила:

— В лагере не так кормили?

— Почти так. По праздникам рябчиков давали с икрою паюсной и с кувшином шабли.

— Ну вот. Набирайся сил. Для будущих классовых битв.

— Спасибо. Мы наш, мы новый мир построим... Люсь, отрежь попробовать.

— Сейчас я всем нарежу, подожди... — мотнула головой Люся, убирая продукты в пузатый облупленный «ЗИЛ».

— За такую снедь, Мариночка, я тебе презентую одну книжонку, — Митя положил руку на ее плечо. — Пошли.

В его комнатенке было тесней, чем в коридоре, — бумаги, книги, пачки фотографий теснились на грубых дощатых полках, лежали грудами на столе и кровати. На стуле беззвучно мотал бобины роскошный японский магнитофон.

— Ух ты, чудо какое. Я раньше не видела у тебя...

— А раньше и не было, — равнодушно отозвался Митя, — неделю всего.

— Привезли?

— Ага. Жалко загонять, но придется...

— Мани, мани?

— Да. Сейчас как никогда нужны...

Бобина кончилась и, похлестывая кончиком пленки, остановилась.

— Так. Где-то здесь... — Митя, словно слепой, провел рукой по книжным корешкам. — Ага. Вот она...

Вытащив новенькую книжку, он передал Марине:

— На. Читай и радуйся.

— Спасибо, Митенька, — улыбнулась она, рассматривая обложку с темной фотографией какого-то старика и белым крупным шрифтом: МЕЖДУ СОБАКОЙ И ВОЛКОМ.

— Ты «Школу для дураков» читала?

— Ага. Ты же мне и давал, еще до посадки.

— Хорошая книжка?

— Ничего.

— Он мне нравится. Не знаю почему, но нравится. Хотя Гроссман, конечно, ближе.

Митя ласково посмотрел ей в глаза.

Улыбнувшись, она отвела взгляд:

— Ты как-то изменился...

— А ты вот не меняешься. Все такая же нимфа.

— Нимфетка?

— Ну, из нимфеток ты выросла.

Минуту они простояли, рассматривая друг друга.

— Чааай пииить! Ребяяята! — прокричала на кухне Люся.

Вскоре они уже сидели за квадратным кухонным столиком, покрытым все той же старой-престарой клеенкой, начисто утратившей свой рисунок.

Марина отхлебнула обжигающий чай из большой глиняной кружки и провела пальцем по клеенке.

За этим столом в свое время пересидели, выпив сотни литров крепкого Люсиного чая, почти все известные правозащитники, диссиденты, писатели и художники.

И пили многие наверно из этой глиняной «гостевой» кружки — грубой, серовато-коричневой, поблескивающей глазурью...

Марина снова отхлебнула, разглядывая в чае свое темное отражение.

Этого края с небольшой извилистой трещинкой касались губы Сахарова, Орлова, Якунина, Щаранского, Даниэля, Синявского, Владимова, Буковского, Копелева, Роя и Жореса Медведевых...

И ОН тоже касался этого края.

Марина вздрогнула, провела языком по трещинке. Вот здесь были ЕГО твердо сжатые губы...

— Ты что задумалась? — спросила Люся, отправляя в рот тоненький ломтик колбасы.

— Да так, ничего...

— Какие новости?

— Чего-то никаких. А у вас?

— Тоже, — безразлично пробормотал Митя, — вчера кор был.

— Ну и что?

— Ничего. Говорили про погоду... Да, мальчики были эти... как их группа...

— «Молодежная инициатива», — подсказала Люся, протягивая Марине тарелку с сильно помятыми пирожными.

— А что это?

— Да то же, что и «Доверие», только еще более неопределенней. Милые ребята, выросшие хиппи. Хотят сердцами почувствовать американских сверстников, чтобы вместе противостоять современному... как это у них... современному упорядоченному безумию...

— Сердцами? — спросила Марина, прокусывая эклер.

— Ага...

— А половыми органами?

Митя с Люсей засмеялись.

Стоящий на «ЗИЛе» телефон приглушенно зазвонил.

Митя протянул руку, коснувшись плечом Марины, снял трубку:

— Да... ааа, привет. Привет. Ага... вот как... ей? Ну, чудно... хорошо... хорошо... ага... спасибо... спасибо, Мил, пока.

Трубка неловко брякнулась на рычажки.

Улыбаясь, Митя стал намазывать хлеб маслом, весело поглядывая на Люсю:

— К Милке Дороти заезжала вчера. Привезла тебе дубленку.

Люся удивленно пожала плечами, чашка ее остановилась возле губ:

— Что ж она к нам не заехала?

— Понятия не имею. Поезжай забери.

Митины зубы впились в громоздкий бутерброд из толстого слоя масла и трех кружков колбасы.

Суетливо допив чай, Люся встала из-за стола:

— Мариночка, я побегу, прости меня...

— Не прощу, — шутливо отозвалась Марина, прихлебывая чай.

— А ты Верке дозвонись обязательно, скажи, что я не приеду сегодня...

— Ладно...

Люся выбежала в коридор, зашуршала одеждой, Митя искоса взглянул на Марину и вдруг побледнел, нарочито сосредоточенно уставившись в свою пустую чашку.

Хлопнула дверь.

Несколько минут просидели молча, только позвякивала о края кружки Маринина ложечка.

Потом Митя посмотрел и взял руку Марины в свою. Его глаза после двухлетнего заключения казались шире и рассеянней прежних.

— Что с тобой, Митя? — спросила она, дивясь глупости своей фразы.

Вместо ответа он склонился и поцеловал ее руку.

Прикосновение его теплых шершавых губ успокоило и стерло ложную театральность. Марина провела ладонью по его небрежно выбритой щеке.

Он сразу обмяк, сгорбился, словно что-то невидимое тяжело навалилось сверху:

— Знаешь... я сейчас, как выписавшийся Костоглотов...

Он беспомощно улыбнулся и Марина только сейчас заметила как постарел этот человек за два года.

Он стал целовать ее ладонь — нежно и долго.

За эти два года Митя изменился. В нем что-то сдвинулось, черты лица непонятным образом сошли со своих мест, как на смазанной фотографии.

Его поцелуи стали все более настойчивыми, и через минуту они уже целовались во влажной темноте ванной, притиснувшись к двери, запертой изнутри порывистыми Митиными пальцами.

Он целовался с жадностью, словно хотел выпить ее всю. Дрожащие пальцы, пробрались под свитер, тискали Маринину грудь, гладили плечи.

Когда дрожь его тела стала неуемной, а дыхание хриплым, Марина, решительно отстранившись, расстегнула молнию своих брюк и сняла свитер.

Сразу же зашуршали и Митины брюки, звякнула упавшая пряжка, звучно сползла по невидимым ногам тугая резинка трусов.

Его руки быстро и грубо повернули Марину, хриплые обветренные губы запутались в ее волосах.

Наклонившись, Марина оперлась руками о расшатанную раковину.

Митя вошел жадно, с бессильным стоном сжав ее грудь, и стал двигаться — нетерпеливо и быстро.

Марина, успевшая приглядеться в темноте, различила свое смутное отражение в круглом зеркале над поскрипывающей раковиной.

Неясное лицо, покачивающееся в такт Митиному дыханию, казалось незнакомым, худым и красивым.

Огромные черные глаза смотрели с пристальным вниманием. Вдруг простое внимание в них сменилось нежностью, Марина узнала их и улыбнулась в темноте. Черные влажные глаза были рядом — совсем как тогда, в ее первую золотую, неповторимую, огненно-пьянящую, ослепительную брачную ночь...

Через полчаса они сидели рядом на знаменитом Мити-ном диване, пуская струи дыма в зеленый абажур.

Марина искоса посматривала на Митю. Сейчас он был вялым, глаза грустно блестели над бледными впа-лыми щеками.

— Мить, тяжело было в лагере? — спросила она, при-двигаясь к нему ближе и кладя руку на его мягкие, тро-нутые сединой волосы.

Он затянулся, близоруко сощурившись:

— Прошлый раз было тяжелее. Сейчас как-то про-неслось все быстро. Все-таки два года, а не четыре.

— Ты тогда голодал, я помню. Все по «голосам» слу-шала о твоих голодовках.

Он усмехнулся:

— Да...

Помолчали.

Марина потушила окурок, положила голову Мите на плечо:

— Ты у нас мученик.

Он снова усмехнулся:

— Великомученица Варвара.

Она продолжала его гладить:

— Мить, а Коля когда выйдет?

Он пожал плечом, качнув ее голову:

— Понятия не имею. Может совсем не выйдет.

— Как так?

— Очень просто. Срок кончится, добавят новый. Как Мишке. Он вон еще три года получил.

— Миша?! А я и не слышала ничего.

— И не услышишь...

Он обнял ее:

— Еще годика три-четыре пройдет и от нашего брата останутся только предания: вот, были такие — диссиденты. Что-то там писали, против чего-то выступали, за что-то садились. А потом их просто вывели под корень, как кулаков в двадцатые годы. И все. Пиздец...

— Не выведут, не выведут, Мить. Они боятся.

Он засмеялся:

— Брось глупости говорить. Никого они не боятся, кроме самих себя. И замов своих, тех что помоложе. Вон — «Солидарность» — тридцать миллионов человек. Ам — и нет. И как-будто ничего не было.

Он вздохнул, вяло махнул рукой:

— Ну и черт с ними. Воевать я больше не намерен, пусть куролесят дальше. Дело в том, Мариш, что через недельку-другую мы отчалим. Нарисуем ноги, как блатные говорят.

— Как? — Марина подняла голову.

— Так.

— Совсем?

— Да уж наверно.

— А куда?

Он пожал плечами:

— В Штаты наверно...

Марина замолчала, опустив голову. Потом провела рукой по лицу:

— Господи... И так уж нет никого. И ты. Кошмар...

— А что, прикажешь мне в лагерях сгнить?

— Да нет, ну что ты. Конечно лучше уехать от греха...

Митя встал, заходил по комнате:

— Меня все равно посадят через месяц-другой, если не уеду. И больше я уже не выйду. Никогда. А мне ведь не семьдесят, а тридцать восемь. Я и так-то не жил ни хрена. Шесть лет в лагерях, два — в дурдоме. А потом — я просто смысла не вижу что-либо делать. Все разогнано, разгромлено. Коля сидит, Миша сидит, Витька с Анькой сидят. Боря отвалил. Санька тоже. Либо посадка, либо отъезд. А западу наплевать на нас. Ничего не могут. Картер ушел и все — до диссидентов никому не стало дела...

Он остановился, качнулся на носках:

— А потом, извини меня, внутригосударственная ситуация чудовищна. Сейчас как никогда видно, что эта машина давно уже работает по своим, никому не понятным законам, и совершенно не важно, кто стоит у руля. Даже шеф ГБ ничего не может изменить в ней, а что говорить о других, которые придут после? Да и вообще... — он устало рассмеялся: — Министр ГБ — глава государства. Просто дядюшкин сон какой-то... Нет, пройдет десяток лет и про брежневские времена вспомнят со слезой умиления. Скажут, тогда сажали и точно знал, что выйдешь...

Он подошел к окну.

Марина встала, подошла, обняла его сзади.

Не поворачиваясь, он взял ее руку, прижал к губам.

За окном было темно, горели фонари и окна. Марина прижалась щекой к грубому, пропахшему табаком свитеру:

— Мить, а ты точно знаешь, что уедешь?

— Точно. Они сами предложили.

— Когда?

— Три дня назад.

— А тогда они предлагали?

— Нет. Да и я не поехал бы.

Она вздохнула:

— Да... ужасно. Ты уедешь. И никого у меня не останется...

— Ну, что на мне свет клином сошелся...

— Все равно ужасно. Ужасно, ужасно, ужасно... Господи, почему мы живем в это проклятое время?!

Митя повернулся, обнял ее:

— Ничего. Все будет нормально. Россия не погибнет никогда.

Марина гладила его волосы:

— Митька, Митька... Страдалец ты наш.

Он улыбался, думая о чем-то.

— Чего улыбаешься? — заглянула в его карие глаза Марина.

Он рассмеялся:

— Да я сейчас чего-то стал начало вспоминать. Как у нас все это закрутилось.

— Когда?

— Давно. Году в шестьдесят седьмом. Когда у памятников читали.

— Смогисты?

— И не только.

Он рассмеялся:

— Боже, какую чушь читали...

— Не помнишь наизусть? — спросила Марина.

— И не хочу вспоминать. Тогда все были на чем-то помешаны. На джазе, на битлах, стихах, турпоходах. А как читали, с ума сойти. Вадик, я помню, свою поэму читал. «Скрипки Мендельсона». Не читал — пел, заходился. И все так. Андрюша: «Реприза, мальчики, реприза. Давайте снова повторять, зальем безводные моря слезами девочек капризных»... Юлька, Леня, Мишка. Все нараспев, как акафист.

Он улыбнулся, глядя в окно:

— А пьянки какие устраивались. Помню у Вовика, мы только-только с ним познакомились. У него две комнаты были, на Рылеева, кажется. И вот, представь, твой покорный слуга пьет из горлышка вино, сидя на полу, рядом гитарист Эльбрус швыряет пустые бутылки об стену, они разлетаются вдребезги над курчавой головой Юльки, она смеется, вся в стеклянных брызгах. А поодаль пьяный Вовик, присев на низенький сервант, держит перед пьяным Валеркой шпалер и уговаривает спрятать.

— Вовик? У него был пистолет?

— Да. Правда — без патронов. А потом — все пьяные наперебой читать. Я, Юлька, Валерка, Андрюша...

Замолчав, он потер переносицу:

— Мда... все перед глазами стоит...

— А демонстрацию первую помнишь?

— А как же.

— Расскажи, ты никогда не рассказывал.

— Ну, собрались у Вовика. Он нам все объяснил. Боря плакат написал. Синим по белому. Доехали на 31-ом до театра. Вышли. И тут Алик пошел поссать в подворотню дома, знаешь какого... этих, двух рабочих, погиб-

ших в 1905-ом году. Вот. Мы ждем. Минут пять прошло, его нет. Ждем дальше. Тут Вовик говорит: «Ладно,
ребята, голова не должна страдать». Пошли без него. А
тогда снежок порошил, вечер, январь. В шесть подошли
к памятнику Пушкина. Встали в кружок. Было два пла-
ката. Один — СВОБОДУ ГИНЗБУРГУ, ГАЛАНСКОВУ,
ЛАШКОВОЙ, ДОБРОВОЛЬСКОМУ! Другой... дай Бог памяти... ТРЕБУЕМ ОТМЕНЫ СТАТЬИ 190-1! Вот... Взяли.
Развернули. Минуты две постояли и тут же справа два
гебиста. У одного, я помню, галифе в сапоги заправлен-
ные. Он у Вадика стал выдирать плакат, а тот его ебнул
палкой. Тогда Вовик свой свернул и нам: уходим. Пошли к остановке троллейбуса. Подъехал, влезли. А за нами — гебист. Мы вылезли в переднюю дверь и опять в
заднюю. И он за нами. Лезет в дверь. Тогда Вовик подбежал и ногой ему впаял. Тот упал, дверь закрылась,
троллейбус пошел. А через неделю у меня обыск, потом
два вызова, и закрутилось...

Он замолчал, поглаживая узкую руку Марины:

— Главное, никто из нас, кроме Вовика, не понимал,
с чем мы имеем дело. Что это не просто продолжение
наших поэтических пьянок, а открытое столкновение с
чудовищной машиной тоталитарного государства.
Словно подошли к дремлющему дракону дети и щелк-
нули его по носу...

— А он проснулся и огнем на вас дохнул.

— Да...

Митя помрачнел, лицо его осунулось.

Долго молчали.

Он вздохнул:

— Да. Хоть мы и были детьми, дразнящими дракона,
наши страдания не бессмысленны...

И помолчав, добавил твердо, словно вырубив:

— Россия поднимется. Я в это верю.

Марина мгновение неотрывно смотрела в его просветлевшие, наполняющиеся влагой глаза, потом порывисто обняла, целуя в щеку по-сестрински, по-русски, по-христиански:

— Я тоже верю, Митя!

Эффектно хлопнув дверцей такси и покуривая на ходу, Марина пересекла знакомую до тошноты площадь и стала подниматься по грязным ступенькам универсама.

Уже начало смеркаться, вытянутые витрины светились, в них копошились десятки людей, трещали кассы, двигались нагруженные продуктами проволочные тележки.

Стеклянная дверь, распахнутая полным некрасивым мужчиной, толкнула Марину в подставленную ладонь. Затянувшись последний раз, она бросила сигарету под ноги на забитую грязью решетку, и вошла в магазин.

Внутри было душно и тесно.

Марина нашла свободную проволочную корзинку и двинулась к прилавкам, заслоненным суетящимися людьми.

В мясном отделе было чудовищное столпотворение, сгрудившаяся толпа что-то хватала с прилавка, слышалась брань.

«Грудой свертков навьюченный люд сам себе и царь и верблюд...» — вспомнила Марина брезгливо.

В молочном народу толкалось поменьше, на заиндевевших лотках валялись брикеты маргарина и расфасованный сыр.

Выбрав кусок сыра, Марина положила его в сетку и, встретившись взглядом с полной расфасовщицей, спросила:

— Простите, масла нет?

— Щас вынесут, — ответила та, с суровым равнодушием глядя куда-то вбок.

И действительно — двое испитых грузчиков подвезли железный ящик, кряхтя, наклонили. Желтые брикеты посыпались на лоток, кто-то толкнул Марину и, не успела она подойти, как перед глазами вместо масла плотно сомкнулись людские спины.

«Скоты!» — морщась, подумала Марина.

Одна из спин вырвалась, превращаясь в пожилую женщину, прижимавшую к груди стопку брикетов. Лицо ее светилось напряженной озабоченностью:

— Погоди-ка... пяти хватит...

Она отделила одну пачку, намереваясь швырнуть назад.

— Дайте мне, — тихо попросила Марина и женщина, рассеянно обшарив ее глазами, протянула брикет.

Марина взяла и незаметно опустила его в карман плаща.

С этого мгновенья сердце ее тревожно и сладко забилось.

Она взяла хлеб в хлебном, молоко в молочном и пошла к кассам.

К белым, трещащим кассиршам тянулись длинные очереди.

«Как на исповеди», — улыбнулась Марина, пристраиваясь за симпатичным, похожим на тушканчика старичком.

Старичок жевал впалым ртом, смешно двигая беленькими кисточками усов, и таращился по сторонам.

Марина ждала, прислушиваясь к нарастающему стуку сердца.

Оно стучало почти как тогда — отдаваясь в висках, заполняя собой грудь.

Сидящая за кассой женщина была неимоверно полной, кудрявой, с оплывшим безразличным лицом и лиловыми щеками. Быстро щелкая кнопками, она косилась на сетки с продуктами, бормотала общую сумму, брала деньги, словно ей вернули давнишний долг, рылась в пластмассовых ящичках, ища мелочь, и снова стучала по клавишам.

Марина мысленно раздела ее и содрогнулась в омерзении: огромные отвислые груди с виноградинами морщинистых сосков покоились на мощных складках желто-белого живота, методично засасываемого темной воронкой пупка; белые бугристые окорока ног, пронизанные крохотными жилками вен, расходились, открывая сумрачного волосатого монстра с застывшей вертикальной улыбкой лиловых губищ...

«Интересно, сколько пачек масла поместится в ее влагалище?» — подумала Марина, двигаясь вместе с очередью.

Ей представилось, что там, внутри монстра уже спрятана добрая дюжина пачек, они спокойно плавятся, спрессовываясь в желтый овальный ком...

— Что у вас? — заглянула матрона в Маринину сетку, хотя все было и так видно.

— Два молока, белый за двадцать пять, сыр... Все?

— Все, — ответила Марина, улыбаясь нервно подрагивающими губами и глядя в зеленые глаза кассирши.

Сердце оглушительно колотилось, колени приятно подрагивали, холодная пачка оттягивала карман.

— Рубль пятьдесят.

Марина протянула десятку, приняла неудобно топор-
щащуюся сдачу и с пылающим лицом подошла к стойке.

«Семьдесят вторая пачка» — мелькнуло в ее голове,
губы разошлись и она облегченно усмехнулась.

Переложив продукты из казенной сетки в свой целлофановый пакет, она вынула пачку из кармана.

Старичок-тушканчик, пристроившись рядом, тоже
перекладывал в свою зеленую сумку хлеб, маргарин и
молоко. Когда он в очередной раз наклонился к сетке,
Марина ловко бросила пачку в его сумку и, подхватив
пакет, заторопилась к выходу.

Она давно воровала масло у государства. Это было
приятное и острое ощущение, не похожее ни на какое
другое. Приятно было стоять в угрюмой очереди, сознавая себя преступницей, успокаивать внутреннюю
дрожь, подходить к кассе, чувствуя тугие удары крови в
висках, лгать, улыбаясь и подрагивая уголками губ...

Однажды Марина попала к молоденькой, чрезвычай-
но привлекательной девушке, которая неумело нажи-
мая клавиши, спрашивала очаровательными губками:

— А еще что?

— Все. Уже все, — тихо проговорила Марина, улыбаясь и разглядывая ее. Тогда мучительно хотелось, чтобы эта прелесть, застукав Марину, расстегнула бы ее
всю и обыскала своими коротенькими пальчиками с
обломанными ногтями, краснея и отводя глазки.

А еще лучше, если б Марина работала кассиршей и
эта милая клептоманочка попалась ей с куском сыра в
сумочке.

— Пройдемте со мной, — спокойно сказала бы Марина, положив руку на ее оцепеневшее от ужаса плечо.

И они прошли бы сквозь вонь и толчею универсама в пустынный сумрачный кабинет директора.

Марина поворачивает ключ, запираясь от вонючего шума, задергивает занавески, включает настольную лампу.

— Извините, но я должна осмотреть вас.

Девушка плачет, плачет безнадежно и искренне, не сознавая все возрастающей прелести своего мокрого личика:

— Я ппппрошу... ппро... шу вас... в институт.. не соо... бщайте...

— Все будет зависеть от вас, — мягко отвечает Марина, расстегивает ее кофточку, щелкает застежкой лифчика, спускает джинсы и трусы.

Минуту она смотрит на свою пленницу — голенькую, прелестную, беспомощно всхлипывающую, потом говорит все тем же мягким голосом:

— Извините, но я должна осмотреть ваши половые органы. Знаете, некоторые прячут даже там...

Девушка разводит дрожащие колени, рука Марины касается пушистого холмика, долго ощупывает, затем раздвигает прелестные губки и...

Визг шин по мокрому асфальту.

Марина инстинктивно откачнулась назад, очнувшись в реальном мире московских сумерек: зеленая «волга», обдав водяной пылью, пронеслась мимо, шофер успел злобно потюкать себя пальцем по лбу.

«Так можно и к Господу пораньше, — усмехнулась она, перекладывая пакет с продуктами в левую руку, — А что. Отлететь во время таких мечтаний... Забавно...»

Площадь кончилась, дорогу перегородила свежевыкопанная канава, по краям которой топорщились куски разбитого асфальта.

Марина легко прошла по переброшенной доске, успев разглядеть на мокром дне канавы пустую бутылку.

Впереди громоздились, светясь окнами, блочные девятиэтажки.

Уже семь лет она жила в этом районе, считавшемся новым, несмотря на то что выглядел он старым и запущенным.

— Девушк, а скок щас время? — окликнуло ее с лавочки продолговатое пятно в шляпе.

«Мудак», — грустно подумала она, свернула за угол и оказалась в своем дворе.

Дворничиха не торопясь скалывала лед с тротуара, ее семилетний сынишка пускал что-то белое в темной ленте журчащего во льду ручейка.

В скверике куча доминошников хлестко стучала костяшками.

Марина срезала себе дорогу, прохрустев по осевшему грязному снегу, перешагнула лужу с разбухшим окурком и оттянула дверь подъезда.

Лампочка третий день не горела, зато кнопка лифта светилась зловещим рубиновым накалом.

Вскоре лифт подъехал, с противным скрежетом разошлись дверцы и, попыхивая сплющенным «Беломором», выкатился коротконогий толстяк с белым пуделем на сворке.

«Свинья», — подумала Марина, войдя в обкуренный ящик лифта.

Палец нажал кнопку, лифт тронулся.

На правой дверце рядом со знакомыми примелькавшимися ЖОПА, СПАРТАК и НАДЯ появилась лаконичная аксиома: ХУЙ + ПИЗДА = ЕБЛЯ.

— Бэзусловно... — устало согласилась Марина, вспомнив любимое словечко Валентина. «А онанизм-то мальчиков не спасает. Рвется либидо на волю, сублимируется. Твоя правда, Зигмунд...»

Расстегнув сумочку, она достала ключи, скрепленные английской булавкой.

Лифт остановился, Марина вышла и направилась к своей двери — единственной не обитой, с простой казенной ручкой.

Ключ умело овладел легким на передок замком, сапожок пнул дверь, палец щелкнул выключателем.

Не раздеваясь, Марина прошла на кухню, сунула продукты в холодильник, поставила греться новенький никелированный чайник (подарок Сашеньки) и прикурила от догорающей спички.

Кухня была небольшой, но по-женски уютной: льняные занавески, голубенький плафон в виде груши, коллекция гжели на аккуратных полочках, три расписные тарелки над грубым деревянным столом с такими же грубыми табуретками.

Марина вернулась в коридор, чертыхнулась, зацепив циновку, разделась, сунула уставшие ноги в мягкие тапочки, потягивая сигарету, заглянула ненадолго в туалет, вернув голос старому разговорчивому бачку, и с разбега бросилась на широкую тахту.

Голова утонула в родной бабушкиной подушке.

Расстегнув брюки, суча ногами, вылезла из них.

С наслаждением затягиваясь, Марина рассеянным взглядом скользила по своей двадцатиметровой комнате: бабушкина люстра, бабушкино пианино, полки с книгами, ящик с пластинками, проигрыватель, телевизор, зеленый торшер, полуметровая гипсовая копия

«Амура и Психеи», вариант рабиновского «Паспорта» над небольшой кушеткой, натюрморт Краснопевцева, офорт Кандаурова и... да, все то же до боли знакомое клиновидное лицо со шкиперской бородкой, чуть заметным вертикальным шрамиком на высоком морщинистом лбу и необыкновенными глазами.

Сквозь расплывающийся сигаретный дым Марина тысячный раз встретилась с ними и вздохнула.

ОН всегда смотрел так, словно ждал ответа на вопрос своих пронзительных глаз: что ты сделала, чтобы называться ЧЕЛОВЕКОМ?

«Я стараюсь быть им», — ответила она своими по-оленьи большими и раскосыми очами.

И как всегда после первого немого разговора, лицо ЕГО стало добреть, поджатые губы потеряли свою суровость, морщинки возле глаз собрались мягко и спокойно, разваливающиеся пряди упали на лоб с хорошо знакомой человеческой беспомощностью. Треугольное лицо засветилось привычной домашней добротой.

«Человек», — всплыло в голове Марины, и тут же ОН, выдвинув скрипучий стул, сел рядом — большой, грузный и красивый.

Она часто представляла это знакомство, — либо в прошлом, до высылки, либо в будущем, после той самой встречи в Шереметьево-Внуково: неясный пестрый фон сосредоточенно разговаривающих людей, расплывчатый интерьер незнакомой комнаты, ЕГО улыбка, широкая ладонь, крепкое рукопожатие...

Дальше все было зримо и прочувствованно до мелочей: долгий разговор, встреча, доверенная рукопись, стрекочущая ночь напролет машинка, белое утро, свежеотпечатанные листки, привезенные в срок, «спасибо, вы очень помогли мне, Марина», «Ну, что вы, для меня это не работа, а наслаждение», потребность в секретаре, совместная работа допоздна на загородной даче, желтый месяц, запутавшийся во влажной листве ночных яблонь, решительно распахнутое окно, «засиделись мы, однако», взгляд усталых родных глаз, встретившиеся руки и...

Марина была уверена, что с НИМ все случится как надо. Как положено случаться, но чего, к сожалению, ни разу не произошло у нее ни с одним мужчиной. Глупое, медицинское слово ОРГАЗМ с отвращением выталкивалось из грез, подыскивались синонимы, но и они не были в состоянии выразить то, что так остро и точно чувствовало сердце...

Да, еще ни один мужчина не смог дать ей тот убогий чисто физиологический минимум, который так легко добывали из ее тела женские руки, губы и языки. Вначале это было странно и страшно, Марина плакала, прислушиваясь к сонному бормотанию удовлетворенного партнера, засыпающего после трехкратного орошения ее бесчувственного влагалища. Потом она привыкла, лесбос взял верх, мужчины стали чисто внешним декором, а ОН... ОН всегда оставался тайным знанием, скрытой возможностью настоящей любви, той самой, о которой так мечтала Марина, которой жаждало ее стройное смуглое тело, засыпающее в объятьях очередной подруги...

Сигарета давно кончилась и погасла. Марина опустила ее в полый живот глиняного Шивы и пошла на кухню.

Сашенькин чайник отчаянно кипел, из носика рвалась густая струя пара.

— Ооохаааа... Маринка-рванинка... — зевнула Марина, сняла чайник и выключила газ.

Любимые слова некогда любимой Милки заставили вспомнить намеченное еще вчера:

— Господи, вылетело совсем...

Вернувшись в комнату, она повесила брюки на спинку стула, присела к массивному письменному столу, вынула из-за эстонской безделушки ключ, отперла ящик и выдвинула.

Ящик был большой, но вмещал он гораздо больше, — во всяком случае, за содержимое его Марина отдала бы свою квартиру, не раздумывая.

Слева покоилась Библия в коричневом переплете, рядом — янтарные бабушкины четки и потрепанный карманный псалтырь, из-под которого виднелся молитвослов. Справа — три увесистых тома «Архипелага», «Дар», «Машенька» и «Подвиг» Набокова, владимовский «Верный Руслан», орвелловский «1984», две книжки Чуковской.

Дальше аккуратным блоком лежала поэзия: Пастернак, Ахматова, Мандельштам, «Часть речи» и «Конец прекрасной эпохи» Бродского, сборники Коржавина, Самойлова и Лиснянской.

Все книги, уложенные друг на друга, напоминали трехсторонний бруствер, в центре которого на дубовом дне ящика покоилась Тетрадь.

Тетрадь.

Она была небольшой, составленной из листков плотной бумаги. С обложки невинно и удивленно смотрела ботичеллевская Венера, в правом верхнем углу лепилось старательно выведенное ROSE LOVE.

Марина взяла тетрадку, положила на стол и задвинула ящик.

«...Чувств твоих рудоносную залежь, сердца тайно светящийся пласт...» — вспомнила она любимые строчки и отворила Тетрадь.

Это была лаконичная летопись Любви — двадцать восемь вклеенных фотографий — по одной на каждой странице. Двадцать восемь женских лиц.

Мария... Маша Соловьева... Машенька... 7х9, красивое кабинетное фото на рифленой бумаге, черные блестящие волосы, полуоборот, полуулыбка... Мария была первой. Своими изящными пальцами, требовательными губами и эластичным телом она открыла в Марине Розовую Дверь, открыла сильно и властно, навсегда впустив поток испепеляющих лучей.

Их любовь длилась полгода — муж бесповоротно увез Машу в Ленинград, тайные встречи на квартире ее подружки прекратились, а подружка осталась. Она была второй.

Марина перелистнула страницу.

Света... Света Райтнер... Светочка-Светланка... Светик-Семицветик... В то лето, когда бабушка все еще пеленала в Ленинграде бордового от крика Кольку, они с Мариной часто оставались ночевать у Светы — двадцатишестилетней, дважды разведенной, кудряво-черноволосой, с округлыми булками плеч, спелыми грушами грудей и пунцовыми капризными вишнями губ.

Обычно, после небольшой пьянки, она ложилась на кухне, и всю ночь бодрствующие любовницы слышали тоскливый скрип ее раскладушки.

Однажды ей надоело вертеться и под утро она появилась — полненьким шелковым призраком с черной шапкой на голове:

— Девочки, пустите меня третьей... там холодно...

В квартире, как и на улице, стояла жара, Маша с Мариной лежали голые на влажной простыне, отдыхая после продолжительной борьбы, закончившейся обоюдной победой.

— Ложись, — усмехнулась Мария и подвинулась к стенке.

Зашуршала снимаемая рубашка, Света уложила свое белое прохладное тело меж двух смуглых, остывающих углей. Долго молчали, глядя в начинающий белеть потолок, потом Маша предложила накрыться простыней и вздремнуть.

Так и сделали.

Перекрахмаленная простыня хрустела и гнулась, как фанера, Мария быстро задремала, Марина тоже собиралась отправиться за ней, как вдруг Светина рука легла ей на гениталии.

Марина со вздохом сняла прохладную длань, отвернулась и заснула...

А потом через несколько месяцев они встретились, неожиданно узнав друг друга в торопливой арбатской толпе...

У нее было белое еврейское тело с острым характерным запахом подмышек и гениталий. Она любила танцевать голой на столе под Шарля Азнавура, пить красное вино из горлышка, истерически хохотать, наряжаться и, изображая манекенщицу, стремительно входить из коридора в комнату, кружась и покачиваясь на высоких, вышедших из моды шпильках.

Света забирала в свои губы Маринин клитор и ритмично трогала его кончиком языка. Она была менее искусна, чем Мария, но более щедра, — уже через неделю у Марины появился дорогой югославский лифчик и духи «Камея».

Света смотрела с фотографии строго и вызывающе, совсем как тогда — после жестокой ссоры, грубых слов и гулкого хлопка дверью...

Ира... Иринка-муравейчик... Ирочка-Ирулька-нежная пиздулька...

Казенное фото 3х2 со срезанным уголком, приклеенное коричневой канцелярской бурдой, нещадно покоробившей лист. Мальчишеская челка, маленькие юркие глазки, тонкие губы, тонкие руки, тонкая талия, два девственных холмика на груди и один — потерявший девственность в общежитии циркового училища — внизу, меж худеньких бедрышек.

— Погладь, погладь меня вот так, — сбивчиво шептала она в темноте, показывая что-то невидной ладошкой...

Они встречались в узкой комнате ее подружек-студенток, наглухо завешивая окно одеялом. Больше всего Ирине нравилось касаться гениталиями, сильно разведя ноги...

На втором курсе ее отчислили за воровство и Марина провожала с Белорусского дождливым летним вечером.

— Приезжай к нам, Мариш, поживешь, мама сала даст, грибов, — бормотала она, торопливо целуя Марину и вырывая из ее руки мокрый блестящий чемодан. — У нас места — до черта, отец ушел, приезжай. С ребятами путевыми познакомлю...

Свиноподобная проводница грозно лязгала откидным полом, Ирина чмокнула сухонькими губами в последний раз и застучала сандалиями по железным ступенькам:

— До скорого, Маришк!

Казалось это крикнула ее синяя шерстяная кофта...

Сонечка Фазлеева... Прелесть с толстой косой до пояса, узкими глазками, крохотными губками, пухлыми бедрами и округлой попкой.

Она училась у Дробмана, поступив на год раньше.

— Бетховен груб, Марин, вот Скрябин — другое дело... — это был потолок ее татарского эстетизма.

Играла она ужасно, Дробман давно махнул на нее рукой, с директором она дважды переспала, завучу подарила хрустальную вазу.

Марина сама раскачала ее на розовые дела, — спелую, ленивую, томящуюся от сексуальной неудовлетворенности: в восемнадцать лет Сонечку грубо дефлорировал ее ровесник и с тех пор половые акты стали формальностью.

Сонечка долго и глупо кокетничала, слушая традиционное Маринино «какая ты красивая, мужчины не достойны тебя», но отдалась смело и легко, — поздней осенью они поехали на пустынную дачу и, включив обогреватель, целый день ласкались на холодной перине...

Их роман не мог продлиться долго, — Марине наскучила Сонечкина ограниченность, Соне — розовые дела.

Клара... Марина улыбнулась и вздохнула, вглядываясь в красивое породистое лицо сорокалетней женщины.

Клара была очень похожа на Вию Артмане.

— Красота дается по милости Божьей, — часто повторяла Клара, гладя Марину.

Она открыла Марине Бога, она умела любить, умела быть верной, преданной, бескорыстной. Умела не замечать свой возраст.

— Я такая же девчушка, как и ты, ангел мой, — шептала она утром, закалывая свои роскошные льняные пряди.

У нее был прелестный клитор в форме среднего каштана. Он выглядывал из бритых припудренных гениталий изящным розовым язычком.

— Поцелуй меня в тот ротик, — томно шептала она и покорно раздвигала белые полные ноги.

Марина любила это белое, слегка переспелое тело с мягкими, необычайно нежными грудями.

Клара умела как-то незаметно доводить Марину до оргазма: легкие, необязательные прикосновения суммировались и неожиданно распускались жарким соцветием истомы. Марина беспомощно кричала, Кларины губы успокаивающе шептали:

— Покричи, покричи, девочка моя... сладенькая девочка моя... покричи...

Таня Веселовская... Вспыхнула тонконогой огнекудрой кометой и после двухнедельного любовного безумия пропала в круговерти каких-то подозрительных армян. Отчаянно кусалась своими мелкими зубками и повизгивала, зажимая ладонями рот, чтобы не услышали соседи по коммуналке...

Мила Шевцова...

Зина Коптянская...

Тоня Круглова...

Все трое были на одно лицо — худые неврастеничные наркоманки, крутившиеся возле иностранцев.

Богатые клиенты были их богами, феномин — жизненно необходимым стимулятором, ресторан — сакраментальным местом, лесбос — тайной слабостью.

Они одели Марину в фирменные тряпки, научили профессионально набивать папиросы с планом, уговорили «попробовать негра». Негр промучил ее часа полтора, залезая своим толстым членом куда только можно, потом, загнанно дыша и посверкивая в темноте белками, выпил из горлышка бутылку «Хванчкары» и захрапел...

Вика. Бедная, несчастная Вика... Огромные голубые глаза, светло-каштановые волосы, добрый, всегда улыбающийся рот. Они познакомились в душевой бассейна «Москва», поняв друг друга с полуслова.

Месяц, их медовый месяц на рижском взморье, осенняя Москва с мокрыми листьями на асфальте, ответ незнакомого голоса на Маринин звонок:

— Понимаете... Вики больше нет. Ее сбила электричка...

Марина даже не простилась с ней.

Новенькая ограда на Смоленском с еще липнущей к рукам серебрянкой, гранитный блок, неприжившиеся «анютины глазки»...

Милая Вика... Целовалась до помутнения в глазах, наряжала Марину в свои платья, читала «Камасутру», ласково просила, по-детски пришипетывая:

— Мариночка, а теперь всунь мне пестик...

Марина вынимала из-под подушки обтянутую презервативом стеариновую свечу, нежно вводила в раскрывшееся влагалище...

Электричка, говорят, рассекла ее надвое...

Сонечка Гликман...

Туська Сухнина...

Стандартные паспортные фото.

Обе учились в Строгановке, подрабатывая там же натурщицами.

— Девочки, надо новые ощущения искать, а то жизнь пройдет и не оглянешься, — говорила голая Туська, разливая дешевый портвейн в три фужера...

«Пятнистая лань», — называла ее Марина за частые синяки от поцелуев.

Однажды они «впустили четвертым» старого любовника Сонечки — черноволосого Ашота с детской улыбкой, мускулистым телом и длинным, слегка кривым пенисом. С ним часто играли в жмурки, — завязывали глаза богемным Сонечкиным шарфом, раскручивали и заставляли искать. Голый Ашот, улыбаясь, сомнамбулой ходил по комнате, а девочки, повизгивая, кусали его подрагивающий жезл.

Барбара Вениген...

Типичная восточная немка с черной стрижкой, мальчишескими чертами и вульгарными замашками.

Обычно Марина ждала ее возле Станкина, кутаясь в свою дубленку, потом они ехали в общежитие к Барбаре...

Она привезла ей кожаные брюки и пачку шведских противозачаточных таблеток...

Тамарка...

Анжелика...

Машутка Волкова...

Капа Чиркасская...

Наташка... Наташка Гусева. Это было что-то невероятное. Жирная, тридцатисемилетняя. Первый раз казалась вялой, но умело работала языком. Во второй — приехала со своим «тюфячком» — круглым валиком от дивана. На валик одевался чистый стиранный чехольчик, постанывая, голая Наташа зажимала его между ног и ложилась на кровать ничком, обреченно бормоча:

— Уже можно...

В комнату с ласковыми речами входила Марина, наматывая на кулак широкий офицерский ремень со срезанной пряжкой:

— Уже лежишь, киска... ну, лежи, лежи...

Жирная спина и ягодицы Наташи начинали подрагивать, она хныкала, просила прощения, ерзая на валике.

Марина ждала минуту, потом ремень со свистом полосовал эту белую желеобразную тушу.

Намертво зажав между ляжками тюфячок, Наташа дико вопила в подушку, голова ее мелко тряслась, шея багровела. Марина била, ласково приговаривая:

— Терпи, кисонька, терпи, ласковая...

Уходила она утром, с посеревшим лицом, морщась от боли, еле передвигая толстые ноги, унося до следующей субботы свое распухшее тело и вместе с ним — заветный тюфячок... Ее посадили за спекуляцию лекарствами...

Аня... Аня-Анечка... Мелкие светлые кудряшки до плеч, курносый носик в крапинках веснушек. Розовую Дверь в ней открыла Барбара, Марине оставалось лишь помочь ей усвоить и закрепить пройденное.

— Это так интересно. А главное — необычно... — говорила Аня и миловидное лицо ее приобретало таинственное выражение.

Ей нравилось часами сидеть с Мариной в ванне, ласкаясь при свете оплывшей свечи.

— Понасилуй меня, — шептала она, боязливо выбираясь из воды. Марина смотрела как исчезает за дверью ее мокрое тело, потом тоже вылезала и гналась, ловила в темноте, заламывая скользкие руки, тащила к кровати, наваливалась, подминая под себя хнычущую Аннет-Минет...

Тамара Ивосян... Черные угли глаз, непролазная проволока волос, неправдоподобно широкое влагалище, которое и толкнуло на лесбийский путь: мужчина был беспомощен в таком пространстве.

— Нэ родился еще мужик, который запэчатал бы этот калодэц! — гордо бормотала она, похлопывая себя по буйно поросшим гениталиям.

Марина быстро нашла ключ к ее телу и вскоре обессилившая от бесчисленных оргазмов Тамара плакала, по-детски прижимаясь к Марине:

— Джяна... ох... джяааана...

Каждый раз на рассвете она предлагала:

— Давай пакусаэм друг друга на память!

И не дожидаясь ответа, сильно кусала Маринину ягодицу. Марина кусала ответно, заставляя Тамару постанывать, скалить ровные белые зубы...

Две синенькие подковки остались надолго, Марина изгибалась, рассматривая их, вспоминала пахучие Тамарины подмышки, проворные губы и жадные руки.

Ира Рогова... Милое круглое лицо, спокойные полуприкрытые глаза...

Чудесно играла на гитаре, но в постели была беспомощна. Панически боялась мужчин. Марина брила ее гениталии, научила восточной технике, «игре на флейте», «поцелую Венеры» и многому другому...

Маринка... Близняшка-двойняшка... Насмешливые губы, глубоко запрятанные под брови глаза, разболтанная походка, синие джинсы...

Муж ее «доматывал химиком» под Архангельском, ребенка нянчила мать, а сама Маринка беспробудно пила и трахалась, чувствуя нарастающий ужас, по мере того как таял мужнин срок. Ужас. Он и толкнул ее в умелые объятия тезки. Правда всего на три ночи...

Любка Барминовская...

Их глаза встретились в июльском переполненном троллейбусе и сразу все было ясно: притиснутая какой-то бабой к стеклу Люба провела кончиком язычка по верхней губке. Стоящая неподалеку Марина через секунду повторила жест. Они сошли на Пушкинской старыми знакомыми, в Елисеевском купили раскисающий тортик, бутылку белого вина, с трудом поймали такси и вскоре жадно целовались в темном, пахнущем кошками коридоре...

Да. Любушка-голубушка была настоящей профессионалкой — неистовой, умелой, чувственной... Марина вспомнила ее подвижную голенькую фигурку, присевшую на широкий подоконник.

— Я без девчонок просто жить не могу, — весело говорила она, потягивая невкусное вино из высокого узкого стакана. — Я ведь и в детстве-то только с девочками дружила...

Люба обладала невероятно длинным клитором, — напрягаясь, он высовывался из ее пухлых гениталий толстеньким розовым стручком и мелко подрагивал. Марина медленно втягивала его в рот и нежно посасывала, впиваясь ногтями в ерзающие ягодицы любовницы...

Любка научила ее играть в «сексуальный гоп-стоп»: одевалась, входила в ванную, разглядывала себя в зеркало, в то время как Марина приникала к щели в нарочно неприкрытой двери. Люба раздевалась, посылая своему отражению воздушные поцелуи. Оставшись в одних трусиках, долго позировала перед зеркалом, оттопыривая зад, поглаживая груди и проводя языком по губам. Потом, стянув свои лиловые трусики, присаживалась на край ванны и начинала заниматься онанизмом: пальцы теребили поблескивающий клитор, колени конвульсивно сходились и расходились, щеки пылали румянцем. Так продолжалось несколько минут, потом движения ее становились более лихорадочными, полуоткрытые губы с шумом втягивали воздух, колени дергались и она вставала, давая понять, что желанный оргазм уже на пороге. Вместе с ним врывалась Марина и с криком «ах ты сука!» начинала бить ее по горячим щекам. Не переставая теребить свой стручек, Люба бледнела, бормоча «милая, не буду, милая, не буду...», дергалась, стонала и бессильно сползала на пол. Миловидное лицо ее в это мгновенье поражало удивительной красотой: глаза закатывались, губы наливались кровью, распущенные волосы струились возле белых щек. Сначала Марине было жалко бить, но Люба требовала боли:

— Мне же приятно, как ты понять не можешь. Это же сладкая боль...

Поняв это, Марина, уже не жалея, хлестала по белым щекам, сочные звуки пощечин метались в душной ванной, Люба благодарно плакала...

Фрида Романович... Чудовищное создание в розовых бермудах, джинсовой курточке и серебряных сандалиях. Беломорина не покидала ее огромных цинично смеющихся губ, проворные руки щипали, били, тискали. В метро, пользуясь всеобщей давкой, она прижимала Марину к двери, по-змеиному скользкая рука заползала в джинсы, пальцы раздвигали половые губы, один из них проникал во влагалище и сгибался.

— Теперь ты на крючке у Мюллера, — зловеще дышала ей в ухо Фридка. — Пиздец голубушке...

В своей грязной, заваленной бутылками каморке она включала магнитофон на полную мощь, поила Марину коньяком из собственного рта, потом безжалостно раздевала, валила на кровать...

Чувствуя бессмысленность всякой инициативы, Марина покорно отдавалась ее полусадистским ласкам, дряхлая кровать жалобно трещала, грозя рухнуть, магнитофон ревел, ползая по полу...

Нина... «Жрица любви»... «Племянница Афродиты»... «И не играю я, и не пою, и не вожу смычком черноголосым...»

Высокая, сухощавая, с ровной ахматовской челкой. Сперва она не нравилась Марине: чопорно-изысканные ухаживания с букетами роз, поездками в Абрамцево-Кусково-Шахматово и дачными пикниками, казалось, ни к чему не приведут. Но Фридка допекла Марину своими пьяными выходками, предлагая «попробовать дога», «сесть на бутылку из-под шампанского», «потискать пацана», измученное щипками тело запросило покоя: Фрида осталась в своей хазе допивать херес, Марина переехала к Нине.

Историк-лесбиянка-поэт...

Как все переплелось в этой худой умной женщине...

— В прошлом воплощении я была Жорж Занд, в позапрошлом — Жанной д'Арк, в позапозапрошлом — бродячим суфием ордена Кадири, а в позапозапоза..., — она таинственно улыбалась и серьезно добавляла: — Я была Сафо.

— Ты это помнишь? — спрашивала Марина, разглядывая ее маленькие груди.

— Конечно, — кивала Нина и тонкий палец с миндалевидным ногтем упирался в просторную карту Лесбоса. — Вот здесь стояла вилла, тут служанки жили, здесь мы купались, там овцы паслись...

Марина молча соглашалась.

Нина садилась на кровать, вздыхала, глядя в темное окно:

— Да... Меня Платон тогда десятой музой назвал...

Часто после ласк она нараспев читала свои переводы каких-то эллинских текстов, вроде:

Лоно сравнится твое разве что с мидией нежной,
Пеной морскою сочась и перламутром дыша...

Роман с ней оборвался внезапно: к своему ужасу Марина узнала, что Нина знакома с Митей, который давно уже тешил всех рассказами о филологической лесбиянке, помешанной на Ахматовой и Сафо.

«Еще не хватало мне попасть Митьке на язык», — думала тогда Марина, набирая номер Нины.

— Да, Каллисто, слушаю тебя, — с подчеркнутым достоинством пропел в трубке грудной голос.

— Нина, понимаешь... я люблю другую...

Минуту трубка чопорно молчала, затем последовало спокойное:

— Это твое дело. Значит тебя больше не ждать?

— Не жди. Я не могу любить двоих...

— Хорошо. Только верни мне Еврипида.

В тот же вечер Марина выслала потертый томик ценной бандеролью...

Милка... 9x12... почти во всю страничку... Манекенщица, фарцовщица, алкоголик... Из весеннего пьяного вихря запомнилось одно: полуосвещенная спальня, перепутавшиеся смертельно усталые тела, бутылки и окурки на полу, Милкины руки, спускающие кожуру с банана:

— Солнышко, это банан нашей любви...

Все те же руки осторожно вводят его в переполненные слизью влагалища, и вот он — липкий, рыхлый, едва не сломавшийся — уже перед губами Марины:

— Ну-ка, ам и нет...

Марина кусает — мучнисто-приторное мешается с кисло-терпким...

Милка по-пеликаньи глотает оставшуюся половину и откидывается на подушку...

Наташа...

Райка...

Две жалкие неврастеничные дуры. Трудно что-либо вспомнить... какие-то вечеринки, пьянки, шмотки, слезливые монологи в постели, ночные телефонные звонки, неуклюжие ласки... чепуха...

А вот и она.

Марина улыбнулась, поднесла к губам еще не вклеенное Сашино фото и поцеловала.

Милая, милая...

Позавчера этот небольшой снимок протянули Сашенькины руки:

— Вот, Маринушка... Но я тут некрасивая...

Некрасивая... Прелесть голубоглазая, дивное дитя. Если б все так были некрасивы, тогда б исчезло и само понятие красоты...

Ангелоподобное лицо в ореоле золотистых кудряшек, по-детски выпуклый лоб, по-юношески удивленные глаза, по-взрослому чувственные губы.

Марина встретила ее после многомесячной нечленораздельной тягомотины с Райкой-Наташкой, оскомина от которой надолго выбила из розовой колеи в серую яму депрессии.

Как осветили тот монохромный зимний вечер золотые Сашенькины кудряшки! Она вошла в прокуренную, полную пьяно бормочащих людей комнату и сигарета выпала из оцепеневших Марининых пальцев, сердце конвульсивно дернулось: ЛЮБОВЬ!

Двадцать девятая любовь...

Сашенька не была новичком в лесбийской страсти, они поняли друг друга сразу и сразу же после вечера поехали к Марине домой.

Казалось все будет как обычно, — выпитая под тихую музыку бутылка вина, выкуренная на двоих сигарета, поцелуи — и ночь, полная шепота, стонов и вскриков.

Но — нет. Сашенька позволила только два поцелуя, легла на кушетке. В предрассветную темень осторожно оделась и ушла.

Три дня она не звонила, заставив Марину напиться до бесчувствия и плакать, распластавшись на грязном кухонном полу.

На четвертый — короткий звонок подбросил Марину с неубранной тахты. Запахивая халат и покачиваясь, она добралась до двери, отворила и ослепла от радостно хохочущего кудрявого золота:

— Вот и я!

Двадцать девятая любовь...

Марина вздохнула, достала из левого ящика тюбик с резиновым клеем, выдавила коричневатую соплю на тыльную сторону фотографии, бережно размазала и приклеила к листу.

В дверь позвонили.

— Это твой оригинал, — шепнула она фотографии, спрятала тетрадь в стол. — Иду, Сашенька!

Дверь распахнулась, они обнялись:

— Девочка моя...

— Маринушка...

— Кудряшечка моя...

Марина взяла ее прохладное лицо в ладони, покрыла порывистыми поцелуями:

— Ангелочек мой... золотце... деточка моя...

Саша улыбалась, глядя ее волосы:

— Ну дай же мне раздеться, Мариш...

Руки Марины расстегнули розовый плащ, помогли снять платок, растрепали кудряшки и скользнули вниз — к слегка забрызганным сапожкам.

— Ну, что ты, Мариш, я сама... — улыбнулась Саша, но Марина уже принялась стягивать их:

— Ноженьки мои, где гуляли, откуда пришли?

— С ВДНХ.

— Господи...

— Мариш, есть хочу.

Поставив сапожки в угол, Марина снова обняла любимую:

— Я без тебя жутко скучаю...

— Я тоже ужасно.

— Ласточка, закрой глаза.

— Что?

— Закрой глаза и жди.

Сашенька повиновалась, спрятав лицо в ладошки. Марина сбегала в комнату, достала из стола серебряное колечко с каплей бирюзы, вернулась и, отняв одну из ладошек от милого лица, надела колечко на Сашенькин безымянный палец:

— Теперь можно.

Черные крылышки ресниц колыхнулись, бирюзовые глаза с изумлением посмотрели на крохотного родственника:

— Ой... прелесть какая... Мариш... милая моя...

Сашенька бросилась ей на шею.

— Носи на здоровье... — бормотала Марина, гладя и целуя подругу.

— Душечка моя...

— Ласточка моя...

— Маринушка...

— Сашенька...

Сашенькины губы медленно приблизились, прикоснулись, прижались, раскрылись...

Они долго целовались, постанывая и тиская друг друга, потом Марина шепнула в раскрасневшееся Сашенькино ушко:

— Киса, ты полезай в ванну, я приготовлю все и приду...

— Хорошо... — улыбнулась Сашенька.

Марина смотрела на нее с нескрываемым обожанием.

Сашенька была прекрасна сегодня, как никогда: золотые кудряшки ниспадали на широкий ворот белого свитера, который свободно тек вниз, суживался в талии и наплывал на прелестные, стянутые джинсами бедра.

Марина восхищенно покачала головой:

— Ты... ты...

— Что я? — улыбнулась Сашенька и быстро прошептала: — Я люблю тебя...

— Я люблю тебя, — с придыханием повторила Марина.

— Я люблю тебя...

— Я люблю тебя...

— Люблю...

— Люблю... люблю...

— Люблю-люблю-люблю...

Марина снова обняла эти дивные юные плечи, но Сашенька виновато зашептала:

— Маринушка... я ужасно хочу пи-пи...

— Прелесть моя, идем я тебе ванну приготовлю...

Обнявшись они зашли в совмещенку: узкие джинсы нехотя полезли с бедер, отвинчивающаяся пробка — с югославского флакона.

Хлынули две нетерпеливые струи — белая, широкая — в ванну, тоненькая желтенькая — в унитаз...

Вскоре Сашенька блаженно утопала в облаках о чемто неразборчиво шепчущей пены, а Марина, с трудом вытянув пробку из пузатенькой мадьярской бутылки, жарила обвалянных в яйце и муке цыплят, напевая «этот мир придуман не нами...»

— Клево как... — Сашенька бросила обглоданное крылышко на блюдо, облизала пальцы. — Ты просто волшебница...

— Я только учусь, — усмехнулась захмелевшая Марина, разливая остатки вина в фужеры.

Они сидели в переполненной ванне друг против друга, разделенные неширокой, покрытой вафельным полотенцем доской. На успевшем подмокнуть полотенце покоилось бабушкино серебряное блюдо с остатками цыпленка и фужеры с вином. Маленький грибообразный ночничок наполнял совмещенку причудливым голубым светом.

Марина поставила пустую бутылку на мокрый кафельный пол, подняла фужер.

— Твое здоровье, ласточка...

— Твое, Маринушка...

Они чокнулись, губы медленно втянули кажущееся фиолетовым вино.

Пена давно успела опасть, в голубоватой воде перемежались неторопливые блики, прорисовывались очертания тел.

— Ой, здорово. Как в раю... — Сашенька зачерпнула фужером воды и отпила глоточек. — Мариш, с тобой так хорошо...

— С тобой еще лучше.

— Я тебя так люблю...

— Я тебя еще сильнее...

— Нет, серьезно,... милая, красивая такая... — Сашенькина рука легла на плечо Марины. — У тебя грудь, как у Лолобриджиды...

— У тебя лучше.

— Ну, что ты, у меня крохотная совсем...

— Не скромничай, ласточка моя...

— Милочка моя...

Привстав и расплескивая воду, Саша поцеловала ее.

Фужер сорвался с края доски и бесшумно исчез среди голубых бликов.

Они целовались хмельными губами, пропитанные вином языки нещадно терли друг друга.

Переведя дыхание, Сашенька коснулась кончиком языка уголка губ подруги, Марина, в свою очередь, облизала ее губки. Проворный Сашенькин язычок прошелся по щеке и подбородку, потерся о крылышко носа и снова поразил Марину в губы.

Марина стала целовать ее шею, слегка посасывая нежную голубую кожу, Сашенька, постанывая, сосала Маринины мочки, лизала виски.

Вода плескалась от их порывистых движений.

Поцелуи и ласки стали более страстными, любовницы стонали, дрожащие руки скользили по мокрым плечам.

— Пошли, пошли, милая... — не выдержала первой Саша, забирая в ладонь грудь Марины.

— Идем, киса... — Марина с трудом стала извлекать из воды онемевшее тело. — Там простыня, Сашок...

Но Сашенька не слушала, тянула в черный прямоугольник распахнутой двери, пьяные глаза настойчиво молили, полураскрытые губы что-то шептали, вода капала с голубого тела.

Повинуясь Сашенькиной руке, они оказались в неузнаваемой прохладной тьме, разбрасывая невидимые, но звучные капли, с грехом пополам выбрались из коридора и, обнявшись, упали на кровать...

Догорающая спичка стала изгибаться черным скорпионьим хвостиком, огонек быстро подполз к перламутровым ногтям Марины, она успела поднести сигарету, затянулась и бросила спичку в пепельницу.

Прикурившая секундой раньше Сашенька, лежала рядом, слегка прикрывшись одеялом и подложив руку под голову.

Принесенный из ванной ночничок светился в изголовье на тумбочке.

Бабушкины медные часы на стене показывали второй час ночи.

Марина придвинулась ближе к Сашеньке. Та выпростала руку из-под головы и обняла ее:

— Мариш, а у нас выпить нечего?

— Заинька, больше нет...

— Жаль...

Марина погладила ее щеку, потом вдруг тряхнула головой:

— Так, постой, у меня же планчик есть!

— Правда?

— Точно! Вот дуреха! Забыла совсем!

Она села, забрала у Сашеньки сигарету:

— Хватит это дерьмо курить... сейчас полетаем...

Безжалостно расплющив головы сигарет о живот Шивы, она подошла к книжным полкам, вытянула двухтомник Платонова, из образовавшегося проема достала начатую пачку «Беломора» и небольшой кисет.

Сашенька приподнялась на локте, томно потягиваясь:

— Ооооой... все-тки как у тебя уютненько...

— Хорошо?

— Очень. Кайфовый уголок. Здесь любовью заниматься клево. И ночничок уютненький...

— Ну, я рада... — Марина села за стол, включила настольную лампу, достала из кисета щепотку зеленоватого плана и костяной поршенек.

Ее голое красивое тело, таинственно освещенное бледно-желтым и бледно-голубым, казалось мраморным.

Откинув одеяло, Сашенька села по-турецки:

— Маринк, я тебя люблю офигенно.

— Заинька, я тебя тоже...

Марина выдула в пригоршню табак из гильзы и принялась смешивать его с планом.

— Набей парочку, Мариш, — шлепнула себя по бедрам Саша.

— Конечно, киса. Это крутой план. Из Ташкента.

— Мариша.

— Что, киса?

— А у тебя мужчин не было за это время?

— Нет, кошечка... а у тебя?

Сашенька тихо засмеялась, запрокинув голову:

— Был мальчик...

— Лешка твой?

— Неа. Другой... там, знакомый один...

— Бесстыдница.

— Ну я больше не буду, Мариш...

— Хороший мальчик?

— Ага. Нежный такой. Правда кончает быстро.

— Молодой еще.

— Ага. Ничего научится...

— Конечно...

Сашенька сняла трубку со стоящего на тумбочке телефона, набрала наугад номер.

— Опять хулиганишь, — усмехнулась Марина.

Саша кивнула, подождала немного и быстро проговорила в трубку:

— Радость моя, можно у тебя клитор пососать?

Марина засмеялась.

Сашенька захохотала, нажала на рычажки и снова набрала:

— Мудачок, ты когда последний раз ебался? А? Нет, что ты. У меня все дома. Ага... ага... сам ты дурак!

Ее пальцы придавили рычажки, голое тело затряслось от смеха:

— Ой, не могу! Какие кретины!

Бросив трубку на телефон, она изогнулась, потягиваясь.

Голубой свет нежно обтекал ее складную худенькую фигуру, делая Сашеньку более стройной и привлекательной.

Набивая вторую гильзу, Марина покосилась на любимую.

Заметив взгляд, Сашенька медленно приподнялась на коленях и изогнулась.

— Прелесть ты какая, — улыбнулась Марина, забыв о папиросе, — только еще, еще вперед немного... вот так...

Саша изогнулась сильнее, небольшие грудки дрогнули, свет заискрился на беленьких волосиках пухлого лобка.

Томно прикрыв глаза и постанывая, она облизывала губы.

— Афродита...

Сашенькины руки скользнули по телу и сошлись в паху.

— Ты уже хочешь, киса? — спросила Марина.

— Я всегда хочу, — прошептала Саша и вытянулась поверх одеяла, поглаживая свои гениталии и делая Марине знаки языком.

— Сейчас, милая...

Марина закончила набивать, подошла, вложила папиросу в губы подруги, другую в свои, чиркнула спичкой.

Приподнявшись на локте, Сашенька прикурила, сильно затянулась, с коротким всхлипом пропустив глоточек воздуха. Она всегда курила план профессионально, — ни одна затяжка не пропадала даром.

Марина подожгла скрученный торец папиросы, легла рядом.

— Вуматной косяк... — пробормотала Саша, сжимая зубами папиросу и поглаживая себя по бедрам.

— Азия, — Марина жадно втягивала горьковатый дым, подолгу задерживая его в легких.

Над тахтой повисло мутное облако.

Когда папироса почти кончилась, Марина почувствовала первый «приход»: комната мягко качнулась, расширяясь, голые Маринины ноги потянулись к удаляющемуся окну.

Она засмеялась, прикрыла глаза. В голове ритмично пульсировали разноцветные вспышки.

— Ой, поплыли! — раздался рядом непомерно громкий голос Саши. — Косячок охуительный, Мариш! Набей еще по штучке!

Давясь от смеха, Марина посмотрела на нее.

Рядом лежала огромная голубовато-белая женщина: ноги маячили вдалеке, грудь и живот сотрясались от громоподобного хохота, в толстых губах плясало тлеющее бревно.

Марина повернулась, ища пепельницу. Вместо нее на расползшейся во все стороны тумбочке зияла невероятная каменная лохань с горкой грязных березовых поленьев.

Хихикая, Марина бросила туда папиросу.

Что-то массивное пронеслось у нее рядом с виском и с громким треском расплющило тлеющее бревно о дно лохани.

— МАРИШ, ЧТО ТЫ ОТВЕРНУЛАСЬ?!! — загрохотало над головой и непонятно откуда взявшиеся мраморные руки сжали ее грудь.

Стало очень приятно, ново и легко.

Марина повернулась.

Перед ней возлежал яркий многометровый Будда. Большие губы его громко раскрылись:

— ОБНИМИ!!

Руки потянулись к Сашеньке, покрыв долгое расстояние в считанные минуты.

Постанывая и всхлипывая, они стали целоваться.

Марине казалось, что она целуется первый раз в жизни. Это длилось бесконечно долго, потом губы и языки запросили других губ и других языков: перед глазами проплыл Сашенькин живот, показались золотистые кустики по краям розового оврага, из сочно расходящейся глубины которого тек сладковатый запах и выглядывало что-то родное и знакомое.

Марина взяла его в губы и в то же мгновенье почувствовала как где-то далеко-далеко, в Сибири Сашенькины губы всосали ее клитор, а вместе с ним — живот, внутренности, грудь, сердце...

После седьмого оргазма Сашенька долго плакала у Марины на коленях.

К одиннадцатому шли долго и упорно, словно советские альпинисты на Эверест, достигнув вершины, радостно и облегченно плакали, по-сестрински целовались в раскрасневшиеся щеки, заботливо укрывали друг дружку, бормотали детские нежности, рассказывали о наболевшем, клялись в верности и любви, ругали мужчин и советскую власть, снова целовались, делились прошлыми воспоминаниями, снова клялись, снова укрывали, снова целовались, снова клялись, и засыпали, засыпали, засыпали...

Марина осторожно шла по длинному коридору из голубой, слабо потрескивающей пены. Несмотря на свою воздушность, пена была прочной и вполне выдерживала Марину, громко похрустывая под голыми ступнями.

Впереди просвечивал конец коридора.

Кто-то громко крикнул сзади:

— БЕГИ!!

И она побежала, — быстро, быстро, едва касаясь необыкновенного пола, так что ветер зашипел в волосах.

Свет приближался, приближался и — ах! — не рассчитав, Марина вылетела из коридора в яркий солнечный мир и упала на зеленую траву. Вокруг было тепло и просторно, бездонное небо раскинулось над головой, смыкаясь на еле видном горизонте с таким же бескрайним морем.

Рядом показались белые фигуры людей. Это были женщины в длинных хитонах. Приблизившись, они расступились, пропуская свою повелительницу. Ей оказалась Нина. Правда она была очень молодая, стройная, лицо и руки покрывал бронзовый загар. На ее голове покоился лавровый венок.

— Здравствуй, Марина, — громко произнесла Нина, подходя. — Жители Лесбоса приветствуют тебя.

Остальные женщины хором произнесли что-то по-гречески.

— Я на Лесбосе? Трудно поверить, — проговорила Марина, радостно смеясь.

— А ты поверь, ангел мой, — Нина подошла ближе и поцеловала ее в щеку.

— Ниночка, я голая совсем... — начала было Марина, прижимая руки к груди, но Нина прервала ее:

— Во-первых, я не Нина, а Сафо, во-вторых, чтобы тебе не было неудобно...

Она что-то сказала подругам и все разом скинули хитоны.

Тела их оказались стройными и прекрасными.

— Пойдем, чужестранка, — дружелюбно проговорила Нина, беря ее под руку, — будь как дома. Ты на острове Розовой Любви, на острове Поэтов.

Мелькает узкая тропинка, раскидистые каштаны и оливы, ленивые, путающиеся под ногами овцы, служанка с вязанкой хвороста, шум и пена прибоя...

Все обрывается ужином под естественным навесом из разросшегося винограда. Прямо на траве расстелена большая циновка с черным египетским узором, голые рабыни ставят на нее амфоры с вином, медом, кратеры с ключевой водой, вазы с солеными оливками, блюда с жареной бараниной, печеной рыбой, виноградными улитками, корзинки с хлебом.

— Как много всего, — радостно смеется Марина.

Сидящая напротив в окружении подруг Нина улыбается:

— Да. Обычно наш ужин выглядит более скромно. Но сегодня с нами ты.

Рядом с Мариной изящно сидит милая голубоглазая девушка. Из просторной корзинки она вынимает большой венок, сплетенный из нарциссов, анемонов и огненных маков.

Венок мягко ложится на голову, опьяняя Марину благоуханием.

Она поднимает глаза на сотрапезниц, но они уже давно украсили себя венками, — миртовыми, виноградными, нарциссовыми.

Только на гладких волосах Нины покоится лавровый.

— Кому совершим возлияние? — спрашивает голубоглазая девушка.

— Афродите, Афродите... — слышится вокруг.

Служанка подносит дымящийся жертвенник, Нина встает, произносит что-то нараспев и выливает чашу с вином на уголья.

Они шипят, распространяя сладковатый дымок.

— Пей, ангел мой... — обращается к ней Нина.

Обеими руками Марина принимает чашу и с жадностью опустошает.

Вино необычайно вкусно.

От дымящихся кусков баранины идет опьяняющий запах.

Марина протягивает руку, но Нина сурово останавливает:

— Стой! Подожди... Божественный огонь осенил меня...

В ее руках появляются покрытые воском дощечки и тонкий серебряный стилос.

Голые подруги замирают.

Быстро записав что-то стилосом, Нина гордо поднимает голову и декламирует:

> Здесь прошелся загадки таинственный ноготь.
> Поздно. Утром, чуть свет, перечту и пойму.
> А пока что любимою трогать, так как мне
> Не дано никому...

Марина удивленно смотрит на нее.

Нина торжествующе улыбается:

— Нравятся?

— Но... Ниночка, это же Пастернак...

Лицо Нины становится жестоким:

— Дура! Это я! Пастернак появится только через две
тысячи лет! Смотри!

Она поворачивает дощечку, и действительно, — та
сплошь исписана греческими буквами. Заходящее баг-
ровое солнце играет в них пронзительными искорками.

— Ложь! — раздается над ухом Марины и подруги
вместе с Ниной жалобно визжат.

Марина оборачивается и видит ЕГО.

Спазм перехватывает ей горло.

ОН — в полушубке, то есть в простой козьей шкуре,
подпоясанной широким кожаным поясом, крепкие ноги обуты в простые сандалии, загорелые руки сжимают
дубовый посох, а треугольное лицо со шкиперской бородкой... о, Боже! ОН хватает тяжелый кратер и со
страшным грохотом разбивает о перегруженную яствами
циновку.

Голые женщины истерично кричат, куски баранины,
оливки, улитки разлетаются во все стороны.

ОН приближает свое бледное от неимоверного на-
пряжения лицо вплотную к лицу Марины и оглушаю-
ще кричит:

— Это все твои любовницы!!! ВСЕ ДВАДЦАТЬ ДЕ-
ВЯТЬ!!! ДВАДЦАТЬ ДЕВЯТЬ!!!

Марина цепенеет от ужаса.

ЕГО лицо настолько близко, что видны многочисленные поры на коже, микроскопические волосики на
воскрылиях носа, грязь на дне морщин и крохотные
капли пота. В каждой капле играют яркие радуги.

— Двадцать девять любовниц! — продолжает ОН и
вдруг оглушительно добавляет: — И НИ ОДНОЙ ЛЮБИ-
МОЙ!!! НИ ОДНОЙ!!!

Сердце останавливается в груди Марины от чудовищной правды.

Без чувств она падает навзничь, но ОН наклоняется
над ней. От бледного лица никуда не скрыться:

— ТЫ НИКОГО НИКОГДА НЕ ЛЮБИЛА!!! НИКОГО!!!
НИКОГДА!!!

— Я... я... любила Вас... — шепчет Марина цепенею-
щими губами, но раскатом грома в ответ гремит суро-
вое:

— ЛОЖЬ!!! МЕНЯ ЛЮБИШЬ НЕ ТЫ, А ОНА!!! ОНА!!!

Тяжелая ладонь ЕГО повисает над Мариной, закрыв
все небо. Она огромная, красно-коричневая, бесконеч-
ная и очень живая. Марина вглядывается присталь-
ней... да это же Россия! Вон вздыбился Уральский хре-
бет, глубокая линия ума сверкнула Волгой, линия Жизни — Енисеем, Судьбы — Леной, внизу поднялись
Кавказские горы...

— Россия... — прошептала Марина и вдруг поняла
для себя что-то очень важное.

— НЕ ТА, НЕ ТА РОССИЯ!!! — продолжал суровый голос, — НЕБЕСНАЯ РОССИЯ!!!

Ладонь стала светлеть и голубеть, очертания рек, гор и озер побледнели и выросли, заполняя небо, между несильно сжатыми пальцами засияла ослепительная звезда: Москва! Звезда вытянулась в крест и где-то в поднебесье ожил густой бас протодьякона из Елоховского:

> От юности Христа возлюбииив,
> И легкое иго Его на ся восприяаал еси,
> И мнооогими чудесааами прослааави тебе Бог,
> Моли спастися душам нааашииим...

А где-то выше, в звенящей голубизне откликнулся невидимый хор:

> Мнооогааая лееетааа...
> Мнооогааая леееетаааа...

Но Марина отчетливо понимала, что дело не в протодьяконе, и не в хоре, и не в ослепительном кресте, а в чем-то совсем-совсем другом.

А ОН, тоже понимая это, метнул свой испепеляющий взгляд в сторону сгрудившихся Марининых любовниц. Вид их был жалким: хнычущие, полупьяные, собранные в одну кучу, они корчат рожи, закрываются локтями, посылают проклятия... Мария, Наташка, Светка, Барбара, Нина... все, все... и Саша, и Сашенька! Тоже омерзительно кривляется, плюется, заламывает голубые мраморные руки...

Марину передернуло от омерзения, но в этот момент ОН заговорил под торжественно нарастающее пение хора, заговорил громко и мужественно, так, что Марину затрясло, рыдания подступили к горлу:

— ВЕЛИЧИЕ РУСИ НАШЕЙ СЛАВНОЙ С НАРОДОМ ВЕЛИКИМ С ИСТОРИЕЙ ГЕРОИЧЕСКОЙ С ПАМЯТЬЮ ПРАВОСЛАВНОЙ С МИЛЛИОНАМИ РАССТРЕЛЯННЫХ ЗАМУЧЕННЫХ УБИЕННЫХ С ЗАМОРДОВАННОЙ ВОЛЕЙ С БЛАТНЫМИ КОТОРЫЕ СЕРДЦЕ СВОЕ ВЫНИМАЮТ И СОСУТ И С РАЗМАХОМ ВЕЛИКИМ С ПРОСТОРОМ НЕОБЪЯТНЫМ С ПРОСТЫМ РУССКИМ ХАРАКТЕРОМ С ДОБРОТОЙ ЧЕЛОВЕЧЕСКОЙ И С ЛАГЕРЯМИ ГРОЗНЫМИ С МОРОЗОМ ЛЮТЫМ С ПРОВОЛОКОЙ ЗАИНДЕВЕВШЕЙ В РУКИ ВПИВАЮЩЕЙСЯ И СО СЛЕЗАМИ И С БОЛЬЮ С ВЕЛИКИМ ТЕРПЕНИЕМ И ВЕЛИКОЙ НАДЕЖДОЮ...

Марина плачет от восторга и сладости, плачет слезами умиленного покаяния, радости и любви, а ОН говорит и говорит, словно перелистывает страницы великой не написанной еще книги.

Снова возникает голос протодьякона, искусным речитативом присоединяется к хору:

> Кто говорит, что ты не из борцов?
> Борьба в любой, пусть тихой, но правдивости.
> Ты был партийней стольких подлецов,
> Пытавшихся учить тебя партийности...

Марина не понимает зачем он это читает, но вдруг всем существом догадывается, что дело совсем не в этом, а в чем-то другом — важном, очень важном для нее!

Снова приближается бледное треугольное лицо с развалом полуседых прядей: ЖИТЬ БЕЗ ЛЮБВИ НЕВОЗМОЖНО, МАРИНА! НЕВОЗМОЖНО!! НЕВОЗМОЖНО!!!

Лицо расплывается и на высоком синем небе, посреди еле заметно поблескивающих звезд, проступают ровные серебряные слова:

ЖИТЬ БЕЗ ЛЮБВИ НЕВОЗМОЖНО, МАРИНА!

— Но как же быть? — шепотом спрашивает она и тут же вместо серебра выступает яркое золотое:

ЛЮБИТЬ!

— Кого? — громче спрашивает она, но небо взрывается страшным грохотом, почва трясется, жалкие тела любовниц мелькают меж деревьями, по земле тянется широкая трещина, трещина, трещина...

Голая Саша, неловко перегнувшись через Марину, подняла с пола ночник:

— Разбудила, Мариш?

— Разбудила... — недовольно пробормотала Марина, щурясь на бьющий в окно солнечный свет, — Фууу... ну и сон...

— Хороший? — хрипло спросила Сашенька, придвигаясь.

— Очень, — грустно усмехнулась Марина, откидываясь на подушку.

Саша положила голову Марине на грудь:

— А я вот ничего не видела... давно снов не вижу...

— Жаль, — неожиданно холодно проговорила Марина, чувствуя странное равнодушие к кудряшкам подруги, к ее теплому льнущему тельцу.

«Тяжелый сон... — подумала она, вспоминая, — Постой... Там же было что-то главное, важное... забыла, черт...»

Она отстранила Сашину голову:

— Мне пора вставать...

Сашенька удивленно посмотрела на нее:

— Уже?

— Уже... — сонно пробормотала Марина, выбралась из-под нее и голая пошла в совмещенку.

— Приходи скорей! — крикнула Саша, но Марина не ответила.

Ягодицы встретились с неприятно холодным кругом, рука рассеянно оторвала кусок туалетной бумаги:

— Главное... самое главное забыла...

Струйка чиркнула по дну унитаза и, сорвавшись в стояк, забурлила в воде...

Марина давно уже не видела подобных снов, да если и видела, то все равно никогда в них так просто не открывалась истина. А этот — яркий, громкий, потрясающий — дал ей почувствовать что-то очень важное, чего так настойчиво и давно искала душа...

— Но, что?...

Она подтерлась, нажала рычажок.

Бачок с ревом изрыгнул воду и привычно забормотал.

Марина посмотрела на себя в зеркало:

— Господи, образина какая...

Взяла расческу-ежик, зевая, провела по волосам, пустила воду и подставила лицо под обжигающую холодом струю.

Умывшись, снова встретилась глазами с угрюмой заспанной женщиной:

— Кошмар...

Под красными воспаленными глазами пролегли синие мешки, распухшие от поцелуев губы казались отвратительно большими.

— Ну и рожа... дожила...

Саша встретила объятьем, из которого Марине пришлось долго выбираться под настороженные вопросы любовницы:

— Что с тобой, Мариш? Я что, обидела тебя чем-то? А, Мариш? Ну, что с тобой? Ну, не пугай меня!

Наконец розовый кренделек рук был разорван, Марина молча принялась собирать свою разбросанную одежду.

— Мариш! Ну, что случилось?

— Ничего...

— Ну, Мариночка! Милая моя!

Марина брезгливо поморщилась.

— Ты... ты что, не любишь меня? — Сашенькин голос дрогнул.

Подняв свитер, Марина покосилась на нее — голую, лохматую лесбиянку с бесстыдно торчащей грудью и опухшим лицом.

«Болонка прямо... как глупо все... — горько подумала она и усмехнулась, — двадцать девятый раз. Как глупо...»

Саша ждала ответа.

Свитер проглотил голову и руки, сполз по голому животу:

— Не люблю.

Сашины губы приоткрылись, одна рука машинально прикрыла грудь, другая — рыженькие чресла.

«С такой блядюги Ботичелли наверно свою Венеру писал...» — подумала Марина, удивляясь, насколько ей все равно.

— Как?

— Вот так.

— Как? Не любишь?

— Не люблю.

— Как? Как?!

— Ну что ты какаешь! — зло обернулась к ней Марина. — Не люблю я тебя, не люблю! Ни тебя, никого, понимаешь?

— Маринушка... что с тобой... — осторожно двинулась к ней Сашенька.

— Только не подходи ко мне!

— Мариш... — Сашенькины губы задрожали, она захныкала. — Ну, Мариш, прости меня... я исправлюсь... я не буду с мужиками...

— Не подходи ко мне!!! — истерично закричала Марина, чувствуя как белеет ее лицо и холодеют конечности.

Готовая было расплакаться Сашенька, испуганно отпрянула.

Натянув брюки, Марина пошла на кухню ставить чайник.

Когда вернулась, одевшаяся Сашенька, пугливо обойдя ее, направилась в коридор.

«Господи, какая дура... — усмехнулась Марина, наблюдая как торопливо натягивает эта овечка свои сапоги. — Святая проблядь... А я что? Лучше что ли? Такая же блядища из блядищ...»

Она устало потерла висок.

— Верни мне мои сорок рублей за платье, — обиженно пропищала Сашенька, застегивая плащ. Губки ее были надуты, глаза смотрели вбок.

— Хуй тебе, — спокойно проговорила Марина, сложив руки на груди.

— Как... как?... — растерянно прошептала Саша.

— А вот так.

— Но... это же... это же мои деньги... я... ты должна вернуть...

— Что вернуть? — зловеще спросила Марина, приближаясь к ней в полумраке коридора.

— Как... деньги... мои деньги... — испуганно пятилась Саша.

— Вернуть? Деньги?

— Деньги... сорок рублей... я же вперед заплатила...

— Вперед?

— Да... вперед...

— Так, деньги, говоришь?

— Деньги... я хотела ска...

Не успела Саша договорить, как Марина со всего маха ударила ее по лицу. Сашенька завизжала, бросилась к двери, но Маринины руки вцепились ей в волосы, стали бить головой о дверь:

— Вот тебе деньги... вот тебе деньги... вот... вот... вот...

Визг стал нестерпимым, от него засвербило в ушах.

Марина ногой распахнула дверь и с омерзением выбросила бывшую любовницу на лестничную площадку:

— Сука...

Захлопнув дверь, тяжело дыша, привалилась к ней спиной, постояла, добрела до бесстыдно распахнутой тахты, упала лицом в подушку, еще хранившую в белых складках запах Сашиных кудряшек.

Руки сами заползли под нее, обняли.

Марина заплакала.

Скупые поначалу слезы полились легко и через минуту она уже тряслась от рыданий:

— Гос... по... ди... ду... ра... дура...

Плечи ее вздрагивали, перед глазами стояло испуганное Сашенькино лицо, в ушах звенел любимый голос.

— Ду... ра... дура... прокля...аатая...

Вскоре плакать стало нечем, обессилевшее тело лишь беззвучно вздрагивало, вытянувшись среди скомканного постельного белья.

Полежав немного, Марина встала, вытерла рукавом

зареванное лицо, вышла в коридор, оделась, пересчитала деньги и хлопнула дверью так, что с косяка что-то посыпалось...

Последнее время запои не часто посещали Марину: раза два в месяц она напивалась до бесчувствия, пропитываясь коктейлем из белых и красных вин.

На этот раз все существо ее подсказывало, что вино будет слабым катализатором, и точно — две купленные утром бутылки водки к четырем часам сырой мартовской ночи были уже пусты и грозно посверкивали на столе среди грязного хаоса опустошенных консервных банок, окурков, кусков хлеба и колбасы.

Марина сидела на стуле посередине кухни, раскачиваясь и напевая что-то. Ее волосы были неряшливо растрепаны, плечико ночной рубашки сползло.

— Ссуки... — бормотала Марина, облизывая свои посеревшие губы. — Какие... ссуки... и я тоже... Господи... двадцать девять сук...

Она заплакала, уронив косматую голову на грудь.

— Господи... никого не любила... блядь сраная... сука...

На душе было пусто и горько, оглушенное водкой сердце билось загнанно и тяжело.

Марина всхлипывала, но слезы давно уже не текли, только судорога сводила лицо.

Наплакавшись, она с трудом встала, пошатываясь, открыла холодильник.

В углублении дверцы одиноко сверкала четвертинка.

Марина вынула ее, поднесла к глазам. Свет искрился в переливающейся водке, слова на этикетке двоились.

Она приложила четвертинку ко лбу. Холод показался обжигающим.

Так с бутылкой у лба и двинулась в комнату, больно задев плечом за косяк.

Упав на кровать, зубами принялась сдирать белую головку.

Марина пила ледяную водку из горлышка маленькими глотками, лежа на тахте и глядя в плавно плывущий куда-то потолок.

Пилось легко — словно ключевая вода булькала в горле, скатываясь в желудок. Тахта тоже плыла и раскачивалась вместе с потолком, стены двигались, безглазый Рабин грозно смотрел со своего «Паспорта».

Сильное опьянение всегда раскалывало память, вызывая рой ярких воспоминаний, вспыхивающих контрастными живыми слайдами: улыбающийся дядя Володя, поправляющая шляпу бабушка, надвигающиеся из темноты глаза Марии, исполосованная спина Наташки, неловко спешащая подмыться Барбара, громко хохочущий негр...

— Как все плохо... — слабо проговорила она, приподнимаясь.

Из наклонившейся бутылки водка полилась на постель.

Голова кружилась, в висках непрерывно стучали два механических молота.

— Все очень, очень плохо, Марина...

Неловко размахнувшись, она запустила бутылкой в батарею.

Не долетев, та упала на пол и, скупо разливая водку, покатилась к истертым педалям пианино...

Марину разбудил телефон.

С трудом приподнявшись, не в силах разлепить опухшие веки, она нащупала его, сняла трубку:

— Да...

— Маринэ, гамарджоба! — закричал на другом конце земли прокуренный фальцет.

— Да, да... — поморщилась Марина, бессильно опускаясь на подушку.

— Маринэ! Маринэ! — кричала трубка, — это Самсон гаварит!

— Здравствуй...

— Все в порядке, дарагая, все здэлали!

— Что... что, не понимаю...

— Все, все! Все в парядкэ! — надсадно, как на зимнем митинге кричала трубка. — Кагда за дэньгами приедэшь?!

— За деньгами?

— Да, да! Кагда?

— За какими деньгами? — потерла висок Марина, брезгливо разглядывая лужу блевотины, распластавшуюся на полу возле тахты бледно-розовой хризантемой.

— Ну за дэньгами, дарагая, мы же кожу запарили!

— Аааа... — слабо застонала Марина, вспоминая черный рулон с иранским клеймом. — А что... когда?

— Приезжай сейчас! Я завтра к Шурэ еду, на полмэсяца! У меня с собой!

— А ты где?

— Мы в Сафии, тут пьем нэмного! Приезжай, пасидим!

— В какой Софии?

— В рэстаране, в рэстаране Сафия! Знаэшь?

— Знаю... — устало выдохнула Марина, свешивая ноги с тахты.

— Падъезжай к васьми, я тебя встрэчу! Я вийду! В вэстибюле! А?

— Да, да... я подъеду. Ладно... — она положила трубку.

Медный циферблат показывал десять минут восьмого.

С трудом приподнявшись, Марина прошла в совмещенку и, взглянув в зеркало, пожалела, что согласилась куда-то ехать: желтая, опухшая и косматая баба брезгливо посмотрела и прохрипела:

— Свинья...

Ледяная вода слегка взбодрила, расческа привела в порядок волосы, пудра и помада скрыли многое.

Подтерев пахнущую старыми щами лужу и выпив две чашки кофе, Марина оделась и пошла ловить машину.

Добродушный и разговорчивый левак не обманул, — без трех восемь синий «Москвич» притормозил у «Софии», из стеклянных дверей выбежал маленький носатый Самсон, открыл дверцу, дохнул коньяком, чесноком и табаком:

— Здравствуй, дарагая! Пашли, пашли...

Марина вылезла, слегка укачанная быстрой ездой, с облегчением вдохнула прохладный бодрящий воздух.

— Пашли, пашли, Маринэ, там Володя с Варданом! Ты с Юлей знакома?

Его смуглая рука крепко держала Марину под локоть.

— Нет, не знакома, — пробормотала она и остановилась у стеклянных дверей. — Знаешь, Самсон, я... я нездорова и посидеть с вами не могу. Тороплюсь я.

— Как? — удивленно заблестели черные глазки.

— Да, да... — как можно серьезней и тверже проговорила она, освобождая руку.

— Больна? — все еще продолжал удивляться Самсон.

— Да.

— Ну как же... ну давай пасидим...

— Нет, я не могу. Деньги у тебя? — спросила Марина, брезгливо вслушиваясь в рев ресторанного оркестра.

— А, да, да, вот, канешно, — засуетился Самсон и через мгновенье Марина опустила в карман не очень толстую пачку.

— Я пойду, — кивнула она и стала отходить от него.

— Марин, кагда пазванить?

— Никогда, — твердо проговорила Марина и пошла прочь.

— Маринэ! Маринэ! — закричал Самсон, но она, не оборачиваясь, шла в сторону центра.

Только что стемнело.

Зажглись фонари и неоновые слова над магазинами, прохожие обгоняли медленно бредущую Марину.

Идти было легко, голова не болела, лишь слегка кружилась.

Марина знала улицу Горького наизусть — каждый магазин, каждое кафе были знакомы, с ними что-то было связано.

Это была улица Воспоминаний, улица Ностальгии, улица Беспомощных Слез...

«Тридцать лет без любви, — грустно думала Марина, глядя по сторонам, — тридцать лет... А может все-таки любила кого-то? Тогда кого? Марию? Нет, это не любовь... Клару? Тоже не то. Нежности, забавы. Вику? Вику... Но она погибла. Да и вряд ли я любила ее. Может, если б не погибла, поругались бы как всегда бывает... А мужчины. Никто даже не запомнился. Вот Валя один остался, да и что, собственно, этот Валя! Циник и фигляр. Интересно с ним, конечно, но это же даже и не дружба... Да. Странный сон приснился. Жить без любви невозможно, Марина! Приснится же такое... А ведь и вправду я не жила. Так, существовала. Спала с лесбиянками, с мужиками. Грешница, простая грешница. В церкви сто лет не была, хоть сегодня б зайти...»

Прошла Елисеевский, вспомнила Любку, раскисающий тортик, перевязанный бечевкой, бутылку вина, нелепо торчащую из сумочки, июльскую жару...

А вот и дом Славика. Воон его окошко. Света нет. Лет пять назад стучал на ударнике в «Молодежном». Ужасно смахивал на девушку, поэтому и пошла с ним. Знал Окуджаву, Галича, Визбора. Пили однажды у кого-то из них. Марина кому-то из них понравилась, — в коридоре держали ее руку, в комнате пели, глядя ей в глаза, изящно покачивая грифом дорогой гитары...

Но телефона она не дала, — Славика было жалко, да и лысина отталкивала...

Марина достала сигареты из сумочки, закурила.

«А Сашенька? Вроде сильно влюбилась в нее. Без ума сначала. Да и она тоже. А после? Вышвырнула, как кошку паршивую... Интеллигентный человек, называется... Дура. И за что? Позвонить надо бы, извиниться... Да нет уж, поздно. Да и она не простит. Кошмар какой. Об дверь головой била. Идиотка! А может позвонить? Нет, бесполезно... Деньги не отдала ей. Стыд какой. Дура. Но, вообще-то... что-то в ней неприятное было. Хитренькая она все-таки... себе на уме. Платья дармового захотелось. За сорок рублей и из матерьяла моего. Эгоистка. Только о своем клиторе и думала. А как кончит — и привет, про меня забыла. Тихая сапа. Вина никогда не купит. Все мое дула... Господи, как все гадко! Бабы эти, клитора, тряпье, планчик поганый! Тошно все... тошно... тошно...»

Свернув налево у памятника Долгорукому, она пошла по Советской.

Вон там тогда еще телефонные будки не стояли, а была просторная белая скамейка. Здесь они сидели с Кларой допоздна, тогда, после первой встречи. Какие у нее были роскошные волосы. Белые, льняные, они светились в темноте, тонко пахли...

«Господи, как будто сто лет назад было. Клара, Любочка, Вика... Так вот жизнь и пробегает. А что осталось? Что? Блевотина.»

Переулки, переулки...

Столешников. Марина вздохнула, бросила недокуренную сигарету. По этому тесному переулку, мимо переполненных людьми магазинов она шла десять лет назад — ослепительно молодая, в белых махровых брючках, красных туфельках и красной маечке, с заклеенным скотчем пакетом, в коричневых недрах которого покоился новенький том недавно вышедшего «ГУЛАГа».

Она несла его Мите от Копелева, не подозревая, что в двухстах метрах от Столешникова, на улице Горького в доме N6 спокойно пил свой вечерний чай вприкуску человек с голубыми глазами и рыжеватой шкиперской бородкой...

«Да. Диссида, диссида... Митька, Оскар, Володя Буковский... Будто во сне все было... У Сережки читали. Собирались. Пили, спорили... Господи... А где они все? Никого не осталось. Митька один, как перст. Да и того выпихивают. Да... А странно все-таки: дружила с ними, помогала — и жива, здорова, хожу по Москве. Даже и вызова-то дрянного не было. Ни обысков, ничего. Фантастика...»

На многолюдной Петровке ее задела ярким баулом какая-то цыганка и чуть не сбил с ног вылетевший из подворотни мальчишка.

«Господи, куда они все спешат? Торопятся, бегут. У всех нет времени оглянуться по сторонам, жить сегодняшним днем. А надо жить только им. Не завтрашним и не прошлым. А я вот начинаю жить прошлым... Как дико это. Что ж я — старуха? В тридцать лет? Глупость! Все еще впереди. А может — ничего? Пустота? Так и буду небо коптить? Если так, то лучше, как Анна Каренина... Чушь какая. Нет. Это все за грехи мои. Всю жизнь грешила, а теперь — расплата. Господи, прости меня...»

Кузнецкий вздыбился перед ней, сверкнул облитой неоновым светом брусчаткой.

Она достала сигарету и долго прикуривала начавшими дрожать руками.

Здесь людей было немного меньше, вечернего неба немного больше.

Марина посмотрела вверх. Облаков не было, низкие колючие звезды горели ярко и грозно, напоминая о холодном дыхании Вечности.

Марина жадно втягивала дым, но он, обычно помогавший успокоиться, на этот раз был бессилен, — пальцы дрожали сильнее, начинало знобить.

Сколько всего случилось в ее жизни на этой горбатой улице!

Сколько раз она проходила здесь — маленькая и взрослая, грустная и веселая, подавленная и счастливая, озабоченная и ветреная, пьяная и трезвая...

Вот по этим камням, по этому потрескавшемуся асфальту бежали ее сандалии, тапочки, танкетки, туфельки, туфли, сапожки...

Она бросила сигарету, зябко поежившись сжала себя за локти:

— Холодно...

Но холодно было не телу, а душе.

Она свернула. Улица жирного Жданова.

Архитектурный слева, а справа разрушенный, как после бомбежки дом. Забор, какие-то леса и мертвые окна.

— Как испоганили центр... — пробормотала она, проходя мимо светящегося газетного киоска.

В этом полуразрушенном доме жила Верка, Николай, Володька. Здесь, на втором этаже она стояла с Марией в полумраке лестничной клетки, слушала ее трезвый взрослый голос. А потом они спускались вниз по гулким ступеням, шли ночным двором, вдыхая теплый, пахнущий еще не остывшим асфальтом воздух...

«Было ли это? — подумала Марина, вглядываясь в черную глазницу Веркиного окна, — Там наверно грязь, тьма и мокрая штукатурка. Вот и все...»

Темный нелюдимый Варсонофьевский распахнулся перед ней угрюмым тоннелем.

«Как в "Книге мертвых", — горько усмехнулась Марина, — Черный тоннель. Только белой точки впереди не видно. Нет ее, белой точки...»

Ни одного окна не горело в переулке. Расширяющийся КГБ с постепенной настойчивостью захватывал центр, выселяя людей, снося и перестраивая дома. КГБ. Эти три сплавленные воедино жесткие согласные всегда вызывали у Марины приступ бессильной ярости, гнева, омерзения. Но сейчас ничего не колыхнулось в ее скованной ознобом душе.

— КГБ... — тихо произнесла она и слово бесследно растаяло в сыром воздухе.

Не все ли равно кто виноват в смерти переулка — КГБ, всемирный потоп или чума?..

— Все равно, — еще тише ответила Марина, двигаясь, как сомнамбула.

Мертвый переулок медленно втягивал ее в себя — оцепеневшую, молчаливую, с трудом передвигающую ноги.

Какая тишина стояла в этом тоннеле! Мертвая тишина. Словно и не было громкоголосой многолюдной Москвы с тысячами машин, с миллионами человеческих лиц...

Арка. Арка ее двора. Оказывается, какая она низкая, грязная, темная. Никогда Марина не замечала ее, быстро проплывающую над головой. Как глухо звучат в ней шаги. Остатки грязного снега, смерзшийся, потрескивающий под каблуками лед, тусклый свет: во дворе горят несколько окон.

Марина медленно вошла в тесный каменный мешок и остановилась посередине.

Ее двор.

Несколько минут она стояла неподвижно, вслушиваясь в темную тишину. Здесь не изменилось ничего. Все тот же асфальт, все те же грязные стены и грязные окна.

Она повернулась.

Ее окно светилось мутно-желтым. Там жили какие-то люди, неизвестные ей. Форточка была полуоткрыта, слышались слабые голоса...

Окно. Как оно светится! Как черен и строг крест переплета! Они остались прежними — свет, окно, форточка, их не тронуло ни время, ни КГБ.

Слезы подступили к глазам, Марина сильнее сжала свои локти.

Ей казалось, что вот-вот кто-то подойдет к окну, да и не кто-то, а бабушка, или может — Марина? Та самая Марина — пятнадцатилетняя, в белом платье, с подвитыми, разбросанными по плечам волосами.

Но никто не подходил. Никто...

Окно стало расплываться желтым пятном, теплая слеза скользнула по щеке Марины.

«Боже мой. Неужели это все было? И белое платье, и лента в волосах, и музыка?»

— Неужели? — всхлипывая, спросила она у безнадежно молчащего двора.

Шепот растаял в темноте, тишина стала еще глуше и многозначительней.

Теплые слезы катились по щекам Марины...

Утро, утро начинается с рассвета. Здравствуй, здравствуй необъятная страна...

Марина приподняла голову с подушки, ища глазами часы.

Часы не обнаружили себя привычным серебристым циферблатом, зато кремовый телефон зазвонил, как звонят утром все телефоны — противными, душераздирающими трелями обезумевшего милиционера.

— Але... — тихо выдохнула Марина, ложась с трубкой на подушку, но короткая прибаутка, пробормоченная со знакомым львиным подрыкиванием, заставила ее подпрыгнуть:

— Хуй и писда ыграли в косла, хуй споткнулс и в писду воткнулс!

— Тони... Господи, Тони!

— Марина, привет! — расхохоталась трубка и Марина почувствовала на щеке густые пшеничные усы.

— Тони, милый, где ты?!

— В России, Мери! Вчера прылетел. Как дела?

— Да хорошо, хорошо. Ты надолго?

— Нет, на три дня.

— Ой, как мало...

— Ничего. Ты дома?

— Да, да. Ты один?

— Нет, с группой.

— С какой группой?

— Турыстической! — по-солдатски рявкнул Тони и засмеялся.

— Невероятно... Слушай, Тонька, приезжай ко мне!

— Не могу, Маринучка.

— Почему?

— Веду своих в Крэмл.

— В Кремль? Чего там смотреть? Ментов что ли?

— Не знаю. Чего-нибудь. Мне все равно... Может мы потом обедать вместе?

— Давай. А где?

— Метрополь? ЦДЛ? А может в нашем?

— Да ну. Давай где-нибудь подальше.

— У Сережи?

— Он сидит полгода уже, твой Сережа.

— Как?

— Так. За фарцу иконами. Но это неважно, все равно поехали туда.

— O'key. Я за тобой заеду. Около двух.

— Жду, милый.

В два они уже сидели за квадратным ореховым столиком, ожидая возвращения проворного официанта.

Тони курил, не переставая улыбаться. Марина, оперевшись локтями о стол, а подбородком — о сцепленные пальцы, смотрела на него.

Тони. Тоничка. Тонька.

Все такой же: пшеничные — ежиком — волосы, брови, усы. Шведская оптика в пол-лица, курносый нос. Светло-серый костюм, темно-серый галстук с голубым зигзагом.

— Ну, как же ты поживаешь, Тонька-перетонька?

— Нормально. А ты?

Марина вздохнула, вытянула из квадратной коробки сигарету и тут же перед глазами вспыхнул огонек.

— Мерси. Я вроде тоже ничего.

— Ты какая-то грустная. Почему?

— Не знаю. Это неважно. Ну ее к черту эту грусть.

— Правильно.

Официант принес водку, черную икру, масло, горячие, белые от муки калачи и салат «Столичный».

— Отлично, — Тони подхватил запотевший графинчик, разлил, — Мери, я хочу выпить за...

Но Марина, порывисто протянув свою узкую руку, коснулась его пальцев, подняла свою рюмку:

— Милый, милый Тони. Знаешь... как бы тебе это объяснить... вобщем... Ну их всех на хуй! Пусть цветет все хорошее. А все плохое катится в пизду. Гори вся грусть-хуйня синим пламенем!

Тони восхищенно качнул головой, чокнулся, оттопырив мизинец:

— Браво! Давно не слышал такого!

Марина опрокинула рюмку и тут же поняла, что сегодня сможет безболезненно выпить литр этой обжигающей прекрасной жидкости.

— Прелесть... — пробормотала она, отломила дужку калача, намазала маслом, потом икрой.

Тони принялся за салат. Забытые сигареты дымились в пепельнице, обрастая пеплом.

— А почему ты всего на три дня? — спросила она, с жадностью уничтожая блестящий икрой хлеб.

— Так получилось. Я же теперь не фирмач, а учитель русского языка.

— С ума сойти. Значит мы товарищи по несчастью?

— Почему — по несчастью?

— Потому что потому, — пробормотала Марина и кивнула, весело потирая руки. — Наливай!

Водка снова прокатилась по пищеводу, калач хрустел корочкой, дышал теплым мякишем.

Тонины очки блестели тончайшими дужками, пшеничные волосы топорщились.

«Господи, если он меня не выведет из ступора, тогда просто ложись и помирай. Да, собственно, какого хрена я раскисла? Что случилось? С Сашкой поругалась? Ну и черт с ней. Новую найдем. Сон плохой приснился? Подумаешь! Ишь, раскисла, как простокваша. В руках себя держать надо, Мариночка.»

— Тонька, расскажи как там у вас? Ты Витю часто видишь?

— Виктора? Да. Он про тебя интересуется очень. Вспоминает.

— Серьезно? А как у него вообще? Он где пашет?

— Работает? На «Свободе».

— У этих алкоголиков? Молодец!

— Да у него все о'key. И второй сын родился.

— Ни фига себе, — Марина тряхнула головой, поедая вкусный салат. — Ну, за это выпить сам Бог велел.

— Да, да! — засмеялся Тони, наполняя рюмки.

Чокнулись, выпили.

Марина быстро расправилась с салатом, взяла сигарету:

— Тонь, а ты чего не пойдешь на «Свободу» или на «Голос» на какой-нибудь?

Он махнул рукой:

— Ааа, зачем. Меня тогда сюда никогда не пустят. А я скоро буду писать диссертацию.

— Какую?

— «Семантика «Луки Мудищева»!

— Ой! Тонька! Это ж моя любимая поэма!

Тони молниеносным движением поправил очки, сцепил пухлые пальцы и, безумно выпучив глаза, затараторил, нещадно коверкая слова и путая ударения:

> На передок фсе бабы слябы —
> Скажу вам вправту, не таяс —
> Но уж такой иеблывой бабы
> И свэт не видел отродас!

Парой он ноги чут волочит,
Хуй не стоит, хот отруби.
Она же знат того не хочэт:
Хот плачь, а всье равно иеби!

Марина расхохоталась:

— Ой, не могу! Тонька!

А он, трясясь наподобие сумасшедшего Франкен-
штейна, тараторил дальше:

Иебли ее и пожилыэ
И старики и молодые —
Всияк, кому иебла по нутру
Ее попробовал диру!

Марина корчилась от смеха на своем ореховом стуле,
с соседних столиков смотрели с любопытством, официант стоял рядом, не решаясь снять с подноса тарелки
со стерляжьей ухой.

— Хватит, милый... не могу... умру, хватит! — взмо-
лилась Марина.

Тони внял мольбам, остановился на полуслове, кивнул официанту.

И вот Марина уже ест приправленную укропчиком
вкуснятину, искоса поглядывая на Тоньку.

Тонька-Тоничка... Сколько времени утекло. А кажется совсем недавно пожал ей руку щеголевато одетый
американец, мило протянув:

— Тооны.

Это «Тоны» они потом долго мусолили, дурачась и
потешаясь.

Он был богат, смел, предприимчив, любвеобилен. Катал ее на белом мерседесе по Садовому кольцу, выжимая 150, а за окнами мелькали золотые семидесятые с распахнутыми, ломящимися жратвой, выпивкой и диссидой посольствами, с толпами ебливых иностранцев, с дешевым такси, с чемоданами фарцы, с чудовищным количеством подпольных художников, поэтов, писателей, одержимых идеей эмиграции, но все-таки еще не эмигрировавших.

— Тонь, а помнишь как мы у французов ночевали?

— Это когда ты стекло разбила?

— Ага. Я тогда эту бабу, советницу по культурным связям отлекарить все хотела, а ты мне не давал.

— О, да! Я есть дэспот в любви! — захохотал Тони, капая на скатерть. — Лучше меня отминэтить, чем ее отлэкарить!

— Дурак! — хохотала Марина, давясь ухой. — Я бы успела и то и другое!

— О нееет, Мери! — протянул он опять корча из себя сумасшедшего (на этот раз пастора). — Нельзя слюжить двум господам сразу! Дом раздэлившейся не вистоет! Или минет или лекар!

Марина хохотала с полным ртом, прикрывшись покоробившейся от крахмала салфеткой.

А он — вытянувшийся, чопорный, охуевший от аскезы и галлюцинаций, с неистово сжатыми у груди руками — кивнул проходящему мимо официанту, скосил выпученный глаз на пустой графин:

— Сын мой, еще полькило, пожалюста!

И сын с носом Гитлера, прической Гоголя, усами Горького принес новый графин, а вместе с ним — запеченную в тесте осетрину.

— Нет, с тобой просто помереть недолго, — пробормотала Марина, вытерев слезы и закуривая. — И напишут потом — убита рассчётливым смехом американского шпиона!

— Я бы хотел умереть за таким столом, — проговорил он, отделяя вилкой кусочек осетрины и отправляя в рот. — Ммм... заебысь!

— Откровенно говоря, не думала что у них по-прежнему так хорошо готовят...

Тони наполнил рюмки, пожал плечами:

— Все равно мне показалось, что выбор меньше.

— Да уж конечно больше не будет. Вы вон взвинчиваете гонку вооружений, пытаетесь задушить нашу молодую страну.

Тони легонько постучал кулаком по столу, прорыча:

— Да! Мы поставим вас на колени! Мы превратим вас в рабов! Разрушим вашу культуру! Спилим берьезки! Развалим церкви! Повесим на ваши шеи тяжкое ярмо капитализма!

Марина втянула голову в плечи, как пантера, блестя глазами, зашипела ему в ответ:

— А мы будем сплачивать трудящихся всей планеты в борьбе против гнета американского империализма, против политики «большой дубинки», против огнеопасных игр мракобеса Рейгана за мир во всем мире, за полную и окончательную победу коммунизма на нашей планете!

— Браво! — расхохотался Тони, поднимая рюмку. — За это надо пить!

— Хай, хай, эмерикен спай! — чокнулась с ним Марина и лихо проглотила водку.

Тони выпил, дернулся:

— Уаа... какая она у вас..., это...

— Горькая?

Он затряс головой, цепляя на вилку кусок осетрины:

— Нет... не горькая, а... как бы это сказать... ну... кошмарная!

— Кошмарная?

— Да.

Марина пожала плечами:

— Ну не знаю. А что виски лучше, по-твоему?

— Лучше.

— А чего ж ты водку заказал?

— Я ее люблю, — ответил он, склоняясь над тарелкой, и Марина заметила как неуклюже двигаются его руки.

— А почему любишь?

— А я все русское люблю.

— Молодец. Я тоже.

Марина оглянулась.

В полузашторенных окнах уже сгущался вечерний воздух, музыканты настраивали электрогитары, ресторан постепенно заполнялся публикой.

Официант унес тарелки с осетровыми останками и вернулся с двумя розетками орехового мороженого.

— О, отлично, — Тони потянулся к мороженому. — Это русская Сибир...

Глаза его плавали, не фокусируясь ни на чем, он замедленно моргал, еле шевеля побелевшими губами.

— Тони, милый, ведь ты же в жопу пьяный, — Марина взяла его за безвольную мягкую руку. — Может тебе плохо?

— Нет, чьто ты... я... я... — он отшатнулся назад. — I'm sort of shit-faced.

Он потянул к себе мороженое и опрокинул розетку. Подтаявшие шарики красиво легли на сероватую скатерть.

— Дурачок, ты же лыка не вяжешь.

— I'm fine... fine...

— Тонька, слушай, давай расплатись и пошли отсюда. Тебе воздухом подышать надо...

— Run rabbit, run rabbit, run, run, run....

— Пошли, пошли...

Марина подошла к нему.

— Где у тебя бумажник?

— My wallet? It's up my ass...

— Да, да.

— А... вот... вот...

Приподнявшись, он вытащил из пиджака бумажник, покачиваясь, поднес его к лицу:

— That's the fucking wallet...

Официант стоял рядом, косясь на опрокинутую розетку.

— Посчитайте нам, пожалуйста, — пробормотала Марина, помогая Тони отделить чеки и доллары от рублей.

— Тридцать пять рублей восемьдесят шесть копеек, — буркнул персонаж, Марина сунула ему деньги и повела Тони к выходу.

Он шел, качаясь из стороны в сторону, свободная рука безвольно загребала прокуренный, пропахший жратвой воздух:

— Нет... Марина... ти должен... должен мне гаварить... You ever fuck a dog? Никогда? А?

— Пойдем, пойдем, алкаш, — смеялась Марина, подводя его к гардеробу. — Где номерки?

— Ф писде на ферхней полке! — выкрикнул Тони, откидываясь на стойку и глупо смеясь.

Седой морщинистый старичок за стойкой смотрел на них с нескрываемым любопытством.

— Давай, давай... где они у тебя... — Марина полезла к нему в карманы, но Тони вдруг обнял ее и стал валить на стойку, дыша в ухо еще не перегоревшей водкой:

— Fuck me...

Отталкивая его, Марина выудила наконец номерки, протянула ухмыляющемуся старичку.

Тот быстро отыскал одежду, проворно выбежал из-за стойки, одел Марину и принялся ловить Тони его светло-коричневым плащом. Заметив, что сзади кто-то суетится, Тони покорно отдал руки.

Пройдя сквозь стеклянные двери, они вышли на улицу и Марина с наслаждением втянула вечерний воздух.

Ее тоже шатало, залитый огнями город плясал перед глазами.

— Wait a sec... — пробормотал Тони и ломанулся в обледенелые кусты, чтобы оставить на рыхлом снегу икру, салат «Столичный», уху, осетрину и водку, конечно же — русскую водку...

Они сидели рядом на холодной скамейке, Марина курила, Тони, растирая пылающее лицо затвердевшим к вечеру снегом, приходил в себя.

Рядом темнели стволы молодых лип, впереди сиял огнями Комсомольский проспект.

— Ку-ку... — пробормотал Тони и сонно рассмеялся. — Не помню когда я так пить. Отлично...

Он стряхнул снег с колен и зябко передернулся:

— It's fucking cold out...

— Тогда пошли отсюда. А то я тоже жопу отморозила.

— Давай немного посидим. У меня голова... так... танцует...

Она улыбнулась, потрепала его по плечу:

— Привыкай к русской пьянке.

И озорно пихнула его:

— А может еще пойдем вмажем, а?

Он дернулся, поднимая ладони:

— Ради Бога... ой, я слишат не могу... ой...

— А чего — пошли, Тоничка, — продолжала хулиганить Марина. — Возьмем бутылочку, за уголком раздавим, кильками закусим.

— Ой! Не надо... кошмар...

— Не хочешь?

— Страшно... как так русские могут... это же ненормально...

— Что ненормально?

— Ну... пить так. Как свинья.

— Между прочим на свинью сейчас ты больше похож.

— Я не о себе. Вообще. Вы очень пьяная нация.

— Ну и что?

— Ничего. Плохо... — он с трудом приподнялся, оперевшись о спинку скамейки. — Ой... танцует... очень плохо...

— Что — плохо?

— Вообще. Все. Все у вас плохо. И дома. И жизнь. Ой... тут очень плохо...

— А чего ж ты тогда сюда приехал? — проговорила Марина, чувствуя в себе растущее раздражение.

— Так... просто так... — бормотал Тони, с трудом дыша.

— Так значит у нас все плохо, а у вас все хорошо?

— У нас лучше... у нас демократия... и так не пьют...

— У вас демократия? — Марина встала, брезгливо разглядывая его — распахнутого, красномордого, пахнущего водкой и блевотиной.

— У нас демократия... — пробормотал Тони, силясь застегнуть плащ.

— Ну и пошел в пизду со своей демократией! — выкрикнула Марина ему в лицо, — Мудило американское! Вы кроме железяк своих ебаных да кока-колы ни хуя не знаете, а туда же — лезут нас учить! Демокрааатия!

Тони попятился.

Марину трясло от гнева, боли и внезапно нахлынувших слез:

— Демократия! Да вы, бля, хуже дикарей, у вас кто такой Толстой никто не знает! Вы в своем ебаном комфорте погрязли и ни хуя знать не хотите! А у нас последний алкаш лучше вашего сенатора сраного! Только доллары на уме да бабы, да машины! Говнюки ебаные! Тут люди жизнь за духовное кладут, Сахаров вон заживо умирает, а он мне про демократию, свинья, фирмач хуев! Приехал икру нашу жрать, которую у наших детей отняли! Пиздюк сраный! Вернется, слайды будет показывать своим говнюкам — вот она, дикая Россия, полюбуйтесь, ребята, а теперь выпьем виски и поедим Голден Гейт Парк! Говно ты, говно ебаное!

Рыдая, она размахнулась и ударила Тони кулаком по лицу. Он попятился и сел на снег, очки полетели в сторону.

Марина повернулась и, всхлипывая, побежала прочь.

Тони остался беззвучно сидеть на снегу.

Она бежала, хрустя ледком, растрепанные волосы бились по ветру:

— Гад какой...

Комсомольский распахнулся перед ней и, словно во сне, облитая желтым светом фонарей, выплыла, засияв золотыми маковками, игрушечная Хамовническая церковь святого Николая, в которую ходил седобородый Лев Николаевич, крестясь тяжелой белой рукой.

— Господи... — Марина бессильно опустилась на колени.

Храм светился в золотистом мареве, весенние звезды блестели над ним. Это было так прекрасно, так красиво той тихой, молчаливой красотой, что гнев и раздражение тут же отпустили сердце Марины, уступив место благостным слезам покаяния:

— Господи... Господи...

Она перекрестилась и зашептала горячими губами:

— Помилуй мя, Боже, по велицей милости Твоей, и по множеству щедрот Твоих очисти беззаконие мое. Наипаче омый мя от беззакония моего, и от греха моего очисти мя, яко беззаконие мое аз знаю, и грех мой предо мною есть выну. Тебе Единому согреших и лукавое пред Тобою сотворих; яко оправдишися во словесех Твоих, и победиши внегда судити Ти. Се бо, в беззакониих зачат есмь, и во гресех роди мя мати моя. Се бо истину возлюбил еси; безвестная и тайная премудрости Твоея явил ми еси. Окропиши мя иссопом, и очищуся; омыеши мя, и паче снега убелюся. Слуху моему даси радость и веселие; возрадуются кости смиренные. Отврати лице Твое от грех моих и вся беззакония моя очисти. Сердце чисто сожизди во мне, Боже, и дух прав обнови во утробе моей. Не отвержи мене от лица Твоего и Духа Твоего Святаго не отыми от мене. Воздаждь ми радость спасения Твоего и Духом Владычним утверди мя. Научу беззаконныя путем Твоим, и нечестивии к Тебе обратятся. Избави мя от кровей, Боже, Боже спасения моего; возрадуется язык мой правде Твоей. Господи, устне мои отверзеши, и уста моя возвестят хвалу Твою. Яко аще бы восхотел еси жертвы, дал бых убо: всесожжения не благоволиши. Жертва Богу дух сокрушен; сердце сокрушенно и смиренно Бог не уничижит. Ублажи, Господи, благоволением Твоим Сиона, и да созиждутся стены Иерусалимския. Тогда благоволиши жертву правды, возношение и всесожигаемая; тогда возложат на алтарь Твой тельцы.

Она перекрестилась и тихо прошептала:

— Аминь...

Кто-то осторожно тронул ее за плечо.

Марина обернулась.

— Доченька, что с тобой? — испуганно прошептала стоящая рядом старушка. На ней было длинное старомодное пальто. Маленькие слезящиеся глазки смотрели с испуганным участием.

Марина встала с колен, посмотрела в глаза старушке, потом, вынув из кармана самсонову пачку червонцев, быстро сунула в морщинистую руку и побежала прочь.

— Постой... постой... куда же? — оторопело потянулась та за ней, но Марины и след простыл.

Белая дверь с медной ручкой распахнулась рывком и длинноногий, бритый наголо чернобородый Стасик артистично развел руками:

— Кто к нам пришел! Мариночка!

Худые, но мускулистые руки обняли, он прижался пухлыми, пахнущими вином губами:

— Душечка... как раз вовремя...

И со свойственной ему мягкостью потащил в прихожую:

— Давай, давай, давай...

В огромной, отделанной под ампир квартире гремела музыка, плыл табачный дым, слышался говор и смех.

Стасик снял с Марины плащ, взъерошил ее волосы и боднул круглой непривычно маленькой головой:

— Мур, мур... красивая моя...

Марина погладила его кумпол:

— И ты под Котовского! Панкуешь?

— Нееет! — откинулся он, закатывая еврейские глаза. — Не панкую, а ньювейворю!

— Отлично, — качнулась Марина под тяжестью его рук. — Опять полна горница людей?

— Ага. У меня сегодня Говно куролесит. Пошли познакомлю, — он потащил ее за руку через длинный коридор. — Это классные ребята, из Питера. Только что приползли...

Они вошли в просторную, прокуренную комнату. На полу, диване и стульях сидели пестро одетые парни и девушки, в углу двое с размалеванными лицами играли на электрогитарах, выкрикивая слова в подвешенный к потолку микрофон. Две невысокие аккустические колонки ревели грозно и оглушительно.

Марина присела на краешек дивана, Стасик опустился на пол, усевшись по-турецки.

В основном пел одинь парень — высокий, в черных кожаных брюках, желтом пиджаке на голое тело, с узким бледным лицом, на высоком лбу которого теснились красные буквы: ГОВНО.

Его худощавый товарищ в черном тренировочном костюме, с разрисованными цветочками щеками подыгрывал на бас-гитаре, притопывая в такт белыми лакированными туфлями.

— Наблюююй, наблюююй, а выыытрет мааать мооооояяя! — пел высокий, раскачиваясь и гримасничая.

— Наблюююй, наблюююй, а выыытрет мааать мооояяя! — подтягивал хриплым фальцетом басист.

Трое сидящих рядом с Мариной девушек раскачивались в такт песне. Волосы у одной их них были подкрашены синим.

— Забууудь, забууудь, тебяяя забууудууу яааа! — пел Говно.

— Забууудь, забууудь, тебяяя забууудууу яааа! — вторил басист.

Протянув свою длинную руку, Стасик извлек откуда-то бутылку красного вина, протянул Марине, но она ответила, шепнув:

— Я водку пила уже, не надо...

Улыбнувшись, он кивнул и приложился к горлышку.

— Скулиии, скулиии, гнилааая жииизнь моооояаааа!

— Скулиии, скулиии, гнилааая жииизнь моооояаааа!

Дважды повторив последнюю строку, они сняли гитары с плеч и под недружные хлопки уселись вместе со всеми.

— Заебался уже, — пробормотал Говно, ложась на пол и закрывая глаза.

Басист надолго припал к протянутой Стасиком бутылке.

— Говно, как Бетховен играл! — выкрикнула высокая коротко остриженная девушка.

— Как Бетховен? — вопросительно протянул Говно. — Как Моцарт, дура.

Все засмеялись.

Говно вдруг резко приподнялся, встал на колени и стал расстегивать свои кожаные, плотно обтягивающие ноги брюки:

— Бокал, бокал мне! Стас! Бокал хрустальный!

Смеясь, Стасик кивнул одной из девушек:

— Сонечка, там на кухне наверху...

Пока проворная Сонечка сбегала за бокалом, Говно приспустил брюки, обнажив тщательно выбритый пах с толстым коротким членом, покоящемся на больших отвислых яйцах.

— Ой, Говно, опять... — засмеялась, морщась синеволосая девушка, но сидящий рядом парень захлопал в ладоши:

— Во, давай, давай, Говно!

— Давай, Говно, коронный номер!

Соня протянула ему бокал, он поставил его перед собой на пол, взял член двумя пальцами, направил.

Желтая струйка полилась в бокал.

— О, отлично!

— Давай, давай, полный!

— Молодец, Говнюк!

Наполнив бокал мочой, Говно застегнул брюки, встал:

— Ваше здоровье, товарищи.

И одним махом осушил бокал.

Собравшиеся закричали, захлопали в ладоши.

Марина засмеялась:

— Господи... лапочка какая...

Говно кинул пустой бокал Соне:

— Держите, мадам.

Стасик похлопал его по желтому плечу:

— Отлично, старик.

— Я не старик! Я не старик! Я молодой!! — истерично закричал Говно.

— Молодой, молодой! — тряс его Стасик.

— Молодое мудило, я молодое мудииилооооо! — тянул Говно, раскачиваясь.

— Ты молоодоеее мудииилооо! — подтягивал басист, катая по полу пустую бутылку.

— Блюз, блюз, Говно! — крикнула высокая девушка.

— Блюз, Говницо, — просительно тряс его Стасик.

— Нет, нет, нет! — качал головой Говно. — Нет, нет вам, товарищи.

— Ну чо ты, ну блюз!

— Спойте, чуваки! — выкрикивала высокая.

— Ну спой, хули ты...

— Давай, спой.

Говно опустился на пол:

— Черный, пой один.

— Не, я не буду.

— Я тоже.

— Ну хуй с тобой, — махнул рукой Стасик.

Марина встала, подошла и села рядом с Говном:

— Спойте, я вас очень прошу.

Говно посмотрел на нее:

— Ой, бля, охуенная герла. Стас, откуда?

— Оттуда.

— Спойте, — Марина погладила его по плечу.

— Ой, — он закатил глаза, — Я умираю.

— Споете?

Он снова нехотя приподнялся, подошел, повесил на шею гитару.

Басист направился было за ним, но Говно отмахнулся:

— Черный, ты лучше после про стаканы споешь.

Легонько перебирая струны, он откашлялся, сморщив свое худое лицо:

— Ой, бля, изжога от мочи...

Гитара его стала звучать громче и протяжней, вступление кончилось и Говно запел:

— Моиии друзьяяя меняяя не лююююбяяят, ониии лишь пьююют и бооольшее ничегооо... И девоооочкиии меняяя не лююююбят, они лииишь трааах, трааах, трааах и бооольше ничегооо...

Он играл хорошо, почти не глядя на гриф, делая красивые блюзовые переборы. Его раскачивало, голова то и дело свешивалась на грудь, башмаки отбивали такт:

— Зачееем, зачееем я в бааар идууу с друуузьямииии, зачееем, зачееем я дееевоооочек клааауду в кровааааать... Мнеее воооодка не нужнааа, пусть выыыпьют ее сааамииии, нааа дееевичьи пупкиии мнеее воообовсе наплевааааать...

Марина слушала этого угловатого парня как заворо-женная, не в силах оторваться от этих худых бледных рук, размалеванного лица, блестящих брюк. Он пел так просто и безыскусно, не заботясь ни о чем, не думая, не обращая ни на кого внимания.

— Поооойду, пойдууу я лучше вдооооль забоооора и бу-ууду присееедаааать, каааак жоооопа, нааа газооон... Я слаааавы не хочууу, я не хооочууу позоорааа, пуууусть ме-еент меняяя метееет, кооооль есть нааа тоооо резоооон...

Блюз был бесконечным, долгим, заунывным и тоск-ливым, как и положено быть блюзу. Говно делал про-игрыши, склонившись над гитарой, потом снова пел.

Когда он кончил, все захлопали, Стасик засвистел, а Марина подошла к Говну и поцеловала его в потную бледную щеку.

— Ой, я умер, — засмеялся он, похлопывая Марину по заду. — Стас, сука, давай поставь чего-нибудь, хули я тут на вас пашу!

— А чего ты хочешь, дорогуша?

— Ну чего-нибудь путевое, чтоб по кайфу пошло.

— «Звездные войны» есть.

— Я четыре раза смотрел. Давай другое.

— А больше... «Последнее танго в Париже».

— Это что?

— Хороший фильм.

— Ну давай, давай...

Все повернулись к телевизору, сидящие на полу под-ползли ближе.

Стасик включил видеоприставку, установил кассету.

Заискрил экран, пошли титры.

— А выпить не осталось? — спросил Говно, садясь рядом с Мариной.

Басист показал пустую бутылку.

— Ну ты и алкаш, — усмехнулся Говно, обнимая Марину и кладя ей голову на плечо, — Ой, устамши мы, товарищи артисты.

Стасик похлопал его по колену:

— Отдыхай, я пойду чай поставлю.

— Во-во. Давно пора, — буркнул басист, ложась перед телевизором.

А на экране кудрявая Шнайдер в манто и черной широкополой шляпе шла по виадуку мимо неподвижно стоящего, смотрящего в землю Марлона Брандо.

Марина смотрела этот фильм еще лет семь назад, когда его называли «хулиганским» и «порнографическим».

Вот сейчас она обратится к толстой негритянке за ключом от сдаваемой квартиры, и та, передав, схватит ее за руку, истерически смеясь и осыпая вульгарными комплиментами.

— Вы такая миленькая, молоденькая! — выкрикнула плохо освещенная негритянка и Шнайдер вырвала руку.

«А ведь можно было и не вырывать», — подумала Марина.

Рядом на стене висела книжная полка.

Она протянула руку, вытащила вручную переплетенный том.

Это была «Роза Мира», впервые попавшаяся ей лет в восемнадцать.

Марина стала листать книгу.

— Смотри лучше, — толкнул ее Говно. — Смотри, трахаются.

— Я смотрела, — улыбнулась Марина, листая книгу, с трепетом вглядываясь в страницы плохо отпечатанного ксерокса:

«Эта книга начиналась, когда опасность неслыханного бедствия уже нависала над человечеством; когда поколение, едва начавшее оправляться от потрясений Второй мировой войны, с ужасом убеждалось, что над горизонтом уже клубится, сгущаясь, странная мгла — предвестие катастрофы еще более грозной, войны еще более опустошающей...»

Она читала, чувствуя, как снова становится восемнадцатилетней поклонницей Агни-йоги, Сведенборга, Шамбалы, града Китежа, ушедшего под воду, Звенты-Свентаны, Яросвета и Небесной России — сладостной, родной, заставляющей сердце раскрываться пурпурными лепестками Розы Мира:

«Как и остальные затомисы, Небесная Россия, или Святая Россия, связана с географией трехмерного слоя, приблизительно совпадая с географическими очертаниями нашей страны. Некоторым нашим городам соответствуют ее великие средоточия; между ними — области просветленно-прекрасной природы. Крупнейшее из средоточий — Небесный Кремль, надстоящий над Москвой. Нездешним золотом и нездешнею белизною блещут его святилища. А над мета-Петербургом, высоко в облаках того мира, высится грандиозное белое изваяние мчащегося всадника: это не чье-то личное изображение, а эмблема, выражающая направленность метаисторического пути. Общая численность обитателей Небесной России мне не известна, но я знаю, что около полумиллиона просветленных находится теперь в Небесном Кремле. Всюду блистают здесь души церквей, существовавших у нас или таких, которые должны были быть построены. Многие храмы имеют, однако, назначение трудно понятное для нас. Есть святилища для общения с ангелами, с Синклитом Мира, с даймонами, с верховными иерархиями. Несколько великих храмов, предназначенных для встреч с Иисусом Христом, временами сходящем сюда, принимая человекоподобный облик, другие — для встреч с Богородицей. Теперь там воздвигается величайший храм: он предназначен стать обителью того великого женственного Духа, который примет астральную и эфирную плоть от брака Российского Демиурга с идеальной Соборной Душой России.

Лестница дивных, один сквозь другой просвечивающих миров поднимается из алтаря в Храме Женственности, в храмах Христа, в храмах демиурга Яросвета. Лестница поднимается в Небесный Иерусалим и наконец к преддвериям Мировой Сальватэрры...»

Все это было знакомо, любимо, дорого, как дорога юность, первая любовь, первый поцелуй...

«Новые пришельцы являются в Небесной России в особых святилищах, имея при этом облик не младенцев, а уже детей. Состояние вновь прибывших сходно именно с состоянием детства, смена же возрастов заменяется возрастанием просветленности и духовной силы. Нет ни зачатия, ни рождения. Не родители, а восприемники подготавливают условия необходимые для просветленной души, восходящей сюда из Готимны. В обликах некоторых братьев Синклита можно было угадать черты, знакомые нам во времена их жизни в Энрофе. Теперь эти черты светозарны, ослепительны. Они светятся духовной славой, источены, облегчены. Производимая преображенным телом, их одежда светится сама. Для них невозбранно движение по всем четырем направлениям пространства, оно отдаленно напоминает парение птиц, но превосходит его легкостью, свободой, быстротой. Крыльев нет. Восприятию просветленных доступно множество слоев, нисходящие — чистилища, магмы, страшная Гашшарва. Восходящие — миры Просветления, круги ангелов, даймонов и стихиалей, миры инвольтаций других брамфатур, миры Высших Аспектов Мировых Трансмифов. Они вхожи и в темные шрастры — миры античеловечества, обитатели которых видят их, но бессильны их умертвить. Они входят и в наш Энроф, но люди способны их воспринять только духовным зрением...»

А на экране Брандо нес голую Шнайдер на плече, сажал в раковину, рычал и дурачился.

«Зрение, разрывающее оковы нашего пространства, различает вдали, за сферою российской метакультуры, небесные страны других метакультур, такие же лучезарные, исполненные неповторимого своеобразия. Подготовка в любви и взаимопонимании к творению небесной страны всечеловечества, священной Аримойи, — вот узы, связующие ныне синклиты и грады метакультур. Аримойя лишь недавно начата творением в четырехмерных мирах, а ее историческое отображение на земле будет символом и целью наступающего столетия. Для этого и совершилось низлияние сил Приснодевы-Матери из транскосмических сфер в высшие слои Шаданакара — сил, сосредоточившихся в одной божественной монаде, для этого и созидается в Небесной России небывалый храм, чтобы принять в него Ту, Чье рождение в четырехмерных мирах есть цель и смысл грядущего брака Российского Демиурга и Соборной Души. Исторически же, через осуществление этого великого Женственного Духа в Розе Мира начнется преобразование государственности всех народов в братство всех. В этом Российскому Синклиту помогают и будут помогать синклиты метакультур, а Синклит Мира примет от них и продолжит их труд, чтобы завершить его всемирным богочеловечеством».

Марина закрыла книгу, встала и пошла к выходу.

— Мариш, ты куда? — Стасик взял ее за руку, но она освободилась.

— Мне пора...

— Куда пора? Щас чайку попьем, я за краской съезжу. Потом все трахнемся.

Не отвечая и не оборачиваясь, Марина прошла в коридор.

— Эй, погоди... — Говно приподнялся с пола вразвалку двинулся за ней.

Проворный Стасик, опередив его, снова взял Марину за бледную безвольную руку:

— Ну что с тобой, девочка моя? Давай расслабимся, потремся телами.

— Мне пора. Дай мой плащ...

Говно отстранил Стасика:

— Я обслужу, Стас. Дай нам договориться.

— А чего ты?

— Ничего. Дай мне с девушкой поговорить.

— Пожалуйста, — Стасик по-мусульманских прижал худые руки к груди, — Мариночка, жаль что ты нас бросаешь. Заходи в любое время дня и ночи.

Не отвечая, Марина запахнула плащ, открыла дверь и пошла вниз по широкой лестнице с модерновыми перилами.

Говно шел следом.

Когда дверь с грохотом захлопнулась, он обнял Марину за плечи:

— Погоди... давай здесь.

Его бледное помятое лицо с пьяными глазами и красной надписью на лбу надвинулось, горячие губы ткнулись в Маринины.

Отведя назад руку, Марина ударила его с такой силой, что он упал на ступени, а звук оплеухи долго стоял в просторном подъезде.

Окончательно проснулась Марина только во вторник: на часах было без пяти двенадцать, возле батареи посверкивали осколки долетевшей-таки бутылки, одеяло сползло на пол.

Голова слегка болела, во рту было противно и сухо.

Марина приняла ванну, напилась кофе и легла отдохнуть.

Сейчас ей казалось, что прошло не три дня, а три часа.

«К двум в ДК, — морщась, подумала она, — вчера прогуляла. Ну, ничего. Сашок покроет. Не в первой...»

Сашок — директор ДК Александр Петрович — был давно своим: в свое время Марина помогла ему продать налево казенный рояль.

«Господи... как время бежит. Думала еще денек поваляться. Ну ничего, ничего... а все-таки как тошно... омерзительно. Господи! Ты хоть помоги... Тридцать лет... Как быстро пронеслось. Недавно вроде. Марию в темноте целовала, играла ей...»

Вздохнув, она подошла к инструменту, села, открыла крышку.

— Милые мои...

«Сколько времени провела за ними... Все царапинки и трещинки знакомы. Училась. Играла неплохо... Да что говорить — здорово играла. Если б пятый палец не раздробили — была б пианисткой, не хуже других...»

— Ну, что, августейший Август Ферстерович, попробуем?

Руки опустились на клавиши.

Звук показался резким и чужим.

Тринадцатый потек не тринадцатым, а каким-то триста тридцать третьим, черте каким...

Никогда перекличка аккордов не была такой сухой и черствой, никогда родная мелодия правой не раскручивалась спиралью скуки и пустоты.

Марина с удивлением смотрела на незнакомые руки, так неумело месящие черно-белое тесто.

Она прекратила играть.

— Перепила наверно...

«Черт знает. Нет, хватит. Так напиваться нельзя. А то совсем в животное превращусь. Да... А с чего я напилась? С тоски? Вроде б и не с тоски... Сашку с Тонькой выгнала? Ну так не в первой ведь. Аааа... конечно. Сон проклятый этот. Двадцать девять девок... Двадцать девять баб и тридцать лет. Постой, постой... Смотри-ка какое совпадение! Интересно. А может это и не баба будет? Мужчина? Парень, наконец. Неужели? Нет, но сон поразительный. Аааа! Так это явно знамение! Но парня... как-то и не хочется... Мужики они и есть мужики. А бабу? Черт ее знает. Но приснился-то ОН...»

Марина посмотрела на фотографию. Впервые фото не вызывало никаких чувств.

«Лицо как лицо. Да и скажем прямо — очень обыкновенное лицо. Такое и у прола бывает и у сапожника...

Человек великий, конечно, но что мне до того. Втюрилась, как дура какая-то в Алена Делона. Идиотка...»

Она подошла к фотографии.

ЕГО глаза смотрели с грустным равнодушием, маленький рот скупо сжался, в развале прядей было что-то коммунальное, двадцатилетней давности...

«Не твори себе кумира. А я сотворила. Нет, книги хорошие, что говорить. Но чего ж я так голову потеряла? Чудачка... Все равно что в Льва Толстого влюбиться...»

Слово «книги» заставило вспомнить все еще лежащий в сумочке Митин подарок.

Марина вытащила книгу, открыла, начала читать и тут же бросила: слова, причудливо переплетаясь, складывались в замысловатый узор, на который сейчас смотреть не хотелось.

Зазвонил телефон.

Она сняла трубку.

— Мариночка? — спросил осторожный голос Леонида Петровича.

— Да...

— Здравствуй.

— Здравствуй.

— Что с тобой?

— Ничего.

— Ты не больна?

— Нет...

— А что такая грустная?

— Я не грустная.

— Марин. Так может съездим вечерком, посидим где-нибудь?

— Не могу.

— Почему?

— Не могу. И не хочу.

— Что с тобой?

— Ничего.

— А хочешь — на дачу поехали?

— Не хочу.

— Марин, ну объясни мне...

— Леня. Я прошу тебя сюда не звонить.

— Как?

— Так! Не звони мне! Я человек, понимаешь?! Человек! А не шлюха подзаборная!

Она бросила трубку и с остервенением выдернула вилку телефонного провода из гнезда:

— Дурак...

«Надоели все, Господи, как они мне надоели! Провались все пропадом! Никому звонить не буду. А приедут — не открою...»

Чувствуя в себе нарастающую тоску, Марина стала собираться.

Выходя из дома, бросила в мусоропровод остатки планчика...

День в ДК прошел мучительно: болела голова, звуки раздражали, ученики тоже.

Она сорвалась на Нину, пугливого Николая выгнала за плохую домашнюю подготовку, Олегу дала ощутимый подзатыльник, после которого он побледнел и, словно улитка, втянул голову в форменный воротник...

К вечеру стало совсем невмоготу: звуки, свет, слова, лица учеников мелькали, лезли в уши, пульсировали в глазах...

Спросив анальгина у Риты, она запила его водой из-под крана и еле доволокла ноги до преподавательской.

Там шло оживленное одевание педагогов, только что закончивших уроки:

— Мариш, привет!

— Ты что такая бледная?

— Перетрудилась, Марин?

— Вот, девочки, что значит творчески к работе относиться!

— Ладно, не приставайте к ней... Марин, что, месячные, да? Дать таблетку?

— Да я дала ей уже, отвалите от нее...

— Ну извини, рыбка...

— А ты б дома посидела, Марин...

Она устало отмахнулась, опускаясь на стул.

Женщины веселой гурьбой направились к двери:

— Ну, пока.

— Поправляйся, Марин!

— До свидания...

— До скорого!

— Всего...

Хлопнула дверь, их голоса стали удаляться.

Радуясь наступившей тишине, Марина облегченно вздохнула, потерла пылающие виски ладонями.

Дверь противно заскрипела, впуская кого-то.

«Штоб вы сдохли...» — поморщилась Марина, сжимая зубы.

— Марина Ивановна, добрый вечер! — пророкотал торопливый басок директора.

Его голос показался Марине слишком официальным. Она подняла голову.

Перед ней стояли трое: улыбающийся круглолицый директор, притихшая девочка лет семи и... Господи, надо же, с ума сойти. Удивительно...

Забыв про головную боль, она встала:

— Здравствуйте.

— Вот, Сергей Николаич, это наш лучший педагог Марина Ивановна Алексеева.

— Ну, Александр Петрович, это нескромно, — пробормотала она, разглядывая незнакомца. — «Удивительно».

Директор качнул свое приземистое тело, взмахнул короткопалой ладошкой:

— А это вот, Марин Иванна, новый секретарь парткома нашего завода — Сергей Николаевич Румянцев. И дочка его Танечка.

— Очень приятно, — проговорила Марина, все более и более поражаясь сходству.

«Да. Вот таким ОН приехал из ссылки тридцать лет назад...»

— Нам тоже очень приятно, — проговорил Сергей Николаевич и наклонился к девочке. — Что ж ты не здороваешься, Таня?

— Здрасьте... — буркнула та, глядя в зашарканный пол.

Директор с ложной оживленностью замахал руками:

— Марин Иванна, вот Танечка хочет заниматься музыкой, девочка способная, а до осени ждать не хочется, я думаю, я все прикидывал тут: или вас попросить взять, или Королеву. Но у Королевой и так — тринадцать, так может к вам в класс запишем?

— А главное — рядом живем совсем — в двух шагах, — улыбнулся Сергей Николаич, разглядывая Марину.

— Ну конечно возьму, о чем разговор, — ответно улыбнулась она. — Пусть завтра приходит.

— Вот и замечательно! Сергей Николаич, тогда я побегу, мне на репетицию лететь надо...

— Конечно, конечно, о чем речь...

— Марина Ивановна замечательный работник, она у нас лет семь уже, семь, Мариночка?

— Шесть.

— Вот. Шесть... Ну, я побежал, вы тут обговорите все... До свидания...

— До свидания.

Некоторое время трое оставшихся молча рассматривали друг друга.

— У вас есть инструмент? — первой нарушила тишину Марина.

— Да. Полгода назад купили, — благожелательно качнулась его голова. — Мы ведь раньше в Орехово-Борисово жили, а здесь только-только въехали.

— А... это в заводской дом, рядом который?

— Да. Шестнадцатиэтажный...

У него были зеленовато-серые глаза, широкий, слегка морщинистый лоб, маленький подбородок с упрямой ямочкой, улыбчивый рот и развал прядей, все тот же развал прядей...

— Это хорошо. И завод рядом и ДК.

— Да. Мы сначала в музыкальную устроиться хотели, мне предлагали, но потом передумали — далековато. А здесь — в двух шагах...

Сам — широкоплечий, среднего роста. Руки крепкие, большие. Жестикулирует ими.

«Господи... а галстук какой смешной...»

— Правильно. У нас народу поменьше, комнаты просторные.

— Я уже заметил.

«Нельзя быть до такой степени похожим. Как его с работы не выгнали!»

Марина улыбнулась.

Он непонимающе заморгал светленькими ресницами и тоже улыбнулся.

— Таня в какую смену учится?

— В первую. Как первоклашке и положено.

— Тогда пусть приходит к... четырем. Да. К четырем. Договорились?

Наклонившись к девочке, Марина взяла ее руку.

Девочка кивнула и снова уставилась в пол.

— Танюш, ну чего ты надулась, как мышка? — в свою очередь наклонился отец и Марина успела за-

метить как натер ему шею тугой ворот белой рубашки.

— Я не надулась, — тихо и отчетливо проговорила
девочка.

— Хочешь заниматься музыкой? — спросила Марина, чувствуя на себе взгляд близких серо-зеленых глаз.

— Хочу...

— Придешь завтра?

— Приду.

— Ну вот и отлично... Пусть приходит. А сейчас, вы
извините, мне пора.

— Да мы тоже... Вы далеко живете?

— Очень! — устало рассмеялась Марина, отводя от
лица непослушную прядь.

Улыбаясь, он смотрел на нее:

— Что, в области?

— Почти. В Беляево.

— Да. Далековато.

— Ничего. Я привыкла.

На улице шли молча.

Сергей Николаич вел за руку Таню, украдкой посма-
тривая на Марину.

Он был в длинном и широком демисезонном пальто,
из-за красного шарфа выглядывал все тот же полосатый
галстук.

Марина, не обращая на них внимания, шла, сунув
руки в карманы плаща, с трудом переставляя уставшие,
свинцом налитые ноги.

Головная боль вернулась, немного мутило и хотелось
пить.

Вскоре поравнялись с белой башней шестнадцатиэ-
тажного дома, непонятно как втиснувшегося меж дву-

мя серыми сталинскими крепостями.

— А вот и наш утес, — остановился Сергей Николаич.

— Аааа... понятно... — равнодушно посмотрела Марина и вздохнула.

— Пап, ну я пойду, — решительно освободила руку Таня.

— Иди, иди...

Она побежала к подъезду и скрылась в нем.

— Не заблудится? — спросила Марина.

— Да нет. Мы на третьем живем. Высоко решили не забираться, — пробормотал он, доставая из кармана пальто большой скомканный платок.

— Трехкомнатная?

— Да, — он украдкой вытер нос.

— А вас трое?

— Четверо. Мама еще моя...

Марина кивнула.

Сумерки сплавили дома в сероватую груду, кое-где скрашенную огоньками горящих окон.

Сергей Николаич убрал платок.

— Сейчас, как прибежит, так сразу за пианино: бабушка, сыграй вальс. А бабушка сыграет...

— А бабушка сыграет... — тихо проговорила Марина, рассеянно глядя под ноги.

— Балует ее, — вздохнул он, доставая папиросы, — добрая до предела.

— Добрая до предела, — снова повторила Марина и медленно побрела прочь.

Спазм сжал ей горло, губы задрожали и слезы полились по щекам.

Они показались очень холодными, холоднее непрочного, потрескивающего под ногами ледка.

Прижав ладони к лицу, Марина заплакала, ее плечи задрожали.

Сзади подбежал Сергей Николаич:

— Что, что такое? Что с вами?

Голос его был испуганным и удивленным.

Не оборачиваясь и не останавливаясь, Марина замотала головой:

— Ничего... нннничего...

— Марина Ивановна... что случилось?

— Ничего... Отстаньте от меня...

— Ну, погодите... ну что вы... может я вас обидел чем-то?

— Отстаньте, прошу вас... отстааааньте... — всхлипывала она, порываясь идти, но он уже крепко держал ее под локоть, заглядывал в залитое слезами лицо:

— Ну, успокойтесь... пожалуйста... что случилось? А?

— Ничего... Господи... как все тошно...

Она снова заплакала, отворачиваясь, ледок жалобно хрустел у нее под каблучками.

— У вас, может быть, несчастье какое?

— Нет у меня ничего... Господи... сдохнуть бы... и то лууучше...

— Эээ... нет. Так дело не пойдет, — он решительно взял ее за плечи. — Ну-ка успокойтесь. Быстро!

— Не кричите на меня... я вааам не слееесарь заводской...

— Вот. Уже лучше.

— Отстаньте...

— Не отстану.

— Да отвяжитесь вы! Вон все смотрят...

— И пусть на здоровье смотрят. Сейчас мы возьмем машину и я вас отвезу домой...

— Еще чего... не поеду...

— Поедете. Идемте...

— Господи, какой надоеда... ну какое вам дело...

— Мне до всего есть дело...

— По долгу службы, что ли...

— Ага.

— Ну хоть не жмите руку-то мне!

— Извините... вон идет... шеф! стой!

— Да... так он и остановится...

— Мерзавец...

— Как все глупо...

До моста они дошли молча, его рука бережно сжимала Маринину кисть.

Такси, как по заказу, выскочило из-за угла и притормозило на требовательный взмах Сергея Николаича.

«Ишь ты, решительный какой, — раздраженно думала Марина, садясь в машину. — Теперь не отстанет... А, черт с ним. Хоть кому-то до меня есть дело...»

Косясь на заплаканную пассажирку и на ее молчаливого спутника, шофер нещадно своротил шею оплетенной кожей баранке, развернул машину и многообещающе захрустел переключателем скоростей...

— Да. Все ясно с тобой, — устало улыбнулся Сергей Николаич, разливая остатки коньяка в стопки.

Затягиваясь сигаретой, Марина молча кивнула.

Они сидели на кухне при свете все того же ночничка. Сигаретный дым медленно втягивался в только что распахнутую форточку, светло-коричневый пиджак Сергея Николаича по-домашнему висел на спинке стула, его лежащие на столе электронные часы показывали 24.09.

— Со мной давно уже все было ясно, — Марина встала, тряхнула опустевшим чайником.

— Плохо, Марина Ивановна, — вздохнул Сергей Николаич и поднял свою стопку: — Твое здоровье.

— Мерси... — она поставила чайник под кран, шумно наполнила.

— Скажи... фууу... — поморщился, выпив, Сергей Николаич, — а почему ты дальше не пошла учиться? В консерваторию?

— А мне пальчик раздавили.

— Как?

— В троллейбусе. Дверью.

— Черт возьми... И что?

— Ничего. Жива пока. Но профнепригодна, — засмеялась Марина, ставя сверкающий и тяжелый чайник на плиту.

— Да, — вздохнул он, — все не как у людей... судьба-индейка...

— Слушай, пошли туда, — морщась пробормотала Марина, — а то тут накурено...

Чайник остался одиноко посверкивать на плите, голубой ночничок перекочевал в комнату.

Потирая затекшую спину, Сергей Николаич прохаживался, разглядывая висящие на стенах картины.

Марина села по-турецки на тахту.

Он надолго остановился перед вариантом рабиновского «Паспорта», потом повернулся к ней:

— Ну вот объясни мне, пожалста, что хорошего в этом?

Марина перевела взгляд на слабо освещенную ночником картину:

— Ну... она очень правдивая...

— Правдивая? Что здесь правдивого? Тут злоба голая и больше ничего...

— У него тяжелая судьба...

— У нас у каждого тяжелая судьба! — резко перебил ее Сергей Николаич, засовывая руки в карманы и прохаживаясь по комнате. — Дядя вон мой — Володя. Никакой не художник, не поэт. Столяр обыкновенный. На войну пацаном пошел. Под Киевом обе ноги оторвало. После войны на протезах в техникум поступил, а в сорок восьмом его посадили неизвестно за что. Пять лет отсидел, туберкулез нажил. Потом реабилитировали...

Он помолчал, разглядывая начищенные концы своих ботинок, затем продолжал:

— Ни жены, ни детей. И пенсии-то по-настоящему не нажил. Живет под Подольском, работает сторожем. Тут, казалось бы, любой на весь свет окрысится. А он...

Сергей Николаич повернулся к ней, приложил руку к груди:

— Видела б ты этого человека. У него ни гроша за душой, кроме костылей и нет ничего. А я вот, сколько его ни вижу, — никогда нытья от него не слыхал. Никогда! И чтоб он на судьбу пожаловался?! Такого не было! А эта картина? Он-то щас сам где?

— Рабин? В Америке...

— Вот! В Америке. И наверно уж не под забором умрет, а в теплой кроватке. Так вот когда он эту мазню царапал, он знал, знал, что в Америку подастся! Знал! Стало быть — врал! А ты говоришь — правдивая картина. Ложь! Ложь и злоба. Ну чему она научит? Лжи и злобе. Он-то сам наврал, да и смотался, а ты вот, твое поколение, которое на таком вот говне выросло, теперь и расплачиваетесь!

Он замолчал, раздраженно потирая расcrasневшиеся щеки, подошел и сел рядом на край тахты:

— Знаешь, Марина, я человек, в принципе, темный, необразованный.

— Ну, не скромничай...

— А чего скромничать. Правда есть правда. Школа, техникум, армия, институт заочный, завод. Был и рабочим, и мастером, и замначальника цеха и начальником. А щас вот — секретарем парткома избрали. Так что на выставки ходил редко, в измах не силен. Но одно я знаю четко, — вся вот эта зараза никуда не ведет. А вернее ведет — за границу. А тут — все злобой, пьянка-

ми и сплетнями кончается. Все ваше дурацкое диссидентство.

— Почему дурацкое?

— Потому что дурацкое и есть. Ну что в нем хорошего, вдумайся! Кричать, критиковать, насмехаться? Ты
думаешь мы не знаем ничего, а вы нам глаза открыли?

— Нет, я так не думаю, — Марина устало привалилась спиной к стене.

— Пойми, критиковать легче всего. А труднее — дело делать. По-настоящему, по-деловому. Делать дело. А
не гадать как спасать Россию...

— Но система-то советская никуда не годится...

— Кто тебе сказал?

— Ну как же... все говорят...

Он насмешливо тряхнул головой:

— Если б она никуда не годилась, нас бы давно уж
раздавили. И места б мокрого не осталось.

— Ну, это слишком...

— Не слишком. В самый раз! — отрезал он и крепко
положил руку на Маринино вельветовое колено. — Вот
что, Марина Ивановна, давай-ка потолкуем по-муж-
ски. Скажи, ты русская?

— Русская.

— Родилась где?

— В Подмосковье.

— В России, стало быть. И живешь в России. В Америку не собираешься мотать?

— Да нет...

— Так. А теперь скажи, ты советских людей любишь?

— Ну, я всех людей люблю...

— Нет, скажи, ты наших любишь? Наших! Понимаешь?! Наших! Любишь?

Марина грустно улыбнулась, вздохнула. Этот крепкий человек в белой рубашке, с неуклюже завязанным галстуком, с широкими грубыми ладонями смотрел своими серо-зелеными, слегка пьяноватыми глазами пристально и требовательно.

Марина невольно перевела взгляд на висящую над столом фотографию: два одинаковых лица с одинаковым выражением смотрели на нее, но как по-разному они смотрели! Одно — далекое, расплывчатое, сероватое, смотрело призрачно и равнодушно, другое — совсем близкое, живое, разгоряченное, с бисеринками пота на лбу упиралось своим упрямым взглядом в ее глаза и каждым мускулом ждало ответа.

— Ну я... — пробормотала Марина, — я не знаю...

Дальнее лицо смолчало, а у ближнего быстро задвигались упрямые губы:

— А я знаю! Знаю, что люблю! Любил, люблю и буду любить свой народ! Потому что другого народа мне не дано! И Родины другой не дано! Потому что родился здесь, рос, по траве по этой босиком бегал, голодал, мерз, радовался, терял, находил, — все здесь! И человеком стал здесь, и людей понимать научился. Понимать и любить. А вот они! — его палец метнулся в сторону картины: — Они не научились! Хоть и не такими уж дураками уродились! Ни любить, ни понимать! И были чужаками, за что и выперли их из страны к чертовой матери! Ты вот говоришь — правда, правдивая! В том-то и дело, что правда у каждого своя! Они не нашу писали, а свою, свою, западную! А у нас-то она совсем другая! Наша! Понимаешь?

Он сильнее приблизился, опершись руками о тахту:

— Понимаешь?

Марина инстинктивно подалась назад от этого яростного напора искренности и здоровья, но прохладная стена не пустила.

Его глаза были совсем близко.

Из них исходила какая-то испепеляющая горячая энергия, от которой, нет, не делалось жутко, наоборот, — Марину охватило чувство понимания, теплоты и участия, она вдруг прониклась симпатией к этому угловатому человеку, стремящемуся во что бы то ни стало поделиться собой, переубедить ее.

Она улыбнулась:

— Я понимаю... но...

— Что — но?

— Но... а может ты ошибаешься?

Он отрицательно покачал головой:

— Я сейчас не от себя говорю. Я могу ошибаться, конечно. А народ ошибаться не может. Триста миллионов ошибаться не могут. А я с тобой от имени народа говорю.

— Но ведь... а как же — тюрьмы, лагеря?

— А что ты хочешь? Весь мир против нас. И внутри и снаружи мерзавцев хватает, которые по-новому жить не хотят.

Он убеждающе раскрыл перед ней свои широкие ладони:

— Ты знаешь, что такого эксперимента в истории еще не было? Не было! Мы первые по этому пути идем, многое не получается. А почему? Да потому что мешают, понимаешь? Старый мир мешает, как может! И сейчас вон особенно — Рейган совсем озверел, прямо к войне готовится. Хотя могу тебе откровенно сказать — никогда они войну не начнут, никогда. Потому что трусы они, боятся нас. И обречены они, это точно. Истерия вся от слабости. А мы — как стена. Нас ничем не остановить, кроме силы. А силу они боятся применить, потому что у всех виллы, кондишены, машины, жратва изысканная, куча развлечений. А у нас-то этого нет ничего. Пока. Потом, когда их не будет, на гонку вооружения тратиться не придется — все будет. Но пока нет. И терять нам, стало быть, нечего. Ясно? Поэтому, если мы схлестнемся с ними, они проиграют, это точно. А главное, ты пойми, мы — это будущее. Мы — это... как тебе сказать... слов не хватает... вобщем... я вот нутром чувствую, что правда на нашей стороне! Как пить дать!

Он замолчал, вытер со лба пот тыльной стороной ладони.

Голубой свет искрился в его редких мягких волосах, скользил по упрямым скулам, затекал в складки рубашки.

Привалившись к стене, Марина молчала.

В ней происходило что-то важное, она чувствовала это всем существом.

Сумрачная, призрачно освещенная комната казалась нереальной за его широкими плечами. Там, в полутемной мешанине вещей голубоватыми тенями застыло прошлое — разговоры, пьянки, поцелуи, переплетенные тела, ожесточенные споры, вольнодумные мысли, тайные встречи, вера, надежда, любовь и ОН.

Марина напряженно вздохнула:

— Принеси, пожалуйста, спички...

Сергей Николаич встал, пошел на кухню.

Когда они закурили и дым, расслаиваясь, поплыл по комнате, Марина спросила:

— Скажи, а ты веришь в коммунизм?

Прохаживаясь, он серьезно кивнул:

— Верю.

— Серьезно?

— Абсолютно.

— Когда же он наступит?

— Когда не будет капиталистического окружения.

— Но ведь пока-то оно существует...

— Разве что пока.

— Ну а каким ты коммунизм представляешь?

— Хорошим.

Он снова опустился на край тахты, протянул руку, стряхнул пепел в Шиву:

— Понимаешь, то что у нас сейчас — это, я бы сказал, только начальная фаза социализма. Мы только-только стали советскими. Не русскими, а советскими. Конечно, нам трудно очень — у буржуев таких войн и всяких разных перетрясок не было. У них механизм веками отлаживался. А наш лишь недавно построен. Да и построен как — на ходу, в голод, в разруху. Войны все время. Но сейчас мы уже сила. Они нас боятся. Чувствуют, как собака волка. Потому и брешут. Мы — новые люди, понимаешь? Новые. И земля должна нам принадлежать — молодым. А главное — нас уже много, почти полмира. Мы, как семья одна. У нас первое в истории общество, где все равны. Все бесплатно — детсад, школа, институт. Больницы, опять же. У них работать надо до пота, а у нас — по мере сил. Только на работу не опаздывай, а там — работай не торопясь, как можешь. Вот и все. Квартиры, опять же, даром. Все для человека. Продуктов не хватает — это временно, из-за дураков разных. Но дураки не помеха, помеха — это такие вот, как этот Рубин...

— Рабин, — поправила Марина, затягиваясь.

— Ну Рабин, один хрен. Он не наш, понимаешь?
Он — их. Того мира. Так и пусть катится к ним. Или в
лагерь. Он не понимает ни хрена, а лезет учить! Он ничего не понимает. И не поймет. Потому что любить наш
народ не научился и все время с запада смотрел. Дес-
кать — очереди за колбасой, пиво плохое, квартиры маленькие — значит здесь плохо! Вот так они рассуждают.
А знаешь почему? Потому что евреи, вообще, что такое
родина, не понимают. Им где пиво лучше — там и родина. У них цели никакой, какой там коммунизм, светлое будущее! Брюхо набить, обмануть, похвастаться —
вот и все! Вообще, не знаю как ты, но я к евреям чего-
то не того...

Он нахмурился, покачал головой и продолжал:

— Я раньше этого не понимал, а теперь понял. Это
народ какой-то... черт знает какой. Их не поймешь —
чего им надо. А главное — вид у них... ну я не знаю...
противный какой-то. Вот армяне вроде тоже и волоса-
тые и горбоносые, грузины, бакинцы... и волосы такие
же... а вот все равно, евреи прямо неприятны чем-то!
Что-то нехорошее в них. Я этого объяснить не могу,
как ни пытался... И все — своих, своих. Только со своими. Где один устроится — там и другие лезут.

Он затянулся и быстро выпустил дым:

— Честно говоря, я б их всех выкатил отсюда, к чертовой матери. Пусть едут. От них пользы никакой —
вред один. Пусть лучше с арабами дерутся, чем здесь
вредить...

Его свободная рука ослабила галстук:

— Не в колбасе сейчас дело, не в пиве...

Марина пожала плечами:

— Но ведь благосостояние тоже играет роль...

Он устало покачал головой:

— Ты тоже пока не понимаешь. Эта зараза тебе глаза надолго залепила... Как бы объяснить-то... Ну вот если ты живешь со своей семьей, с родными своими в новом доме. Он еще только-только построен, еще смола на бревнах не засохла, еще лесом от него пахнет. Значит, только-только вы отстроились, мебелишка у вас — стол да табуретка, посуда — кружка да котелок. Но семья большая, дружная, и отец вам говорит: потерпите, мол, немного, вот поработаем несколько лет и будем в достатке жить. А рядом с вашим домом — другой. Старый, основательный, добра там невпроворот. И живут там старик со старухой, детей у них нет. И вот, предположим, вышла ты однажды вечером, ну там по каким-то делам на улицу, а эти старики тебе и говорят: живи с нами. Мы тебя удочерим, приданого дадим, оденем как надо, а главное — работать у нас не надо. Ты пойдешь к ним?

Марина улыбнулась:

— Нет конечно.

— А почему? — он устало поднял брови.

— Ну... потому что я своих люблю.

— Вот! — шлепнул он ладонью по ее коленке. — Вот и ответ тебе! Любишь своих! Вот как. На этом все и строится. На любви. Отсюда и терпение, и долг, и патриотизм. Если Россию любишь — плевать тебе на американские кондишены да пепси-колы! А потом запомни: все что у них сейчас есть — у нас будет! Просто мы вооружаться вынуждены, чтоб не раздавили нас. Приходится. Но главное мы силу набираем. Вот это важно. А они свою — теряют. Теряют с каждым годом. И придет время — на колени перед нами опустятся. Только мы их жалеть не будем. Ни за что! Вот за очереди за эти, за временную убогую жизнь — все взыщем сполна, не забудем!

Он с силой ввинтил окурок в пепельницу, провел рукой по волосам:

— Ничего! Сейчас Андропыч за дело основательно взялся. Дисциплину укрепим, тунеядцев-лодырей к ногтю, снабжение наладим, дороги в деревни проложим, техникой займемся. Сейчас-то вон уже на периферии продукты появились... Нам бы только с блатерами покончить, все на государственные рельсы перевести и порядок...

Он встал, сунул руки в карманы и подошел к беленьким Амуру с Психеей:

— Вот это, я понимаю — искусство. И прекрасно и возвышенно. И для души все, глаз радует... А то нам не нужно! На помойку его выкинуть и все...

— Какой ты убежденный, — проговорила Марина, рассматривая его крепкие руки.

— А как же. Иначе нельзя. Но я не дурак вроде Хрущева. Я в глупости не верю. Я в реальность верю. В реальные конкретные задачи. Как на заводе — есть план, надо его выполнять. А гадать, когда завод полностью автоматизируется — курам на смех. Идеология должна быть конкретной, а не... как это... мифио...

— Мифической?

— Да. Не мифической. Нам мыльные пузыри не нужны.

— А что же нужно?

— Дело. Настоящее, каждодневное. Без дураков. Так что, Марина Ивановна, ты кончай ваньку валять. Лейкой против грозы не маши. Народ ошибаться не может, на то он и народ. Хрущев ошибаться может, Сталин может, а народ — не может. Ты вот мне сегодня все нутро свое наизнанку вывернула, словно школьница какая. А почему? Да потому что в тупик зашла со всеми глупостями своими. Баб любить! С диссидентами общаться! Масло воровать, ради острого ощущения! Ну что за поебень, извини за выражение?! Ты отдельно живешь от народа, понимаешь? Отсюда и завихрения все. Надо вместе с народом, вместе. Тогда и тебе легче станет и народу хорошо. Свой народ любить надо, Марина. Любить! Это же как дважды два! Американец свой народ любит, англичанин — любит, а ты что — хуже их? Что такое диссидентство ваше? Чушь собачья. Нигде такого еще не было, чтоб жить в своей стране и своих ненавидеть. И на запад смотреть, рот раскрымши. Это ведь ненормально, не по-человечески, пойми. И правильно, что их в психушки пихают, психи они и есть! Дело надо делать. Ежедневное, ежечасное дело. Тогда будет и удовлетворение и польза. Знаешь как я доволен? Как никто. Я на работу как на праздник иду. Радуюсь. И усталости нет никакой, и раздражения. И запоев. А сколько радостей вокруг! Ты оглянись только, глаза разуй: страна огромная, езжай куда хочешь — на север, на юг, в любой город. Какие леса, горы! А новостройки какие! Дух захватывает! Профсоюзная путевка — сорок рублей! Ну где еще такое бывает? Все бесплатно, я это уже говорил. Пионерские лагеря для детей, хлеб самый дешевый в мире, безработных нет, расизма нет. «Только для белых» у нас на скамейках не пишут. А там, на западе, ты как винтик вертеться должен, дрожать, как бы не выгнали. Преступность вон какая там — не выйдешь вечером...

Он замолчал, устало потирая лицо.

Марина погасила окурок, оттолкнулась от стены и зевнула:

— Аааха... ты знаешь, хорошо, что ты веришь в то, чем занимаешься.

— А как же иначе?

— Просто я первый раз за тридцать лет встречаю человека, который искренно верит в коммунизм...

Он засмеялся:

— Ну, это не так! Верят многие. Да сказать боятся. Потому что такие вот Рабины многих перепортили. Запад вредит как может. Сейчас модно все советское ругать. Они кроме очередей ничего и замечать не хотят. Очереди, мол. Жизнь плохая. А то что мы из отсталой страны в сверхдержаву вылезли — это никто не видит. Но ничего. Придет времечко — все увидят...

Марина улыбнулась:

— Знаешь... странно... когда ты говоришь, мне как-то тепло и хорошо... и спорить не хочется...

— Так это ж потому что я с тобой не от себя говорю. Я за собой силу чувствую. И правду... ооохааа который час-то? Два наверно?

— Без четверти.

— Заговорились как...

— Жена не хватится?

— Да нет, она на старой квартире. А мама к моим заседаниям ночным привыкла...

Он снова зевнул, прикрыв рот тыльной стороной кулака:

— Ааах... Марин, сейчас метро уж не ходит, можно я до шести вздремну?

— Конечно. Щас постелю.

— Нет, нет, никакого белья. Я вот на кушетке.

— Я все сделаю, как надо...

— Да не беспокойся. Ты ложись, а я покурю немного. Мне завтра в семь надо быть на планерке. Марин, я вот все спросить хотел, а кто этот бородатый над столом висит? Не Стендаль?

— Стендаль... — улыбаясь, кивнула Марина.

— Я так и подумал. Хороший писатель. Красное и черное. Нормально написано. И фильм путевый...

Пока Сергей Николаич курил на кухне, Марина вынула из шкафа стопку чистого белья, постелила себе на тахте, ему на кушетке, погасила ночник, разделась и юркнула под отдающее крахмальным холодом одеяло:

— Все готово...

Потушив на кухне свет, Сергей Николаич прогулялся в туалет, потом, сидя на поскрипывающей кушетке, стал раздеваться в темноте.

Из перевернутых брюк посыпалась мелочь:

— Ексель-моксель...

Он повесил брюки с рубашкой на спинку стула:

— Марин, у тебя будильник есть?

— Чего нет, того нет, — усмехнулась Марина.

— Что значит — не рабочий человек...

— А ты радио включи, трансляцию. Они в шесть начинают.

— Точно. А где оно?

— На пианино, возле меня.

— Ага... вот...

— Ручку поверни.

— Все. Завтра, то есть — сегодня не проспим. Ну, спокойной ночи...

— Спокойной ночи, — пробормотала Марина, с наслаждением пошевеливаясь на чистой простыне.

После короткого молчания в темноте ожил слегка осипший голос Сергея Николаича:

— Откровенно говоря, баба ты хорошая. Был бы холостым — женился бы на тебе, факт. И жизнь твою совместно бы выпрямили...

Улыбаясь и покусывая край пододеяльника, Марина ничего не ответила. Только сейчас почувствовала она, как устала за этот день. Отяжелевшие ноги гудели, голова кружилась, напоминая о похмелье.

«Забавный, — подумала она, погружаясь в сон, — а самое забавное, что он по-своему прав».

Долго, бесконечно долго тянулось чередование блочных домов, гнилых сараев, московских переулков, машин, картин, приусадебных участков, заросших прудов, гулких пустых музеев, сумрачных казенных коридоров, переполненных эскалаторов, просторных помоек...

Наконец, прорвавшись сквозь хаос, Марина с радостью узнала старую бабушкину квартиру на Варсонофьевском: два иссиня-белых фонаря светят в полузашторенное окно, отражаясь в полированной крышке пианино и разбрасывая по высокому потолку бледные тени. Балконная дверь распахнута, тюль слабо колеблется, а за ним — чернота. Теплая летняя чернота.

Хрустит кнопка горбатой лампы, вспыхивает зеленоватый свет и продолговатое лицо Марии приближается с полузакрытыми глазами. Чувствуя нарастающее сердцебиенье, Марина долго целуется с ней, отстраняется, чтобы перевести дыхание, и видит лицо Светы. Она быстро притягивает Марину за плечи и целует — жадно, неистово. Да это вовсе не Света — Иринка. Тонкие, прохладные губки неумело обхватывают Маринины, язычок ищет себе подобного... нет, это Сонечкин язычок... Сонечкин... но руки уже Кларины — нежные, умелые руки. Они ласкают шею Марины, гладят плечи, грудь... нет, это руки Тани Веселовской... как больно она целует, щекоча вездесущими рыжими кудряшками... Милка... Милка сосет верхнюю губу, ласкает пальцами уши... Зина... осторожно целует, глядя в глаза... Тоня... прикасается прохладными губами к уголку рта и замирает... Вика. Милая... Марина обнимает ее — мокрую, только что выбежавшую из рижского прибоя... поцелуй их длится вечность... но нет... это Сонечка Гликман... ласково лижет язычком губы Марины и тут же прижимается щекой... Туськиной щекой — бледной, с мелкими белыми волосиками... Марина целует щеку, Барбара поворачивается к ней лицом, улыбась, берет в ладони и целует медленно, явно позируя... носы их сходятся и Тамара убирает свой, ищет рот Марины... Анжелика прижимается голой грудью, целует и сосет подбородок... Машутка, постанывая, покрывает лицо быстрыми поцелуями, словно птичка клюет... Капа целуется долго, шумно дыша через курносый нос... Маринины руки тонут в пухлых Наташкиных плечах... Аня неумело тычется, бормоча что-то уменьшительное, уступая место черным глазищам Тамары, но ненадолго — Ира смотрит испуганно, потом коротко целует и отстраняется уже близняшкой-двойняшкой... как долго они целуются, словно пьют друг друга... нет, это Любка, конечно же Любка. Мягкий рот ее пахнет вином... ой! Фридка кусает губы и громко хохочет, откидываясь и мотая лохматой головой... губа болит, но теплая тонкая рука Нины гладит ее, потом строгий рот приближается, приближается и целует — сдержанно и осторожно... Наташка плачет, слезливо и капризно прося о чем-то и прикасается холодными, мокрыми от слез губами... нет, они не мокрые, а сладкие, сладкие... Райка хохочет, жуя шоколадку и показывая Марине коричневый язычок, да нет же, он не коричневый — Сашенькин язычок, он голубой от близко стоящего ночничка, он изящно скользит по таким же голубым губкам, облизывает их, готовит к поцелую...

Сашенькино личико приближается, она нежно шепчет:

— Марина... Марина... Мариночка....

Но шепот уже не ее, в нем что-то новое, что-то очень важное, главное, сокровенное и дорогое...

— Марина... Марина... Мариночка...

С трудом разлепив веки, она едва различила в темноте нависающую фигуру Сергея Николаича.

— Марин... я это... ты такая красивая...

Его шершавые руки гладили ее плечи.

Наклонившись, Сергей Николаич стал целовать ее лицо.

Губы его были, как и руки — сухими, шершавыми и слегка пахли коньячным перегаром. Потыкавшись в щеку, он стал искать Маринины губы.

— Ой... я спать хочу страшно... — раздраженно созналась Марина, пытаясь отвернуться, но шершавая ладонь мягко задержала щеку.

Он стал целовать ее в губы, рука приподняла одеяло, и через мгновенье его сильно пахнущее табаком и мужчиной тело уже лежало рядом.

Марине смертельно хотелось спать, видеть приятные сны, и меньше всего — целоваться с тяжело дышащим мужиком.

Слегка отстранившись и сонно вздыхая, она подняла до груди ночную рубашку, легла на спину:

— Только давай быстро... я спать хочу... умираю...

Послышалось поспешное сдирание трусов и майки, он опустился на нее — тяжелый, горячий, и, целуя, сразу же вошел — грубо, неприятно.

Отвернувшись от его настойчивых губ и расслабившись, Марина закрыла глаза.

Осколки не до конца разрушенного сна стали собираться, стараясь выстроить всю ту же милую сердцу картину: темную бабушкину комнату, свет фонарей в окне, колышащийся тюль, вереницу знакомых губ.

Сергей Николаич равномерно двигался, часто дыша в ее ухо, его пальцы сжимали талию Марины, живот скользил по животу, а широкая грудь навалилась плотно, без зазора.

Сон возвращался, тело потеряло чувствительность, ритмы мужского движения и дыхания слились в монотонное чередование теплых волн: прилив-отлив... прилив-отлив... прилив-отлив...

Распахнулась дверь в бабушкину комнату, поплыли голубоватые тени по потолку, хрустнул выключатель лампы, но настойчивый прибой смыл все, вытолкнув Марину во все те же бескрайние небо-море, одно из которых с шипением накатывалось на ноги, другое — дышало над головой теплой синевой.

Марина стояла перед морем, спиной к незнакомому берегу, обдающему затылок и шею густым запахом трав.

Волны медленно накатывались, выгибались, сверкая на солнце, и тяжело разбивались об ее ноги, сильно толкая в промежность, щекоча теплой пеной бедра и колени.

Это было опьяняюще приятно — стоять, подставив себя стихии, чувствуя, как с каждой волной теплеет вода. Да и ветер, соленый, порывисто дышащий в ухо, тоже становился горячее, шипел, путался в волосах, затекал за плечи.

Чувствуя, что берег необитаем, Марина изогнулась, развела ноги, принимая гениталиями толчки горячего прибоя, постанывая от удовольствия.

Вдруг впереди на бескрайней глади моря вспух белый кипящий холм, распустился живописным взрывом, который стремительно потянулся вверх, застыл во всей подробной форме Спасской башни.

Оглушительный тягучий перезвон поплыл от нее.

Море стало совсем горячим, от него пошел пар, раскаленный ветер засвистел.

Перезвон сменился мощными ударами, от которых, казалось, расколется небо:

— Боммммммм...

И тут же — обжигающий накат прибоя.

— Боммммммм...

И сладостный толчок в гениталии.

— Боммммммм...

И пена, пена, пена по ногам и животу.

— Боммммммм...

И дрожащие бедра, раздвигаемые новой волной.

— Боммммммм...

И нарастающая истома внизу, в груди, в коленях.

— Боммммммм...

И нестерпимое, сладкое, с ума сводящее.

О... Боже...

Оргазм, да еще какой, — невиданный по силе и продолжительности. Вспыхнув в клиторе мучительным угольком, он разгорается, воспламеняет обожженное прибоем тело, как вдруг — ясный тонический выдох мощнейшего оркестра и прямо за затылком — хор. Величественный, огромный, кристально чистый в своем обертоновом спектре, — он прямо за спиной Марины, — там, там стоят миллионы просветленных людей, они поют, поют, поют, дружно дыша ей в затылок, они знают и чувствуют, как хорошо ей, они рады, они поют для нее:

СОЮЗ НЕРУШИМЫЙ РЕСПУБЛИК СВОБОДНЫХ
СПЛОТИЛА НА ВЕКИ ВЕЛИКАЯ РУСЬ!
ДА ЗДРАВСТВУЕТ СОЗДАННЫЙ ВОЛЕЙ НАРОДОВ
ЕДИНЫЙ МОГУЧИЙ СОВЕТСКИЙ СОЮЗ!

Марина плачет, сердце ее разрывается от нового необъяснимого чувства, а слова, слова... опьяняющие, светлые, торжественные и радостные, — они понятны как никогда и входят в самое сердце:

СЛАВЬСЯ, ОТЕЧЕСТВО НАШЕ СВОБОДНОЕ!
ДРУЖБЫ НАРОДОВ НАДЕЖНЫЙ ОПЛОТ —
ПАРТИЯ ЛЕНИНА, СИЛА НАРОДНАЯ
НАС К ТОРЖЕСТВУ КОММУНИЗМА ВЕДЕТ!

Море розовеет, потом краснеет, наливаясь кумачовым тоном, Спасская башня из белой становится красной, блистают золотом стрелки и украшения, нестерпимо алым горит пятиконечная звезда, от нее во все стороны расходятся лучезарные волны, созвучные великому хоралу:

СКВОЗЬ ГОДЫ СИЯЛО НАМ СОЛНЦЕ СВОБОДЫ
И ЛЕНИН ВЕЛИКИЙ НАМ ПУТЬ ОЗАРИЛ!
НА ПРАВОЕ ДЕЛО ОН ПОДНЯЛ НАРОДЫ,
НА ТРУД И НА ПОДВИГИ НАС ВДОХНОВИЛ!

Оргазм еще тлеет, слезы текут из глаз, но Марина уже подалась назад и встала на единственно свободное место в стройной колонне многомиллионного хора, заняла свою ячейку, пустовавшую столькие годы.

СЛАВЬСЯ, ОТЕЧЕСТВО НАШЕ СВОБОДНОЕ!
ДРУЖБЫ НАРОДОВ НАДЕЖНЫЙ ОПЛОТ
ПАРТИЯ ЛЕНИНА, СИЛА НАРОДНАЯ
НАС К ТОРЖЕСТВУ КОММУНИЗМА ВЕДЕТ!

Как это невероятно, как обворожительно! Она слилась со всеми, и — о, чудо! — достаточно открыть рот, как песня, эта лучшая песня из песен сама рвется из горла — чисто, без труда и усилия летит в бескрайнюю

голубизну. И все понятно — все, все, все, и все поющие
— родные, и мощь сложенных воедино голосов сотря-
сает Вселенную.

В ПОБЕДЕ БЕССМЕРТНЫХ ИДЕЙ КОММУНИЗМА
МЫ ВИДИМ ГРЯДУЩЕЕ НАШЕЙ СТРАНЫ!
И КРАСНОМУ ЗНАМЕНИ СЛАВНОЙ ОТЧИЗНЫ
МЫ БУДЕМ ВСЕГДА БЕЗЗАВЕТНО ВЕРНЫ!

Марина чувствует ту радость, которой не доставало
ей всю жизнь.

СЛАВЬСЯ, ОТЕЧЕСТВО НАШЕ СВОБОДНОЕ!
ДРУЖБЫ НАРОДОВ НАДЕЖНЫЙ ОПЛОТ!
ПАРТИЯ ЛЕНИНА, СИЛА НАРОДНАЯ
НАС К ТОРЖЕСТВУ КОММУНИЗМА ВЕДЕТ!

Песня тает, с губ срываются последние звуки и после
мгновений полной тишины Вселенная во весь голос
обращается к замершим миллионам:

ДОБРОЕ УТРО, ТОВАРИЩИ!

В ЭФИРЕ ПЕРВАЯ ПРОГРАММА ВСЕСОЮЗНОГО
РАДИО!

Марина с трудом открыла глаза.

Смутно различаемая в темноте рука Сергея Николаича потянулась над ее лицом к стоящему на пианино приемнику и повернула ручку, не дав договорить диктору.

— Черт, я и забыл совсем...

Он наклонился и в наступившей тишине поцеловал Марину в щеку.

Она молча лежала на спине, еще ничего не понимая, глядя в заметно побледневший потолок.

В ее теле все еще звучали слова чудесной песни, губы дрожали, на щеках просыхали слезы.

Сергей Николаич лег рядом, осторожно обняв Марину. Лицо его было разгоряченным, он устало дышал, облизывая пересохшие губы.

Марина снова прикрыла глаза.

Пальцы Сергея Николаича коснулись ее мокрой щеки:

— Ласточка моя... что ж ты плакала так... словно первый раз...

Он придвинулся и, вложив свои шершавые губы в ее ухо, ласково зашептал:

— Марин... ты просто королева... знаешь... у меня баб много было, но такой... и тельце у тебя нежное такое... я тебе бусы из агата подарю... на шейку твою...

Его рука, скользнув под одеяло, прошлась по Марининому животу и осторожно легла на влажные волосы лобка:

— Милая моя... спасибо тебе... ты какая-то... просто... и не знаю как сказать...

Повернувшись, Марина посмотрела ему в лицо, улыбнулась и облегченно вздохнула.

Никогда еще ей не было так хорошо и так спокойно, как сейчас.

Она погладила его щеку, покрывшуюся за ночь легким налетом щетины и ответно поцеловала:

— Спасибо тебе...

— Мне-то за что? — усмехнулся он.

— За все... Я знаю за что.

И снова поцеловала шершавую щеку.

Минуту они пролежали, обнявшись, потом Сергей Николаич вздохнул:

— Мне пора наверно.

— Уже?

— Уже. Сегодня планерка. Там, чувствую, до двенадцати просидим... квартал кончается, план горит...

Он сбросил одеяло, сидя, натянул трусы, встал, и, бодро покрякивая, сделал несколько боксерских движений руками.

Марина приподнялась с ощущениями заново родившейся, радостно трогая свое тело, побрела в совмещенку.

Все было новое, неожиданное, удивительное: блестящий под электрическим светом кафель, прохладная струя воды, мокрая щетина зубной щетки. Медленно полоща рот, она рассматривала себя в забрызганное зеркало. В лице ничего не изменилось: те же большие раскосые глаза, прелестный носик, пухлые губы. Но выражение... выражение стало совсем другим, каким-то радостно-умиротворенным.

Марина провела рукой по щеке и улыбнулась:

— Как хорошо...

Это было удивительно. Никогда еще ей не было так спокойно.

Словно за одну ночь свалился тягостный груз, столько лет давивший на плечи.

Разведя ноги, она потрогала бедра возле паха. Свежая сперма медленно стекала по ним.

Продолжая улыбаться, Марина подтерлась влажным полотенцем, накинула халат и вышла.

Возле двери торопливо застегивал пуговицы рубашки Сергей Николаич:

— Марин, давай в темпе танго... мне щас убегать...

— А позавтракать?

— Не успею наверно...

— Успеешь. Умывайся, я приготовлю...

— Попробуем. Кстати, у тебя побриться нечем?

— Там на полочке.

— Ага.

Пока он брился и умывался, громко отфыркиваясь, Марина убрала со стола остатки вчерашнего ужина, поджарила яичницу с колбасой, вскипятила немного воды.

Вскоре Сергей Николаич бодро вошел в кухню, оттопыривая подбородок и на ходу затягивая узел галстука:

— Вот. Порядок...

— Садись, — Марина ловко переложила глазунью на тарелку.

— Отлично! — улыбнулся он, чмокнул ее в висок и сел. — А быстро ты готовишь...

— Сейчас чай заварю, — проговорила Марина, вытряхивая в ведро окурки из пепельницы.

Отломив хлеба, он придвинул к себе дымящуюся тарелку, вопросительно поднял глаза:

— А ты?

— Да я потом, — отмахнулась Марина, заваривая ему чай в большой кружке.

— Нет, так не пойдет. Садись. Это из трех яиц?

— Из четырех.

— Вот и как раз на двоих.

— Я не хочу, Сереж...

— Садись, без разговоров. У меня времени нет лясы-балясы точить.

Марина села рядом.

Они стали молча есть из тарелки.

Сергей Николаич хватко держал вилку своими крепкими пальцами, согнув мизинец колечком; челюсти его быстро двигались, под смуглой кожей скул мелькали упругие бугорки мышц.

Марина осторожно ковыряла вилкой горячую яичницу, глядя как грубо и решительно кромсает его вилка бело-желтую массу.

— Сережа, а у тебя братья или сестры есть? — спросила она.

Не отрывая сосредоточенного взгляда от тарелки, он упрямо качнул головой:

— Когда я ем — я глух и нем... Марин Иванна... ешь, а то не поспеем...

Марина послушно принялась за еду.

Доели молча.

Отломив кусок хлеба, Сергей Николаич насадил его на вилку, вытер тарелку и, запихнув в рот, щелкнул пальцами:

— А теперь чайковского!

Марина разлила заварку, добавила кипятку.

— Был братишка, — проговорил он, громко и быстро размешивая сахар, — на три года моложе меня. В пятьдесят втором от склероза легких умер.

— Как так?

— Да вот так. Было воспаление. А фельдшер районный пеницилин пожалел. Выходили кое-как, а после осложнения, да осложнения... Ему шестнадцать только тогда исполнилось...

— А вы где жили?

— Под Архангельском.

— В деревне?

— Да...

Он соорудил себе увесистый бутерброд, решительно откусил и, быстро жуя, тут же прихлебнул чай:

— Я вообще-то... ммм... по утрам очень... суп уважаю... знаешь, как щами или борщом со свининкой заправишься... день можно на всю катушку пахать... в супе только и сила... а бутербродики, да кофейки... это не по-рабочему...

— Кофе не любишь?

— Ненавижу. Горечь одна, а сытости никакой. Лучше молочка с мякишем... ммм... кружечку засадишь — и порядок... знаешь, навитаминишься как...

Марина не торопясь пила чай, наблюдая как неимоверно быстро расправлялся Сергей Николаич с бутербродом.

— Ммм... или еще сардельку утром... нормально так... ммм... питательно... а чего ты без хлеба ешь?

— Я не хочу...

— Хлеб надо есть! От него вся сила, — дожевывая, он сжал кулак. — Он — всему голова. Крепость дает, основу...

Покачав чашкой и выплеснув остатки в рот, он встал, хлопнул в ладоши, потер:

— Нормально. Спасибо, Марин...

Марина встала с чашкой в руке:

— Может еще чего-нибудь?

— Нет, спасибо.

Он прошел в коридор и стал одеваться, что-то напевая.

Поставив недопитую чашку, Марина вышла следом и стала, прислонившись к косяку.

Сергей Николаич обмотал шарф вокруг шеи, придерживая его подбородком, снял с вешалки пальто, стремительно и шумно ворвался руками в просторные рукава, так что мелочь громко звякнула в больших накладных карманах:

— Оп-ля...

Улыбаясь, Марина смотрела на него:

— Ты знаешь... я тебе так завидую...

— Почему? — быстро спросил он, застегиваясь.

Марина пожала плечами и вздохнула.

Достав из кармана перчатки, он снял с полки шапку:

— Так почему завидуешь?

Марина молча смотрела на этого человека, не подозревавшего ЧТО он открыл ей в прошедшую ночь.

Она вздохнула и опустила голову.

Сергей Николаич внимательно посмотрел на нее, потом на часы и вдруг по-чапаевски разрубил ладонью сумрачный воздух коридора:

— А ну — одевайся! Вместе поедем!

Марина вздрогнула, мурашки пробежали по ее спине:

— Как...

— Вот так! Хватит прозябать, Марина Ивановна. Жить надо, а не прозябать! Жить!

Нахлобучив шапку, он взялся за замок:

— Пять минут на сборы даю! Паспорт возьми с собой. И оденься нормально, без щегольства. На завод поедем...

Он открыл дверь и вышел.

Марина метнулась в комнату, распахнула платяной шкаф.

Кожаная рокерская куртка, вельветовый комбинезон, яркий свитер... не то, не то...

Она выхватила из этой груды простые, давно уже неношенные брюки, серую водолазку, белый лифчик и шерстяные трусики.

— Сейчас, Сереж, сейчас...

Лифчик непривычно стянул грудь, трусики полезли вверх по ногам:

— Сейчас, сейчас...

Быстро одевшись, она подбежала к столу:

— Так... паспорт...

Паспорт лежал в тумбе, в верхнем ящике.

Диплом... бабушкины облигации... письма, письма, письма... паспорт.

Быстро вытащила его из-под груды писем, улыбнулась, пряча в карман, и только сейчас почувствовала, что кто-то мешает ее радости.

Марина подняла глаза и столкнулась с колючим недобрым взглядом.

Выражение треугольного лица на фотографии так поразило ее, что она оцепенела.

За ночь лицо приобрело черты злобы, недовольства и мстительности. Угрюмые глазки сверлили ее. Упавшие на лоб пряди злобно тряслись.

— Сссука... — шипели тонкие губы.

Розоватые блики играли на фотографии.

Марина выглянула в окно.

Там внизу, в рассветном бледном воздухе прямо напротив черного входа в магазин пылал костер из гнилых ящиков.

Внезапное решение поразило ее своей простотой. Она улыбнулась, а ОН, словно поняв, зашипел, затрясся сильнее:

— Сссука... сссука...

Протянув руку, она сорвала его со стены — только булавки посыпались на стол.

Торчащий в большом ящике ключ напомнил о содержимом.

Марина побежала на кухню, сняла с гвоздя большой целлофановый пакет, вернулась и, чувствуя пьянящую, нарастающую с каждым движением свободу, вытянула ящик из пазов. Тяжелый и громоздкий он сразу потянул руки вниз, но там ждал мутный исцарапанный целлофан: Библия, Чуковская, ГУЛАГ, — все закувыркалось, распахиваясь, мелькая фотографиями и строчками.

Вытряхнув ящик, Марина вставила его на место, сунула в пакет фотографию, выбегая, оглянулась.

Со стены никто больше не смотрел.

Только проступал бледный, еле заметный квадрат.

Сергей Николаич нервно курил у подъезда, когда она выбежала, обняв угловатый пакет.

— Это что еще? — нахмурился он.

Марина улыбнулась:

— Это так... надо сжечь... ненужное прошлое...

— Аааа... — равнодушно протянул он и кивнул: — Ну, пошли быстрей.

Костер был по пути. Он пылал ярко и громко.

Два заспанных грузчика в рваных ватниках обрушили на него новые ящики и скрылись в черном дверном проеме.

Запыхавшаяся Марина подошла к костру, заметив как сильно растопил он подмерзший ледок, размахнулась и бросила набитый книгами пакет.

Пролетев сквозь порывистые желтые языки, он с хрустом провалился в рассыпчатый янтарный жар и тут же целлофан пронзительно затрещал, свертываясь. Книги рассыпались, пламя охватило их.

Фотография скорчилась, треугольное лицо сверкнуло омерзительной гримасой и пропало навсегда.

Тетрадь зашевелилась, горящие страницы свертывались черными рассыпающимися трубочками, замелькали фотографии.

Вика... Наташка... Нина...

Два грязных поломаных ящика с треском рухнули в костер, накрыв горящие книги.

— Вот и все... — прошептала Марина, чувствуя на лице теплоту пламени.

Она устало улыбнулась.

— А Стендаля-то зачем? — усмехнулся Сергей Николаич, бросая в костер окурок.

— Надо, — бодро тряхнула головой она и облегченно вздохнула. — Ну, пошли теперь...

На автобусной остановке толпился народ.

Рассвет набирал силу: грязный осевший снег побледнел, мутно-синие облака на востоке порозовели.

Отодвинув рукав, Сергей Николаич посмотрел на часы:

— Припаздываем. Плохи дела.

— Может такси возьмем? — спросила зябко Марина.

— Ишь ты, таксошная какая! — усмехнулся он. — Привыкла деньгу проматывать! Нет, Марина. Такси — это баловство. Пролетариату общественный транспорт дан для передвижения. Так что, давай как все.

Подошел автобус.

Он был основательно переполнен и слегка осел на правый бок.

Его быстро обступили.

Разошлись двери, но никто не вышел, наоборот, — тесно стоящие пассажиры подались глубже.

— Вперед! — бодро взял Маринину руку Румянцев и, проталкиваясь, полез в автобус.

С трудом они втиснулись, поднялись по ступенькам, раздвигая и тесня стоящих.

— Чего толкаешься... — сонно повернулся к ним какой-то парень в синей нейлоновой куртке.

Ничего не ответив, Сергей Николаич обратился к Марине:

— У тебя проездной?

— Нет. Вот пятачок.

— Давай.

Его пальцы взяли пятак, рука потянулась над чужими плечами:

— Опустите пожалста...

Автобус резко качнуло, сзади навалились, Марина вцепилась в вертикальный поручень, облепленный многими руками.

Ей давно уже не приходилось ездить так рано — за мутными стеклами автобуса еще светились фонари и окна; то и дело вспыхивающий розовым восток мелькал за сероватыми коробками домов.

— Ну как, жива? — дохнул ей в затылок Сергей Николаич.

С трудом поворачиваясь к нему, она кивнула:

— Народу сколько...

— Ну и хорошо, — рассмеялся он. — В тесноте, да не в обиде.

Автобус стал поворачивать, их прижало к окну.

Сергей Николаич поднял руку и украдкой погладил Марину по щеке:

— Выспалась?

— Выспалась... — улыбнулась она.

— А я вот так каждый день. Хоть мне и к девяти положено.

— Почему?

— Да не могу и все тут. Как привык, так и встаю в шесть. По будильнику. Не могу валяться, когда другие работают.

— А машины персональной нет у тебя?

— Отказался. У нас заводик небольшой. Всего-то три волги прикрепили. Директору, главному механику, ну и мне полагалась. Только я нашему главному инженеру уступил. Он в Красногорске живет. Человек пожилой. А ему-то к семи обязательно нужно, как штык. Вот я и уступил...

— Но тебе от нового дома совсем близко...

— Да. Близко. Зато в райком несподручно. На двух автобусах...

Автобус остановился, медленно расползлись половинки дверей, пассажиры стали выходить.

— А у тебя метро-то совсем рядом, — пробормотал Сергей Николаич, помогая ей сойти.

— Да. Десять минут езды.

— Счастливая, — засмеялся он, заправляя выбившийся во время автобусной давки шарф.

В метро было так же тесно, как и в автобусе. Полусонные люди стояли в поезде близко друг к другу.

Марина с интересом разглядывала их и улыбалась самой себе.

Раньше она косилась на них с презрением, старалась ездить на такси, чтобы не видеть близко эти заспанные лица.

А теперь... Это было так ново, что улыбка недоумения все сильнее растягивала ее губы.

— Ты что смеешься? — наклонился к ней Сергей Николаич.

— Да так... ничего... — облегченно вздохнула она.

Неожиданно поезд остановился между двумя станциями.

В окнах застыли какие-то сумрачные трубы и кабели,

тишина повисла в вагоне, только шуршала одежда переминающихся людей.

Марина продолжала рассматривать их неподвижные фигуры.

Они были близки ей, как никогда, но их молчание становилось гнетущим.

Марина повернулась к Сергею Николаичу, чтобы не нарушить тишины, еле слышно спросила:

— Разве нечего сказать?

Он вздохнул, лицо стало серьезным:

— Время еще не пришло. А сказать есть что.

Поезд дернулся, пополз и стал набирать скорость:

— А что мешает? — спросила Марина.

— Америка! — серьезно ответил он и снова вздохнул. — Ты это поняла?

Она кивнула.

Завод Малогабаритных Компрессоров стоял недалеко от метро, — свернули за угол большого старого дома, пересекли трамвайную линию и оказались у проходной.

На больших сетчатых воротах висели крупные облупившиеся буквы: ЗМК.

Возле проходной никого не было.

— Припоздали, — пробормотал Сергей Николаич, глядя на часы. — Ну, ничего. День сегодня особый.

Открыв дребезжащую дверь, он пропустил Марину вперед, кивнул сидящему возле вертушки вахтеру:

— Привет, Михалыч.

— Доброго здоровья, Сереж, — улыбнулся старик. — Что-то сегодня поздновато...

— Правильно. А потому что день исключительный.

— Да?

— Ага. Вот этот товарищ со мной.

— Понял, — улыбнулся вахтер.

Миновав вертушку, они прошли по широкому коридору, потом оказались на лестнице.

— Видишь — нет никого. Все уж на своих местах. Дисциплина...

— Это завод шумит? — спросила Марина, прислушиваясь к равномерному гулу.

— Да. На первом у нас все цеха. А на втором — администрация... — проговорил Сергей Николаич, на ходу расстегивая пальто. — Пошли!

Они поднялись на второй этаж.

Им встретились несколько человек, все они приветливо поздоровались с Румянцевым.

— Сереж, а сколько у вас человек на заводе? — спросила Марина.

— Тысяча семьсот сорок.

— Много.

— Не очень. У нас заводик небольшой. Но зато среди районных предприятий третье место держим. Вот как.

— Молодцы...

Прошли по ярко освещенному коридору с множеством обитых дверей, Сергей Николаич вынул ключи.

Его кабинет был у самого поворота — коричневая дверь с застекленной табличкой:

секретарь парткома
РУМЯНЦЕВ С.Н.

Он сунул ключ в замок, повернул и решительно распахнул дверь:

— Входи.

Марина вошла.

Кабинет был небольшим — два стола, два коричневых сейфа, портрет Ленина на стене, вешалка в углу.

— Раздевайся, — проговорил Сергей Николаич, рывком сбрасывая с себя пальто: — Как тебе мои апартаменты?

— Уютный кабинетик, — улыбнулась Марина, раздеваясь. — А второй стол зачем?

— Тут секретарша сидит. Зиночка. Но она к девяти приходит. Как и положено.

Повесив свой плащ рядом с его пальто, Марина сняла платок, поправила волосы.

Сергей Николаич достал расческу, быстро причесался, снял трубку телефона, набрал номер:

— Люся? Доброе утро... Владимир Иваныч у себя? Да? Куда? Аааа... Ясно... а во сколько теперь?.. Вот как... А как же с планеркой? Он успеет к одиннадцати? Точно? Ну, хорошо... всего...

Положив трубку, он улыбнулся Марине:

— Отбой. Планерка в одиннадцать.

Марина рассматривала почетную грамоту, висящую на стене под портретом:

— Ты начальником цеха был?

— Да. Вот отметили.

— Молодец...

Он достал сигареты, протянул ей, но она отрицательно покачала головой.

— Знаешь, — пробормотал он, закуривая, — пойдем-ка по заводу пройдемся. Я тебе весь наш улей покажу, все хозяйство... Только ты волосы повяжи чем-нибудь. У нас таких русалок к станкам не подпускают.

Марина повязала волосы платком, стянув его узлом на затылке.

— Вот, порядок, — улыбнулся Сергей Николаич. — Пошли!

Они двинулись по коридору, спустились по лестнице, повернули и оказались в большом просторном цехе.

Здесь громко работали какие-то высокие, похожие на муравьев машины, непрерывно долбя по чему-то громко лязгающему.

Возле машин суетились рабочие. В основном это были мужчины.

Заметив вошедших, кое-кто из них приветливо помахал Сергею Николаичу. Он ответно потряс сцепленными замком руками:

— Салют!

Марина с радостным удивлением рассматривала цех.

Машины-муравьи стояли двумя рядами по 4 в каждом.

— Что это за чудеса? — прокричала она на ухо Сергею Николаичу.

— Это цех штамповки! — так же громко ответил он. — Здесь штампуют некоторые детали для компрессора. Пошли, посмотришь!

Они приблизились к крайней машине.

За ней стоял рослый широкоплечий парень с копной курчавых волос.

Схватив рукавицами два небольших желтых листа, он положил их под пресс в специальные выемки, повернул рычажок.

Круглый пресс со свистом опустился. Потом быстро отошел.

В выемках остались лежать, дымясь, желтые замысловатые крышки.

— Здорово... — пробормотала Марина, но никто не услышал.

Парень забрал крышки, бросил их в полупустой ящик, а из другого снова вытащил две полоски.

Опять они послушно легли в выемки, опять опустился пресс, отошел, и новые крышки со звоном полетели в ящик.

«Как просто и гениально, — подумала Марина, — наверно так же и крышки для кастрюль делают. А я вообще не представляла себе это...»

Сергей Николаич вынул из ящика одну из желтых крышек, положил Марине на ладонь.

Крышка была теплой и очень красивой. Неоновый свет играл на ее изгибах и выпуклостях.

— Это верхний корпус компрессора! — прокричал Румянцев.

— Очень похоже на крышку!

— Так это и есть практически — крышка! А нижний корпус льется из чугуна! Красивая?

— Да! А почему и нижнюю часть штамповать нельзя?

— Она более сложная! Там в ней все основные узлы крепятся! Без литья не обойтись!

— А та машина что делает?

— Обратные клапаны штампует!

— А почему так громко?

— Так уж получается! — засмеялся Румянцев и взял Марину под локоть. — Ну, идем в литейку!

Литейный цех был рядом.

В нем пахло чем-то теплым и кисловатым, высились две громадины, стояли железные ящики, полные грубых сероватых деталей, тянулся ленточный конвейер.

— Это печи, — проговорил Сергей Николаич, указывая на громадины. — Там чугун плавится, потом разливается вон там по опокам. Их после разламывают, детали чистят — и дальше.

— Как тут душно... — пробормотала Марина.

— А как же. Температура в печах большая. Но вообще-то это потому что вентиляторы еще не включены.

— А там что за цех? — показала Марина на распахнутую дверь.

Сергей Николаич улыбнулся и вздохнул:

— А это мой. Бывший мой.

Они двинулись вперед, пропуская нагруженную деталями электротележку с высоким худым парнем на подножке.

Парень проехал, Марина вошла и ахнула, подняв руки к лицу.

Они оказались в просторном светлом помещении, полном станков, людей, света, звуков и запахов. Здесь все двигалось, мелькало, блестело, гудело и грохотало, посверкивая подвижным металлом.

Необычное зрелище настолько поразило Марину, что она не сразу обрела дар речи: глаза жадно смотрели, в ушах звучала чудесная музыка машин.

— Что это? — разлепила она пересохшие губы.

— Механический цех, — бодро проговорил Румянцев. — Я сюда еще мальчишкой пришел. Сразу после техникума.

Стоящие за станками рабочие заметили его.

— Николаичу привет! — крикнул белобрысый парень и поднял сжатый кулак.

— Привет, ударник! — ответно крикнул Сергей Николаич, ближе подходя с Мариной.

— Сереж, это твой новый заместитель? — улыбнулся, сдвигая защитные очки на лоб, широколицый усатый рабочий.

— Нет. У меня пока замов не предвидится. Просто хочет человек завод посмотреть.

— Что ж, дело хорошее, — подмигнул широколицый и стал вытирать руки ветошью. — Тут посмотреть есть что.

Его длинный, покрашенный голубоватой краской станок неимоверно быстро вращал что-то продолговатое, похожее на небольшой валик. Вокруг валика дрожала, отслаиваясь, ровная стружка, что-то поскрипывало и лилась из краника мутная, остро пахнущая жидкость.

Усатый рабочий приветливо рассматривал Марину:

— Интересно?

— Очень, — искренне улыбнулась она. — А что это такое?

— Токарный полуавтомат, — ответил Сергей Николаич, — он обрабатывает стальной валик, который потом разрезается на поршни.

— А вода зачем льется?

— Это не вода, а эмульсия. Она охлаждает резец. Здесь скорость резания большая, резец может сгореть. Чтоб это не случилось — его охлаждают.

— Здорово...

Сзади подошли два рабочих в синих комбинезонах:

— Здравствуйте, Сергей Николаич.

— С добрым утром. Как работается?

— Хорошо. Только Селезнев болеет.

— Мастер?

— Ага.

— А заменяет кто?

— Бахирев, а кто же еще...

— Понятно.

Марина любовалась пляской отслаивающейся стружки. Извиваясь и крутясь, стружка падала на широкую ленту, которая медленно ползла и сваливала ее в просторный ящик.

— Сергей Николаич! — закричал из-за станка полный лысоватый рабочий. — Ты потряс бы Кузовлева, пусть нам еще пару наладчиков подкинут, а то вон фрезерный как стоял, так и стоит! Потом руками разводить начнут!

— А что — сломался? — нахмурился Румянцев.

— Еще вчера. А их недопросишься, бригада Габрамяна заарканила и привет!

— А что ж вы Бахиреву не скажете?

— Так он к ним ходил — отмахиваются и все.

— Ладно, я разберусь.

Марина осторожно шла по цеху, разглядывая станки.

— Что, дочка, подмогнуть пришла? — улыбнулась ей полная розовощекая женщина, ловко вынимающая из лап станка обработанную деталь и вставляя новую.

Марина подошла ближе.

— На практику? — еще шире улыбнулась женщина, пуская станок.

— Да нет. Я просто так, — пробормотала Марина.

— Я уж думала — студенты. Только они ведь обычно летом приходят.

— Я не студентка, — рассмеялась Марина и добавила. — Какой хороший завод у вас.

— Да. Завод хороший, — с гордостью согласилась женщина. — Хоть и небольшой, а передовой. А цех наш — образцовый. Лучший цех. Видишь — светлый какой, любо-дорого здесь работать.

— Да. Здесь мило, — вздохнула Марина.

Солнце уже взошло, длинные лучи протянулись от высоких больших окон, упали на станки и рабочих, смешиваясь с холодноватым неоновым светом.

Подошел Сергей Николаич.

— Товарищу Румянцеву привет! — улыбнулась женщина.

— Здравствуй, Зиночка, здравствуй. Вы уже знакомы?

— Да... то есть... нет... — забормотала Марина.

Но работница просто протянула ей руку:

— Зина Космачева.

— Марина Алексеева, — пожала руку Марина.

— Вон на том станке я работал, — показал пальцем Сергей Николаич. — Правда, его обновили, мой старого выпуска был. Но операция та же. Пошли покажу.

Они двинулись меж рядов и свернули к двум одинаковым станкам.

Один пустовал, за другим работал молодой коренастый парень.

— Здрасьте, Сергей Николаич.

— Здравствуй, Володя. Как работается?

— Спасибо, хорошо. Что-то редко заходить стали к нам, — улыбнулся парень, подвозя поближе тележку с необработанными еще деталями.

— А что ж вы без меня пропадете? У вас свое начальство есть.

— Начальство-начальством, а вы уж не забывайте, — парень склонился над станком.

— Не бойся, не покину, — пошутил Сергей Николаич и подвел Марину к свободному. — Это расточный станок чешского производства. Очень путевая машина.

Он любовно похлопал станок ладонью.

— Помнишь, мы в литейке были?

— Помню.

— Там корпуса льют, а в этом цехе их обрабатывают, делают другие детали и собирают все вооон там, в сборочном.

— А почему этот станок не работает? — спросила Марина, с интересом разглядывая необыкновенную машину.

— Он-то работает, да рабочего нет.

— Почему?

— Рук не хватает. Работал тут один, да ушел потом. Так что теперь Володька за двоих пашет.

— Тяжело ему?

— Ничего, он парень крепкий. Тем более платят у нас сдельно. Не жалуется. Ну что... тряхнуть стариной, что ли?

Сергей Николаич быстро снял пиджак, передал Марине:

— Ну-ка, подержи...

Она приняла этот пахнущий табаком и мужчиной пиджак, повесила на руку.

— Ну! Сергей Николаич! Теперь живем! — задорно подмигнул Володя.

Румянцев засучил рукава, нажал красную кнопку и рывком придвинул к себе одну из переполненных заготовками тележек.

Подхватив деталь, он одел ее на два штырька, повернул рычажок. Металлические лапы намертво прижали, рука повернула другой рычажок. Ожили два валика, завертелись и двинулись. Вскоре они коснулись детали, послышалось шипение разрезаемого металла, на брезентовую ленту посыпалась мелкая стружка.

Через минуту Сергей Николаич заменил деталь и снова резцы с жадностью врезались в нее.

Марина смотрела, затаив дыхание.

Его мускулистые смуглые руки с каждым новым движением обретали изумительную ловкость и проворство, детали послушно одевались на штырьки, рычажки мгновенно поворачивались, резцы яростно крутились, стружки струйками сыпались из-под них.

Руки, крепкие мужские руки... Как все получалось у них! Как свободно обращались они с грозной машиной, легко и уверенно направляя ее мощь.

Лоб его покрылся испариной, губы сосредоточенно сжались, глаза неотрывно следили за станком.

Марина смотрела, забыв про все на свете.

Ее сердце радостно билось, кровь прилила к щекам, губы раскрылись.

Перед ней происходило что-то очень важное, она чувствовала это всем существом.

Эти мускулистые решительные руки подробно и обстоятельно рассказывали ей то, что не успел или не сумел рассказать сам Сергей Николаич. Монолог их был прост, ясен и поразителен.

Марина поняла суть своим сердцем, подалась вперед, чтобы не пропустить ни мгновения из чудесного танца созидания.

А танец длился и длился, груда обработанных корпусов росла, казалось она займет все пространство вокруг станка, но вдруг, сняв последний корпус, руки нажали черную кнопку, гудение оборвалось, резцы стали крутиться медленней, а когда остановились, Марина подняла голову и удивленно вздрогнула: станок со всех сторон окружали люди.

Все они смотрели на Румянцева.

— Все... — устало выдохнул он, тяжело дыша и вытирая пот со лба тыльной стороной ладони.

— Ну, ты герой, Сергей Николаич! — нарушил тишину пожилой седовласый человек в элегантном сером костюме и, улыбаясь, захлопал в ладоши. — Вот как работать надо, товарищи!

Все оживленно зааплодировали, только Марина, как завороженная, смотрела на груду деталей.

Румянцев вытер руки протянутой кем-то тряпкой и взял у Марины пиджак.

— Забрали у нас такого парня! — смеясь, обратилась к седовласому Зина. — Он бы нам один полплана дал!

— Это кто ж забрал-то?! — по-петушиному тряхнул головой седовласый. — Сами выбрали секретарем! А то забрали! Раньше думать надо было!

Обступившие их рабочие засмеялись еще сильнее.

Седой хлопнул Сергея Николаича по плечу:

— За таким секретарем — в огонь и в воду! Молодец!

Сергей Николаич примирительно поднял руки:

— Валентин Андреич, не сглазь. Да и я... я ведь просто, чтобы человеку показать как станок работает. Кстати, познакомьтесь: Марина Алексеева. Первый раз у нас на заводе.

Все повернулись к Марине, а седой протянул свою сухонькую, но крепкую руку:

— Черкасов Валентин Андреич. Главный инженер завода.

— Марина...

— А по-батюшке?

— Ивановна.

— Совсем хорошо! — улыбнулся Черкасов и быстро спросил, — Просто полюбопытствовать пришли?

Она замялась:

— Я... я вообще-то...

Все кругом смотрели на нее.

Она глянула в глаза Сергея Николаича, он ответил сосредоточенным серьезным взглядом.

Сдерживая внезапно охватившую ее дрожь, Марина набрала а легкие побольше воздуха и выдохнула:

— Я хочу работать на этом станке.

Черные глаза Черкасова потеплели, вокруг них собрались мелкие морщинки:

— Вот это деловой разговор! Молодежь нам во как нужна! Раньше где работали?

— Я... в студии...

— Значит на заводе первый раз?

— Да.

— Образование?

— Среднее. Среднее специальное.

— Так. Ну, что ж, оформляйтесь.

Улыбнувшись, он снова крепко пожал ей руку:

— Желаю успеха, Марина Ивановна! Сергей Николаич, я пойду, там на планерке поговорим...

Пружинистой походкой он направился к выходу.

Все оживленно обступили Марину:

— Ну вот, женского пола прибыло!

— Теперь мы всех перегоним, правда, Лен?

— С такими красавицами как не перегнать!

— Ну, мужики, держитесь!

Сергей Николаич улыбнулся Марине:

— Пошли оформляться?

— Оформляться? — торопливо переспросила раскрасневшаяся, блестящая влажными глазами Марина, и тут же добавила, — а может, может я сразу начну?

— Прямо сейчас?

— А что такого. Все равно у меня трудовая книжка в студии...

— Да конечно, пусть начинает! — хлопнула ее по плечу смуглая невысокая девушка. — Что с бумажками возиться! Зин, возьми у Кузьминичны комбинезон новый, рукавицы и очки. В нашей бригаде работать будешь.

Розовощекая Зина пошла за комбинезоном.

— А действительно, становись-ка прямо сейчас, — согласился Румянцев, — а я в отделе кадров все улажу. Потом трудовую привезешь им. У тебя паспорт где?

— В плаще там остался.

— Ладно. Я возьму. Вот — Лена Туруханова, твой бригадир, — повернулся он к смуглой девушке: — Бригада у нее комсомольская, отличная. Записывай, Лена, в свою бригаду товарища Алексееву, учи уму-разуму.

— Научим, Сергей Николаич, научим! — засмеялась девушка.

— А теперь — по местам, товарищи! — громко проговорил Румянцев и махнул рукой Марине. — В обед увидимся. Осваивайся...

Минут через пятнадцать, затянутая в новенький синий комбинезон, повязавшая волосы такой же синей косынкой, опустившая на глаза большие защитные очки, Марина осторожно одела на штырьки свою первую деталь, повернула один рычажок, потом другой и, затаив дыхание, замерла.

Ожившие резцы с шипением вошли в корпус, сероватая стружка посыпалась на ленту.

Пройдя корпус насквозь, резцы отошли в первоначальное положение.

Марина повернула другой рычажок и сняла деталь.

— Поздравляю! — улыбнулся стоявший рядом мастер.

— Спасибо, — радостно ответила она, рассматривая два сверкающих отверстия в корпусе.

— Клади их прямо вон на ту тележку, — показал Соколов. — Как наполнится — у тебя Витя заберет.

Марина кивнула.

— Ну как, получается? — крикнул из-за станка Володя.

— Она скоро тебя перегонит, — ответил ему мастер и наклонился к Марине. — Главное — не спеши. Пообвыкни, приладься к станку. И за Володькой не гонись, он тут пятый год работает. Если сначала по сто за смену будешь делать — и то хорошо.

— А какая норма? — спросила Марина, поворачивая рычажок.

— Триста пятьдесят.

— А Володя сколько делает?

— Пятьсот.

Марина удивленно покачала головой.

— Не удивляйся, — успокоил ее Соколов, подвозя поближе тележку, — Сергей Николаич когда у нас работал — шестьсот выдавал. Да и я в свое время от него не отставал. На пару работали. Так что — освоишься — наверстаешь.

Искоса Марина следила за уверенными Володиными движениями.

Его руки все делали мгновенно — детали и рычажки мелькали в них.

Сняв корпус, она закрепила новый.

— Если что — я рядом, — проговорил Соколов. — И, повторяю, не торопись. Спешка на первых порах — не помощник...

Он пошел к другим станкам, а Марина продолжала работать.

Вначале ей все казалось простым и легким — заменяй побыстрее детали — и все. Но в один момент она забыла закрепить корпус и от прикосновения резцов он сорвался вниз. В другой раз зацепила коленом за рычаг возврата и резцы, не обработав до конца отверстия, отошли назад.

Потом ей стала мешать правая рукавица — при закреплении детали она задевала острый угол.

Вскоре у Марины заболела спина и появилась усталость в руках — корпусы стали казаться тяжелыми, непослушными. Им так не хотелось одеваться на штырьки, прижиматься металлическими лапами и пропускать сквозь себя воющие резцы.

Неожиданно по цеху поплыл мягкий продолжительный сигнал.

Марина подняла глаза: часы над входом показывали двенадцать.

— Как дела? — раздался рядом веселый голос Лены-бригадирши.

Марина остановила станок, повернулась:

— Стараемся...

— Получается?

— Вроде...

— Сколько успела сделать?

— Не знаю.

— Давай-ка посчитаем...

Лена наклонилась над тележкой и ее маленькие проворные пальцы забегали по деталям:

— Пять... десять... пятнадцать... Сорок шесть.

— Как? Всего сорок шесть? — растерянно смотрела Марина.

— Нормально, — решительно успокоила ее Лена. — Ты ведь первый раз вообще на заводе, да?

— Да...

— Молодцом. Я когда пришла сюда — станок запорола. На меня мастер знаешь как кричал! А ты вон как приноровилась.

— Да мало ведь. Володя наверно сотни три уж сделал.

— Володя! Так он тут уж который год. А ты — полдня. Ладно, смети стружку и пошли обедать... или, дай-ка я смету.

Лена сняла с гвоздика металлическую щетку и быстро-быстро очистила станок.

Подошел Соколов:

— Ух ты. Полная тележка. Славно.

— Чего ж славного? — усмехнулась Марина, поправляя съехавшую косынку. — Всего сорок шесть.

— Нормально. Для начала, я говорю, сотню за смену сделаешь — и то хорошо. Быстро ничего не дается. Лен, как у Зины подача, в норме?

— Все в порядке, Иван Михалыч. Отремонтировали.

— Лады. Шестой не барахлит?

— Нет.

— Если что — я после обеда в инструменталке.

— Хорошо.

— Ну, идите, а то щи простынут, — улыбнулся он.

— Пошли! — Лена взяла Марину за руку и они двинулись к выходу.

Столовая ЗМК была просторной и светлой, с красивыми деревянными панно и аккуратными красными столами.

На всех столах уже стояли широкие алюминиевые бачки с комплексными обедами.

Здесь вкусно пахло борщем и было по-семейному оживленно.

— Вооон наши сидят, — показала Лена.

Они прошли меж занятых столиков и оказались возле большого стола, за которым уместилась вся бригада Лены Турухановой.

— Вот и красавицы наши, — поднял голову от тарелки тот самый полный лысоватый рабочий, — Руки мыли?

— Мыли, Сергеич, мыли! — весело хлопнула в ладоши Лена. — А ты мыл?

— А как же! Чистота — залог здоровья. Садитесь. Зин, ну-ка посмотри — мы борщ не весь съели?

— Ой, весь! — притворно испугалась Зина, заглядывая в бачок.

— Я вам покажу — весь! — засмеялась Лена, садясь и подавая Зине две пустые тарелки.

Вскоре они с аппетитом ели густой, ароматный, переливающийся блестками борщ.

Володя, тем временем, придвинул к Зине бачки с котлетами и пюре:

— Раскладывай, Зинуль.

Зина принялась наполнять тарелки.

Рядом с Мариной сидел пожилой рабочий с большими белыми усами. Он ел не торопясь, ложка аккуратно черпала борщ, белые усы равномерно двигались.

Марине понравились его крепкие рабочие руки, спокойные умные глаза и такое же спокойное лицо с правильными чертами лица. Он чем-то походил на одного актера, который играл кадровых рабочих во многих советских фильмах.

Заметив изучающий взгляд Марины, он улыбнулся и спросил:

— Ну как, дочка, нравится у нас?

— Нравится, — ответила Марина, отламывая хлеба.

Он уверенным движением отправил в рот ложку, пожевал усами, кивнул:

— У нас хорошо. Вот столовая — любо-дорого... Вкусный борщ?

— Очень.

— Вот. А вчера рассольник еще вкуснее был. Ешь...

Марина склонилась над тарелкой.

Ей показалось, что она ест очень быстро, но бригада обогнала ее, — переговариваясь, они уже пили густой компот, в то время как Марина клала себе в тарелку пюре с двумя толстыми котлетами.

— Догоняй, Марин! — улыбнулась Лена, вылавливая ложечкой крупную ягоду.

— Я так быстро не умею.

— А ты привыкай, — откликнулся с другого конца стола Володя.

— Дайте человеку спокойно поесть, — перебил их Сергеич.

— И то верно, Миш, — поднял голову усатый рабочий. — Кто спешит — тот поперхнется. Правда?

— Правда, Петрович.

Марина разломила котлету вилкой. Она показалась необычайно вкусной.

— У нас, дочка, люди хорошие, — сказал седоусый Петрович, отодвигая пустую тарелку и осторожно прихлебывая компот, — позубоскалить любят, на то и молодежь. А в остальном — ребята что надо.

— Я уже заметила.

— В таком коллективе работать — одно удовольствие. Я вон четвертый десяток на заводах, так что, верь...

— Петрович, а чего ты котлеты не ешь? — спросил Володя, вытирая губы салфеткой.

— А мне, Володенька, пора вегетарьянцем становиться.

— Как Лев Толстой, что ль?

— Почти. Но он-то — от ума им стал, а мне — доктора прописывают. Лучше кефир с компотом, говорят, чем кура с гусем.

Все засмеялись.

— Не смейтесь, — улыбнулся Петрович. — Придет время и вам пропишут. Вспомните тогда Ивана Петровича.

— Вспомним, Петрович, вспомним, — проговорил Сергеич, вставая. — Приятного аппетита.

— Спасибочко.

Постепенно из-за стола ушла вся бригада, остались Марина с Иваном Петровичем.

— Завод — это дело особенное, — медленно прихлебывая компот, говорил он, — а главное — почетное.
Ведь ежели разобраться — вся жизнь человеческая на
этих вот железках держится — машины, трактора, самолеты, кастрюли, холодильники. Это все мы делаем —
рабочие. Без нас — ни пахать, ни сеять. Даже поесть —
и то ложка нужна! Да...

Он помолчал, вытирая усы салфеткой, потом вздохнул, глядя куда-то вперед, затем добавил:

— Я ведь, Марина, в деревне родился. Было нас у ма-
тушки двенадцать душ. А времена-то будь здоров. Голод. Кулачье зерно попрятало, из обреза норовит сада-
нуть. Колхозы только-только становятся. Хлеба нет. А
батьку на гражданской беляки убили. Зарубили под Ца-
рицыным. И поехал я в город, чтоб лишним ртом не
быть. На завод устроился. Не получалось сначала. Мы
же лаптем щи хлебали, ничего окромя косы не видали.
А тут — паровой молот, шестерни, лебедки. Но — освоился. Потом — армия. И снова завод. А после — война. Только мне повоевать мало пришлось — под Москвой ранило в голову, полтора года по госпиталям про-
валялся. Еле выжил. Списали, что называется, вчистую.
И снова на завод. Снаряды точили...

Он помолчал, потом заговорил опять:

— Вот тут недавно в гостях были у одних. Так, люди
ничего вроде, но и не шибко знакомые — жены вместе
когда-то работали. Выпили, разговорились. Ну и начал
он хвалиться — мол нашел себе теплое местечко, работа не пыльная, а деньжата приличные. И знаешь где? В
церкви. Паникадила какие-то точит. А раньше на «Бор-
це» работал. Хорошим токарем был... Ушли мы поздно
вечером, дома спать легли, а Стеша и говорит: вот, мол,

как ловкачи теперь устраиваются. И деньги, говорит,
бешеные... А я усмехнулся, да ничего и не сказал. Не
ловкач он, а просто дурак. Он работу на халтуру проме-
нял, значит не рабочий он, а халтурщик. Его халтура —
только народу вредить помогает, глаза залеплять, а моя
работа — на помощь, на благо. Я когда за станок утром
становлюсь — всегда нашу деревню вспоминаю. Как
жили плохо! Гвоздя не было лишнего. Кобылу подко-
вать — полмешка ржи. Потому что сталь — в редкость
была. А теперь? У всех машины, телевизоры, магнито-
фоны. А почему? Да потому что мы с тобой за станком
стоим. Вот почему!

Он встал, улыбнулся ей своими добрыми прищурен-
ными глазами и пошел к выходу.

Забыв про компот, Марина проводила его фигуру долгим взглядом.

«Как все просто! — поразилась она. — Ведь действительно все держится на этом человеке. На простом рабочем. На его мозолистых руках...»

— Потому что мы с тобой за станком стоим... — прошептала она и вздрогнула. — Мы? Значит и я! Я тоже?!

Она посмотрела на свои руки.

«Значит и эти руки что-то могут? Не только давить
на клитор, опрокидывать рюмки и воровать масло?»

Слезы задрожали у нее в глазах, столовая расплы-
лась, но вдруг рядом раздался знакомый бодрый голос:

— А что ж ты в одиночестве обедаешь?

Она подняла голову.

На соседний стул опустился Сергей Николаич:

— Постой... постой... это что такое?

Он озабоченно заглянул ей в лицо:

— Ты что? Не понравилось? Обидели?

Улыбаясь и быстро вытирая слезы, Марина замотала головой:

— Нет, нет, ну что ты. Все очень хорошо. Это я просто так...

— Ну, серьезно, ты скажи... — опять начал он, придвигаясь ближе, но Марина успокаивающе положила свою руку на его:

— Это я так, Сережа. Я... сегодня поняла, что еще что-то могу...

— Аааа... — облегченно вздохнул он и, улыбнувшись, налил себе полную тарелку борща. — Тогда понятно. Если так, то я рад за тебя. А можешь ты не что-то, а очень-очень много. Запомни...

Разломив хлеб, он стал быстро есть борщ.

— Бригада замечательная, — продолжала Марина, глядя как ритмично двигаются его рельефные скулы. — Такие хорошие люди.

— Бригада что надо, — пробормотал он, не поднимая головы. — Одна из лучших. Кстати, в отделе кадров я договорился. Ты теперь — расточник. Пропуск у меня. Трудовую принесешь им на днях. В общем ты теперь наша.

— Правда?! — вскрикнула Марина, заставив оглянуться людей за соседними столиками.

— Правда, правда, — усмехнулся он. — Только не кричи так, а то все подавятся.

— И что... и я теперь — рабочая?!

— Да, да...

Марина быстро наклонилась к нему и поцеловала в щеку.

Он оторопело отпрянул, засмеялся:

— Ты что... я же семейный человек... ну, ты даешь!

Она, не слушая его, покачала головой, вытерла слезы:

— Господи, как все хорошо...

Сергей Николаич отодвинул пустую тарелку:

— Только давай без «господи»...

— Конечно... — тихо улыбнулась она, глядя в широкое, залитое весенним солнцем окно столовой.

После обеда Марина работала так самозабвенно и старательно, что когда цеховские часы показали пять, она
страшно удивилась мгновенно пролетевшему времени.

Стало очень жалко прерываться, только что войдя во
вкус и почувствовав станок.

Вздохнув, она нажала черную кнопку.

Володя уже обметал щеткой свой станок.

— Молодцом! — громко проговорил он, когда шум
стих. — Работала по-ударному.

— Смеешься, — пробормотала Марина.

— Какой тут смех. Здорово работала.

Сзади подошел Соколов, дружески коснулся плеча:

— Как дела?

— Да вроде ничего...

— Ничего — пустое место. Сколько успела?

— Сейчас посчитаю.

Марина принялась считать уложенные рядами детали.
Их оказалось семьдесят две.

— И до обеда сколько? — спросил он.

— Сорок шесть.

Вынимая из кармана потертую книжицу, он удивленно качнул головой:

— Ух ты! Сто восемнадцать значит?

— Да. Сто восемнадцать.

— А не загибаешь? — лукаво усмехнулся он.

— Ну что вы... — засмеялась Марина, — вон Володя подтвердит.

— Да шучу, шучу, — он стал записывать цифры в книжечку. — Молодец. Я думал ты до ста не вытянешь. Объявляю устную благодарность. Обмети станок, и — до завтра, Марина Ивановна.

Марина сняла щетку с гвоздя.

Мимо прошел Сергеич, дружески помахал рукой.

— Салют стахановцу, — поднял сжатый кулак Соколов.

Марина обмела станок и повесила щетку на место.

Подбежала Лена:

— Приветик! Сколько сделала?

— Всего — сто восемнадцать.

— Ну, ты герой! Иван Михалыч, вы мне завтра дайте новые очки, у моих ленточка лопнула.

— А ты что — зашить не можешь, егоза? — он повертел в руках защитные очки. — Тут трехминутное дело — зашить! Не выбрасывать же их.

— А нитка с иголкой?

— Принеси завтра и зашей.

— Ладно. Уговорили, — засмеялась она, схватила Марину за руку. — Пошли в душ! До свидания, Иван Михалыч! Володька, до завтра!

Весело смеясь, они побежали по коридору.

Душевая находилась прямо в раздевалке, — уютные, отгороженные цветным пластиком кабины были полны плещущихся, громко переговаривающихся женщин.

Марина вспомнила про маленький ключик, переданный ей в столовой Румянцевым вместе с пропуском, нашарила его в кармане комбинезона.

— У тебя какой номер шкафчика? — спросила Лена.

— Двести семьдесят третий.

— Почти рядом. Раздевайся, пошли водные процедуры принимать!

Вскоре они уже стояли в двух смежных кабинах под весело шипящими струями.

— Видишь, как уютненько у нас! — бормотала Лена, потряхивая мокрыми волосами. — Ты не бойся, мочи голову, у меня тут фен есть.

Марина с наслаждением подставляла лицо и плечи под струю:

— Как здорово. Не помню когда последний раз вот в таком душе была.

— А дома у тебя нет что ли?

— Ванна.

— Аааа. Ванна — это не по-нашенски. То ли дело — душ. У нас в общаге тоже есть душевые. Знаешь, как напряжение снимает...

— Ты в общежитии живешь?

— Ага. Я сама из Кировской области.

— Нравится здесь?

— Еще бы! Москва. И завод отличный. Одно удовольствие работать.

Когда они, стоя на Ленином губчатом коврике, вытирались пушистым махровым полотенцем, Лена спросила:

— Марин, а ты комсомолка?

— Да нет. Я уж выросла, — покраснела Марина.

— Ну, ничего. А ты не хочешь нам помочь стенгазету оформить?

— С удовольствием. А где вы оформлять будете?

— Да у нас в общежитии. А повесим завтра на заводе. Знаешь, у нас такие материалы злободневные — зачитаешься!

— А как называется стенгазета?

— «За ударный труд».

— Хорошее название, — Марина откинула свои роскошные волосы назад.

— Ты прямо русалка!

— Да ну... одна волокита с ними... стричься надо...

Рядом переодевались другие женщины. Раздевалка напоминала дружный, оживленно гудящий улей.

Подошла высокая девушка, уже переодевшаяся и застегивающая красивое кожаное пальто:

— Ну что, красавицы, будет завтра газета?

— Будет, будет, Зиночка! — замахала руками Лена. — Готовься к своей конференции, не беспокойся. Завтра повесим.

— Ну, не подведите. Перед литейщиками в грязь лицом чтобы не ударить.

— Не ударим. Ты с Мариной знакома?

— Почти, — улыбнулась девушка и протянула руку: — Зинаида Беркутова. Член бюро комсомола.

— Марина Алексеева.

— Ты еще комсомолка?

— К сожалению — нет. Но я хотела бы вам помочь.

— Это очень хорошо. Помоги девочкам. Я, к сожалению, не могу — скоро районная конференция, а мне доклад готовить.

— Зиночка, ну что ты оправдываешься! — воскликнула Лена. — Пиши доклад и ни о чем не беспокойся. Завтра будет газета.

— Ну, хорошо, — улыбнулась Зина, помахала девушкам и двинулась к двери. — Пока! До завтра.

Марина быстро натянула брюки, Лена надела свое голубенькое шерстяное платье, завязала пояс:

— Девчонка, что надо. Она в бюро по сектору печати. Ты еще нашего секретаря не видела — отличный парень. Петя Холмогоров. Он раньше на сборке работал, теперь — в литейный перешел. Ударник комтруда. А весельчак — удержу нет! Мы летом в поход двумя бригадами ходили — в Горки Ленинские. Так он так на гитаре играет, столько песен хороших знает!

Лена достала из своего шкафчика фен, протянула Марине:

— Там у раковин — розетка. Посушись, потом я...

Общежитие стояло совсем рядом — три остановки на трамвае, весело позванивающем на поворотах.

Пятиэтажный дом приветливо распахнул свои стеклянные двери.

Комната, где жила Лена, находилась на втором этаже.

В ней уже оживленно сгрудились над двумя склеенными листами ватмана три девушки.

— Привет работникам печати! — крикнула Лена, открывая дверь. — Проходи, Марин... Познакомьтесь, девочки: Марина Алексеева, будет работать у нас в цехе. Сегодня первый день на заводе.

Девушки подняли головы, подошли к Марине:

— Зоя.

— Таня.

— Оля. Да мы ее видели...

Марина пожала их слегка запачканные гуашью руки.

— Девчонки, только мы страшно голодные... — Лена стала быстро раздеваться. — Сделали что-нибудь?

— Заголовок написали, — проговорила Оля, поправляя очки, — и Зойка текст отпечатала.

— Хорошо... Марин, вешай сюда...

— Там рыба жареная, чебуреки и чай, — кивнула Таня на стол.

— Живем! — засмеялась Лена. — Иди сюда, Марин.

Они сели за небольшой, но уютный столик, Лена поставила посередине еще теплую сковороду с рыбой, по-
лила томатным соусом:

— Навались!

Ужин после полноценного рабочего дня показался
Марине необычайно вкусным. Поглядывая на спорую
работу девушек, она съела хрустящую рыбу, два сочных
чебурека и выпила большую кружку чая со сгущенным
молоком.

Лена и на этот раз оказалась проворней: Марина
еще допивала чай, а она уже клеила на ватман резиновым клеем листки машинописи, бойко советуя девушкам:

— Танюш, начинай рисовать! Оля, дай мне кисточку.
Зоечка, там гуашь найди красную...

Марина вспомнила, что когда-то неплохо рисовала, в
школе у нее по рисованию были одни пятерки.

Она подошла к девушкам:

— Давайте я что-нибудь порисую.

— А ты умеешь? — спросила Оля, намазывая страницу клеем.

— Немного... А чему газета посвящена?

— Всесоюзному коммунистическому субботнику.

— Но он же еще не скоро...

— Ну и что? Мы две газеты выпустим. Одну до субботника, а другую сразу после.

— Интересно...

— Еще бы. Это все Зина придумала. Она у нас — голова.

Лена на минуту задумалась, потом быстро заговорила, склонившись над газетой:

— Девочки, а что если вот здесь справа нарисовать наш цех?

— Весь?

— Ну, зачем весь. Просто вид с прохода. Так вот, станки в даль уходят...

— А что, это идея. Газета-то механиков.

— А кто рисовать будет? Я не умею.

— Да и я не сильна в рисовании, — проговорила Таня.

— Может я попробую? — робко предложила Марина.

— А ты помнишь цех-то?

— Да. У меня зрительная память хорошая.

— Ну что ж, твори! — Лена передала ей кисть, подвинула поближе краски.

Марина опустила кисточку в банку с водой, вымыла и стала рисовать.

Во втором часу ночи стенгазету торжественно прикнопили к стене над кроватью Тани.

Лена на губах сыграла туш.

Остальные девушки, рассматривая плод своего труда, устало опустились на кровать:

— Все...

— А здорово как, девочки! Теперь сборщики язык прикусят! А то их Харлампиев говорит, мол, у механиков стенная печать оставляет желать лучшего.

— Сам он оставляет желать лучшего! У них в бригаде на прошлой неделе два прогула было...

— А Маринка как нарисовала здорово! — качала головой Лена.

— Нравится? — спросила Марина, спуская засученные рукава водолазки.

— Очень. Прямо как на плакате.

— А мне кажется, что не очень... — пожала плечами Марина.

— Да ты что! — хором перебили ее девушки. — У нас так никто не умеет!

— Вообще тебя надо в редколлегию включать! — серьезно продолжала Таня.

— Обязательно! — подхватила Лена, — На следующем бюро и примем.

— Ой, девчонки, завтра повесим, всех наповал!

— Колькина заметка хорошая...

— Про домино?

— Ага. С прогульщиками и волынщиками церемониться нечего.

— Точно.

— И ты, Тань, молодец. Как про семинскую бригаду хорошо написала...

— Виктор Тимофеич обрадуется.

— У него юбилей ведь скоро.

— Да.

— Девочки, надо Свету позвать посмотреть!

— А не поздно? У нее ребенок спит...

— Да ничего. Она ведь все равно к нему встает. Надо позвать. А то обидится...

Лена выбежала из комнаты и вскоре вернулась с миловидной девушкой в голубом халате.

Девушка сонно щурилась, но когда заметила висящую на стене газету, глаза ее радостно заблестели:

— Ой, красота какая!

— Вот, Свет, полюбуйся! — гордо тряхнула головой Лена.

— Девочки... — восхищенно протянула Света, — неужели это вы сделали?

— Мы. А кто же? Вот Марина цех нарисовала. Похож?

— Очень.

— Видишь на что механики способны?

— Вижу. Молодцы вы какие... А почитать можно?

— Спрашиваешь! Читай на здоровье...

Света подошла и принялась с интересом читать заметки.

— Полвторого уже? — удивленно посмотрела Марина на будильник.

— А ты у нас оставайся, куда тебе спешить. Вон у Светы койка свободная, муж уехал.

— Правда, правда, — обернулась Света. — Оставайся, а то нам с Мишуткой знаешь скучно как.

— Хорошо... — устало улыбнулась Марина.

Девушки стали готовиться ко сну, а Света читала заметки, радостно улыбаясь и качая головой.

— Ой, девочки, чуть не забыла! — вскрикнула Лена. — Мне ж иголку с ниткой взять надо...

— У меня в тумбочке возьми...

— Спасибо.

— Девочки, я недавно такой фильм хороший посмотрела.

— Хороший?

— Ага. «Здесь рождается ветер».

— А про что?

— Там о том, как ребята всем классом на целину поехали. Здорово! Представляете — степь, небо голубое, трактора! Романтика! Там любовь такая — я чуть не обревелась вся. Она в горкоме комсомола работает, а он только что десятилетку окончил. Но ее давно любит тракторист-инструктор. И вот у них треугольник...

— Ну и дальше что?

— А дальше вот что. Она уезжает в геологическую партию.

— Почему?

— Не может больше, как она говорит — «с бумажками возиться».

— А они — за ней?

— Нет. Они остаются.

— И все? Ну, это неинтересно. Я думала она выйдет за кого-то из них, а другой ее по-прежнему любить будет...

— Мещанка ты, Оль. Извини, но мещанка.

— А что такого? Плохо разве — семью завести?

— Человек решил себя в трудных условиях испытать, а ты — семью!

— Между прочим, детей растить — тоже профессия. И не простая.

— Ха-ха-ха! Вот и сиди дома с пеленками. Человек трудом славен и общественной работой!

— Девочки, не ссорьтесь, — улыбнулась Света, — в жизни все бывает. А только я думаю, советская женщина должна все успевать — и матерью быть настоящей и общественно полезным трудом заниматься.

— Светка права, — согласилась Таня, забираясь под одеяло. — На то мы и женщины, чтобы все успевать. Давайте спать, девчат...

— Давайте...

— Оль, будильник завела?

— Завела.

Света внимательно читала газету:

— Правильно... так с ними и надо... а то, чуть что — сразу перекур, да перекур...

— Хорошо он о филонщиках, правда? — зевая, спросила Лена.

— Да. Нужная заметка.

— О дружинниках прочла?

— Прочла. Хорошо написано... только...

— Что — только?

— Только самокритики маловато. Я слышала, что некоторые в цехе халатно к дежурствам относятся.

— Что ж, по-твоему, Витя недостаточно самокритичен?

— Витя — не знаю, а вот Малышев, Зотов — эти о себе в розовом свете пишут. А мне Володя про их дежурства совсем другое рассказывал...

Лена задумалась, потом вздохнула:

— Надо будет с Сергеем Сергеичем посоветоваться.

Света отошла, издали любуясь газетой:

— Но в целом — всем вам по пятерке, девчата.

— Спасибо. А Марине — пять с плюсом!

— Ну уж прямо... — улыбнулась Марина.

— Спать, спать, девочки, завтра не встанем...

— Спокойной ночи...

— Спокойной ночи.

— Пошли, Марин, — кивнула Света.

Комната Светы была такой же большой и просторной, но в отличие от других, здесь было видно, что живет семья: в углу стояла детская решетчатая кроватка, в другом — стиральная машина, на столе лежала стопка глаженых пеленок, стояли бутылочки, лежали игрушки.

Пока Света кормила грудью проснувшегося малыша, Марина быстро разделась, юркнула под тяжелое одеяло и с облегчением вытянулась:

— Ой... ну и денек...

— Горячий? — шепотом спросила Света, пригнувшись к Мишке.

— Да. Первый день мой. Мой настоящий первый день.

— Как это?

— Да вот так. Понимаешь... как бы объяснить тебе... Я раньше не жила, а просто существовала. Как растение какое-то. А сегодня я чувствую, что живу. Сознательно живу. А не существую...

— Интересно... А ты замужняя?

— Нет.

— И не была?

— Нет.

Кивнув головой, Света замолчала.

Слипающимися глазами Марина видела как она заботливо поглаживает маленькую головку припавшего к груди ребенка.

— Ты счастлива? — тихо спросила она.

Света улыбнулась и молча кивнула.

— А муж где?

— Он в Венгрию уехал с зам. главного технолога. На два месяца. Они новую технологию привезти должны. Мы тогда автоматическую линию построим. Она будет поршни изготовлять. Представляешь, сколько рабочих рук освободится?

— Много?

— Еще бы. Человек четыреста.

— Здорово!

Помолчали немного.

Потом Марина спросила:

— Скучаешь по мужу?

— Очень. Каждый вечер жду. Думаю, вот-вот дверь распахнется и войдет Володя мой...

Света положила сонно причмокивающего Мишку в кроватку, накрыла и стала раздеваться:

— Я-то сама в декретном. А раньше я тоже в механическом работала, на шлифовке. И буду работать, когда Мишка в ясли пойдет.

— Конечно будешь, — пробормотала Марина, чувствуя, что засыпает.

Света погасила свет, легла и проговорила в темноте:

— Спокойной ночи.

Но Марина уже не слышала...

Она проснулась от настойчивого шепота Лены:

— Марин! Марина! Вставай, мы уже завтракаем!

Марина открыла глаза, подняла голову:

— А который час?

— Четверть седьмого. Вставай.

— Ой... что ж вы меня не разбудили...

— Тихо, тихо. Светка с Мишкой спят...

Лена бесшумно выскользнула из комнаты.

Марина быстро встала, оделась, застелила постель и вышла.

В комнате у девушек горел свет, все сидели за столом и оживленно завтракали.

Стоящий на подоконнике приемник передавал бодрую веселую музыку.

— С добрым утром, — приветствовала их Марина.

— С добрым утром, — ответили девушки, — умывайся и садись.

Марина подошла к раковине, пустила холодную воду и с наслаждением ополоснула лицо.

Когда она села за стол, перед ней уже стояла тарелка со свежеиспеченными оладьями, обильно политыми айвовым вареньем.

— Когда же вы успели? — пробормотала она, впиваясь зубами в хрустящий оладышек.

— Спать надо меньше, принцесса! — засмеялась Лена.

— Она же вчера больше всех работала, — с улыбкой заступилась Оля, намазывая бутерброд.

Оладьи были очень вкусными.

Таня налила Марине чай во все ту же большую расписную кружку.

— Девочки, а утром газета еще красивее! — оглянулась Лена на стенгазету.

— Точно, — кивнула Оля, — но самой-самой она будет на заводе.

— Правильно...

Марина положила в чай сгущенного молока и принялась запивать оладьи чаем.

— Девчат, давайте сегодня после работы в кино сходим? — предложила Таня, наливая себе вторую чашку.

— А про лекцию забыла? — серьезно спросила Лена.

— Про какую?

— О международном положении.

— Ой, забыла.

— А где будет лекция? — спросила Марина.

— В ДК.

— В ДК? — вздрогнула Марина.

— Да. Пойдешь?

— Не знаю.

— Как так? Обязательно надо пойти. Лектор будет из всесоюзного общества «Знание». Все вместе и пойдем.

Марина доела оладьи, допила чай.

Встали все разом и стали быстро собираться.

Лена открепила стенгазету, скатала ее в рулон и перевязала бечевкой:

— Побежали, девочки! Надо еще успеть повесить...

На этот раз Марина не узнала проходной: вокруг вместо потрескавшегося лежал черный дымящийся асфальт, рядом с воротами стояла стремянка, сидящий на ней рабочий аккуратно красил буквы ЗМК яркой серебрянкой.

— Давно пора! — громко проговорила Лена, проходя мимо.

В ответ рабочий улыбнулся и продолжал водить кисточкой по буквам.

Вместе с подругами Марина опустила свой новенький пропуск в узкую щель вахтерской, прошла через никелированную, весело поскрипывающую вертушку и оказалась в просторном коридоре, по которому шли десятки людей...

В раздевалке она, стремясь ни в чем не отставать от подруг, быстро переоделась, повязала синюю косыночку, опустила в карман комбинезона защитные очки.

— Ну, девочки, побежали! — бодро проговорила Лена, — Идемте вешать.

Они быстро выбежали из шумной раздевалки...

Газету повесили в коридоре на первом этаже рядом со стенгазетой сборщиков «Рубежи трудовой дисциплины».

Едва только Лена ввинтила последнюю кнопку, как толпа рабочих обступила газету:

— Ух ты...

— Вот механики молодцы!

— А что ж вы думали! Мы не хуже вас...

— А цех как красиво дан, смотри...

Осанистый седой рабочий пробежал глазами заметку о борьбе с браком, повернулся к девушкам:

— Молодцы, девчата. Об этом надо писать побольше.

— Мы стараемся.

— Правильно делаете. Тут со всех концов надо — мы на парткоме, вы — в стенной печати, а вместе — на рабочих местах...

Высокая женщина в спецовке читала материал о народной дружине:

— Давно пора... За общественным порядком надо всем следить. Милиции помогать надо, а как же...

Группа молодых рабочих со смехом изучала сатирический раздел «Рашпиль»:

— Сань, гляди, как Петьку протянули!

— С песочком! Молодцы девчата... смотри... «Часто бегает курить, забыв станок остановить. В результате — гонит брак, трудовой цепочке — враг»!

— Здорово! Теперь у него затылок почешется, а то последний завком с него сошел, как с гуся вода... И нарисовали хорошо...

— Такой же лохматый!

— И туфли с каблуками. Стиляга...

— Пойдем ребятам расскажем.

Сзади раздался голос Сергея Николаича:

— Вот ты где! А я тебя ищу.

— Доброе утро, — ответила Марина, улыбаясь. —

Смотри какую мы стенгазету сделали.

— Молодцом! — восхищенно покачал головой Румянцев. — А кто наш цех так изукрасил?

— Это Марина! — ответили девушки.

— Серьезно?

— Абсолютно! — тряхнула головой Лена и подруги расхохотались.

— Срочно включить в ррредколлегию!!! — притворно-грозно прорычал Сергей Николаич, вызвав новый взрыв хохота.

— Это что за смех за десять минут до работы? — послышался рядом бодрый голос главного инженера. — Здравствуй, Сергей Николаич.

— Здравствуй, Валентин Андреич. Вот полюбуйся, какую нам механики стенгазету отковали.

Черкасов удивленно присвистнул:

— Ну, красота...

Подойдя ближе, он стал читать. Румянцев присоединился к нему.

— А вот это верно, — серьезно проговорил Черкасов, многозначительно постучав пальцем по большой статье о предстоящем субботнике. — Готовиться надо не только на словах. Действительно, если б каждый взял обязательство — представляешь, во что бы это суммировалось?

— Еще бы, — потер подбородок Румянцев, — я же это давно предлагал. А проголосовали только за сорок процентов...

— Дааа... конечно, конец квартала, тут план делать надо. Людей понять можно...

— Да что ж мы — слабосильные, что ли?! — возмущенно проговорила Лена. — Неужели десяток лишних деталей трудно сделать?! Знаете, если у вас в паркоме засели волокитчики и перестраховщики, мы, комсомольцы, обратимся в райком партии!

Черкасов успокаивающе похлопал ее по плечу:

— Ладно, ладно, не кипятись. Этот вопрос будет решаться на днях. Не думай, что вы одни печетесь о достойной подготовке к субботнику. Сергей Николаич предлагал то же самое еще полтора месяца назад...

Девушки удивленно посмотрели на сосредоточенно молчащего Румянцева.

— Как... полтора месяца? — спросила Лена.

— Да. Полтора месяца назад, — продолжал Черкасов. — И советовался там, куда вы собираетесь идти — в райкоме партии.

Девушки притихли.

— Извините, Сергей Николаич. Мы не знали... — проговорила Лена.

— Да ну что вы, девушки! — рассмеялся Румянцев. — Это замечательно что вы так по-боевому настроены. Очень хорошо. Я думаю, Валентин Андреич, надо будущее партсобрание сделать открытым. Пусть комсомольцы придут. Вот тогда и поговорим, что называется, — начистоту.

— Правильно, — кивнул Черкасов и посмотрел на часы. — А теперь — по местам. Без пяти семь, а вы еще здесь!

— Ой, бежим, девчата! — крикнула Лена и девушки помчались по пустому коридору.

Черкасов и Румянцев, улыбаясь, смотрели им вслед.

В этот день Марина обработала двести десять корпусов.

Как и прошлый раз, он пролетел очень быстро: не успела как следует разработаться — уже обед, а послеобеденное время пронеслось еще быстрее.

Вся работа прошла благополучно, если не считать непродолжительной остановки станка из-за замены резцов. Но два наладчика трудились споро и через двадцать минут Марина уже крепила очередную деталь.

Мастер, бригадир и смежники остались довольны Мариной.

Даже немногословный Николай Федорович, что работал на сложном револьверном станке в конце цеха, и то подошел к ней, посмотрел и улыбнулся своими лукаво-сердитыми глазами...

Один раз подходил Сергей Николаич, спрашивал про трудности и нравится ли ей здесь. Марина ответила, что трудности преодолимы, а понравилось ей на заводе сразу.

В этот день в обеденный перерыв девочки показали ей красный уголок и зал для собраний, сводили в сборочный цех, который поразил Марину.

После рабочего дня пошли на лекцию о международном положении.

Большой зал ДК с трудом смог вместить всех желающих.

Доклад был очень интересным, обстоятельным и подробным. Молодой широкоплечий докладчик с ежиком рыжеватых волос и красивым фотогеничным лицом говорил живо, серьезно и доходчиво.

Он рассказал собравшимся о сложившейся на сегодняшний день международной обстановке, о внешней политике Советского Союза, а затем более подробно остановился на некоторых особенностях непростой ситуации на Ближнем Востоке.

Зал слушал внимательно.

Под конец докладчик, все так же обстоятельно, ответил на все вопросы, поблагодарил слушателей и обещал приехать через месяц с новой лекцией, чем вызвал аплодисменты.

— Молодец! — шепнула Лена Марине, вставая и громко хлопая в ладоши. — Вот как выступать надо!

Когда стали выходить из зала, Марина отозвала Лену в сторону:

— Понимаешь... мне же трудовую книжку надо забрать...

— Откуда?

— Отсюда. Я здесь раньше работала.

— Ну так пойди и возьми.

— Да неудобно как-то...

— Чего же неудобного?! А ну, пошли вместе! Показывай куда идти!

— Подожди, Лен, может не сейчас, а?

— Пошли, без разговоров! Что это за ложная скромность?! Ты же прирожденная станочница, а дурака валяешь!

Лена крепко взяла ее за руку и повела по коридору.

Марине все здесь было знакомо до мелочей: светло-зеленые стены, высокий потолок, старый паркет под ногами, двери...

— Вон там, — шепнула Марина, показывая на преподавательскую.

За дверью слышались оживленные голоса.

«Сейчас как набросятся: Мариночка, да куда же ты, да на кого нас оставляешь...» — раздраженно подумала Марина.

Лена решительно распахнула дверь.

Они вошли в ярко освещенную, полную людей комнату.

Шум стих, все повернулись к вошедшим. Тут были педагоги музыкальной студии, директор, завуч, худрук и... Сергей Николаич Румянцев!

Марина удивленно открыла рот, но круглолицый директор, улыбаясь, сам пошел к ней:

— Аааа... вот и наша нарушительница! Здравствуйте, Марина Ивановна, здравствуйте.

Она хотела что-то сказать, набрав в легкие побольше воздуха, но директор предупредительно замахал своими толстопалыми руками:

— Знаем, знаем, все знаем! В курсе всех событий!

— Да? — робко спросила Марина.

— Да, да, да! Сергей Николаич нам все объяснил. Ну, что ж, жаль конечно, но против твоего желания коллектив идти не может. Правда? — оглянулся он по сторонам.

— Конечно.

— Если призвание — что ж теперь...

— Правильно, Мариночка, правильно...

— Иди, иди, Марин.

— Главное — чтоб работа по душе была.

Марина слушала реплики бывших коллег и не верила своим ушам.

— Тогда вопрос закрыт! — бодро улыбнулся директор и протянул Марине ее трудовую книжку.

Она взяла ее, снова посмотрела на собравшихся.

Все улыбались. Лена радостно жала ей локоть. Сергей Николаич торжествующе подмигивал...

За неделю многое изменилось в жизни Марины.

Она стала жить в комнате со Светой и маленьким Мишкой, обрезала волосы и ногти, раздала все свое вельветовое, кожаное и джинсовое имущество, перестала красить губы, подводить глаза и пудриться.

Целиком отдавая себя работе, она овладела профессией настолько, что в пятницу обработала триста двадцать четыре детали, заставив Ивана Михайловича изумленно присвистнуть:

— Триста двадцать четыре... быть не может...

— У нас все может! — крикнула рядом стоящая Лена.

— Дааа... — Соколов качал головой, — Вот так Марина-музыкант! Вот так начинающая...

Марина радостно чистила станок, сметая щеткой сероватые завитки стружки.

А вечером в общежитии девушки отмечали Маринин успех.

Стол был раздвинут и накрыт красивой сиреневой скатертью. На скатерти стояла бутылка шампанского, лежали фрукты в просторной вазе и красовался большой, испеченный усилиями двух комнат торт, на шоколадной поверхности которого было выведено розовым кремом:

Марина Алексеева
324

Бутылка громко хлопнула в руках Лены и, оживленно смеясь, девушки стали ловить пенную струю фужерами:

— Салют, Маринка!

— Ой, Лен, не проливай!

— Хватит, хватит мне...

Когда вино было разлито, а пустая бутылка убрана со стола, Лена встала, посмотрела в искрящийся пузырьками бокал, помолчала, потом заговорила:

— Знаете, девчата, у нас сегодня особенный вечер. Раньше нас было шестеро, а теперь — семеро. У нас появился новый настоящий друг — Марина Алексеева.

Чувствуя на себе взгляды подруг, Марина покраснела.

— И я не оговорилась, — продолжала Лена, — именно — друг, а не подруга! Друг, на которого можно положиться, который держит свое слово, который не подведет. Марина всего чуть больше недели проработала на нашем заводе и уже вплотную приблизилась к норме. Двадцать шесть деталей осталось ей, всего двадцать шесть! А у нас некоторые летуны за месяц еле-еле начинают выполнять норму! Учитывая, что Марина в прошлом — музыкальный работник, никогда близко не видавший станок, такой успех — замечателен. И получилось это не «по-щучьему веленью», а благодаря Марининой сознательности и любви к труду. Вот за эти замечательные черты ее характера я и хочу предложить тост.

— Правильно!

— Молодец, Марина!

— Давайте, девушки, за новорожденную станочницу!

— За твой успех, Марина...

Они отпили из фужеров, Оля принялась резать торт. Прижав ладони к раскрасневшимся щекам, Марина потрясла головой:

— Даже не верится...

Жуя яблоко, Лена погладила ее по плечу:

— Ничего. Поверится. Теперь твоя судьба в твоих руках. Вот в этих...

Она взяла руку Марины и повернула ладонью вверх. Марина посмотрела на свою руку.

За это время из холеной, изнеженной кремами, она превратилась в крепкую рабочую руку, на пальцах и ладони обозначились первые мозоли.

— Не верится. Я же совсем недавно была совсем-совсем другой... Не жила, а существовала...

— Правильно, — кивнула Света. — А теперь твое бессмысленное существование кончилось и началась жизнь. Жизнь с большой буквы.

Покончив с тортом, Оля разложила аккуратные куски на тарелки и раздала девушкам.

Торт был очень вкусным — он нежно таял во рту, орехи похрустывали на зубах. Марина запивала его шампанским.

— Теперь Марине всего двадцать шесть деталей не хватает до профессионала, — улыбнулась Таня.

— Она давно уже профессионал, — откликнулась Лена. — И стала профессионалом, как только подошла к станку.

— Ой, Марин, как хорошо, что ты в нашу бригаду попала! — проговорила Зоя, — Таких бы девчат, да побольше. Чтоб и рисовать умели и работать...

В дверь осторожно постучали.

— Это Володька с Сережей, — пробормотала Оля, вставая. — Они обещали зайти...

Она открыла дверь.

На пороге, робко улыбаясь, стояли Володя и Сергей.

У Володи в руках был огромный букет красных роз, у Сергея — массивный футляр с аккордеоном.

— Проходите, ребята, — пригласила их Оля.

— Здравствуйте, — поздоровался Володя.

— Привет.

— Проходите, проходите, не стесняйтесь.

Сергей сразу сел на свободный стул, взгромоздив футляр на колени, а Володя, краснея, через весь стол протянул Марине цветы:

— Поздравляем. Это от мужской половины бригады.

— Мне? — удивленно привстала Марина, оглядываясь на подруг.

— Бери, бери, — толкнула ее Лена. — Заслужила.

— Ой, какие розы, — Марина приняла букет. — Огромное спасибо. Но я... мне не удобно как-то...

— А что тут неудобного, — посмелел Володя, — ты ведь герой недели. Вот и принимай.

Марина погрузила лицо в цветы:

— С ума сойти, как пахнут...

Девушки тоже стали нюхать.

— Давайте в ту вазу поставим, — предложила Таня, снимая с полки красивую темно-синюю вазу.

Вскоре роскошный букет стоял посередине стола, а Сергей, вытащив поблескивающий перламутром аккордеон, продевал руку в ремень.

— А торт попробовать, ребята? — обратилась к ним Зоя.

— Нет, мы сладкое не едим, — улыбнулся Володя.

— А чаю?

— Чаю выпьем, — покосился он на красивые чашки.

Таня налила ребятам чаю.

— Сереж, двигайся ближе, что ты как в гостях! — засмеялась Лена.

Застенчиво улыбаясь, Сергей подвинул свой стул, отхлебнул из чашки и слегка попробовал аккордеон.

Звук его был бархатным и приятным.

— Давайте споем, ребята, — предложила Света.

— Давайте.

— А что?

Девушки задумались, решая, но Володя озорно подмигнул Сергею, а тот громко развернул меха.

С детства знакомая мелодия зазвучала в комнате, рты, казалось, сами раскрылись и, улыбаясь, девушки запели:

> Не слышны в саду даже шорохи,
> Все здесь замерло до утра.
> Если б знали вы, как мне дороги
> Подмосковные вечера...

Подхватил Володя, да и сам Сергей. Их сильные голоса слились с девичьими.

Марина пела легко и радостно, на душе было тепло и спокойно.

Алые розы стояли на столе.

> Речка движется и не движется,
> Вся из лунного серебра.

Песня слышится и не слышится
В эти тихие вечера...

Сергей заиграл свободнее и громче, свободнее и громче полилась песня:

А рассвет уже все заметнее,
Так, пожалуйста, будь добра,
Не забудь и ты эти летние
Подмосковные вечера...

Песня настолько заворожила своей чудной мелодией, что спели еще раз.

Когда аккордеон смолк, минутная тишина наполнила комнату.

Слышно было как за окном оживленно перекликаются воробьи.

Лена вздохнула:

— Эх, девчат, если б во втором квартале поднажать — была б наша бригада лучшей в цехе за полугодие!

— А почему бы и не поднажать? — утвердительно спросил Володя. — И поднажмем.

— Парфеновцы тоже поднажмут, — осторожно заметила Зоя.

— Ну и что?! — подняла голову Таня. — Чего ж — бояться их теперь?! Вот поднажмем и перегоним. Подумаешь — парфеновцы!

Лена успокоительно коснулась ладонью ее руки:

— Не кипятись. Тут с бухты-барахты не получится. Парфеновская бригада давно зарекомендовала себя дисциплинированной, слаженной и опытной. Опытной,

что немаловажно, учитывая всю сложность и много-
гранность производственных процессов. Так что, главное — подойти с умом, набраться опыта и смекалки.
Знаешь сколько самых разнообразных рацпредложений
внесли парфеновцы?

— Около двадцати, — ответил Сергей.

— Вот. И нам тоже необходимо усовершенствовать
свой производственный процесс. Сосредоточить все
внимание на внедрении новых, более прогрессивных
методов. Понимаешь?

— Это понятно, — кивнула Таня. — Я давно уже
предлагаю завести наш собственный бригадный инст-
рументарий, выделив для этого большой металлический ящик, наподобие тех, что стоят в раздевалке. А то
когда приходится менять резцы, наладчики должны со-
вершать неблизкий путь в инструментальный цех.

— А что, Таня дело говорит, — согласился Володя. —
Вчера мой станок простоял почти полчаса. И только
потому что в инструментальном долго искали нужный
резец.

— Нужное предложение, — кивнула Зоя. — А я бы
еще предложила сдвинуть ближе мой станок и Олин.
Это сэкономило бы время передачи деталей.

— Тоже верно! — оживленно согласился Сергей. —
Но передвинуть станок — работа непростая. Необходимо минимум день.

— Ничего, наверстаем. В субботу поработаем, — воз-
разила Зоя, — правда, девчат?

— Конечно, — подтвердила Лена. — Это не так сложно. Главное — усовершенствовать нашу бригадную це-
почку. Представляете, сколько времени сэкономит близкое расположение станков?

— А можно еще поставить на каждый станок по вентилятору, — подвинулся ближе Сергей. — Знаете, летом в цехе температура выше уличной, а это вызывает чрезмерную потливость и способствует быстрой утомляемости.

Разливая чай, Лена согласилась:

— Сергей прав. Установленные на станках вентиляторы, безусловно, будут способствовать повышению производительности труда.

— А я в свою очередь хочу затронуть вопрос о рукавицах, — проговорила Марина, беря свою чашку с чаем. — Дело в том, что рукавицы, несмотря на способность защищать руки от стружки, сковывают движения пальцев, а это некоторым образом влияет на быстроту закрепления детали.

— Что же ты предлагаешь? — спросила Таня, помешивая чай.

— Я предлагаю заменить рукавицы перчатками, но не резиновыми, а брезентовыми, чтобы кожа рук получала достаточный приток воздуха.

— Алексеева права, — пригубил чай Володя. — Перчатки повысят скорость закрепления детали. Я уверен в этом.

— Мы со Светой тоже уверены, — откликнулась Оля, — необходимо внести это рацпредложение.

— И не только это, — заметила Лена, — все ранее высказанные рацпредложения заслуживают самого серьезного внимания. Их необходимо довести до сведения цехового начальства.

— И заводского БРИЗа, — заметил Володя.

— Безусловно, — кивнула Лена. — Это мы сделаем в понедельник. А теперь, друзья, после того как мы отпраздновали трудовой успех нашей подруги Марины Алексеевой, я предлагаю пойти в кино на новый кинофильм «Смерть на взлете». Он демонстрируется во многих кинотеатрах столицы. Согласны ли вы с моим предложением?

— Согласны, — ответила за всех Алексеева.

Девушки быстро убрали со стола, в то время как ребята ждали их внизу.

Вечером, ложась спать, подруги оживленно обсуждали только что просмотренный фильм.

— Побольше бы таких кинокартин, — говорила Туруханова, разбирая постель. — Этот фильм заставляет задуматься о сегодняшнем мире, о сложной международной обстановке.

Лопатина аккуратно развешивала жакет на спинке стула:

— И с большой убедительностью показывает цели и средства американского шпионажа в СССР.

— Я бы еще добавила, — проговорила Гобзева, распуская косу, — что в этом фильме с подлинно творческим беспристрастием противопоставлены две принципиально разные психологии — советских людей и американских шпионов.

— Но что более всего поражает в данной ленте, так это постепенное падение человека, потерявшего бдительность и жаждущего легкой жизни, — добавила Писарчук, туша свет и ложась в кровать.

Алексеева уже лежала в своей, накрывшись теплым одеялом.

Она вздохнула и проговорила:

— Знаете, подруги, а меня восхищает тончайшая и безукоризненная работа нашей контрразведки. Невольно поражаешься мужеству, выдержке и смекалке чекистов.

Повернувшись на бок, Туруханова убрала с лица прядь волос:

— В целом фильм «Смерть на взлете» звучит своевременным и злободневным предупреждением тем советским гражданам, которые так безотвественно порой забывают о бдительности, тем самым играя на руку иностранным разведкам в их подрывной деятельности против Советского Союза.

— Мы полностью согласны с тобой, Лена, — ответила за всех Лопатина.

Темная комната погрузилась в тишину.

Выходные дни были посвящены уборке общежития.

Девушки подмели и вымыли пол, вымыли окна, подоконники и стены, навели порядок на кухне.

Помимо этого, перебрали книги в библиотеке общежития, подклеив рваные и надписав карточки к новопоступившим, развесили плакаты в вестибюле, починили перегоревшую электроплитку.

Вечером в воскресенье подруги, надев красные повязки дружинниц, отправились на дежурство.

В течение четырех часов они бдительно следили за общественным порядком на улице имени XVII съезда профсоюзов и в прилегающих к ней переулках.

За это время ими были задержаны двое нарушителей общественного порядка — граждане Коновалов В.П. и Бирко Л.И., которые, будучи в нетрезвом состоянии, шумели и приставали к прохожим.

Задержав пьяных хулиганов, девушки доставили их в опорный пункт 98 отделения милиции, где в присутствии старшего сержанта Денисова В.Г. и сержанта Локтева И.И. был составлен акт и задержанные были отправлены в вытрезвитель.

По окончании дежурства старший сержант Денисов от имени милиции объявил девушкам устную благодарность.

В понедельник Алексеева проснулась задолго до звонка будильника и к моменту пробуждения подруг успела приготовить вкусный завтрак.

Когда подруги убирали свои кровати, Алексеева вошла в комнату со сковородой аппетитно пахнущего омлета и бодро приветствовала вставших:

— С добрым утром, товарищи!

— С добрым утром, товарищ Алексеева! — дружно ответили девушки.

Алексеева поставила омлет на стол:

— Завтрак готов.

— Очень хорошо, — улыбнулась Туруханова. — Большое спасибо.

Умывшись и переодевшись, подруги сели за стол.

— Какое сегодня замечательное утро, — проговорила Гобзева, щурясь на восходящее солнце.

— Да, — согласилась Лопатина, разрезая омлет. — Утро действительно необыкновенное, благодаря чистому безоблачному небу и теплой безветренной погоде.

Разливая чай, Туруханова утвердительно качнула головой:

— Обычно в конце марта весна уже вступает в свои права. Этот год — не исключение.

Лопатина разложила куски омлета по тарелкам и подруги с аппетитом стали есть.

Часы над столом показывали двадцать минут седьмого.

Съев омлет и выпив по чашке крепкого ароматного чая, девушки быстро убрали со стола, вымыли посуду, оделись и вышли из общежития.

На улице стояла весенняя погода: ярко светило солнце, капала звонкая капель, оживленно чирикали воробьи.

Ярко-красный трамвай быстро доставил подруг до завода и ровно без пяти семь они уже стояли у своих станков, готовя рабочие места к предстоящему трудовому дню.

Одевая защитные очки, Алексеева заметила быстро вбегающего в цех Золотарева. На ходу надев рукавицы, он подбежал к своему станку и торопливо включил его.

— Здравствуй, товарищ Золотарев, — проговорила Алексеева, подвозя поближе тележку с необработанными деталями.

— Здравствуй, товарищ Алексеева... — тяжело дыша, ответил Золотарев.

— Мне кажется, чтобы вовремя начинать работу, необходимо вставать к станку без пяти семь, а не в семь ровно, так как станок требует необходимой подготовки.

— Я согласен с тобой, товарищ Алексеева, — пробормотал Золотарев, лихорадочно закрепляя деталь и пуская резцы. — Обычно я неукоснительно придерживаюсь этого правила, но сегодня, к сожалению, меня подвели некоторые неблагоприятные обстоятельства...

Не успел он договорить, как оба резца сломались с резким звуком.

Оказывается, в спешке Золотарев неверно закрепил деталь.

Остановив станок, он пошел за наладчиком.

Алексеева в это время обрабатывала свой первый корпус...

Станок Золотарева починили только к двенадцати часам, то есть к тому времени, когда протяжный сигнал возвестил о начале обеденного перерыва.

К этому времени Алексеева уже успела обработать двести девять корпусов.

Когда она смела стружку со своего станка, к ней подошел мастер Соколов.

— Как успехи, товарищ Алексеева? — спросил он.

— Неплохо, товарищ Соколов, — ответила она. — Обработала двести девять корпусов.

— Очень хорошо, — улыбнулся Соколов.

— А что со станком Золотарева? — озабоченно спросила Алексеева.

— Сейчас все в полном порядке. У него были сломаны обе головки. Но после обеда он включится в производственный процесс.

Алексеева покачала головой:

— Вот что значит вовремя не подготовить станок.

— Да, — согласился Соколов. — Безалаберность Золотарева повлекла за собой серьезную поломку оборудования и производственные потери. Его проступок мы разберем на цехкоме.

— А мы обсудим поведение Золотарева на комсомольском собрании цеха, — громко проговорила Туруханова. — Сегодня он вел себя недостойно.

— Полностью одобряю твое предложение, — заметила Алексеева, — тем более, это неприятное происшествие произошло на моих глазах.

— И на моих тоже, — проговорил Коломийцев, подходя. — Золотарев еле-еле успел к семи часам встать к станку и, как следует не осмотрев его, включил. Затем он небрежно закрепил деталь и от соприкосновения с расточными головками, она сошла со своего места, повредив резцы и деформировав головки.

— Починка станка продолжалась почти пять часов, — озабоченно вздохнул Соколов. — А за это время Золотарев мог бы обработать по меньшей мере триста корпусов.

— Я думаю, товарищи, сегодняшнее происшествие — это урок нам всем, — серьезно заметила Туруханова. — Каждый рабочий должен соблюдать производственную дисциплину не формально, как Золотарев, а по-деловому.

— Верно, — утвердительно кивнул Соколов. — Производственная дисциплина необходима вовсе не для «галочки», а для повышения производительности труда.

Он повернулся и пошел в столовую.

Члены бригады последовали за ним...

В столовой было по-семейному уютно и оживленно: сотни людей обедали, сидя за красивыми красными столами.

Бригада Турухановой, как всегда, села за два сдвинутых вместе стола.

Обед прошел в молчании: все были под впечатлением от недавнего происшествия.

Золотарев сидел справа от Алексеевой и быстро ел, не поднимая головы.

Съели солянку и ромштекс с зеленым горошком, выпили вкусный грушевый компот.

— Сегодня вечером по первой программе телевидения будет транслироваться матч на первенство страны по футболу, — проговорил Журавлев, вытирая губы салфеткой. — Встречаются московский «Спартак» и тбилисское «Динамо».

Гаврильчук качнул головой:

— Матч обещает быть интересным. Ведь обе команды в прошлом первенстве показали высокие результаты.

— «Спартак» по праву является одной из ведущих команд советского футбола, — откликнулась Гобзева.

— Несмотря на это, я болею за ЦСКА, — улыбнулся Гаврильчук.

— Почему? — спросила Гобзева.

— Дело в том, что наша семья давно и прочно связана с армией: отец воевал в Великую Отечественную, с боями пройдя от Сталинграда до Берлина, мать работала в райвоенкомате, старший брат — сверхсрочник, отличник боевой и политической подготовки, а я, отслужив положенные два года в войсках ПВО, демобилизовался в звании старшего сержанта.

— Я тоже испытываю большую любовь к Советской Армии, — поддержал разговор Журавлев. — Однако болею за «Динамо». Дело в том, что мой дядя — Виктор Трофимович Журавлев — вот уже тридцать два года служит в рядах советской милиции. Судьба его удивительна: молодым семнадцатилетним пареньком ушел он на войну в 1944 году. А в сорок пятом приехал в родное село Гребнево, что в Костромской области, кавалером двух орденов Красной Звезды. В то время страна только начинала залечивать раны, нанесенные войной, повсюду разворачивалось народное строительство. Вот и решил Виктор Трофимович посвятить свою жизнь охране общественного порядка.

Много сил отдал он за четыре десятка лет родной работе. А сколько раз приходилось сталкиваться ему лицом к лицу с опасностью! Но в трудных ситуациях Виктору Трофимовичу на выручку приходил боевой характер советского солдата.

Советский народ по достоинству оценил нелегкую службу старшего лейтенанта Журавлева: за эти годы он награжден четырьмя медалями и орденом «Знак Почета».

Рассказ Журавлева был выслушан членами бригады с большим вниманием.

— Замечательная судьба, — заметила Туруханова. — товарищ Журавлев может служить достойным примером для молодежи. Именно о таких людях написал в свое время известный советский поэт Николай Тихонов:

> Гвозди бы делать из этих людей, —
> В мире бы не было крепче гвоздей!

Старый кадровый рабочий Безручников неторопливо разгладил красивые седые усы:

— Крепко сказано. С подлинной прямотой и бескомпромиссностью...

Помолчав немного, он добавил:

— Действительно, человек должен отдавать себя целиком своему любимому делу. Только тогда он будет человеком с большой буквы. А если работать спустя рукава, все время оглядываясь на часы — такая работа может принести только вред. И себе и государству.

Сидящий рядом с Алексеевой Золотарев покраснел и еще ниже опустил голову.

— Судя по всему, уже пора занять свои рабочие места, — проговорила Туруханова.

Члены бригады встали и направились в цех.

За вторую половину рабочего дня Алексеевой удалось обработать сто шестьдесят два корпуса. Таким образом, общее количество обработанных ею за смену корпусов стало 371, то есть на 21 деталь больше положенной нормы.

Вся бригада поздравила расточницу с трудовым успехом.

Бригадир пожала ей руку, проговорив:

— От имени бригады и от себя лично поздравляю вас, Марина Ивановна, с трудовой победой. Сегодня вы не только выполнили, но и перевыполнили норму, тем самым подтвердив свое искреннее желание влиться в коллектив ЗМК, приумножить его славные достижения.

Мастер цеха Соколов также поздравил Алексееву, пожелав ей работать в дальнейшем с таким же трудовым подъемом и целеустремленностью, с каждым рабочим днем внося свой посильный вклад в копилку пролетарской доблести завода.

Члены бригады и другие рабочие цеха приветствовали Алексееву дружной овацией.

Вечером в ДК ЗМК состоялось комсомольское собрание механического цеха.

На собрании присутствовал секретарь парткома завода товарищ Румянцев.

Первым вопросом комсомольцы обсудили план подготовки цеха к Всесоюзному ленинскому коммунистическому субботнику.

С месячным комсомольским отчетом выступил товарищ Калинин.

Он в частности сказал:

— Готовясь к предстоящему Всесоюзному ленинскому коммунистическому субботнику, наш цех в лице передовых комсомольцев первоначально обязался перевыполнять ежедневные нормы в среднем на 15%. Повышенные обязательства взяли бригады Лукьянова, Парфенова, Соловейчик, Турухановой, Скрипникова и Габрамяна. Но учитывая тот факт, что завершение первого квартального плана требует, в свою очередь, интенсификации производительности труда, комсомольцы решили пересмотреть вышеназванные социалистические обязательства и увеличить их в среднем еще на 10%. Таким образом, суммарные обязательства составляют 25%.

Бригада наладчиков под руководством Головлева еще на прошлом собрании решила взять повышенные социалистические обязательства, сократив время ремонта и наладки станков на 30%.

Надо отметить, что в предыдущую неделю члены этой бригады сдержали свое слово.

А вот бригады Катина, Бураковской и Вихрева явно отстают, снижая тем самым общецеховые показатели. Их отставание, на наш взгляд, объясняется недостаточно высокой трудовой дисциплиной, неслаженностью и низкой сознательностью членов бригад. Вина за это в первую очередь ложится на бригадиров, коммунистов и комсомольцев. В бригаде Бураковской, например, комсомольцы Стрельников и Луньков уже дважды за неделю опаздывали на работу, а фрезеровщик Соколовский вышел на работу в нетрезвом виде. Настораживают и отдельные случаи поломки оборудования, что, безусловно, тормозит работу бригад и снижает производительность труда.

Необходимо обратить пристальное внимание комсомольцев на эти факты поломок, создать вокруг нарушителей трудовой дисциплины обстановку нетерпимости, жесткого общественного контроля.

Затем товарищ Калинин более подробно остановился на работе комсомольского актива цеха.

По вопросу о работе сектора печати выступила товарищ Гобзева.

Она рассказала о недавно выпущенной цеховой стенгазете «За ударный труд», подробно остановившись на некоторых актуальных материалах этого номера.

После этого с вопросом о работе «Комсомольского прожектора» выступил товарищ Савчук.

Осветив работу, проведенную «Прожектором» за месяц, докладчик подчеркнул важность и эффективность этого комсомольского органа контроля, с помощью которого ведется непримиримая борьба с прогульщиками, летунами, нарушителями трудовой дисциплины.

Открытым голосованием по всем трем вопросам комсомольское собрание признало отчеты товарищей Калинина, Савчука и Гобзевой удовлетворительными и утвердили новые социалистические обязательства комсомольских бригад.

В прениях приняли участие комсомольцы: Туруханова, Зимин, Яшина, Гобзева, Лукьянов, Жирнов.

Далее собравшимся предстояло разобрать вопрос о комсомольце Золотареве.

По этому вопросу выступили бригадир Туруханова и расточница Алексеева. Они подробно рассказали о факте нарушения комсомольцем Золотаревым трудовой дисциплины, в результате чего произошла крупная поломка станка, поведшая за собой почти пятичасовой простой.

Выступавшие подчеркивали также материальный ущерб, принесенный заводу от поломки.

Собрание предоставило слово комсомольцу Золотареву. Он в частности сказал:

— Я полностью и безоговорочно признаю свою вину, а именно: опоздание к подготовке станка, небрежное закрепление детали, поломку резцов и расточной головки.

В качестве оправдания я могу указать на тот факт, что некоторые водители автобусов, работающие на линии 108 маршрута, часто нарушают нормативы пятиминутных интервалов, что, в конечном итоге, приводит к опозданиям пассажиров на работу.

Учитывая вышесказанное, я обязуюсь впредь вставать на 15 минут раньше обычного, обеспечив тем самым время, необходимое на подготовку станка к рабочему процессу.

В прениях по этому вопросу выступили товарищи: Лашков, Гобзева, Туруханова, Журавлев, Румянцев, Сотскова.

К собранию поступило два предложения:

1. Объявить комсомольцу Золотареву В.П. выговор с занесением в комсомольскую учетную карточку.

2. Объявить комсомольцу Золотареву В.П. выговор без занесения в комсомольскую учетную карточку.

Большинством (145 против 46) собрание проголосовало за второе предложение.

После этого на собрании выступил секретарь парткома завода товарищ Румянцев.

Он сказал:

— Товарищи комсомольцы! В первую очередь разрешите мне от имени партийной организации завода поздравить вас с наступающим 165-летием со дня рождения и 100-летием со дня смерти пламенного революционера и основателя научного коммунизма — Карла Маркса.

Комсомольцы ответили на приветствие бурными продолжительными аплодисментами.

Все советские люди, — продолжал далее товарищ Румянцев, — отдают в эти дни дань светлой памяти Карла Маркса, своей самоотверженной борьбой успешно осуществляя великие идеалы марксизма-ленинизма. Под руководством Коммунистической партии и ее Центрального Комитета трудящиеся нашей страны будут и впредь непоколебимо идти по пути, указанному Марксом и Лениным, по пути строительства коммунизма.

12*

Этот замечательный юбилей весь наш завод и ваш цех, в частности, должны встретить по-ударному, новыми трудовыми успехами.

Если говорить в целом о работе механического цеха в первом, теперь уже кончающемся, квартале, то, на мой взгляд, она заслуживает хорошей оценки. Свой квартальный план цех уже выполнил и, безусловно, ведущую роль в этом сыграли комсомольцы, которых в механическом свыше семидесяти процентов.

Зал ответил бурными аплодисментами.

— Поэтому, товарищи комсомольцы, партийная организация завода уже сейчас поздравляет вас с этим трудовым успехом и желает вам впредь не сбавлять комсомольского темпа, то есть чтобы подобные перевыполнения плана стали нормой.

В зале снова послышались аплодисменты.

— В преддверии Всесоюзного ленинского коммунистического субботника особенно хотелось бы обратить внимание комсомольцев цеха на поиски еще более эффективных способов интенсификации производственных процессов, на жесткий, по-комсомольски принципиальный контроль трудовой и технологической дисциплины, на эффективную борьбу с прогулами, опозданиями и другими нарушениями.

Хотелось бы пожелать вам, нашей молодой смене, больше самостоятельности и решительности в работе, во внедрении рацпредложений, в освоении новой передовой техники.

Выступление товарища Румянцева вызвало бурные, долго не смолкающие аплодисменты...

Вечером в общежитии подруги обсуждали только что прошедшее собрание.

— Мне очень понравилась речь товарища Румянцева, — проговорила Гобзева, вытирая полотенцем только что вымытые чашки. — В ней с предельной ясностью дана оценка работы комсомольцев цеха за истекающий квартал.

— А также намечены важные перспективы в дальнейшей работе, — заметила Туруханова. — Товарищ Румянцев говорил коротко, сжато и по-партийному принципиально.

— А какое важное пожелание передал он комсомольцам цеха: чтобы перевыполнения плана стали нормой. Не правда ли, хорошо сказано?

— Очень хорошо, — согласились подруги.

— Мне кажется, что отчет товарища Калинина тоже по-деловому лаконичен и принципиален. В коротком выступлении он сумел дать исчерпывающую картину работы комсомольских бригад в первом квартале.

— И обратил внимание комсомольцев на некоторые факты нарушения трудовой дисциплины, что, безусловно, должно способствовать борьбе с бракоделами и прогульщиками.

Туруханова сняла покрывало со своей кровати и принялась аккуратно складывать его:

— А что вы скажете, подруги, на замечательное выступление Алексеевой по вопросу о комсомольце Золотареве?

— Ты очень хорошо выступила, товарищ Алексеева, — обратилась Лопатина к Алексеевой. — Говорила по существу, беспощадно вскрывая факты нарушения Золотаревым трудовой и технологической дисциплины.

Алексеева пожала плечами:

— Я старалась рассказать комсомольцам все то, что произошло тогда перед моими глазами...

— И это было очень убедительно, — перебила ее Туруханова. — Часто слово живого свидетеля гораздо важнее умозрительных рассуждений. А что ты думаешь по этому поводу, товарищ Писарчук?

Писарчук вешала платье на спинку стула:

— Мне тоже очень понравилось выступление товарища Алексеевой, но, знаете, подруги, я до сих пор не пойму — почему собрание проголосовало большинством за выговор без занесения в учетную карточку?

Взбивая подушку, Туруханова улыбнулась:

— В тебе сейчас говорит тот максимализм, который не раз осуждался товарищем Лениным. «Наказать человека партийным взысканием — легче всего, — говорил он. — Труднее — научить его видеть свои проступки».

— Как хорошо сказано, — подняла голову Алексеева.

— Очень хорошо, — согласилась Туруханова, — хорошо и точно. Так вот, товарищ Писарчук, комсомольца Золотарева знает весь цех в основном не как прогульщика и лодыря, а как сознательного рабочего и деятельного комсомольца. Его проступок в данном случае не сложившаяся закономерность, а досадная случайность, исправить которую необходимо самым решительным образом. Золотареву для этого достаточно понять и осознать свою оплошность и, сделав надлежащие выводы, принять меры к тому, чтобы она никогда не повторялась. Искоренив ее, вскоре он и забудет про досадную поломку. А запись в учетную карточку могла бы болезненно врезаться ему в память, тем самым омрачая ежедневно трудовое настроение. Ты понимаешь ход моих рассуждений?

— Понимаю, — кивнула Писарчук. — Честно говоря, я об этом не подумала. Мне казалось, что с любыми нарушителями дисциплины надо бороться самым решительным образом.

— Согласна с тобой, — продолжала Туруханова. — Но комсомол, на мой взгляд, должен не карать, а перевоспитывать людей, проступки которых являются результатом досадных случайностей.

— Ты права, товарищ Туруханова, — согласилась Гобзева. — Вопрос о Золотареве ясен. На собрании я голосовала по второму пункту, понимая, что сам факт разбирательства на комсомольском собрании уже является наказанием. Не говоря уж о выговоре без занесения в учетную карточку. Золотарев сознательный комсомолец и, на мой взгляд, он больше никогда не допустит подобных проступков.

— Конечно не допустит, — кивнула Алексеева. — На протяжении этих недель я наблюдала работу Золотарева и пришла к выводу, что он трудится всегда с полной самоотдачей, подходя творчески к производственному процессу.

— Безусловно, — подтвердила ее предположение Туруханова и, после непродолжительной паузы, спросила у напряженно молчащей Лопатиной: — Я заметила, товарищ Лопатина, что весь сегодняшний вечер ты чемто озабочена. Что случилось?

Вздохнув, Лопатина села на разобранную кровать:

— Меня крайне возмутили новые злодеяния израильской военщины, сообщения о которых получены сегодня из Бейрута. Повторением трагедии Сабры и Шатилы стало варварское преступление израильтян в городах оккупированного Западного берега реки Иордан. Массовое отравление газом нервно-паралитического действия арабского населения Дженина и Наблуса привело к многочисленным жертвам среди жителей...

Смолкнув, подруги слушали ее.

Лопатина продолжала:

— Особенно пострадали учащиеся местных школ. По поступающим сообщениям, только за один вчерашний день в госпитали и больницы было доставлено свыше 600 человек. Семеро палестинцев, в том числе двое детей, скончались...

— Ужасно... — прошептала Алексеева, опустив лицо в ладони.

— Всего, как передают с Западного берега, ядовитыми газами было отравлено около 1100 человек. Врачи госпиталей, куда были доставлены жертвы бандитской акции, опровергли неуклюжие попытки израильских военных властей выдать массовое отравление местных жителей за некое «неизвестное заболевание»...

— Лицемерие сионистских варваров не знает границ, — возмущенно по-качала головой Гобзева. — Эта варварская акция еще раз показывает всему миру истинное лицо сионизма — это лицо кровавых убийц.

— Гнев и возмущение переполнили мою душу, — проговорила Лопатина, — как только я узнала про это новое злодеяние. Цель распоясавшейся израильской военщины предельно ясна — полностью уничтожить коренное арабское население оккупированных областей. Нет слов, чтобы выразить наши чувства по этому поводу.

— Израильские агрессоры чувствуют себя безнаказанно только потому, что за их спиной стоит США, — добавила Писарчук. — Нынешняя американская администрация всячески потворствует Израилю, тем самым, желая видеть в Ближнем Востоке свою «вотчину», втянутую в сферу американских влияний.

— Мощная волна всенародного гнева и возмущения охватила оккупированные Израилем Западный берег реки Иордан и сектор Газа, — продолжала Лопатина. — Там прошли массовые демонстрации арабов против израильских захватчиков. Брошенные на подавление демонстраций войска открыли огонь по манифестантам, забросали их гранатами со слезоточивым газом. В результате в районе Эль-Халиля убит палестинский юноша, несколько человек тяжело ранены, многие арестованы. Жители Наблуса, Газы, Эль-Халиля и других крупнейших городов объявили всеобщую забастовку. В невыносимо тяжелых условиях находятся арабы-палестинцы в лагере Аль-Джельзун, на Западном берегу реки Иордан. В течение трех недель жители лагеря находятся на положении узников...

Туруханова поправила сбившиеся на глаза волосы:

— Честные люди всей планеты клеймят позором израильских агрессоров и их заокеанских покровителей.

Советский народ всегда был солидарен с борьбой палестинцев против израильской военщины.

— Митинги солидарности проходят сейчас во многих городах планеты, — заметила Алексеева. — Так, например, в штаб-квартире НПП АРЕ состоялось расширенное заседание, посвященное положению на Ближнем Востоке. Его участники — руководители политических партий, видные общественные и политические деятели АРЕ, представители египетской общественности — гневно осудили преступления Тель-Авива, заявив о полной поддержке справедливой борьбы арабского палестинского народа за осуществление своих законных национальных прав.

— Палестинцы хотят быть хозяевами своей судьбы, а не терпеть от захватчиков гнет и унижение, — сказала Туруханова. — Я предлагаю завтрашний день отработать в счет Фонда Мира. Как вы смотрите на это предложение?

— Единодушно одобряем и поддерживаем, — ответила за всех Алексеева. — Послав заработанные деньги в Фонд Мира, наша бригада внесет достойный вклад в дело упрочения мира и ослабления международной напряженности.

— А также в поддержку справедливой борьбы палестинского народа против израильских агрессоров, — добавила Писарчук.

Девушки легли в кровати, Лопатина погасила свет:

— Спокойной ночи, товарищи.

— Спокойной ночи, товарищ Лопатина, — дружно ответили подруги.

На следующий день бригада Турухановой, приступив к работе в 6.40, трудилась предельно собранно и с воодушевлением.

Алексеевой удалось обработать 440 корпусов компрессора.

По окончании рабочего дня бригаду тепло поздравил секретарь парткома завода товарищ Румянцев, выступив с краткой речью среди собравшихся в цехе рабочих.

Он сказал:

— Товарищи! Сегодня в вашем цехе произошло знаменательное событие. Бригада Турухановой решила послать заработанные ею за сегодняшний день деньги в Фонд Мира. Это решение комсомольцы приняли ввиду обострения международной обстановки и опасной активизации некоторых западных милитаристских кругов. Бригада трудилась самоотверженно, заработав в целом 82 рубля 48 копеек. На первый взгляд, эта сумма может показаться небольшой, но представьте, если бы весь наш завод один день в месяц отработал в счет Фонда Мира. В итоге эта прогрессивная организация получила бы значительный вклад, размером в несколько десятков тысяч рублей, что безусловно способствовало бы укреплению мира.

Комсомольская бригада товарища Турухановой на деле продемонстрировала свою высокую сознательность, комсомольскую убежденность и самостоятельность. Особенно мне хотелось бы отметить члена этой бригады товарища Алексееву. Работая на нашем заводе чуть больше двух недель, товарищ Алексеева успела не только выполнить, но и перевыполнить положенную производственную норму. Сегодня же она перевыполнила норму почти на 30%.

Я хотел бы пожелать всем комсомольцам цеха такой же самоотверженности в труде.

От имени партийной организации завода мне хотелось бы поздравить бригаду Турухановой с трудовым и комсомольским успехом.

Так держать, комсомольцы!

Собравшиеся ответили бурными, продолжительными аплодисментами.

Рабочие цеха, обступив бригаду, тепло поздравляли комсомольцев, пожимая им руки.

К Алексеевой подошел старый кадровый рабочий Ершов.

Пожав ей руку, он сказал:

— С чувством глубокого удовлетворения узнали мы все о вашем трудовом дне на благо мира во всем мире. Поздравляю тебя, товарищ Алексеева. Вы — достойная смена, способная приумножить пролетарскую доблесть отцов!

Вечером усталые, но счастливые подруги живо обсуждали итоги рабочего дня.

— Мне кажется, что сегодня мы работали действительно хорошо, — проговорила Туруханова, поправляя книги, стоящие на книжной полке.

— Полностью согласна с тобой, — ответила Алексеева, вытирая пыль с подоконника.

— Вся бригада работала «с огоньком», — улыбнулась Писарчук, — но особенно отличилась товарищ Алексеева.

Алексеева вздохнула:

— Без поддержки коллектива я бы ничего не смогла сделать. В результате моего труда я вижу не только свою заслугу, но и мастера Соколова, бригадира Турухановой и многих других членов бригады.

— Соколов давно славится своим умением наставника. Не один десяток молодых рабочих освоился и вырос под его руководством, — заметила Лопатина. — У нас в цехе принято любовно называть его «золотых рук мастером».

— Я рада, что моим наставником является товарищ Соколов, — согласилась Алексеева.

В дверь постучали.

— Войдите, — сказала Туруханова.

Дверь открылась и вошел Золотарев.

— Здравствуйте, товарищи, — громко проговорил он.

— Здравствуй, товарищ Золотарев, — ответили подруги.

— Я хотел бы поблагодарить вас за принципиальную критику в мой адрес, прозвучавшую на недавнем комсомольском собрании цеха, — проговорил Золотарев после небольшой паузы. — Осознав и поняв свой проступок, я заверяю вас, моих товарищей по бригаде, что своим самоотверженным трудом оправдаю высокое звание рабочего.

— Товарищ Золотарев, — обратилась к нему Туруханова, — нам кажется, что сегодня ты уже оправдал это почетное звание, перевыполнив установленную норму почти на 30%.

— Да, — согласилась Лопатина. — Мы с товарищем Алексеевой видели как работал сегодня товарищ Золотарев и пришли к убеждению, что он является настоящим мастером своего дела, сочетающим в себе такие важные качества, как трудолюбие, целеустремленность, профессиональное мастерство, творческий подход к делу.

— Работая бескорыстно в Фонд Мира, ты, товарищ Золотарев, проявил свою комсомольскую сознательность.

— Благодарю вас, товарищи, за теплые слова в мой адрес. Я слышал, что решение безвозмездно трудиться пришло к вам после тревожных известий с Ближнего Востока. Надо сказать, что я тоже крайне возмущен наглым поведением израильской солдатни на оккупированной территории. Меня также настораживают сообщения из Манагуа. Эскалация империалистической агрессии против Никарагуа является составной частью американских планов, направленных на осуществление глобальных и гегемонистских притязаний в Центральной Америке.

— Безусловно. Американская пропагандистская машина тратит много средств и усилий на то, чтобы представить преступные действия контрреволюционных группировок чуть ли не как «гражданскую войну» в Никарагуа. Тем самым, они хотели бы провести параллель с событиями в Сальвадоре, где действительно идет гражданская война народа против проамериканского реакционного режима.

— Сальвадорские патриоты продолжают успешные боевые действия против войск марионеточного режима. По сообщению информационных агентств, бойцы Фронта национального освобождения имени Фарабундо Марти заняли второй по величине в департаменте Усулутан город Берлин, разгромив его гарнизон. После этого город был подвергнут варварским бомбардировкам. Его центральные кварталы, указывает корреспондент агентства ЮПИ, были почти полностью разрушены и сожжены в результате интенсивного ракетного обстрела с самолетов-штурмовиков, предоставленных недавно сальвадорскому режиму Соединенными Штатами. Бомбардировки вызвали большие жертвы среди мирных жителей.

— В ходе ожесточенных боев партизаны заняли также соседние населенные пункты Сан-Агустин и Алегория. Подпольная повстанческая радиостанция «Венсеремос» сообщает о срыве контрнаступления, предпринятого в департаменте Морасан отборными частями карателей, подготовленными в Соединенных Штатах. Партизаны прочно удерживают под своим контролем ряд населенных пунктов, стратегические мосты и участки шоссейных дорог.

— Тревожно и на юге Анголы. По поступающим оттуда сообщениям, отряды контрреволюционной группировки УНИТА напали на населенный пункт Сакасунги. Накануне они атаковали город Менонге. Чуть раньше была осуществлена диверсия на гидроэлектростанции Ломаум. Активизация действий контрреволюционеров далеко не случайно совпала с визитом в Луанду американской делегации для обсуждения проблемы Намибии. Не секрет, что Вашингтон пытается навязать Анголе свой план намибийского урегулирования. С этой целью на страну оказывается разностороннее давление.

— А одним из орудий шантажа молодой республики стала УНИТА, возглавляемая Жонасом Савимби. Эта организация возникла в 1966 году на юге страны. Она опиралась в основном на племя овимбунду. Лидеры УНИТА утверждают, что их движение зародилось в ходе борьбы за независимость против португальских колонизаторов. Но в одном из докладов ООН отмечалось, что в португальских военных бюллетенях не было ни единого упоминания об УНИТА.

— И быть не могло. Бывший португальский диктатор Марселу Каэтану писал в своих мемуарах, что колониальное командование заключило с УНИТА соглашение о сотрудничестве. За оружие УНИТА взялась после того, как в Португалии рухнул фашистский режим и в Лиссабоне было объявлено о решении предоставить

Анголе независимость. С помощью ЮАР, войска которой вторглись в страну, империалисты хотели привести к власти своих марионеток. Вот тогда-то УНИТА и нанесла свои удары.

— Но не по колонизаторам, а, следуя указке империалистических кругов, по новой ангольской власти, МПЛА. Однако интервенты потерпели сокрушительное поражение. Савимби со своим штабом бежал вместе с разгромленными южноафриканскими частями. В специальных лагерях юаровские инструкторы и сейчас натаскивают боевиков из УНИТА методам диверсии и саботажа. Без поддержки из-за границы Савимби просуществовал бы недолго. Он и сам не особенно скрывает это. «Когда человек тонет в реке, — цинично заявил главарь УНИТА во время одной из встреч с западными корреспондентами, — он не спрашивает о том, чья рука вытащила его на берег».

— Рука, которая вытащила на свет и все эти годы направляла действия УНИТА, принадлежит ЦРУ. С приходом в Белый Дом республиканской администрации эта поддержка особенно усилилась. Лидер УНИТА приезжал в США и встречался с занимавшим тогда пост госсекретаря Хейгом, который, по свидетельству западной печати, обещал Савимби поставить «большие партии противотанкового оружия и зенитных ракет». Расширяя вмешательство во внутренние дела Анголы, Вашингтон делает ставку на расистов ЮАР и на УНИТА, которую возглавляет ставленник ЦРУ Савимби.

— По сообщениям печати, в Пакистане начато строительство американских баз электронного слежения для обеспечения военных операций «сил быстрого развертывания» в районе Индийского океана и Персид-

ского залива. Эти базы, указывает индийская газета
«Нав бхарат таймс», — составное звено целой системы
опорных пунктов, создаваемой здесь американской во-
енщиной. Вашингтон постоянно наращивает в аквато-
рии Индийского океана американское военное присут-
ствие. Водные просторы здесь бороздит самая крупная
армада со времен второй мировой войны. В ее составе
около 60 боевых кораблей, включая ядерные авианос-
цы и подводные лодки. По всему периметру — от бере-
гов Австралии до Южной Африки — океан опоясала
сеть военных баз и опорных пунктов, которая постоянно расширяется.

— Только в течение 1981 года США «получили право» на создание 21 военной базы на территории Австралии, Израиля, Сомали, Омана и ряда других стран. А
недавно Вашингтон объявил о создании так называемо-
го центрального командования вооруженных сил США,
сфера действия которого охватывает ряд стран в бассей-
не Индийского океана. В стратегических планах правящих кругов США Индийскому океану отводится особое
место. Прежде всего Вашингтон намерен подкрепить
силой стремление американских монополий к природ-
ным богатствам стран региона. Кроме того, он пытается оказать «сдерживающее влияние» на процесс соци-
альных и политических перемен в этом регионе, навя-
зывать другим свою волю.

— Эти далеко идущие замыслы прикрываются наду-
манными рассуждениями о необходимости «противостоять советской угрозе». Между тем, Вашингтон начал
осуществление еще одной опасной провокационной
акции на Ближнем Востоке. К берегам Ливии в сроч-
ном порядке направлен атомный авианосец «Нимиц», а

в Египет — американские самолеты с системой
АВАКС, предназначенной, как известно, для ведения
разведки и корректирования военных действий. По вы-
ражению одного из комментаторов американского телевидения, Вашингтон решил нанести здесь «упрежда-
ющий удар» и вновь продемонстрировать свои жан-
дармские амбиции.

— В своем послании к сборищу главарей басмаческо-
го отребья президент США Р. Рейган признал, что его
администрация намерена значительно расширить масштабы необъявленной войны против ДРА. За пять лет
США предоставили афганским контрреволюционерам
помощь на общую сумму в 218 миллионов долларов, а
в нынешнем году Вашингтон намерен ассигновать на
вооружение и подготовку басмаческих банд уже более
100 миллионов долларов. Стремление вашингтонской
администрации активизировать деятельность афган-
ской контрреволюции, расширить масштабы агрессии
против ДРА вызвало возмущение широких кругов населения этой страны.

— Более 100 тысяч человек собрались в так называе-
мой «Долине смерти» в графстве Беркшир, в котором
расположены основные опорные пункты проводимой
английскими правящими кругами гонки ядерных вооружений — Олдермастонский атомный центр, работа-
ющий по его программе военный завод в Бергфилде и
военно-воздушная база в Гринем-Коммон, где в декаб-
ре нынешнего года намечено разместить первую партию американских крылатых ракет. «Нет — гонке ядерных вооружений!», «Требуем замораживания ядерных
арсеналов!» — под такими лозунгами прошла манифес-
тация сторонников мира.

— В Дуйсбурге стартовал марш мира. Он пройдет по ряду городов Рура и завершится митингом в Дортмунде. Власти ФРГ всеми силами пытаются сбить накал антивоенного движения, особенно в этом году, в конце которого планируется начать размещение новых американских ядерных ракет на западногерманской земле. Некоторые деятели правящего блока ХДС-ХСС в своем усердии прибегли даже к клеветническим утверждениям, будто все эти марши организованы Германской компартией. В ряде газет появились статьи, которые по замыслу их авторов, должны были отпугнуть от участия в маршах большое число людей. Но, как видно по Дуйсбургу, эта провокационная затея провалилась.

— В антиядерном движении на Аппенинах все более активное участие принимают религиозные католические организации, такие, как «Пакс кристи», «Справедливость и мир», «Католическое действие» и другие. Их представители собрались со всех концов Италии в Комизо (остров Сицилия), где они организовали демонстрацию протеста против размещения американских крылатых ракет на итальянской земле. Участники демонстрации призвали собравшихся противостоять всеми силами опасным планам, несущим угрозу всему живому на земле. Движение сторонников мира и противников угрозы ядерной войны приобретает в Италии все более широкий общественно-политический масштаб.

— Усилить движение против ядерной угрозы призвали участники прошедшего в Токио международного симпозиума «Путь к достижению ядерного разоружения». Его участники обсудили широкий круг проблем и выступили с рядом предложений, направленных на обуздание гонки вооружений. Первыми шагами на этом пути, отмечалось на симпозиуме, могли бы стать заключение договора о полном и всеобщем запрещении испытаний ядерного оружия, проект которого был предложен еще в 1963 году, замораживание ядерных вооружений и принятие всеми ядерными государствами обязательства не прибегать к ядерной угрозе.

— «Сократить на 50% военные расходы, направить высвобождающиеся средства на создание рабочих мест и улучшение социального обеспечения канадцев», — с такими требованиями выступили более 100 женских организаций Канады на состоявшейся в Торонто конференции, прошедшей под знаком решительного противодействия участию страны в развернутом по инициативе США новом туре гонки вооружений в рамках НАТО. «Канадские женщины, — подчеркивает одна из крупнейших буржуазных газет, — хотят не только сокращения военных расходов. На прошедшей конференции они потребовали объявления территории страны зоной, свободной от ядерного оружия, выхода Канады из НАТО».

— В связи с начавшимися в Южной Корее совместными американско-южнокорейскими военными маневрами «Тим спирит-83» газета «Жень-минь-жибао» пишет: «Вооруженные силы США и марионеточные войска Южной Кореи проводят в апреле крупнейшие в истории военные маневры на всей территории Южной Кореи. Бряцая оружием, США и клика Чон Ду Хвана нагнетают напряженность на Корейском полуострове и наносят серьезный ущерб миру и безопасности в Северо-Восточной Азии». Нынешнее напряженное положение на Корейском полуострове, пишет газета, сложилось в силу того, что клика Чон Ду Хвана, отказываясь от участия в переговорах по мирному объединению Кореи, при поддержке вооруженных сил США наращивает военную мощь в целях подготовки к войне. Вместо вывода из Южной Кореи своих войск США перебрасывают туда с собственной территории, а также с баз в районе Тихого океана крупные контингенты сухопутных, военно-морских и военно-воздушных сил и огромное количество современного оружия. Этими мерами США не только подрывают перспективу мирного объединения Кореи, усугубляя раскол между северной и южной частями страны, но и ставят под серьезную угрозу стабильность на Корейском полуострове. Китайский народ решительно выступает против таких наглых акций США.

— О полной поддержке национально-освободительных движений юга Африки заявили участники состоявшейся в Амстердаме подготовительной встречи к международной конференции солидарности с «прифронтовыми государствами» за национальное освобождение, независимость и мир на юге Африки.

— Датское правительство не будет безоговорочно поддерживать так называемое «нулевое решение» Рейгана, заявил министр иностранных дел Дании У. Эллеман-Енсен. Он напомнил, что Дания не исключает поиска других путей решения проблемы. Это не изменение позиции датского правительства, а лишь ее уточнение. Мы ожидали от Советского Союза новых предложений, и он их сделал, отметил кандидат на пост канцлера ФРГ от СДПГ Фогель. Они направлены на достижение прогресса на ведущихся в Женеве советско-американских переговорах. Теперь очередь за США сделать контрпредложение для обеспечения поступательного движения на этих переговорах. Г.-Й. Фогель указал, что советско-американская встреча на высшем уровне способствовала бы сохранению мира. Он подчеркнул, что недавнее предложение президента США о ликвидации ракет средней дальности в Европе лишь повторяет «нулевой вариант». Заместитель председателя парламентской фракции СДПГ X. Эмке заявил, что визит в Бонн Буша не внес ничего нового в позицию Запада на советско-американских переговорах об ограничении ядерных вооружений в Европе. X. Эмке критиковал «сомнительную позицию» канцлера Коля, который подчеркивает приверженность «нулевому решению» и в то же время пытается убедить избирателей в «гибкости» своего подхода к переговорам. Конструктивные предложения о сокращении ядерных вооружений, выдвинутые Ю.В. Андроповым и содержащиеся также в Политической декларации ПКК государств-участников Варшавского Договора, сказал секретарь правления Социалистической партии Австрии по международным вопросам В. Хаккер, с большим интересом встречены в общественных и политических кругах стран НАТО. Запад не может позволить себе игнорировать их как якобы «чисто пропагандистские». Партнеры США по НАТО, очевидно, скажут американскому президенту, что он опять «не поспевает за советским руководителем Ю.В. Андроповым, который прочно удерживает инициативу в мирном наступлении» подчеркивает ирландская газета «Айриш Пресс». Обращение Рейгана, констатирует западноберлинская «Фольксблат» не содержит и намека на готовность США к гибкому подходу на переговорах в Женеве. «Нью-Йорк дейли ньюс» констатирует, что посредством «обращений», равно как и расчитанной на публику поездки Буша, «администрация Рейгана пытается остановить растущую в Западной Европе оппозицию планам развертывания на континенте новых американских ракет средней дальности. «Советский Союз, пишет ливанская «Ас-Сафир», дает отповедь американской администрации, которая не желает отказаться от опасных планов создания военного превосходства над СССР. Москва — за баланс сил. Ответы товарища Ю.В. Андропова — новое убедительное подтверждение воли и решимости СССР продолжать усилия во имя устранения ядерной угрозы в Европе, пишет польская «Трибуна люду». Предложения, выдвинутые Генеральным секретарем ЦК КПСС, создают возможность для оживления диалога по разоружению, для прогресса на женевских переговорах. Генеральный секретарь ЦК КПСС Ю.В. Андропов, подчеркивает чехословацкая «Руде право», указал в своих ответах реалистичный, учитывающий интересы обеих сторон путь к позитивному завершению женевских переговоров на основе строгого соблюдения принципа равенства и одинаковой безопасности. Советский Союз выступает за то, чтобы в Европе не было ядерного оружия ни средней дальности, ни тактического. Это явилось бы подлинно нулевым вариантом. Достойно осуждения стремление США подходить к важным вопросам мира и разоружения с пропагандистской точки зрения. Правительство Венгерской Народной Республики считает, что создание в Европе зоны, свободной от ядерного оружия, способствовало бы упрочению доверия между европейскими государствами и улучшению международного климата, говорится в опубликованном здесь официальном сообщении. Правительство ВНР согласно с тем, указывается в документе, что начать создание такой зоны можно было бы с Центральной Европы и что ширину зоны следовало бы увеличить вдвое по сравнению с размерами, предложенными правительством Швеции. Венгерское правительство выразило готовность сотрудничать в обсуждении вопросов, связанных с созданием безъядерной зоны, и содействовать успеху переговоров. В ответе правительства НРБ на инициативу правительства Швеции указывается, что создание в Европе зоны, свободной от ядерного оружия, правительство НРБ рассматривает как один из путей, ведущих к освобождению всего континента от ядерного оружия, уменьшению опасности войны, укреплению доверия между народами. Именно поэтому предложение о создании безъядерной зоны встречает понимание и поддержку всей болгарской общественности. Эта инициатива соответствует идее создания безъядерной зоны на Балканах. Чехословакия придает большое значение предложению правительства Швеции создать в Европе зону, свободную от ядерного оружия, говорится в опубликованном здесь ответе правительства ЧССР на предложение Швеции. В документе отмечается, что предлагаемая зона может быть действительно эффективной в плане снижения ядерной угрозы в том случае, если она будет расширена. Именно поэтому, подчеркивает правительство ЧССР, Чехословакия поддерживает позицию Советского Союза, предложившего расширить зону, свободную от ядерного оружия, до 500—600 километров. ЧССР готова оказать всестороннее понимание и поддержку созданию такой зоны и принять участие в соответствующих переговорах, которые должны быть основаны на принципах равенства и одинаковой безопасности. Грандиозными манифестациями и митингами отметила общественность Боливии 33-ю годовщину создания коммунистической партии страны. По главным улицам столицы прошли колонны демонстрантов — представители рабочего класса, крестьянства, прогрессивной интеллигенции, прибывшие со всех уголков Боливии. Несколько тысяч человек приняли участие в торжественном митинге, состоявшемся во Дворце спорта. Тепло приветствовали они появление в президиуме руководителей КПБ, представителей других политических партий, входящих в правящую коалицию Демократическое и народное единство, членов правительства и национального конгресса. Выступивший на митинге Первый секретарь ЦК компартии Боливии Хорхе Колле Куэто заявил, что боливийские коммунисты всегда высоко несли знамя борьбы за свободу и демократию, отстаивали интересы всего трудового народа. Сегодня компартия входит в состав правительства, за что подвергается яростным нападкам со стороны империалистических кругов США и их марионеток — военных диктатур в Латинской Америке. Нынешнее боливийское правительство, подчеркнул он, демонстрирует образцы мужества, самостоятельности и независимости. Доказательством тому является восстановление дипломатических отношений с Кубой, Никарагуа, официальное признание Организации освобождения Палестины. Первый секретарь ЦК КПБ выразил твердую уверенность в том, что при поддержке всего трудового народа Боливия продолжит путь к свободе и независимости. В демократических кругах Греции все настойчивей звучат требования о ликвидации американских военных баз на тер ритории страны. Решительно отверг утверждения отдельных политических деятелей о необходимости сохранения баз США в Греции для «обеспечения безопасности Запада» Генеральный секретарь ЦК Компартии Греции Х. Флоракис. В своем заявлении он подчеркнул, что эти базы на деле служат не Греции, а стратегическим интересам США. Он указал, что во имя защиты таких интересов национальная независимость Греции может оказаться под угрозой. С призывом к греческому народу сохранять бдительность обратилась Организация греческих сторонников мира «Движение за национальную независимость, международный мир и разоружение» (КЕАДЕА). Ее председатель Х. Марпулос указал, что КЕАДЕА выступает за вывод из Греции иностранных военных баз. Большинство греческого народа отвергает точку зрения, согласно которой базы должны быть сохранены любой ценой, подчеркивается в распространенном здесь заявлении Исполнительного секретариата Всегреческого социалистического движения (ПАСОК), из представителей которого состоит однопартийный кабинет А. Папандреу. В Люксембурге состоялся пленум Центрального Комитета Коммунистической партии Люксембурга (КПЛ). Его участники обсудили положение в стране, вопросы международной политики, определили задачи, стоящие перед люксембургскими коммунистами. В резолюции пленума отмечается, что политика правительства, предусматривающая перекладывание экономических тягот на плечи трудящихся, привела к дальнейшему ухудшению материального положения населения страны. В целях предотвращения дальнейшего падения жизненного уровня людей труда КПЛ выступила за национализацию ведущей отрасли промышленности страны — черной металлургии. Во внешнеполитическом разделе резолюции люксембургские коммунисты резко осудили милитаристский курс администрации США и руководства НАТО. Они вновь подчеркнули необходимость активизации борьбы против их опасных планов, предусматривающих развертывание в ряде стран Западной Европы новых американских ядерных ракет. В документе также осуждается внешняя политика правящих кругов Люксембурга, предоставивших территорию страны под строительство военных баз и складов НАТО. Пленум принял решение о созыве очередного, XXIV съезда КПЛ в январе 1984 года. На состоявшейся в Варшаве сессии сейма ПНР с сообщением правительства об актуальных проблемах внешней политики страны выступил член Политбюро ЦК ПОРП, министр иностранных дел ПНР С. Ольшовский. Главным фактором мира на планете, сказал он, остается политика Советского Союза и всего социалистического содружества. Ярким подтверждением этого являются итоги состоявшегося недавно в Праге совещания Политического консультативного комитета государств-участников Варшавского Договора. Польско-советский союз остается основной гарантией безопасности Польши, нерушимости наших границ, принципиальным фактором сплоченности и взаимодействия социалистических государств. Он также служит делу мира и безопасности в Европе, является одним из существенных ее составных элементов. Переговоры товарища В. Ярузельского с товарищем Ю.В. Андроповым в конце минувшего года подтвердили волю обеих партий и государств к укреплению широкого сотрудничества и тесного взаимодействия на междуна-

родной арене в проведении политики мира. Принятые
во время этих переговоров решения последовательно
выполняются и будут выполняться. Минувший год был
особенно трудным периодом в наших отношениях с За-
падом и США, отметил министр. Антипольская политика не могла принести запланированных результатов.
Она не задержала процесса стабилизации и нормализа-
ции жизни, хотя затруднила решение наших экономических проблем, не сумела помешать постепенному
преодолению кризиса. Надежды на политический или
экономический крах польского государства потерпели
провал. Депутаты сейма приняли постановление о направлениях внешеней политики ПНР на 1983 год. В документе подтверждаются верность и неизменность
главных принципов внешней политики ПНР, которые
заключаются в братском союзе с СССР, гарантирую-
щем Польше безопасность и нерушимость границ, участии в оборонном союзе Варшавского Договора, взаи-
мовыгодном сотрудничестве в рамках СЭВ, в дружест-
венных отношениях со всеми государствами, которые
стремятся их поддерживать на принципах равноправия,
взаимного уважения и взаимовыгоды, в активности на
международной арене на благо дела мира, разрядки и
разоружения, вытекающей из исторического опыта
польского народа, из роли и места Польши в Европе и
во всем мире. Сейм, подчеркивается в постановлении,
решительно осуждает и отвергает любые попытки ино-
странного вмешательства во внутренние дела Польши.
Сейм подтверждает, в частности, что проводимая адми-
нистрацией США политика вмешательства во внутренние дела Польши, применение санкций и экономического нажима, а также прекращение в одностороннем

порядке действия различных договоренностей и соглашений противоречат международному праву и добрым традициям, наносят ущерб делу мира, совместным интересам всех народов. Мы будем противодействовать попыткам использования наших внутренних проблем для нагнетания напряженности в отношениях между государствами с разными общественными системами. Нынешнее международное положение вызывает обоснованные опасения за судьбы разрядки, дальнейшее мирное развитие планеты. Курс США и НАТО на конфронтацию ведет к качественно новым, невиданным до сих пор масштабам гонки вооружений. Это означает усиление опасности ядерного конфликта, угрожающего существованию человеческой цивилизации. Особую опасность представляют планы превращения Западной Европы в арсенал американских ядерных ракет средней дальности. Сейм ПНР призывает парламенты всех государств, а через них народы Европы и всего мира взаимодействовать в решении наиболее важных для нынешнего и будущего поколения дел — в защите мира, разоружении, в борьбе с опасностью ядерного конфликта. Сейм ПНР выражает солидарность с Обращением Верховного Совета СССР и ЦК КПСС, принятым на совместном торжественном заседании по случаю 60-летия образования СССР и направленным в адрес парламентов, правительств, политических партий и народов мира. В Политической декларации государств-участников Варшавского Договора представлены предложения, имеющие принципиальное значение для конструктивного формирования международной обстановки и сдерживания тенденций «холодной войны» в мире. Особенно существенным для перспектив мира во всем мире и

разрядки является предложение заключить Договор о
взаимном неприменении военной силы между государ-
ствами-участниками Варшавского договора и НАТО.
Сейм выражает этому предложению решительную поддержку, считая его особенно важным для будущего Европы и мира. Сейм считает необычайно существенным
укрепление безопасности государства и восстановление
международных позиций Польши, решительную борьбу
с любой дискриминацией, а также вмешательством во
внутренние дела страны; укрепление всесторонних отношений с СССР, ГДР, ЧССР и другими социалистическими странами, упрочение союзнической позиции
Польши, развитие всестороннего сотрудничества в рамках Варшавского Договора и СЭВ. К IX съезду Союза
писателей ГДР, который начнет работу в конце мая, с
особо заметными успехами подходит его берлинская
организация. За последние три года столичными лите-
раторами опубликовано свыше 800 произведений. Писатели способствуют реализации решений X съезда
СЕПГ, содействуют укреплению идеалов социализма и
коммунизма, защищают дело мира. Газета пишет, что
долг прозаиков, поэтов, драматургов — ярко и убедительно отражать в художественных произведениях мно-
гогранную жизнь первого немецкого социалистического государства, вносить реальный вклад в формирова-
ние нового человека. В нынешней международной
экономической ситуации, когда положение на мировых
рынках постоянно меняется, стабильность внешнетор-
говых контактов с братскими странами во многом способствовала устойчивой работе венгерских предприятий. Сейчас больше половины всего внешнеторгового
оборота Венгрии приходится на социалистические го-

сударства. И в будущем они будут играть основную роль в улучшении сбалансированности народного хозяйства ВНР. Взаимные интересы диктуют необходимость дальнейшего укрепления дисциплины поставок и повышения качества продукции. Наряду с этим следует постоянно искать новые резервы для расширения торговых связей Венгрии с социалистическими партнерами как в области обмена изделиями тяжелой промышленности, так и товарами широкого потребления. Указав, что политика цен является важным рычагом в хозяйственном строительстве, пленум ЦК КПВ указал, что существующей системе государственных цен порой еще не хватает гибкости, эффективности и она оказывается в хвосте неорганизованного рынка. Естественно, нельзя допустить, чтобы подобное положение оставалось. В сфере ценообразования следует сохранить нынешнюю систему государственных цен, постепенно совершенствуя ее отдельные части. В основе всей деятельности в сфере ценообразования должно лежать единое государственное планирование. Определение цен — это эффективное орудие государства в области хозяйственного развития. От того, насколько успешно оно будет использоваться, во многом зависит успех дела стабилизации в экономической и общественной жизни Вьетнама. С большим интересом москвичи и гости столицы ознакомились с выставкой «35 лет социалистической Праги», открывшейся в Москве на ВДНХ СССР. Ее экспонаты рассказывают об историческом развитии Чехословакии, о жизни и трудовых свершениях пражан, решающих важные задачи социалистического строительства. Выступая на открытии выставки председатель исполкома Моссовета В.Ф. Промыслов отметил, что Прага — это замечательный социалистический город, жители которого успешно осуществляют решения XYI съезда КПЧ. Мы уверены, сказал он, что нынешние дни Праги послужат дальнейшему сближению наших столиц и выльются в подлинный праздник дружбы народов СССР и ЧССР. Приматор Праги Ф. Штафа в своем выступлении высоко оценил разносторонние связи двух столиц, подчеркнув, что сотрудничество с Советским Союзом было и остается залогом достижений его родины в строительстве социализма. На открытии выставки присутствовали член Политбюро ЦК КПСС, первый секретарь МГК КПСС В.В. Гришин, делегация чехословацкой столицы во главе с членом президиума ЦК КПЧ, первым секретарем Пражского горкома партии А. Капеком, посол ЧССР в СССР Ч. Ловетинский. Как неотложную программу действий восприняли народные контролеры решения ноябрьского (1982 г.) Пленума ЦК КПСС. Инициатива, нетерпимость к недостаткам, настрой на конкретные дела характерны для многих комитетов, групп и постов. Выполняя наказ партии — действовать энергичнее, наступательнее, — народные контролеры вносят заметный вклад в выполнение решений XXVI съезда КПСС, плановых заданий одиннадцатой пятилетки, в борьбу за повышение организованности, укрепление дисциплины и порядка на производстве, строжайшее соблюдение режима экономии. Органы народного контроля — это авторитетная государственная и общественная сила. Почти во всех трудовых коллективах действуют группы и посты дозорных, объединяющие около десяти миллионов передовых рабочих, колхозников, представителей интеллигенции. На их счету немало добрых дел. Так, дозорные объединений «Ленинградский Металлический завод», «Невский завод», «Ижорский завод» и ряда других предприятий Ленинграда по итогам проверки внесли предложения, реализация которых позволила сэкономить в минувшем году около 7 тысяч тонн черных и 560 тонн цветных металлов. Выявлены резервы, позволившие ленинградцам дополнительно выпустить товаров народного потребления почти на 11 миллионов рублей. Комитеты и группы народного контроля Подмосковья при активной поддержке партийных организаций глубоко разобралась в причинах потерь рабочего времени. Дозорные Днепропетровского производственного объединения «Днепрошина» имени XXY съезда КПСС немало способствовали тому, что предприятие за два года увеличило выпуск продукции на 13%, причем выпуск пневмошин, аттестованных государственным Знаком качества, доведен до 90%. И таких примеров эффективной работы дозорных немало. Сейчас в органах народного контроля начались отчеты и выборы. Эта важная и ответственная кампания проходит в обстановке, свидетельствующей о том, что решения ноябрьского Пленума ЦК КПСС нашли живой отклик в трудовых коллективах, в них развернулась активная работа по улучшению организации труда, повышению дисциплины, поиску новых резервов. С учетом этого народные контролеры призваны проанализировать свою работу, основательно посмотреть на то, что сделано и упущено. Ведь еще не мало таких производственных комитетов и групп, которые действуют робко, проверки проводят часто по мелким поводам, ограничиваются регистрацией недостатков. В этой связи заслуживают упрека отдельные комитеты и группы Красноярского края, Каракалпакской АССР, Николаевской и Мангышлакской областей. Имеются случаи формального подхода к организации контроля. Например, Вышневолоцкий городской комитет Калининской области шесть раз заслушивал объяснения руководителей фабрики «Пианино» по поводу невыполнения плана, фактов бесхозяйственности. Принимались постановления, а предприятие по-прежнему не справляется с заданиями. Не проявляет инициативы и настойчивости, пассивно ведет себя и группа народного контроля фабрики. В свете решений ноябрьского Пленума ЦК КПСС приобретают еще большую актуальность задачи всемерного укрепления дисциплины, четкого выполнения государственных планов и заданий, обеспечения строжайшего режима экономии и бережливости. Возрастает ответственность и органов народного контроля. Они обязаны усилить работу по проверке исполнения директив партии, советских законов и решений правительства, настойчиво искоренять бесхозяйственность и расточительность, волокиту, бюрократизм, местничество. Собрания трудящихся и конференции представителей трудовых коллективов по отчетам и выборам комитетов, групп и постов состоятся в течение февраля-апреля, что позволяет провести их без спешки, организованно, в полном соответствии с требованиями Закона о народном контроле в СССР. В ходе отчетов и выборов нужно не только критически проанализировать сделанное, но и определить пути совершенствования контроля. Предстоит избрать в состав комитетов, групп и постов энергичных, политически зрелых, принципиальных активистов, особенно из числа тех рабочих и колхозников, которые способны вести дело проверки успешно.

В случаях замены руководителей комитетов и групп на эти посты выдвигаются пользующиеся доверием коллективов партийные активисты. При этом следует руководствоваться оправдавшей себя на практике, одобренной ЦК КПСС практикой избрания председателей комитетов и групп заместителями секретарей или членами парткомов, бюро парторганизаций. Проведение отчетов и выборов комитетов, групп и постов народного контроля требует особого партийного внимания. Важно, чтобы эта ответственная кампания проходила на высоком организационном и политическом уровне, в обстановке деловитости и требовательности. Необходимо обеспечить широкое и заинтересованное участие трудящихся в собраниях и конференциях, в обсуждении результатов работы органов народного контроля, позаботиться о гласности, освещении отчетов и выборов на страницах печати, по телевидению и радио. В работе собраний и конференций, обсуждении отчетов народных контролеров должны принять деловое участие представители администрации, руководители партийных, профсоюзных, комсомольских организаций. Партийным комитетам и бюро следует внимательно проанализировать критику, замечания и предложения, высказанные трудящимися. Надо, чтобы активисты, избранные в группы и посты дозорных, ясно представляли: им доверено почетное и ответственное дело. В то же время каждый народный контролер должен быть уверен, что его общественная работа получит необходимую поддержку. Отчетновыборная кампания в органах народного контроля призвана способствовать усилению проверки исполнения со стороны широких масс, дальнейшей мобилизации трудовых коллективов на осуществление решений XXVI съезда КПСС, реализацию Продовольственной программы страны, выполнение и перевыполнение государственного плана 1983 года и в целом одиннадцатой пятилетки. В летопись Всесоюзного соревнования вписаны новые имена славных представителей рабочего класса и крестьянства, которые за большие достижения награждены орденами Трудовой Славы I степени. Среди них — проходчик кузбасской шахты «Юбилейная» С. Сизых и бригадир В. Кочетов из четвертого строительного треста «Дзержинский» Горьковской области, доярки Я. Бельскене из Литовской ССР, А. Дюсюмбекова из Казахстана и Л. Гадалова из Подмосковья — всего тридцать семь лучших из лучших. На ударной вахте в честь 60-летия образования СССР они, как и миллионы других тружеников города и села, показали пример эффективного труда, экономного использования сырья и энергоресурсов, старательности и крепкой дисциплины. Именно так — делом — советские люди подкрепляют решения партии, направленные на дальнейшее развитие экономики страны. Ярким выражением этой единодушной поддержки стала встреча Генерального секретаря ЦК КПСС Ю.В. Андропова с московскими станкостроителями. Она убеждает, что в трудовых коллективах живой отклик нашли решения ноябрьского (1982 г.) Пленума Центрального Комитета и наша партия может твердо положиться на рабочий класс, на всех тружеников страны в осуществлении поставленных задач. Передовики — это застрельщики, маяки, на которые мы ориентируемся. Но усилиями одних лишь передовиков не решить поставленных задач. Важно, чтобы каждый активно участвовал в работе. На ноябрьском пленуме ЦК КПСС отмечалось, что опыт передовиков — один из резервов дальнейшего совершенствования производства, улучшения экономических показателей. Чтобы полнее поставить его на службу пятилетке, необходимы повседневная организаторская и политическая работа в коллективах, конкретный подход к делу. Пример такого подхода показывают многие коллективы Москвы. Инициатива передовых предприятий столицы, развернувших движение за укрепление производственной и трудовой дисциплины, находят широкий отклик у тружеников города и села. Следует по-деловому поддержать ценное начинание, исходя из того, что эта задача долговременная, многосторонняя. Московский горком партии, например, предложил райкомам и первичным парторганизациям внимательней прислушиваться к предложениям и замечаниям трудящихся, взять на контроль выполнение мероприятий по наведению порядка на производстве. Практическими делами подкрепляют почин коммунисты многих ленинградских, киевских, минских предприятий и строек. Укрепляя порядок на производстве, важно учить людей на примере лучших, тех, кто, не дожидаясь указаний сверху, настойчиво ищет и пускает в дело свои резервы. «Нам нужна сознательная, рабочая дисциплина, такая, которая двинула бы вперед производство, — отметил товарищ Ю.В.Андропов на встрече с московскими станкостроителями. — Нам надо наполнить борьбу за дисциплину большим содержанием, связать ее непосредственно с выполнением производственных заданий...» Трудно переоценить в этой связи начинание бригады вальцовщиков Карагандинского металлургического комбината С. Дрожжина, развернувшей соревнование под девизом «За высокую отдачу н каждом рабочем месте». Инициативу поддержал ЦК Компартии Казахстана, рекомендовав местным партийным и профсоюзным организациям, хозяйственным руководителям взять на вооружение опыт передовой бригады по освоению смежных профессий, налаживанию учебы, внедрению научной организации труда. Поддерживая инициативу снизу, надо помнить, что не всегда успех зависит только от рядового труженика. Порой возникают помехи, справиться с которыми ему не под силу: то заготовки вовремя не подвезли, то инструмента нужного нет. В результате снижается трудовой настрой, уходит время впустую. Убытки же от такой неразберихи покрываются чаще всего из государственного кармана. Вот почему в своих письмах в «Правду» трудящиеся предлагают установить повседневный рабочий контроль за порядком на производстве, строже спрашивать с тех, кто не хочет или не умеет организовать труд, смотрит на беспорядок сквозь пальцы. Вопрос об укреплении дисциплины касается каждого — от рабочего до министра, и эффект от этого должен благотворно сказаться во всех без исключения звеньях производства. Сегодня все большее распространение получают бригадные формы с распределением зарплаты по реальному вкладу каждого труженика. Практика убеждает: в таких коллективах и новички быстрее находят свое место, действеннее наставничество, активнее идет обмен лучшим опытом. Избираемые рабочими советы бригад своим авторитетом и доверием положительно влияют на повышение организации и качества труда, умеют постоять за интересы коллектива. Оразцов четкой, слаженной работы много, они есть в любой отрасли народного хозяйства. Но есть и факты иного рода. Не всегда полезный опыт быстро находит путь в каждый цех, на каждое рабочее место. Так, в объединении «Армэлектроаппарат» на Навоийском цементном комбинате (Узбекская ССР), Уфимском нефтеперерабатывающем заводе не в полной мере используются преимущества комплексных и сквозных бригад, многие рабочие не имеют личных планов повышения отдачи труда. Специалисты здесь слабо помогают рабочим в техническом обосновании обязательств, совмещении профессий. В иных коллективах вольготно чувствуют себя нарушители дисциплины, много прогулов и неявок с разрешения администрации. Партийные организации призваны давать принципиальную оценку таким фактам, помочь коллективам в устранении недостатков, всячески поощрять тех, кто стремится работать лучше. Начало года — время, когда коллективы принимают новые социалистические обязательства. Добрая примета нынешнего дня в том, что трудящиеся намечают достичь высоких рубежей на каждом рабочем месте, в частности путем широкой поддержки инициативы москвичей, укрепления трудовой дисциплины, поиска и применения дополнительных резервов производства. Коммунисты призваны быть впереди, показывать пример трудолюбия, творческого подхода к порученному делу. В социалистических обязательствах на 1983 год москвичи наметили досрочно выполнить годовой план и задания трех лет пятилетки. Среди мер, на основе которых это будет достигнуто, видное место отводится укреплению производственной дисциплины, четкой организации работы. Коллективы столицы держат свое слово. Развивая почин «Честь и слава — по труду», многие из них повысили качественные показатели, усилили режим экономии. Обязательства взяты под строгий контроль, и когда, скажем, на компрессорном заводе «Борец» обнаружились сбои, сложившуюся там обстановку рассмотрело и помогло поправить дело бюро горкома партии. Без должной дисциплины — трудовой, плановой, государственной, отмечал товарищ Ю.В. Андропов на встрече с московскими станкостроителями, мы не можем быстро идти вперед. Конкретные мероприятия для укрепления порядка на производстве, результативного использования рабочего времени, бережного отношения к народному добру включили в свои обязательства многие участники соревнования. И это понятно: такие меры — крупный резерв роста. Значение его тем более велико, что наведение порядка чаще всего не требует каких-либо капитальных затрат, эффект же дает большой. К примеру, коллектив треста «Магнитстрой» только за счет сокращения потерь рабочего времени взялся дополнительно произвести за год на 270 тысяч рублей строительно-монтажных работ. Прибавка солидная! Вместе с тем жизнь убеждает: если лозунг о повышении дисциплины и порядка не подкрепляется живым делом, глубоким анализом результатов соревнования, внедрением передового опыта, то коллективы не только не идут вперед, но и подчас сдают уже завоеванные позиции. Так, локомотивное депо Гребенка Полтавского отделения железной дороги еще пять-шесть лет назад славилось своими успехами, сюда приезжали учиться, за опытом. А сейчас оно среди отстающих, и основная причина этого — снижение дисциплины и инициативы людей, взаимной требовательности. На многие нарушения здесь стали смотреть сквозь пальцы, забыты последние новшества, помогавшие трудиться с полной отдачей. Факт этот далеко не единичен. Иные хозяйственные руководители, надеясь лишь на силу приказа, не заботятся об улучшении организации и условий труда людей, ослабили экономическую работу. Плохо, что коммунисты, профсоюзные органы нередко мирятся с этим, сводят участие соревнующихся в укреплении порядка к мелочам, лежащим на поверхности, не добираются до глубинных резервов. Задача же состоит как раз в том, чтобы обеспечить комплексный подход, наполнить борьбу за дисциплину большим содержанием, добиваясь вместе с тем конкретности и действенности всех мер. Хорошо налаженное соревнование помогает поднимать энергию и инициативу тружеников города и села, их заинтересованность в улучшении дела, создавать творческую атмосферу. А это надежный путь к укреплению сознательной дисциплины и порядка, наиболее полному использованию всех возможностей производства. Велика воспитательная роль передовиков и передовых коллективов. Показывая образцы исполнительности, хозяйского отношения к порученному делу, они увлекают за собой других. Понятно, тут нельзя полагаться на самотек. Пример, практика лучших становится действительно большой силой, когда вокруг них ведется каждодневная мобилизующая работа. Для этого у организаторов соревнования достаточно разнообразных средств. Тут и школы передового опыта, и наставничество, и рабкоровские рейды, взаимопроверки соревнующихся коллективов. Важно лишь, чтобы при этом основательно изучался и обобщался не только производственный, но и нравственный опыт, умение активно влиять на людей, подтягивать их до уровня ведущих. Такой подход требует глубокого знания обстановки, учета условий, умения доходить до каждого человека. А всегда ли партийные, профсоюзные и комсомольские организации, хозяйственники придерживаются этих правил? Как видно из почты «Правды», кое-где все еще руководят соревнованием «в общем и целом», поэтому вне поля зрения оказываются существенные его грани, не учитываются интересы, пожелания отдельных и подчас довольно значительных групп соревнующихся. Так, на ряде предприятий, в частности на ждановском заводе «Азовсталь», в стороне от движения за дисциплину и бережливость остаются многие вспомогательные подразделения, о них иногда попросту забывают. Не случайно число нарушений и текучесть среди трудящихся вспомогательных производств втрое-вчетверо выше, чем в основных цехах. Мощный рычаг в борьбе за образцовую дисциплину и высокую творческую активность — правильное стимулирование соревнующихся. Оно предполагает точный учет и объективную оценку результатов труда. Если этого нет, меры поощрения могут не «сработать» в нужном направлении. Авторы писем в «Правду» сообщают, например, что премию за экономию топлива получают и те, кто об этом даже представления не имеет, зато внакладе непосредственные участники. В ряде случаев условия соревнования составлены так, что в «победителях» оказываются участки, бригады, сумевшие скрыть нарушения. Формальный подход к движению за укрепление дисциплины и порядка нетерпим. От партийных и профсоюзных организаций, хозяйственных руководителей прежде всего зависит, чтобы работа в поддержку доброго почина москвичей строилась по-деловому, не сводилась к кратковременной кампании, а тем более простой шумихе. Ее надо вести систематически, повседневно, вовлекая всех участников соревнования и захватывая широкий круг проблем по всей производственной цепочке. Правильно поступают там, где борьбу за дисциплину напрямую связывают с успешным выполнением заданий третьего года пятилетки, принятых обязательств не только по общему объему производства, но и в полном соответствии с заказами потребителей. Нельзя забывать, что прочный успех сопутствует тем коллективам, которые без раскачки, с первых месяцев года энергично берутся за реализацию намеченного, добиваются ритмичной, слаженной работы во всех звеньях производства. Недалек день, когда в южных районах страны начнется весенний сев. И уже сегодня в каждом колхозе и совхозе думают над тем, как лучше организовать эту работу, кто поведет машины в поле. Ведь успех на севе зависит прежде всего от механизаторов, от того, насколько хорошо знают они технику, передовые приемы и методы работы, прогрессивные технологии возделывания сельскохозяйственных культур. На майском (1982 г.) Пленуме ЦК КПСС отмечалось, как важно укрепить все участки колхозного и совхозного производства квалифицированными кадрами массовых профессий, повысить их мастерство. Постоянную заботу о пополнении хозяйств механизаторами проявляют многие партийные организации, советские и сельскохозяйственные органы. В Староку-латкинском районе Ульяновской области, например, на каждый трактор подготовлено по два водителя. Здесь все полевые работы проводят своими силами. Ежегодно в хозяйствах готовят 250 трактористов. По 166 механизаторов на каждые сто тракторов насчитывается в хозяйствах Украины, причем две трети их специалисты первого и второго классов. Земледельцы страны активно поддержали почин инициаторов Всесоюзного социалистического соревнования за своевременную подготовку техники и кадров к весне — сельских тружеников Эстонии, Брянской, Полтавской и Ташкентской областей. По их примеру во многих хозяйствах еще с осени определили, сколько механизаторов потребуется, чтобы провести сев в лучшие сроки, на высоком агротехническом уровне. Учли не только штатных водителей, а и тех, кто имеет такую специальность, но сейчас занят на других работах. Обеспечены механизаторами для проведения сева хозяйства Краснодарского и Алтайского краев, Белгородской, Челябинской, Воронежской, Ростовской и ряда других областей. Однако в некоторых районах кадров сельских механизаторов не хватает. Их надо готовить. Зима — наиболее подходящая пора для учебы сельских кадров, особенно механизаторов. В нынешнем году из села в профессионально-технические училища направили сотни тысяч человек. Начались занятия также на курсах, где сейчас занимаются почти триста тысяч механизаторов. Необходимо добиться, чтобы все они успешно закончили учебу, своевременно приступили к работе на селе. Ежегодно на высоком уровне готовят механизаторов в колхозе «Путь к коммунизму» Гомельской области. И вовсе не случайно производительность тракторов здесь значительно выше, чем в среднем по Гомельскому району. По четкому плану проводятся занятия в Сокальском районе Львовской области. Учебные классы оборудованы наглядными пособиями, подобраны квалифицированные преподаватели, будущие водители машин изучают новую технику, индустриальные технологии, опыт передовиков. Организованно проходит учеба в Саратовской, Волгоградской, Кировоградской, Днепропетровской областях. Задача руководителей автопромышленных объединений, колхозов и совхозов, подразделений Госкомсельхозтехники, профессионально-технических училищ позаботиться о том, чтобы люди овладели полным объемом знаний, смогли уверенно применять их на практике. Письма, поступающие в редакцию «Правды», свидетельствуют о том, что учеба механизаторов по-настоящему налажена не везде. Так, в колхозе «Россия» Касимовского района Рязанской области даже для работы в одну смену не хватает восьми трактористов, а обучается всего четыре человека. Запоздали с формированием учебных групп, организацией механизаторского всеобуча в ряде хозяйств Киргизии, Таджикистана, Псковской, Новосибирской областей. Кое-где занятия проводятся по сокращенным программам, что снижает качество обучения. Партийные комитеты, местные Советы должны повысить спрос с хозяйственных руководителей за организацию учебы механизаторов. Это поможет улучшить квалификацию водителей, обеспечить двухсменную работу агрегатов. В хозяйствах страны с каждым годом расширяются площади, на которых сельскохозяйственные культуры возделываются по индустриальной технологии. Учитывая, что такая технология требует точного выполнения всех агротехнических операций, необходимо привлечь к этой работе наиболее опытных людей, механизаторов первого и второго классов, вооружить их специальными знаниями. На краткосрочных курсах по программам, разработанным Министерством сельского хозяйства СССР, пройдут обуче-

ние более двухсот тысяч человек. Провести эти занятия
надо организованно, с пользой для земледельцев. Но-
ябрьский (1982 г.) Пленум ЦК КПСС указал, что для
выполнения Продовольственной программы работникам агропромышленного комплекса нужно изо дня в
день наращивать усилия, трудиться так, чтобы огромные средства, направляемые на решение этой задачи,
давали отдачу уже сегодня и еще большую — завтра.
Реализация планов производства и продажи государству продукции сельского хозяйства во многом зависит от
того, в чьи руки попадут машины, как они будут использоваться. Руководителям колхозов и совхозов, местным партийным и советским органам, профсоюзным
комитетам, всем сельским коммунистам следует иметь
в виду, что нынешней весной в поле выедут 75 тысяч
молодых механизаторов, оканчивающих СПТУ, и более
200 тысяч выпускников курсов. Им надо вручить на-
дежную технику, закрепить за квалифицированными
наставниками, создать хорошие условия для труда и отдыха, строго соблюдать установленные для них льготы.
Важно также обеспечить высокопроизводительную работу шефов, которые приедут помогать труженикам села. Чем ближе весна, тем больше забот у партийных комитетов, руководителей агропромышленных объединений. Нужно помочь земледельцам составить четкие
рабочие планы, заранее продумать расстановку механи-
зированных отрядов, шире внедрить бригадный подряд,
организовать действенное социалистическое соревнование за повышение производительности машин, успешное проведение весеннего сева. Той же цели следует подчинить работу партнеров земледельцев — предприятий «Сельхозтехники», «Сельхозхимии». У весны

свой особый, строгий счет. Не зря же говорят, что ее
день год кормит. От механизаторов, их знаний и мастерства, дисциплинированности и организованности
зависят полноценность весеннего дня, успешное проведение сева, осуществление задач дальнейшего развития
сельского хозяйства. Последовательно осуществляется
курс Коммунистической партии и Советского государства на повышение благосостояния нашего народа. Со-
циальная программа охватывает все стороны жизни советских людей — потребление и жилье, условия труда и
быта, культуру и отдых. «Забота о советском человеке,
об условиях труда и быта, о его духовном развитии, —
отмечал Генеральный секретарь ЦК КПСС товарищ
Ю.В. Андропов, — остается важнейшей программной
установкой партии». В стране немало делается для совершенствования бытового обслуживания населения.
За последние годы заметно выросли масштабы и рас-
ширилась сфера действия отрасли, поднялся ее авторитет. Сегодня она предлагает населению свыше 600 различных услуг. Вместе с тем достигнутый уровень сервиса пока не в полной мере отвечает возросшим запросам
советских людей, в работе мастерских, ателье, фабрик
химической чистки немало существенных недостатков.
Вопрос о дальнейшем развитии и улучшении бытового
обслуживания населения был всесторонне рассмотрен
на заседании Политбюро ЦК КПСС. Опубликовано
постановление Центрального Комитета КПСС и Совета Министров СССР «О дальнейшем развитии и улучшении бытового обслуживания населения». Намечена
широкая программа действий. Исходя из решений
XXYI съезда партии, майского и ноябрьского (1982 г.)
Пленумов ЦК КПСС, постановление обязвует местные

партийные и советские органы, министерства и ведомства усилить внимание к службе быта, осуществить меры, направленные на более полное удовлетворение спроса на бытовые услуги, повышение качества, культуры обслуживания. В постановлении отмечается, что главными направлениями в развитии бытового обслуживания должно быть расширение таких видов услуг, как ремонт радиотелевизионной аппаратуры, бытовых машин и приборов, жилья, мебели, обуви, стирка белья и химическая чистка одежды, прокат предметов длительного пользования, изготовление изделий по заказам населения, отличающихся высоким качеством. Принимаются меры к внедрению новых видов бытовых услуг и прогрессивных форм работы — срочное исполнение заказов, доставка их по месту жительства, обслуживание по абонементам, расширение сети комплексных услуг, приемных пунктов и высокоразрядных предприятий быта. Будет увеличена сеть организаций и приемных пунктов в сельской местности, на заводах, фабриках, стройках и общежитиях. Во всем этом должен соблюдаться принцип: максимум удобств для заказчика, экономия времени трудящихся. Здесь важно использовать опыт передовых коллективов. Так, ряд предприятий Киева, Ленинграда, Пензы перешел на работу по системе «Сегодня — на сегодня». Суть ее в том, что специалисты выполняют заказы по ремонту радио— и телеаппаратуры, сложной бытовой техники в день их оформления и, конечно, в удобное для городских жителей время. Рост сети предприятий службы быта и улучшение их работы — забота общая. В это дело должны внести весомый вклад труженики индустрии, науки, культуры. Постановлением установлены задания министерствам, ведомствам и организациям по строительству социально-бытовых объектов, производству машин, приборов и средств механизации, поставке специализированных автомобилей для предприятий службы быта, а также более эффективному использованию новой техники. Необходимо разработать новые типовые проекты предприятий сферы услуг с учетом различных климатических зон страны. Ставится задача — ускорить научно-технический прогресс в отрасли, шире привлечь для этого коллективы промышленных предприятий, научных учреждений. На Центральный научно-исследовательский институт бытового обслуживания населения Минбыта РСФСР возложены функции головной научной организации по разработке важнейших технических и социально-экономических проблем отрасли, а также методическое руководство научно-исследовательскими, конструкторскими и технологическими организациями министерств бытового обслуживания населения союзных республик. Определены также меры по улучшению материально-технического обеспечения предприятий отрасли. Весьма острый вопрос — снабжение запасными частями, на их нехватку жалуются авторы многих писем в «Правду». В постановлении ЦК КПСС и Совмина СССР определено: министерствам-изготовителям радиотелевизионной аппаратуры, бытовых машин и приборов обеспечивать предприятия бытового обслуживания запасными частями в соответствии с установленными нормативами и заключенными договорами. Службе быта нужны любящие дело, компетентные кадры, умеющие культурно наладить обслуживание трудящихся. Специалистов высокой квалификации ждут из учебных заведений. Их

надо готовить и на предприятиях отрасли. Большие надежды возлагаются на новый отряд молодежи, которая
направляется сюда по путевкам ЦК ВЛКСМ. Следует
шире привлекать на предприятия и в организации отрасли пенсионеров, домохозяек, студентов, принять
меры к улучшению жилищных условий работников бытового обслуживания, обеспеченности их детскими до-
школьными учреждениями, расширению сети пионерских лагерей, организации отдыха тружеников сервиса.
Местные партийные органы призваны усилить органи-
заторскую работу по развитию и улучшению бытового
обслуживания населения, повысить ответственность за
это дело руководителей советских, хозяйственных органов, предприятий, организаций, колхозов и совхозов.
Большего внимания и помощи от партийных комитетов ждут первичные партийные организации предприятий службы быта. Их долг — воспитывать тружеников
сервиса в духе высокой ответственности за выполнение
государственных планов, своих служебных обязаннос-
тей, нетерпимости к недостаткам в работе, в духе строжайшего соблюдения дисциплины, бережливого отношения к социалистической собственности и высокой
культуры обслуживания. Наши печать, телевидение и
радио призваны активно пропагандировать опыт передовых коллективов и лучших работников, способствовать повышению престижа этих профессий. Труженикам службы быта предстоит немало потрудиться, чтобы
успешно выполнить задания по развитию и совершен-
ствованию работы отрасли, внести достойный вклад в
дальнейшее улучшение условий жизни и быта советских людей. Почетна и ответственна миссия преподавателей высшей школы — им доверено воспитание моло-

дого поколения. В вузах и техникумах ныне трудится свыше восьмисот тысяч человек. Талантливые ученые и педагоги, опытные командиры производства, деятели культуры щедро делятся со студентами знаниями, помогают им обрести идейную убежденность, трудолюбие, высокую нравственность. Творческий потенциал вузов сегодня велик. Полнее использовать его значит обеспечить повышение уровня профессиональной подготовки и коммунистического воспитания молодежи, рост эффективности научных исследований, значимости их для народного хозяйства. Особую роль здесь призваны играть коммунисты, их инициатива, боевитость и сплоченность в выполнении задач, поставленных перед высшей школой XXYI съездом КПСС. Для партийной работы в вузе сегодня характерен системный подход, обеспечивающий последовательное решение наиболее принципиальных вопросов в жизни коллектива. В университетах и институтах страны утвердилась и получила признание практика составления комплексных планов, от приема до выпуска студентов. Такая форма планирования учебновоспитательной работы позволяет парткому вместе с ректоратом выступать подлинно организующей силой, сосредоточивать внимание преподавателей, вузовского коллектива, комсомола, профсоюзов на главных направлениях профессионального и духовного становления будущих специалистов. Зрелость партийного штаба вуза определяется его умением выбирать среди множества забот своего учебного заведения ключевые проблемы, объединить усилия коллектива для их решения. Об этом свидетельствует, например, опыт парткома Днепропетровского металлургического института. При непосредственной поддержке паркома в институте широко освоена практика подготовки и защиты комплексных дипломных проектов. «Бригады» выпускников вместе разрабатывают крупные заказы предприятий, причем обязательно анализируют социальные резервы производства. Молодые специалисты стали глубже понимать реальные заботы и нужды рабочих коллективов, а выполнение кадрового заказа ведется теперь более точно и прицельно. Партийный комитет постоянно ищет новые, активные формы связей с заказчиками: регулярно проводятся совместные заседания в парткомах предприятий и научно-исследовательских институтов, научные семинары, теоретические конференции. На них определяются содержание и сроки поиска технических решений, уточняются пожелания к «рабочей доводке» выпускников. Закономерно поэтому, что вуз стал ядром учебно-научно-производственного объединения «Металлург». А в минувшем году вместе с Харьковским и Донецким политехническими институтами выступил инициатором соревнования под девизом «Творческий союз высшей школы и производства — на службу пятилетке». Пример передовых учебных заведений свидетельствует, что только в тесном творческом союзе с практикой, привлекая к обучению студентов ученых-исследователей, работающих на передовых рубежах науки и техники, можно сегодня вести подготовку квалифицированных специалистов. Поддерживать и распространять такой подход к делу — обязанность партийных организаций вузов, местных партийных комитетов. Надо четко сознавать, что именно «педагогика творчества» формирует специалистов, способных активно участвовать в решении задач, выдвинутых ноябрьским (1982 г.) Пленумом ЦК КПСС,

— ускорении научно-технического прогресса, широком и быстром внедрении в производство достижений науки, техники и передового опыта. Укрепляя партийное влияние в коллективе, коммунистам следует обратить внимание, какую позицию занимают их представители во всех звеньях коллегиального самоуправления учебным заведением. Вузовские партийные организации обязаны строже спрашивать с коммунистов-преподавателей за проведение в жизнь выработанных решений. Вузовским парткомам необходимо шире проанализировать критические замечания и предложения коммунистов, высказанные на собраниях в ходе прошедшей отчетной кампании. Главное — наметить и взять под неослабный партийный контроль конкретные планы улучшения воспитательной работы со студенчеством, повышения квалификации преподавателей, роста эффективности научных работников. Партийные организации университетов и институтов призваны быть настоящим авангардом вузовских коллективов в их большом и благородном деле — подготовке нового поколения советской народной интеллигенции. Коммунисты, преподаватели общественных наук должны подавать личный пример доверительных отношений со студентами, взыскательного товарищества, принципиальности, заботливого отношения к людям. Идейная зрелость рождается как сплав убеждений, помыслов и опыта общественной жизни молодого человека. Годы студенчества для него — это время острых вопросов: мировоззренческих и моральных. Недавно на Волгоградском сталепроволочноканатном заводе провели анкетный опрос работников: устраивает ли их моральный климат на предприятии? Почти каждый ответил на этот вопрос утвердительно. Результаты исследования не были для парткома неожиданностью. Уже несколько лет на заводе существует правило: гласно решать все проблемы — от выдвижения человека на более высокую должность до распределения туристских путевок. Это исключает разные домыслы, досужие разговоры, воспитывает в людях чувство хозяина родного завода, стимулирует гражданскую и трудовую активность. Таких примеров можно привести немало. Добросовестное отношение к делу, ответственность, инициатива свойственны миллионам тружеников городов и сел. Эти качества отчетливо проявляются в развернувшемся социалистическом соревновании за успешное выполнение решений XXYI съезда КПСС, заданий третьего года и пятилетки в целом. Лучшие коллективы действуют по встречным, более напряженным планам, открыли счета экономии ресурсов, развернули по почину москвичей борьбу за укрепление дисциплины. Люди заинтересованно ищут пути повышения ответственности каждого за общие успехи, вскрывают резервы роста производительности труда. Партийные, советские, профсоюзные и комсомольские организации внимательно изучают и обобщают опыт передовиков. Приобщению каждого работника к управлению коллективными делами способствуют постоянно действующие производственные совещания, советы бригад, товарищеские суды, группы народного контороля, общественные отделы кадров, бюро экономического анализа, многие другие органы самоуправления. Важно поднимать их авторитет и действенность, предоставлять им больше самостоятельности. Мелочная опека, заорганизованность снижают инициативу активистов. На многих предприятиях используется бригадная форма организации труда. В работающих на единый наряд коллективах крепка дисциплина, люди стремятся к повышению своего профессионального мастерства, активно участвуют в рационализации производства, движении бережливых. И это понятно: коэффициент трудового участия «все замечает», не дает спрятаться нерадивому за спину добросовестного работника. Именно в условиях бригады лучше идет воспитание в духе сознательной дисциплины, непримиримости к недостаткам, полнее реализуется лозунг «Честь — по труду!». Вот почему надо активнее внедрять эту прогрессивную форму организации и оплаты труда. В постоянной заботе партийных и профсоюзных организаций нуждаются политическая и экономическая учеба кадров, их профессиональное совершенствование. Ведь рабочий, колхозник или служащий проявляет себя как настоящий хозяин страны, подлинный государственный деятель, когда он вооружен необходимыми знаниями, опытом, умеет мыслить широко, масштабно. Надо всячески искоренять шаблонный подход к организации учебы, разработка учебных программ должна идти с учетом конкретных условий отрасли, интересов слушателей. За главный показатель результативности учебы следует принимать не формальные оценки, а рост гражданской и творческой активности слушателей, их отдачу на трудовом посту. Важно морально и материально поощрять истинных энтузиастов технического прогресса, создавать им необходимые условия для воплощения ценных задумок в практику. Вовремя подмечать малейшие ростки инициативы, развивать стремление людей навести порядок на производстве — долг каждой партийной, профсоюзной, комсомольской организации.

Надо поддерживать тех беспокойных, «неудобных» для иных руководителей работников, которые являют собой пример добросовестного отношения к делу, никогда не пройдут мимо разгильдяйства, расточительства. Для таких людей важен общий результат. Скажем, раскройщик Бакинского машиностроительного завода имени Сардарова А. Алескеров, разработав экономную технологию раскроя стального листа, сразу же взялся обучать новому методу работы своих товарищей. В итоге предприятие сэкономило сотни тонн металла. В этом есть и заслуга партийной организации, которая поддержала начинание коммуниста, создала условия для распространения новшества. Между тем в иных коллективах недооценивают силу общественного мнения, не прислушиваются к критическим замечаниям должным образом. На Коломенском тепловозостроительном заводе имени В. Куйбышева рабочие не однажды обращали внимание руководителей на недостатки в организации общественного питания, что приводит к большим потерям времени. Однако вместо того, чтобы навести должный порядок в столовых, администрация ограничивается лишь фиксированием нарушений. Много раз также выступали против бесхозяйственности рабочие Винницкого завода упаковочных изделий, где годами ржавеет новое оборудование; но дело здесь мало меняется. Вряд ли такой подход поможет дальнейшему росту активности работников. Обстановка творческого поиска складывается там, где руководитель информирует коллектив о положении дел, обсуждает острые вопросы, дает простор критике. Многое значит и личный пример инициативы, предприимчивости, дисциплины. Все, что окружает советского человека, — это его достояние, достояние народа. И чем богаче станут общественные закрома и кладовые, тем больший достаток придет в каждую семью. С гражданским пониманием этой связи правофланговые пятилетки проявляют трудовой энтузиазм, ведут неустанный поиск резервов, по-хозяйски используют рабочее время, сырье и материалы. Пусть же растут ряды передовиков и новаторов производства. Их опыт и мастерство, их забота о приумножении успехов коллектива — яркий пример для других. «Коммунизм, — указывал В.И.Ленин, — начинается там, где появляется самоотверженная, преодолевающая тяжелый труд, забота рядовых рабочих об увеличении производительности труда, об охране каждого пуда хлеба, угля, железа и других продуктов...» Ленинский лозунг экономии и бережливости и сегодня актуален. Советские люди — хозяева страны, и бережливость, охрана общественного достояния для них — дело совести, гражданская обязанность каждого. В Основном Законе указывается: «Долг гражданина СССР — бороться с хищениями и расточительством государственного и общественного имущества, бережно относиться к народному добру. Лица, посягающие на социалистическую собственность, наказываются по закону». XXYI съезд КПСС отметил, что особо важное значение имеет умелое, рачительное использование всего, что у нас есть. Партия и государство усилили борьбу с такими позорными явлениями, как разбазаривание государственных средств, хищения. Это линия, которая будет проводиться постоянно и неукоснительно. Ставится задача, чтобы каждый труженик был стражем народного богатства, бережно относился к материалам, сырью, электроэнергии. Использование государ-

ственного, общественного имущества и служебного положения в целях обогащения — это ни что иное, как
подрыв самой сути нашего строя. И тут никому не может быть снисхождения. Нужны высокая ответственность и требовательность руководителей, постоянное
внимание к этим вопросам партийных организаций и
трудовых коллективов, эффективная работа органов народного контроля, правопорядка и правосудия. За последнее время в этом направлении активизировали
свою работу многие партийные организации и трудо-
вые коллективы, органы народного контроля, органы
МВД, прокуратуры и суды. В ряде городов начали действовать посты бережливых. Пять миллионов комсомольцев вышли в поход против потерь и хищений народного добра. Однако прочный заслон хищениям поставлен еще далеко не везде. Так, из-за безответственного
отношения к материальным ценностям на Тюменском
аккумуляторном заводе за девять месяцев пропало свыше 11 тысяч аккумуляторов, это обошлось государству
в сотни тысяч рублей. В прошлом году более 300 исков
было предъявлено прокуратурой к виновным в разбаза-
ривании энергоресурсов в Курской области. Большие
потери несут потребсоюзы Мордовии. Много еще фактов хищений, потерь, недостач на предприятиях легкой
и пищевой промышленности, в торговле и службе быта. На ряде строек халатно относятся к цементу, кирпи-
чу, лесу, стеклу, вскрыто немало случаев продажи ма-
териала на сторону. Длительное время группа жуликов
в Ростовской области безнаказанно занималась различ-
ного рода махинациями в торговле. Некоторые руково-
дящие работники здесь брали взятки, транжирили государственные средства. Как же такие люди проникли на

посты руководителей? Коммунисты дали ясный ответ: партийные комитеты не всегда изучали и проверяли на практике политические, деловые и моральные качества работников, выдвигаемых на ответственные должности. Как показывают проверки, в ряде колхозов, совхозов, предприятий агропромышленного комплекса не наведен должный порядок в учете, хранении и расходовании материальных ценностей. В результате имеют место недостачи и хищения средств, строительных материалов, горючего, зерна и других сельскохозяйственных продуктов. Допускаются разбазаривание общественных земель, разукомплектование техники. И этим наносится серьезный ущерб народному хозяйству. Между тем некоторые местные партийные и советские органы терпимо относятся к такого рода антиобщественным проявлениям, мирятся с приписками и искажениями в отчетности о выполнении планов. Не в полной мере используются сила закона, общественное мнение в борьбе с хищениями, причинами, их порождающими. Бережливость — черта коммунистическая, и надо с детства воспитывать ее у каждого человека, пробуждать у молодых граждан чувство хозяина страны, умение беречь и хранить как зеницу ока богатства Родины, строго следовать моральному кодексу строителя коммунизма. Особый контроль должен быть за распределением средств и продуктов: тут главный критерий — труд, его количество и качество. И самое основное — охранять народное добро должны все советские люди. В нашем обществе трудовым коллективам доверяется значительная часть общественной собственности. И они призваны ее эффективно использовать. Именно коллектив обязан воспитывать бережливых тружеников. Понятно, большая роль в разоблачении расхитителей, взяточников, транжир общего добра принадлежит органам внутренних дел, и в частности службе БХСС. В деятельности ее еще немало недостатков. Перед аппаратом БХСС стоит задача — всемерно развивать наступательность и действенность в работе, эффективность в борьбе с хищениями, спекуляцией. Работники милиции призваны теснее взаимодействовать с народными дружинами, коллективами трудящихся. Беречь социалистическое добро — это не только обязанность, но и гражданский, патриотический долг каждого трудового коллектива, всех советских людей. Общество зрелого социализма вправе гордиться тем, что открыло широкий простор для научно-технического творчества масс. Миллионы людей смелой мысли, активных творцов нового ставят свои дарования на службу коммунистического строительства. Лишь в прошлом году внедрено более 4 миллионов изобретений и рационализаторских предложений. Суммарный экономический эффект от их использования достиг семи миллиардов рублей. И дальше развивать изобретательство, быстро и максимально полно использовать его плоды — значит содействовать переводу экономики на путь интенсификации, помогать делать ее экономной. Одиннадцатая пятилетка уже дала немало примеров высокой результативности поиска новаторов. Так, в Саранском производственном объединении «Светотехника» разработана и освоена высококоэффективная металлогалоидная электролампа. Только экономия электроэнергии от использования новинки сбережет народному хозяйству 7,4 миллиона рублей в год. В прошлом году на предприятиях электротехнической промышленности внедрено 18 крупных изобретений, каждое из которых дало свыше миллиона рублей экономии. Усилилось внимание к судьбе высококоэффективных изобретений и в ряде других областей. Так, по Минстройдормашу восемь изобретений сэкономили за год 21,8 миллиона рублей. Разумеется, успехи не приходят сами собой. Нужно умело создавать благоприятные условия для творчества новаторов, настойчиво убирать ведомственные и другие преграды на всем пути от рождения идеи до ее практической реализации. Приносят, например, пользу комплексные проверки изобретательской работы, проведенные Госкомитетом СССР по делам изобретений и открытий в ряде министерств и их организаций. Итоги этих проверок обсуждаются на совместных заседаниях коллегий госкомитета и соответствующих министерств, вырабатываются конкретные меры по устранению выявленных недостатков. Это ускоряет реализацию достижений новаторов. Особенно необходимо усилить внимание к судьбе наиболее важных изобретений. Госкомизобретений готовит предложения по их использованию для включения в государственные планы СССР и союзных республик по развитию науки и техники, соответствующие рекомендации направляются министерствам. Надо добиться, чтобы во всех отраслях и ведомствах их рассматривали без промедления, использовали с максимальной полнотой, поставить это дело на плановую основу. Пока для этого сделано далеко не все. В частности, весьма нелегким бывает порой путь в практику самых эффективных межотраслевых изобретений, главным образом потому, что у них не находится заботливого хозяина. Так, более пятнадцати лет назад было зарегистрировано открытие «Эффект безызносности при трении (избирательный перенос)», родились многочисленные изобретения на его основе. Опыт показал, что эти новшества увеличивают надежность и долговечность машин, повышают их работоспособность. Однако ни одна отрасль не берется за комплексное решение проблемы. Между тем в стране ежегодно расходуются многие миллиарды рублей на ремонт машин, преждевременно вышедших из строя из-за износа рабочих механизмов. Аналогична судьба так называемых «скользких резин», в которых заинтересованы многие отрасли. Академия Наук СССР, ГОСПЛАН СССР, Госкомитет СССР по науке и технике обратили внимание на подобные новшества. Надо полагать, что в недалеком будущем они изыщут пути и возможности быстрейшей передачи в практику достижений науки и техники, реализация которых требует усилия ряда отраслей. Огромные резервы таятся в тиражировании эффективных изобретений. Нередко бывает так, что ценное новшество остается в нескольких экземплярах на одном или двух заводах, хотя годится десяткам и сотням предприятий. Необходимо заботиться о том, чтобы такие изобретения находили максимально возможное распространение. Судьба изобретений зависит не только от хозяйственников. Многое могут сделать для этого Всесоюзное общество изобретателей и рационализаторов, его республиканские и областные советы, первичные ячейки. Там, где они проявляют высокую активность и опираются на поддержку партийных организаций, хозяйственных руководителей, изобретения быстрее получают путевку в жизнь. Так обстоит дело, к примеру, в производственном объединении «ГАЗ», где действует экспериментальный цех, в частности и для отработки наиболее сложных изобретений. Повседневное внимание техническому творчеству как делу большого экономического и социального значения призваны уделять партийные комитеты. Доброго слова заслуживают усилия, например, Запорожского, Челябинского обкомов партии, при заинтересованной поддержке которых в этих областях развернулось и дает весомые результаты массовое движение новаторов за сокращение ручного труда. Советское законодательство предусматривает достойное моральное и материальное вознаграждение труда изобретателей. К сожалению, бывают случаи, когда хозяйственные руководители завышают эффективность изобретений и рационализаторских предложений, чтобы увеличить суммы премий. С другой стороны, некоторые изобретатели порой годами не могут получить законно причитающиеся им вознаграждения. Следует усовершенствовать нормативные документы по вопросам материального поощрения изобретателей и содействующих им работников, установить строгий контороль за правильным расходованием средств, ассигнуемых на эти цели. Изобретатели вносят ценный вклад в научно-технический прогресс. Пусть же плоды их дерзаний и творчества лучше служат дальнейшему повышению экономического и оборонного могущества социалистического Отечества, росту благосостояния советских людей.

очередь

Очерди

— Товарищи, кто последний?

— Наверное я, но за мной еще женщина в синем пальто.

— Значит, я за ней?

— Да. Она щас придет. Становитесь за мной пока.

— Вы будете стоять?

— Да.

— Я на минуту отойти хотел, буквально на минуту...

— Лучше, наверное, ее дождаться. А то подойдут, а мне что объяснить? Подождите. Она сказала, что быстро...

— Ладно. Подожду. Вы давно стоите?

— Да не очень...

— А не знаете, по сколько дают?

— Черт их знает... Даже и не спрашивал. Не знаете по сколько дают?

— Сегодня не знаю. Я слышала вчера по два давали.

— По два?

— Ага. Сначала по четыре, а потом по два.

— Мало как! Так и стоять смысла нет...

— А вы займите две очереди. Тут приезжие по три занимают.

— По три?

— Ага.

— Так это целый день стоять!

— Да что вы. Тут быстро отпускают.

— Чего-то не верится. Мы вон с места не сдвинулись...

— Это там подошли, которые отходили. Там много.

— Отойдут, а потом подваливают...

— Ничего, щас быстро пойдет...

— Вы не знаете, по сколько дают?

— Говорят, по три.

— Ну, это еще нормально! Возле Савеловского вообще по одному.

— Так там нет смысла вообще больше давать, все равно приезжие разберут все...

— Скажите, а вчера очередь такая же была?

— Почти.

— А вы и вчера стояли?

— Стояла.

— Долго?

— Да не очень...

— Не очень мятые?

— Вначале ничего, а под конец всякие были.

— Сегодня тоже, наверное, получше разберут, а плохие нам достанутся.

— Да они все одинаковые, я видел.

— Правда?

— Ага. Плохие они отбирают.

— Да, отберут они! Жди!

— Обязаны отбирать и списывать.

— Да бросьте вы! Обязаны! Они наживаются на этом будь здоров...

— Ну, посмотрим, чего спорить...

— Вон женщина идет. Вы за ней.

— Это та высокая?

— Да.

— Я за вами, значит?

— Наверное. Я вот за этим гражданином.

— Тогда я за вами.

— А я за вами.

— А вы за мной, хорошо. Теперь мне отойти можно?

— Конечно.

— Я на минутку, мне белье получить... это рядом...

— Они до шести сегодня?

— Кажется, до шести...

— Я тогда попозже сбегаю...

— Вы не видели, там капусту не привезли?

— Нет. Там за апельсинами очередь, а капусты нет.

— Так она плохая еще, ее брать смысла нет.

— На Ленинском давали молодую, вполне хорошая.

— Да ну! Одни листья.

— Молодая очень полезная.

— Вон подходят как, совсем обнаглели. Мужчина, зачем вы пропускаете?! Что, нам целый день стоять?! Подходят, подходят!

— Они занимали, отошли просто...

— Да ничего они не занимали!

— Мы занимали, чего вы кричите.

— Ничего вы не занимали! Я здесь с самого утра стою!

— Они занимали, я видела...

— Займут, а сами уйдут на полдня.

— А по-моему, они не занимали. Я их не видел.

— Занимали.

— Занимали, занимали...

— Да занимали они, успокойтесь!

— Сами успокойтесь!

— Ладно, не надо кричать из-за пустяка. Люди стояли, отошли. Ничего страшного...

— Чего-то она медленно отпускает...

— А вы видите?

— Немного.

— Та рыжая плохо отпускает. Вчера как вареная двигалась.

— А там одна разве?

— Две.

— А я не вижу...

— А вы подойдите сюда, тут видно.

— А, да. Две. Та вроде побойчей.

— Черненькая быстрей отпускает.

— Да обе они нормально работают, просто народу много.

— Народу всегда много.

— А те еще копаются, выбирают.

— Так... совсем ни с места...

— Ничего, щас побыстрей пойдет.

— Хоть бы по три давали.

— Дадут.

— Успеть бы...

— Нам хватит.

— Вчера когда кончились, не знаете?

— Не помню что-то... я ушла...

— Простите, я не за вами?

— Нет, вы впереди.

— А, да. Я за вами.

— За мной.

— Еле успел.

— А что, они рано закрывают сегодня?

— За мной уже не пускали.

— Надо же...

— Скажите, а масло вы не на той стороне брали?

— Нет, в центре.

— На той утром было по три пятьдесят, а щас нет ничего.

— У них после обеда бывает...

— Утром тоже иногда привозят... Ну, что там они. Трепятся по часу!

— Опять грузины подошли... во, видите, видите, как у него просто! Женщина! Не пропускайте их! Наглецы!

— Наберут по двадцать штук, а потом перепродают.

— Это ясно... Вот, правильно. И этого тоже гони!

— Вы не знаете, эта прачечная ничего?

— Хорошая по-моему. Только делают медленно.

— Долго?

— Да. Месяц.

— Долго как. Но вещи не пропадают?

— Редко.

— Это хорошо... вон, опять грузин подошел...

— Я еще не разу не видел, чтоб грузин в очереди стоял.

— Знаете, наверное пойду...

— Уходите?

— Да. Уже третий час, а все ни с места...

— Вы последний?

— Я.

— Девушка, проходите сюда. Тут молодой человек ушел, становитесь вместо него.

— Спасибо.

— Да не за что. Это ему спасибо. Вы гвоздики на рынке брали?

— Нет. В магазине.

— Это вот в этом, который направо?

— Да.

— Хорошие какие. Везучий человек.

— Да там все такие большие.

— Мне вот никогда такие не попадались. А вы, значит, везучая.

— Да при чем здесь я.

— Ну, как же. Таким симпатичным всегда везет.

— Глупости все это... А вы долго стоите?

— Не очень.

— Медленно двигается?

— Теперь будет значительно быстрее.

— Почему?

— Потому что вы подошли.

— Да что вы, ей богу! Остряк-самоучка!

— Обижаете. Не самоучка.

— А что ж, учились где-то?

— Учился.

— И где же?

— Везде и повсюду.

— С миру по нитке, значит?

— Ага. Простите, а как вас зовут?

— А зачем вам?

— Очень нужно.

— Ничего вам не нужно. Не скажу.

— Ну, скажите, пожалуйста.

— Ну, а зачем вам?

— Ну, что вам жалко что ли?

— Да не жалко. Пожалуйста. Лена меня зовут.

— А меня Вадим.

— Ну и что?

— Да ничего. Просто легче дышать стало.

— Ой, не могу!

— Чего не могу?

— Да ничего.

— Что — ничего?

— Да стойте вы спокойно, молодой человек!

— А я вам не мешаю, между прочим.

— Стоит и ла-ла-ла, ла-ла-ла. Помолчал бы немного.

— Вы бы помолчали.

— Вот-вот, помолчал бы.

— Вы и помолчите. Не нервничайте.

— Сам и нервный.

— Да ну вас... Лена, а вы не в текстильном, случайно?

— Угадали.

— А чего тут угадывать. Текстильный в двух шагах — раз, вы — симпатичная девушка — два. Все сходится.

— Как у вас все просто... во, как напирают...

— Эй, потише там, чего вы прете!

— Это передние прут, а не я!

— Кошмар какой! Да осторожней, черт...

— Ой, они нас раздавят... мужчина! Ну, осторожней, в самом деле!

— Да это не я!

— А что это такое? Почему мы назад двигаемся?

— Что там случилось?

— Не видно ничего...

— Эй, гражданка, что там такое?

— А это они очередь выправляют.

— Ерунда какая-то... я тут час назад стоял... зачем это нужно...

— Ну куда ж, еще немного...

— Зато так быстрей пойдет.

— Вряд ли. Толкаются, чего толкаться?

— Да я не толкаюсь, я стою спокойно.

— А прачечная закрылась, мужчина?

— Да. Я ж говорю — еле успел.

— Опоздали. После обеда теперь.

— Лена, давайте мне вашу сумку.

— Да что вы, не надо.

— Давайте, давайте.

— Да не надо, я сама подержу.

— Давайте, а то сам возьму!

— Ну, если вам так хочется... пожалуйста...

— Ух ты, тяжелая какая! Как вы несли такую?

— Так и несла.

— А что здесь — гантели?

— Книги.

— Понятно.

— У нас только что сессия кончилась.

— Ну, поздравляю! Я и забыл давно слово это.

— А вы что кончали?

— МГУ.

— Как здорово. А какой факультет?

— Исторический.

— Интересно. Для меня история всегда была темным лесом.

— Ну это потому, что вы ею не занимались серьезно.

— Может быть. Но вообще-то это ведь здорово интересно — цари там разные, войны, ледники... Вадим, а вы не знаете — чье производство?

— Говорят, югославские.

— Чешские.

— Вы точно знаете?

— Так я вчера стояла за ними.

— Вот видишь, Лен, — чешские. Ничего, что я на ты?

— Пожалуйста. А правильно они догадались очередь выпрямить. Так быстрее идет.

— Вроде бы.

— Парень, закурить не будет?

— Будет. Держи.

— Спасибо.

— Ты не в курсе, у них большой завоз?

— Вот чего не знаю — того не знаю.

— Ну, до нас-то хватит?

— Старик, спроси чего полегче.

— Картошку молодую понесли...

— А это из овощного, наверно.

— А я только оттуда. Никакой картошки не было.

— Да это с рынка.

— С рынка, конечно. Эй, парень, у тебя упало.

— Спасибо...

— Так ты его опять в химчистку понесешь!

— Да ничего страшного... немного в пыли...

— Слушай, а ты тут рядом живешь?

— Вон в том доме.

— Тут нет где-нибудь парикмахерской?

— А что, ты хочешь изуродовать свои чудесные волосы?

— Ну, это мое дело... ой, чего вы напираете...

— Не напирайте.

— Да не напираю я ничего. Это там вон.

— Все ноги отдавили... Так здесь есть парикмахерская?

— Есть. Правда, не так близко, но есть. Знаешь... как бы тебе объяснить... пройти надо полквартала прямо, а после — направо. Улочка такая узенькая.

— Как называется?

— Не помню... переулок какой-то...

— Значит, прямо и направо?

— Да. А вообще-то идем я тебя провожу, а то будешь плутать.

— Да зачем! Я найду.

— Пошли, пошли.

— А очередь?

— Ты думаешь, пропустим? Ты что! Вон за нами сколько выстроилось, посмотри.

— Ух ты! И конца не видно.

— Извините нас. Мы на полчасика отойдем, можно?

— Пожалуйста.

— Пошли.

— Да... Никто стоять не хочет.

— А чего им. Молодежь. Скучно.

— А нам не скучно что ли?

— Они набегаются, а тут парься на жаре.

— Да. Печет-то как... И вроде облачко было, а щас — на тебе!

— А сколько обещали сегодня?

— Двадцать три.

— А щас небось все двадцать пять.

— Да нет, меньше...

— Да точно — двадцать пять!

— Это кажется только. Просто ветра нет — вот и духота.

— Странно. Вон тополя качаются немного, а ветра не чувствуется. Прохлады нет.

— Так в городе — какая прохлада. Для прохлады река нужна, трава. А тут пыль, да асфальт...

— Там впереди тенек от дома-то...

— До него еще достояться надо... не двигаемся совсем...

— Ну, прошли, прошли. Вон урна позади уже.

— Так она, по-моему, всегда была позади.

— Нет, что вы.

— Пойти мороженого купить, что ли... отойду на минутку...

— Вы мне не купите? За двадцать восемь.. вот я вам дам...

— Давайте.

— Если вам не трудно...

— Там, небось, за мороженым тоже очередь.

— Да, маленькая, ничего страшного.

— Как она в пальто стоит! С ума сойти.

— Не говори...

— А может, холодно человеку. Есть болезнь такая.

— Вы не знаете... не знаете, какой цвет?

— Разный.

— Там, говорят, светло-коричневые в основном.

— А темных нет?

— Есть и темные.

— Это хорошо.

— Мне-то вообще хотелось потемней...

— Ну, это как повезет. У них непременно.

— Да. Как товар поступает, так и нам...

— Простите, я не за вами стоял?

— Нет, вы за этой женщиной.

— А, да, да...

— Отойдут, а потом спрашивают...

— А что такое?

— Да вон... чего она кричит...

— Влез кто-то...

— А это кто...

— Правильно, правильно...

— Вот дурак-то...

— Гнать надо просто, да и все...

— Время теряем только.

— А вы поставьте сумку сюда. Тут удобно. На выступ.

— Точно.

— Вчера, говорят, в центре давали.

— Ну, там не подступишься.

— Зато темно-коричневые все.

— Правда?

— Да.

— Да их выбрасывают иногда, разве угадаешь где.

— Тут-то и то как снег на голову... еле успела...

— А мне соседка сказала. Вчера.

— Это через продавцов наверно?

— Не знаю...

— Господи, ну что ж они так долго...

— Опять подошел. Ну, наглец!

— А его просто не подпускать надо.

— Детина здоровый какой, а чем занимается.

— У вас течет из сумки.

— Ой, спасибо! Это мясо... оеей... Федь, подержи...

— Давай, давай скорее.

— Да держи за ручку, чего ты...

— Вынь его из-под хлеба... сюда...

— Держи.

— Володя!

— Навесу держи, ну что ты!

— Не кричи...

— Володя!

— Неужели по три дают?

— Вроде дают.

— Я за вами, да?

— Точно. За мной. Быстро купили?

— Ага. Вот сдача. Только оно течет немного...

— Ничего. Спасибо. Ой. Не обкапаться бы.

— Я боялся, что кончится.

— Уже кончалось?

— Ага.

— Володя! Ну, что ты там стоишь?! Иди сюда!

— Это по двадцать восемь?

— Ага. Там только такое и по десять.

— Фууу... жара какая...

— Еще немного и тенек. А там близко.

— Сереж, возьми...

— Давай я на коляску повешу.

— Паразиты все-таки... смотри как лезет...

— Надо пойти и сказать им. А то так налезут и не достанется ничего.

— Конечно.

— Бессовестный...

— И баба с ним. Хабалка.

— Ну, что это такое, в конце концов...

— Вы на брюки себе льете, гражданин.

— Ой! Протекло... а ну его... весь извозился...

— Зина, а ты привались к стенке, привались...

— Ничего, она девочка взрослая, простоит как все. Правда, постоишь? А?

— Постою.

— Ну вот, молодец.

— Вы не в «Сыре» масло брали?

— Нет. Вон в том.

— А там же нет.

— Я утром брала.

— Аааа... То-то оно мягкое, смялось-то...

— Домой не дойду никак! Смех!

— Я тоже. Как вышла в двенадцать, так в трех очередях успела настояться.

— Ну вот. Хоть один милиционер пришел.

— Надо бы по два давать, а то не хватит.

— Хватит, хватит. Они по мелочам не торгуют.

— А вы не знаете какая подкладка?

— Рыбий мех.

— Не теплая?

— Неа.

— Плохо.

— Чего ж плохого.

— Ничего...

— Володя, не бегай здесь. Щас машина поедет.

— Не бегай, мальчик. Тут место опасное — поворот.

— Вот и стой здесь.

— Мам, я пить хочу.

— Стой, не капризничай.

— Ну, мам! Попить хочу.

— Я кому говорю! Давай руку! Стой рядом.

— Пришел и ушел. Тоже мне, милиция...

— А они не переработают, не бойсь.

— Хоть бы за порядком следил.

— Черножопые опять вон полезли. Вот гады!

— Не пускать их надо.

— Они везде пролезут.

— Мам! Я пить хочу!

— Замолчи!

— А вы бы сходили с мальчиком. Тут автоматы рядом.

— Где?

— Тут пройти немного, до «Синтетики».

— Спасибо. Тогда я отойду на минуточку... Володя, пошли...

— Мам, а у нас есть три копейки?

— Есть, есть... пошли... значит, я за вами...

— Сережа, поставь к стене.

— Фу, тут полегче, в теньке-то...

— Достоялись! Ххе... хе...

— Ну вот, кажется, мы за вами. Да?

— Да, да.

— Становись, Лен.

— Что-то мало продвинулись...

— Ну да, мало! Видишь, уже дом пошел.

— Тут хорошо.

— Ага. В тени легче. Н, что, высок?

— Высок. Смотри, красивый цвет какой.

— Я в лаках не понимаю.

— Почему?

— Не знаю.

— Тебе что — все равно, что ли?

— Ну да! Не понимаю, почему один лак лучше другого.

— Но есть никудышные цвета, а есть приятные...

— Бох с ними.

— А хорошая у вас парикмахерская.

— Понравилась?

— Да, и народу мало.

— Теперь ты дорогу знаешь. Милости просим.

— Теперь знаю... слушай, а не знаешь, какая у них подошва?

— Манная каша, говорят.

— Серьезно?!! Вот здорово.

— Они симпотные, я видел.

— А я и не подступилась туда. Подойти нельзя даже.

— Я у женщины видел, которая купила.

— И цвет хороший?

— Хороший. Серовато-коричневый.

— Под замшу?

— Ага.

— Да что вы глупости говорите, молодой человек. Они же кожаные.

— Кожаные?

— Вот те на...

— Быть не может, я ж сам видел...

— Правильно. Только под замшу утром были, к обеду кончились. А сейчас — кожаные, темно-коричневые.

— Тьфу, черт!

— А мы стоим, как дураки. Вадим, я пойду тогда...

— Погоди... погоди...

— Чего погоди?

— Погоди... а может эти тоже хорошие?

— Да ну! Чего хорошего.

— Но как же...

— Неужели ты будешь стоять?

— Ну, а какая разница между кожаными и замшевыми?

— Для меня большая.

— Лен, ну может останемся?

— Нет. Я пойду. А ты оставайся.

— Ну посмотри, как близко уже! Ради чего стояли?

— Ничего себе близко...

— Оставайся, а?

— Нет. Я пошла. Привет.

— Я тебе завтра позвоню.

— Как хочешь... пока.

— Пока.

— Вот времена. Кожаные уже не нравятся.

— Дааа...

— Вы не оторвете мне газетки, хоть обмахиваться буду...

— Возьмите целую.

— Спасибо.

— Вроде двигаемся.

— Пора бы.

— Пойду посижу...

— Вадим.

— Ты?!

— Я передумала. Знаешь, действительно, какая разница...

— Умница... вот тебе за это...

— Веди себя прилично... все смотрят...

— Значит, стоим?! Ура!

— Не знаешь, в «Ударнике» что идет?

— Какой-то итальянский фильм.

— Хороший?

— Не знаю.

— Я сейчас хотела подойти к афише, узнать что идет, а там, представляешь, протиснуться нельзя.

— Почему?

— А наша очередь дотуда дотянулась. Хвост.

— До «Синтетики»?

— Ага.

— Быть не может.

— Может.

— Ничего себе.

— И, главное, новые встают.

— Тогда, конечно, есть смысл.

— Я тоже подумала.

— Да и мы близко совсем.

— Молодые люди, вы меня совсем к стене прижали...

— Извините.

— Ну вот... мы за вами?

— За нами. Напоили героя?

— Два стакана выдул. Стой здесь, не вертись...

— Я б и третий выпил, да трешки не было.

— Куда ж тебе третий? Ты б лопнул тогда.

— Не лопнул.

— Не лопнул?

— Не лопнул.

— Ну, герой!

— Скажите, вы эту кофточку на машине вязали или
сами?

— Вручную.

— Хорошо как.

— Нравится?

— Да. А главное — шерсть красивая.

— Лен, я за мороженым сбегаю.

— Давай.

— Подходят и подходят... кошмар какой-то...

— Они стояли. Я видел.

— А я не помню что-то.

— Стояли, стояли. Точно.

— Тут не поймешь...

— Стояли, стояли...

— Что это он едет прямо на людей... Идиот...

— Не могли рядом остановиться.

— А что это за автобусы?

— Непонятно... Заказные какие-то...

— Ой, народу-то... откуда это...

— Три автобуса... вон третий...

— Ага... третий еще...

— Рабочие, наверно.

— Да нет. Какие это рабочие. Экскурсия.

— А куда экскурсия-то? Тут музеев рядом нет.

— А может есть.

— Да нет, я тут сорок лет живу.

— Господи, народу-то! Выползли на жару...

— Здрасте... это что такое?

— Куда это они? Почему?

— Почему они становятся?

— Что это за безобразие?

— Вы куда лезете? Эй, мужчина, крикните им!

— Почему они лезут?! Хамы!

— Не пускать их! Кто это такие?!

— Сволочи! Смотри, смотри!

— Да что это в самом деле?! Позовите милицию!

— Женщина, сходите за милиционером!

— Мерзавцы!

— Наглецы какие!

— И все сразу!

— Милиция! Позовите милицию!

— Морду прям набить!

— Милиция!

— Вон идет, скажите ему!

— Смотри, смотри! А мы что ж?!

— А кто это такие?!

— Черт их знает! Приезжие, наверно.

— Деревня чертова! Перестреляла бы всех!

— Как просто — подошли и встали!

— Да скажите ему толково! Где он?

— Он туда пошел.

— Вон еще двое идут!

— Хорошо хоть милиция рядом...

— Но какая все-таки наглость!

— Первый раз такое вижу!

— А лезут-то, а лезут!

— Что милиция молчит?!

— Что он там, с мегафоном, спит что ли? Милиционер!

— Щас говорить будет.

— Вы видите его?

— Вижу. Вон на ящик встал.

— А, теперь вижу...

— А что тут говорить! Тут гнать надо хамов этих!

— Щас что-то скажет...

— Да что тут говорить...

— ГРАЖДАНЕ! ПРОСЬБА НЕ ШУМЕТЬ!

— А мы и не шумим...

— Чего они лезут-то?

— А кто это, пусть объяснит!

— ПРОСЬБА НЕ ШУМЕТЬ! ЭТИ ТОВАРИЩИ ИМЕЮТ ПРАВО ПОЛУЧИТЬ ТОВАР ВНЕ ОЧЕРЕДИ. ТАК ЧТО НЕ ШУМИТЕ, СТОЙТЕ СПОКОЙНО!

— Кто это?!

— А кто они такие?!

— Что это за безобразие?!

— А мы что же?!

— Я ПОВТОРЯЮ. ПРОШУ ВАС НЕ ШУМЕТЬ И СОБЛЮДАТЬ ПОРЯДОК! ПОДЪЕХАВШИЕ НА АВТОБУСАХ ТОВАРИЩИ ИМЕЮТ ПРАВО ПОКУПАТЬ ВНЕ ОЧЕРЕДИ!

— А мы как же?!

— Почему они имеют право?

— Я тоже имею право.

— Наглецы какие!

— Стояли, стояли и на тебе!

— Безобразие!

— Я ТРЕТИЙ РАЗ ПОВТОРЯЮ! ОНИ ИМЕЮТ ПРАВО ПОКУПАТЬ БЕЗ ОЧЕРЕДИ! ПРОШУ ВАС НЕ ШУМЕТЬ! СОБЛЮДАЙТЕ ПОРЯДОК! ИНАЧЕ Я ВЫВЕДУ ВАС ИЗ ОЧЕРЕДИ!

— А нас же и выведут. Идиот...

— Какое все-таки безобразие!

— Они что — раньше не могли сказать?

— Что ж нам — до вечера стоять?!

— СКОЛЬКО МОЖНО ПОВТОРЯТЬ! ПРОШУ ВАС НЕ ШУМЕТЬ!

— Стояли, стояли...

— Зин, я пойду, наверно.

— Нет, я все-таки не пойму, почему мы должны их пропускать?!

— Приехали и встали...

— Я тоже пойду.

— ПОДВИНЬТЕСЬ И ПРОПУСТИТЕ ТОВАРИЩЕЙ! ВСЕМ ХВАТИТ! И ШУМЕТЬ НЕ НАДО! НЕ НАРУШАЙТЕ ПОРЯДОК! ПОДВИГАЙТЕСЬ!

— Назад что ли?

— Господи...

— Да не толкайтесь вы!

— Я не толкаюсь, это впереди...

— Не торопись...

— ПОДВИГАЙТЕСЬ, ПОДВИГАЙТЕСЬ! ДРУЖНЕЙ!

— А все-таки откуда они приехали?

— Да наверное какая-нибудь конференция профсоюзная...

— Ну вот, на старое место...

— Мужчина, ну осторожнее, ей-богу... как слон...

— Я что ль виноват? Там напирают...

— Я за вами стояла?

— Вроде.

— А где женщина?

— А она ушла. Решила не стоять.

— Аааа... понятно. Знаете, там, оказывается, не чешские.

— А какие же?

— Шведские.

— Неужели?!

— Чего, правда?

— Хватило бы!

— Шведские, слышь, Петь?

— Тогда я стою.

— А что, завезли сейчас?

— Ага. Только что. Я у прилавка была.

— Много?

— Не знаю. Вроде много. И давать будут по одному.

— Это хорошо. А то эти оглоеды все расхватают.

— А вы не знаете, кто это такие?

— Понятия не имею. Приехали откуда-то.

— Мы на этом месте час назад стояли...

— Там два новых продавца появилось. Так что побыстрей пойдет.

— Хорошо бы.

— Лен, шведские, слышишь?

— Слышу. Встань к стенке, я на тебя облокочусь.

— Ага... вот так... удобно?

— Удобно.

— А фирма какая, не знаете?

— Я в этом не разбираюсь.

— Жаль...

— А цвет какой?

— Темно-синий, обычный.

— Быстро отпускают?

— Быстро. Их там четверо теперь.

— ГРАЖДАНЕ! СОЙДИТЕ С ПРОЕЗЖЕЙ ЧАСТИ! СОЙ-
ДИТЕ! БЛИЖЕ К ДОМАМ, БЛИЖЕ!

— Теперь будет целый день трубить...

— Дали игрушку в руки.

— Не знаешь, с Киевом сегодня играем?

— Сегодня.

— Посмотреть бы успеть.

— Успеем.

— Что-то сомневаюсь.

— Успеем, успеем.

— В ГУМе неделю назад американские давали.

— Ну, их мало выбрасывают.

— Шведские даже лучше. Они мягонькие такие, приятные.

— Зато фирма есть фирма.

— Да что за фирмой гнаться. Главное, чтоб удобно и
красиво.

— Это понятно...

— А можно у вас журнальчик попросить?

— Пожалуйста.

— А я вам, хотите, Вечерку дам?

— Давайте.

— Не затекло плечо, Атлант?

— Спи, спи...

— НЕ НАДО ПИХАТЬСЯ, ТОВАРИЩИ! ИНАЧЕ Я БУДУ
ВЫВОДИТЬ!

— Тебя б вывести, дурака...

— Опять на жаре. В теньке так стоялось хорошо...

— Щас быстро пойдет.

— Ооохаа... Господи, стоять-то сколько...

— Володя, одень панамку!

— Жарко, мам.

— Одень, голова заболит.

— Ой... я совсем заснула... кошмар...

— А чего, поспи на здоровье.

— Там у вас про шахматы не пишут?

— Щас посмотрим... нет вроде.

— А, сейчас же этот, турнир какой-то...

— Межзональный в Испании.

— А с футболом-то лопухнулись, а?

— Если б не Дасаев, еще хуже могло быть.

— Точно. Такие плюхи вынимал.

— А Зофф какую вынул, с Бразилией когда они играли?

— Да, он тоже здорово стоит...

— Ветеран, а стоит как. Пойти мороженого купить
что ль...

— А там закрыто уже.

— Точно?

— Точно.

— Смотри, чего это...

— Так он привык толкаться... колхозник, бля...

— Володя, хороший помидор?

— Он теплый, мам...

— Ты что, не напился?

— Напился. Мам, можно я пойду туда поиграю?

— Куда? Там машины ездят.

— Да нет, я туда вон.

— Ну иди. Только с площадки никуда!

— У тебя такие волосы чудесные...

— Да брось ты.

— Серьезно. Цвета льна. Знаешь, у Дебюсси есть такая прелюдия. Так и называется. Девушка с волосами цвета льна.

— Но это не про меня.

— Про тебя... про тебя... какие мягкие...

— Вадим... ты что... ну разве можно здесь...

— Пошли посидим там?

— Пошли.

— Мы на минуточку отойдем. Можно?

— Пожалуйста.

— Вы не знаете, который час?

— Без четверти пять.

— Как время бежит.

— Шастают и шастают. Не стоится им.

— Ну вот, полаял и пошел. Нет чтоб за порядком последить.

— Там еще двое, у прилавка.

— На кой черт этих пустили! Сказали бы все — не хотим. И всё.

— Легко сказать.

— Ага, я за вами был.

— Купили?

— Да куда там. А вот квасу напился.

— Где это?

— А тут недалеко. Прямо за углом и пару домов пройти.

— Серьезно?

— Ага. И народу мало.

— Пойду схожу.

— Товарищи, а мы тоже хотим.

— Мы сходим, а потом вы.

— Да! А квас весь кончится.

— Да чего вы боитесь, не кончится.

— Они побегут, а нам стоять. Нет уж. И так все отходят да отходят. А мы стоим, как дураки.

— Правильно, давайте мы сначала, а потом вы. Молодой, постоишь.

— Да не в этом дело...

— Слушайте, а может всем как-нибудь, а?

— Как это?

— Отойти большой группой.

— А задние завопят.

— А потом еще и не пустят назад...

— Ну да, не пустят. Пустят. Просто неудобно вообще-то...

— Товарищи, а давайте очередь подвинем туда?

— Как?

— А так! Это же совсем близко! Выгнем очередь и пусть все квас пьют. И удобно, и порядок соблюдается.

— А точно! Головастый ты парень! Двигаемся туда, товарищи!

— Зачем это?

— Там бочка с квасом!

— Правда?

— Парень пил только что. И народу нема. Подвинемся, да и квасу напьемся все.

— А что, действительно. Чтоб всем не бегать.

— А передние как же?

— Ну на всех-то понятно не хватит.

— А чего, подвинемся.
— Может, там тенек есть.
— Двигаемся, граждане!
— А где ж за углом-то? Чего-то не видно.
— Там, там за домом.
— Вон за тем?
— Нет, за следующим.
— Ой, не толкайтесь только.
— Выгибайтесь, товарищи, чего вы на месте топчетесь.
— А далеко однако...
— Вот и тенек.
— Ну, повалили табуном... куда бежите?
— Так перепутаться можно.
— Не спутаемся.
— Володя, иди сюда!
— Газета выпала у вас...
— Фу, черт... теперь и не поднимешь...
— По стенке, по стенке, товарищи.
— Только пихаться не надо, мамаш!
— Да кто тебя пихает! Сам пихаешься!
— За этим домом?
— За ним.
— А тут прохладно.
— Володя! Давай руку!
— Ой, бля! На хуя ж на ногу?
— Извини, старик.
— Лен, не отставай.
— Действительно, бочка.
— Только не спеши...
— Вот здесь и вдоль стены.
— Я за вами.

— Уу... хвостина какой...
— А тут вот и изогнуться можно.
— Куда же это вы все, милые мои?
— Все к тебе, мамаш! Напои жаждущих.
— Ой, как много! Откуда вы?
— Оттуда.
— Загибайтесь, загибайтесь здесь, товарищи...
— А холодный квас?
— Конечно.
— Дай большую, мамаш.
— Вот отпущу старую очередь и буду вас обслуживать.
— А что тут, два человека...
— Три литра...
— Обходите бочку, огибайте.
— Я за вами стояла?
— Нет, вон за ним.
— Тридцать шесть... ваших восемь... вам?
— Две больших.
— Двенадцать... мелочь давайте.
— Щас поищу... вот... возьмите...
— Другое дело. Пожалуйста. Вам?
— Большую.
— Так... четыре ваши...
— Ой, как брызгает у вас...
— А вы отойдите отсюда. Видите, тут мокро все...
— Большую.
— Девять... берите... вам?
— Две больших и одна маленькая.
— Пятнадцать... подайте кружку оттуда...
— Маленькую дайте.
— Маленькую... так... берите...
— Большую.

— Мелочь давайте, товарищи...
— Вот десять.
— Четыре...
— Большую.
— Сорок четыре...
— Большую... без сдачи...
— Так... вам?
— Большую.
— Рубль... рубль... держите...
— Маленькую... ровно...
— Отойдите... левее, вам?
— Две маленьких.
— Две...
— Большую...
— Подождите.
— Спасибо, хорош квасок.
— Дайте кружки.
— Так... ваши десять...
— Маленькую.
— Три...
— Большую и маленькую.
— Двадцать... одиннадцать...
— Бери, Миш...
— Кружки, кружки.
— Большую.
— Шесть... копейки нет?
— Есть... вот...
— Большую. Самую-самую.
— Большая... не наваливайтесь...
— Мам, мне большую.
— Маленькую нам.
— Ну, мам!

— Двенадцать ваши... держите...
— Не занимайте кружки, сюда давайте!
— Большую.
— Десять. Шесть.
— Маленькую.
— Подождите.
— Ваши.
— Большую.
— Помню. Рубль ваш...
— Маленькую.
— Так.
— И мне тоже.
— Фу, черт...
— Ничего, ничего... приятно даже...
— Большую.
— Вам, значит... так...
— И мне тоже.
— Кружки!
— Передайте. Спасибо.
— Вам?
— Мне... мне...
— Что?
— Большую.
— Чего ж молчите...
— Проходите туда.
— Ваши. Вам?
— Вот он берет.
— Вам?
— Больших две.
— Так... черт... что он льет...
— А эта битая...
— Давайте. Вот.

— И мне.

— И вам. Девять.

— Маленькую.

— Зараза...

— Фонтан, прям...

— Да уж.

— Спасибо.

— Тебе?

— Маленькую.

— И тебе?

— А мне большую.

— Не лопнешь?

— Неа.

— Три... шесть... шесть...

— Спасибо.

— На здоровье.

— Большую. И ему.

— Тоже?

— Ага.

— А чего ж вы даете?

— Извините. Вот.

— Другое дело... кружки!

— Спасибо... вот кружечка.

— Так... соображу, дай...

— Это мои.

— Ага... держите двадцать две...

— Хорошо...

— Не пролей на брюки.

— Большую.

— Так. Большую... Четыре.

— Стань сюда.

— Вам?

— Большую.
— Так. Копейки нет?
— Поищу...
— Поищите. Ваша большая? Вам?
— Три больших.
— Возьмите копейку.
— Ага. Три больших...
— У меня пятерка только.
— Найдем.
— Спасибо.
— И четыре рубля.
— Маленькую.
— Вам?
— Маленькую?
— Так... три... вам?
— Лен, ты маленькую будешь?
— Да.
— Большую и маленькую.
— Копейка... держите...
— Спасибо.
— Отойдем немного... Ммм... холодный...
— Да... ага... законный квасок. И в меру разбавлен.
— Ой... никогда залпом не пила. Спасибо.
— Хочешь еще?
— Нет, что ты, пей.
— Хаа... хорош. Спасибо. Так. А где мы стоим?
— Вон там. Смотри как далеко. Смех!
— Ну, а чего. Все равно делать нечего. Пошли.
— А здорово парень придумал сюда дотянуться.
— Великий комбинатор.
— У меня прямо пересохло во рту. А щас другое дело.
— Можно жить, да?

— Можно. Мы за вами?

— Да.

— Ну, как вам квасок?

— Ничего. А вам?

— Понравился. А главное как-то необычно. Стояли, стояли на жаре и вдруг тенек, квас холодный.

— А по-моему, все равно где стоять.

— Ну, в теньке-то лучше.

— Лучше.

— Как она тут замаскировалась. Небось местные в ней души не чаяли.

— Да...

— А сейчас придется туго. Она за час всю распродаст.

— Точно.

— Вадик, дай монетку, я позвоню.

— Монетку... щас.. Держи двушку.

— Люди смотрят, смотрят: за чем это такая очередь, а она за квасом! Комедия!

— И главное — не понять, почему они дальше стоят! Да?

— Ну вот... началось.

— Да он случайно разбил.

— Пьяный небось. Руки кружку не держат.

— Да не пьяный.

— Пьяный.

— Нет, не пьяный. Просто обалдел от жары.

— Мужчина, у вас выпало что-то.

— Спасибо.

— Вот. Так и под машину попал бы.

— Идет себе напропалую.

— А вот из-за таких старух в основном аварии происходят.

— Давить их надо! Щас бы вылетел какой с поворота, что делать? Только на нас сворачивать.

— На Ленинском месяц назад такая авария была. Баба дорогу перебегала, грузовик выскочил с Ломоносовского, а она прямо под колеса несется. Ну, он парень молодой, свернул. И по остановке автобусной прошелся. Троих насмерть, еще троих в тяжелом состоянии увезли.

— А баба?

— Не нашли даже!

— Вот сволочь! А из-за нее люди погибли.

— Да и парню, наверное, что-то будет...

— А как же. У нас же разбираться не станут.

— Нет, ну почему, разберутся.

— Да какое там! Разберутся! Милиция сама грабит да убивает. Вон процесс какой-то был. В метро грабили.

— Там, говорят, расстреляли многих.

— Сто человек.

— Не сто, а шестьдесят.

— Я слышал сто.

— Шестьдесят.

— А что толку-то. Все одно они грубят только. Набрали лимитчиков...

— Сейчас им зарплату прибавили.

— Все одно ни черта не делают...

— Ну, дозвонилась?

— Дозвониться-то дозвонилась, но ты знаешь какой кошмар! Там еще два автобуса приехали!

— Таких же?

— Ага!

— Ну, это уже совсем наглость!

— Оказывается, это делегаты слета областных передовиков.

— Сволочи!

— Что ж они в другом месте отовариться не могли?

— Нет, ну это вообще!

— Да... а ты представляешь, там пришел контейнер с американскими!

— Шутишь!

— Серьезно.

— Сволочи! Нам не достанется.

— Говорят, что еще подвезут, так что может и достанется.

— Да ну, достанется!

— А еще, самое главное, сказали, что торговать будут допоздна, потому что у них выброс срочный какой-то.

— Девушка, а вы у прилавка не были?

— Нет, я слышала, как милиционер в мегафон говорил.

— А как — допоздна?

— До одиннадцати вроде.

— Что, серьезно, — американские?

— Ага.

— А что это они под конец дня надумали?

— Бох их знает.

— А много народу приехало?

— Трудно сказать.

— Передовики чертовы. Сами работать не хотят ни хрена, все студентов ждут. Вон картошки нет нигде...

— А фирма какая, не знаете?

— Говорят — Супер Райфл.

— Это здорово. Жаль, не достанется, наверное.

— А может и достанется.

— Можно подумать, что колхозники понимают эти, где Супер Райфл, там, где что... Ни черта они не пони-

мают! Им пильсинов бы сетку набить, да колбасой об-
ложиться! Гады...

— В Москве теперь никуда пойти нельзя. В центре
все забито, здесь тоже.

— Осторожней, Лен...

— Ага...

— Ну, конечно!

— Чего, опять назад пятиться?

— А как же. Добавили, теперь подвиньтесь.

— Господи...

— А может, лучше загнуться, чем пятиться?

— А чего, действительно. Вон туда, в переулок.

— Правильно. А то опять к этой бочке вернемся.

— Давайте, товарищи, в переулок загнемся.

— Давайте.

— Лучше, конечно, чем тут толкаться.

— Валер, передай этим...

— Свернем, свернем...

— Левее, ребята! Сворачивайте в переулок!

— Простите, это я у вас брала?

— Да.

— Спасибо большое.

— Пожалуйста... Ну, чо, свернем, а?

— Изгибайтесь, изгибайтесь...

— Ленок, не отставай.

— Вон, видишь, прут как...

— Ты точно знаешь, что Супер Райфл?

— Точно. А что?

— Да что-то не верится...

— Ну, что ж мне — врать будут? Какой смысл?

— Да, смысла нет...

— Как здесь хорошо. Люблю такие переулки.

— Тихие?

— Ага. И прохладней здесь.

— Смотри — мерседес.

— Чей это, интересно?

— Номер наш вроде. Не дипломат.

— Дорогой наверно?

— Да. Наверно.

— Володя! Положи на место!

— Тополя как разрослись...

— Да тут их не подрезает никто. На проспекте так обкорнали...

— Я б в такой дом переехала. Люблю двухэтажные.

— А я сейчас что-то башни оценил.

— Чего хорошего?

— Шум не слышен.

— Да ну, в небоскребе жить...

— Здорово. Я у приятеля бываю иногда — любо-дорого. Ни шума, ни запахов. А то у нас во двор магазин выходит — рыбой несет. Ребята бегают, шумят.

— А я как-то равнодушна к шуму.

— Ну, это пока. Я работать могу только в тишине.

— А ты что, пишешь что-нибудь?

— Статьи редактирую.

— Какие?

— Исторические. Ну, на разные темы.

— Например?

— Ну, последнее называлась... щас... дай вспомню... а... что-то к вопросу о миграции южных славян.

— Для меня это темный лес.

— Это все очень просто.

— Для тебя.

— Иди сюда, тут стоять удобней.

— Сорви листик.

— Что, этот?

— Ага. Я на нос приклею.

— На чебурашку похожа!

— Сам ты чебурашка.

— Володя! Ты где?

— Клади ладошку, чебурашка.

— Зачем?

— Клади, прихлопну как муху.

— На.

— Хоп!

— Фигушки.

— Клади.

— На.

— Хоп! То-то.

— Зачем так лупить-то! Теперь ты...

— Володя!

— Ап!

— Неа!

— Хоп!

— Мимо!

— Мазилкин.

— Мам, я здесь.

— Бац! Вот так мы их.

— Почему не отзываешься? Я что, кричать должна?

— Клади.

— Ты клади, хитрый какой...

— Хоп!

— Вот тебе!

— Молодые люди, не толкайтесь.

— Извините.

— Минуту спокойно постоять не могут... хи-хи да ха-ха...

— Да пусть поиграют.

— Пойду на лавочку присяду...

— Ух ты, восьмой час уже.

— Серьезно?

— Ага. Двадцать минут.

— Вроде подвинулись немного.

— Да они быстро торгуют, я видела.

— На футбол опоздали. Через десять минут показывают.

— Послезавтра интереснее. Спартак — Динамо.

— Через забор и тама...

— Точно.

— Ой, мужчины, хоть не курили бы. И так дышать нечем...

— А вы отойдите подальше да и всё.

— Сам бы отошел.

— Чего это я должен отходить. Вы и отходите.

— Стоит и дымит как паровоз.

— Лен, а ты не спрашивала, размеры все есть?

— Да вроде все.

— Хорошо.

— Чего это напирают?

— Не знаю. Чего там случилось?

— Черт их знает.

— Женщина, спросите там, что такое?

— Что там? Неужели опять подъехал кто-то?

— Пойду схожу...

— Что ж так толкаются-то... осторожней!

— Да мы что ль толкаемся? Это нас толкают.

— Осторожней...

— Ну вот, опять поперли.

— Миша, сюда.

— И мы тоже. Давай, давай...

— Ну, что там, Лен?

— Это не автобусы. Просто решили упорядочить очередь.

— Как?

— Пореже сделать.

— Правильно... А то возле прилавка, небось, куча-мала.

— Да. А так пореже будет и подлинней немного. Но зато дело быстрей пойдет.

— Я думаю.

— Товарищи, давайте подвинемся.

— Двигайтесь, двигайтесь и пореже становитесь...

— Пошли туда.

— Двигайтесь в переулок, пореже лучше стоять. И очередь быстрей пойдет.

— А не все равно как стоять? Один черт.

— Может, действительно, так быстрей.

— А то влезли разные, понабились.

— Туда немного еще... Чего толкаться...

— Успеть бы хоть...

— Пройди чуть-чуть...

— А там прямо водоворот...

— Алеш, иди ко мне, что ты...

— Ну вот, здесь еще прохладней.

— Смотри, там кошка.

— Лен, иди, тут сесть можно.

— Не грязно?

— Не-а...

— Садись.

— Выступ специально для нас... оох... хорошо как...

— Парапетик такой.

— Нет, молодой человек, это не парапет. Это завалинкой называется... разрешите... оп-ля... Люда, садись...

— Грязно, Паш...

— На газету, постели.

— Вот... фу-у-у... настоялись ноженьки...

— Дядь Сень, сядем?

— Ага... во так, во так...

— Пододвиньтесь немного, товарищи...

— Здорово. Так и будем сидеть.

— А солнышко-то того — тютю уже.

— Почти. Почти тютю. Все равно жарко.

— Нет, ну, американские, а? Обалдеть.

— Да что-то не верится. А вы точно знаете?

— Ну пойдите да спросите.

— У тебя сигаретки не будет?

— Где-то... на...

— Во... спасибо... хорошо сделана. Чья?

— Шведская.

— У брательника была в виде бабы. Знаешь, ножки разведены у нее. А сожмешь — в руках огонек. Она руки вместе держит.

— Увесистый какой... посмотри, Лен.

— Как настоящий.

— Такой пушкой и напугать можно. Деньги ваши — будут наши.

— Да игрушка, видно сразу...

— Не скажи.

— Хочешь колбаски?

— Да что ты.

— Вот, двигаемся... вставай, пересядем.

— Леш, подвинься.

— Я ж говорил, быстро пойдет...

— Ленок, за мной! С краю сядем.

— Киска какая. Кс, кс, кс... иди ко мне...

— Не бери ее, она грязная.

— Сам ты грязный... Киса, иди ко мне.

— Подзаборная какая-то.

— Ты просто животных не любишь.

— Привет. У меня две собаки были.

— Киса... ну вот... видишь, хорошенькая какая.

— Мурка.

— Кисуля... носик холодный, ласковая... кисуля...

— Девушка, она ведь бегает черт знает где.

— Ничего. Кисуля... погладь ее...

— Во... нравится ей...

— А глаза какие... смотри горят как...

— Ой, а волос от ее...

— Беги...

— Американские прочней...

— Да и красивее ткань намного.

— Володя, не надо бросаться.

— А кошка проворней тебя.

— Оставь ее в покое, Володя!

— Все-таки жара, а камень все равно холодный.

— Конечно. Тут земля сильно не прогреется. У меня зять на даче полежал вчера на земле, а сегодня уже кашляет.

— На юге наоборот — тепло от нее, даже когда прохладно.

— Да, это точно...

— Что ж так медленно, черт возьми.

— Устали, наверное.

— Все устали. Им за это деньги платят, а мы даром стоим.

— Они в пакетиках таких фирменных.

— А какая фирма?

— Ли, кажется.

— Ли?

— Ли.

— Хорошо.

— Господи, хоть бы какие достались...

— Лишь бы опять мудаки эти не приехали.

— Давай?

— Спасибо...

— Двигаемся, двигаемся, братцы...

— Ну вот и посидели... домик кончился...

— Вставай, Сереж.

— Они практичные — год носишь и ничего.

— Да, там материал будь здоров.

— Наши, вроде, тоже научились.

— Да ну, плохие все равно.

— По какой-то лицензии делают...

— Нет, я видел — ничего.

— У наших материал паршивый...

— Ку-ку...

— Не хулигань.

— Гвоздики твои почти завяли.

— А тебе-то что?

— Ничего.

— Вот я здесь была. За вами.

— Ага.

— Теперь все. Сегодня уже не купим?

— Это почему? Они же до одиннадцати обещали!

— Да вы выйдите, посмотрите, какая очередь там! Тут еще часа четыре стоять, как минимум!

— Да нет, ну а как же?

— Я там подходила, там женщина одна пишет номера.

— На руках?

— На руках и в тетрадку. Фамилии.

— Ну и что?

— Завтра с семи торговать будут. А сегодня не успеем... вон... два часа осталось... даже меньше...

— Черт побери...

— Она всю очередь обойдет, так что не волнуйтесь.

— Ну, а порядок хоть навели?

— Навели. Очередь реденькая, ровная такая.

— Что ж — всю ночь стоять?

— Да зачем стоять? Вы отойти можете.

— На всю ночь?

— До перекличек.

— А когда переклички?

— В три часа и в шесть...

— Да что они, обалдели? Что ж, всю ночь здесь куковать?

— Ну, можно до трех уйти?

— Куда мне уйти-то?! Я в Мытищах живу!

— Действительно, как добираться? Можно было домой поехать поспать, но транспорт ведь не ходит в три часа...

— Какой дурак это придумал!

— Я наверно не буду стоять...

— Зря время угробили.

— Останемся?

— Давай.

— Я тоже останусь. Я тут рядом живу...

— Мы тоже.

— Да, грустненько...

— Ничего, щас половина очереди сбежит.

— Может быть.

— Там в скверике скамеек много, посидим. Сейчас ночи быстро летят.

— Тем более — теплые.

— Вон, видите, сколько ушло?

— Хорошо.

— Вообще свинство, конечно. Если б не эти приезжие...

— Да из них никто не останется. Будут они ночевать!

— Может и останутся.

— Может.

— А может и нет.

— Черт их знает...

— Тюк!

— Я вот тебе щас тюкну! Иди сюда!

— Мам, дай помидор.

— Не дам. Сиди здесь.

— Мам, ноги болят.

— Сиди, кому говорят!

— Лен, так лучше.

— Точно. Сообразительный.

— Девушка с волосами цвета льна.

— Юноша с глазами цвета редиски!

— Хулиганка!

— Сам хулиган.

— А утром они рано начнут?

— Рано. В семь.

— Я пойду, наверно.

— Не останетесь?

— Не-а...

— Да чего тут, подумаешь — **ночку скоротать**. Зато утром раз-два и получим.

— Конечно.

— Можно на вокзал пойти посидеть...

— Ну, там своих хватает.

— Да тут рядом лавочек полно, чего мучиться?!

— Киса неугомонная какая...

— Скучно одной, поди.

— Сейчас они кончат, наверно. Пора.

— Интересно, а много привезли?

— Много. Нам хватит.

— Хорошо бы...

— Вон та женщина идет.

— Она записывает?

— Ага.

— Володя! Положи на место.

— Мам, я немного.

— Положи, кому говорю!

— Кис, кис... иди сюда...

— Слушай, гони ее к черту, облезлую эту!

— Ленок, масленый блинок...

— Ты все хулиганишь. Проколю насквозь. Оп!

— Ой, больно... Ой! Ленка! Не хулигань, он же острый...

— Умри, презренный... оп!

— Ленка! Щас сломаю!

— Хоп... хоп!

— Дай сюда... вот так...

— Ой... больно! Что ты! Мамочка!

— От-дай... от-дай...

— Караул... ой! Мама!

— Тысяча двести двадцать шестой.

— Кропотов.

— Тысяча двести двадцать седьмой...

— Саюшева.

— Тысяча двести двадцать восьмой.

— Покревский.

— Тысяча двести двадцать... восьмой...

— Я... Зимянин... Зимянин...

— Так... Тысяча двести двадцать девять.

— Бородина.

— Боро-дина...

— А когда перекличка?

— В три часа ночи первая, в шесть вторая.

— А почему так неудобно?

— Караул... Вадим... Ой! Хам!

— Тысяча двести двадцать... извиняюсь, тридцать.

— Сохненко.

— Тысяча двести тридцать один.

— Болдырев.

— Тысяча двести тридцать два.

— Герасимова.

— Тысяча двести тридцать три.

— Николаенко.

— Тысяча двести тридцать четыре.

— Гутман. Гутман...

— Так. Тысяча двести тридцать пять.

— Мы.

— Кто — мы?

— Алексеев... Вадим...

— Тысяча двести тридцать шесть... девушка! Говорите или нет!

— Трошина.

— Как маленькие... Тысяча двести тридцать семь...

— Заборовский.

— Тысяча двести тридцать восемь.

— Локонов.

— Тысяча двести тридцать девять.

— Самосудова. А когда, вы говорите, перекличка?

— В три и в шесть. Тысяча двести три... сорок. Сорок.

— Боканина.

— Тысяча двести сорок один.

— Рысько.

— Тысяча двести сорок два.

— Коноваленко... скажите, а хватит там нам?

— Хватит, хватит... Тысяча двести сорок три.

— Зотова. А говорили, что на руках писать будут.

— Зачем руки пачкать. Вы лучше запомните получше номер.

— А на перекличке что кричать — номер или фамилии?

— Мы вам номер кричим, а вы отвечаете свою фамилию.

— Ясно...

— Тысяча двести сорок... сорок четыре.

— Иванова.

— Тысяча двести сорок пять.

— Хохряков.

— Тысяча двести сорок шесть.

— Никитская.

— Тысяча двести сорок семь.

— Коржев.

— Тысяча двести сорок восемь.

— Сатуновский.

— Тысяча двести сорок девять.

— Грамматикати.

— Как?

— Грамматикати.

— Так. Грамматикати... Тысяча двести пятьдесят.

— Монюкова.

— Отойдите пожалуйста... Тысяча двести пятьдесят один.

— Костылев. Запишите мне на руку, пожалуйста.

— Забыть боитесь?

— Ага...

— Пожалуйста... Тысяча двести пятьдесят два.

— Барвенков.

— Тысяча двести пятьдесят три.

— Воронина.

— Тысяча двести пятьдесят четыре.

— Это... Рождественская. Рождественская.

— Тысяча двести пятьдесят пять.

— Самосуд.

— Тысяча двести пятьдесят шесть.

— Лаврикова.

— Тысяча двести пятьдесят семь.

— Кондратьев.

— Тысяча двести пятьдесят восемь.

— Хохлова.

— Хохлова... Тысяча двести пятьдесят девять.

— Чайковский.

— Тысяча двести шестьдесят.

— Мухина.

— Тысяча двести шестьдесят один.

— А тут отошла женщина... передо мной...

— Пусть потом подойдет... шестьдесят два.

— Злотников.

— Тысяча двести шестьдесят три.

— Бондаренко.

— Так. Чего это вы так петляете...

— А тут уютней. Видите, переулочек прохладный какой.

— Вижу.

— Ну вот, их записали, теперь идите к нам. Тут и посидеть можно.

— У них...

— Володька!

— Ну, Лен, теперь мы куда хотим, туда и смотаемся.

— А мне что-то никуда не хочется. Устала, как собака.

— Устала?

— Ага.

— Да брось ты.

— Честно.

— Товарищи...

— Темнеет как быстро.

— А может, на вокзал пойти?

— Я тут останусь, Петь.

— Значит, я за вами. К трем приду.

— Товарищи, а давайте по скверу расположимся в порядке очереди?

— Давайте.

— Конечно, удобно и лавочек полно.

— Идем...

— Только не спешите, всем хватит места.

— Пошли, Лен...

— Куда еще?

— В сквер. Вон он, рядом. Идем.

— Волоки меня... упаду!

— Ладно, не валяй дурака, пошли, а то лавочки займут.

— Липы толстые какие.
— Он старый, наверно...
— Вон там.
— Нет, он за мной.
— Осторожней, тут проволока торчит...
— Смотри, как заняли быстро... а мы где?
— Вон там, скорее!
— Я так не могу... Вадим... ой...
— Сюда иди...
— Тут мокро...
— Мы здесь, за вами.
— Да, да.
— А лавочка горячая какая... смотри...
— Здорово...
— Она весь день грелась... положи руку...
— Тепло как...
— А здесь удобно, здоровски!
— Ага. Прислонись ко мне.
— Ой, совсем как в кресле.
— Мы вам не мешаем?
— Нет, нет, ребята.
— А хороший скверик, правда?
— Ага. И лавки целые. Так хорошо сидеть.
— Сидела бы и сидела.
— Положи сюда гвоздики.
— Товарищи, а мы по очереди сидим?
— Вроде...
— Не перепутать бы.
— Да не спутаемся, что, маленькие, что ли...
— А быстро темнеет как...
— О... битлов завели. Слышишь?
— Ага... где-то...

— Вон в том доме.

— Наверно.

— Тикет то райд... точно...

— Это в том окне, наверно, которое горит.

— Ага... Шииз гонна тикет то райд, шииз гонна тикет то рааайд... хорошая запись...

— А говорят, что в Москве неба не видно. Вот, смотри.

— Шииз гонна тикет то рааайд, шиз донт кер!

— А хорошо тут...

— Нау пипл донт кер... сто лет не слышал.

— Смотри, звездочки.

— Ты у меня, как звездочка. Русалочка...

— Не надо, Вадим. Слышишь.

— Русалка...

— Вадим... ну Вадим...

— Молодые люди, вы мешаете.

— Чего?

— Мешаете!

— Смотри, все уже дремлют.

— Настоялись. А здесь вообще здорово спать. Уютный уголок. Я сто лет на природе не спал, а ты?

— Я тоже.

— Положи мне голову на плечо.

— Не больно?

— Нет, что ты. Тебе удобно?

— Ага... Оооооаааххх... ноги отнимаются...

— Я вообще тоже перегрелся немного...

— Давай слегка вздремнем, а потом погуляем...

— Давай... Смотри, все как сурки.

— Чего же ты хочешь...

— Ит вонт би лонг йе, йе, йе, йе! Ит вонт би лооооонг...

— Молодые люди, может угомонитесь, а?!
— Хорош болтать, парень, завтра допоешь...
— Спи, слышишь...
— Ладно, сплю...
— Тепло так...
— Прохладно что-то...
— Апчхи!
— Уааах... ой...
— Так вот... ага...
— Подвиньтесь немного...
— Ага... пожалуйста, пожалуйста...
— Прикипели, бля...

— Епт... тоже придумал...
— Уаааэээх... ааааэээх...
— Апчхи!.. апчх... пчхи!!... Господи... ааапчхи!!
— Не холодно?
— Неа... Господи...

— Тише, Петь...

— Мммммм... ммм...
— Фууу... фуу...

— Володя... ложись сюда... Володя, ножки сюда...
— Фу... фу...
— Ммм... мм...
— Володя... не ворочайся...
— Хааа... аах...

— Лежи, не вертись... не верится...

— Господи...

— Поверил ему... дурак...
— Спи, ладно...
— Хорошо-то как...

— Мммм... ммм...

— Ууааах... ааэээххаааа... уахэаа...

— Руку так вот... удобней...

— Фууу... фууу...

— Спи, спи... Володя...
— Гады, бля...

— Апчхи!

— Вбили, а ен вмер... хосподи...

— Фууу...

— Сам... ммм... сам и это...

— Тысяча двести тридцать пять! Тридцать пять!

— Вадим... Вадим, проснись!

— Тридцать пять!

— Фууу... Алексеев, Алексеев!

— Что за черт! Чего вы дрыхнете! Тысяча двести тридцать шесть!

— Трошина.

— Так. Трошина...

— Фууу... черт.. ой... ууу...

— Холодно...

— Фууу...

— Вадим! Вадим! Вадик!

— Что... чего такое... чего ты...

— Вадик! Ну что же ты! Проснись!

— Что? Что случилось?

— Идет женщина. Перекличка! Что, что...

— Где?

— Да вот, не видишь?

— Аааа...

— Ты спал, как сурок... Спишь и спишь...

— Уааах... ногу отсидел... как макаронина...

— Давай, Вадим, давай...

— Чего давать-то? Сама подойдет... Брр... прохладно
однако...

— Все уже давно стоят, ты спишь только.

— Серьезно? Правда... Ааа... вон они...

— Пошли скорей.

— Пошли... ой, нога не идет...

— Ну вот, что я подпорка, что ли...

— Брось, комиссар, не дотащишь.

— Остряк... Пошли скорее. Говорят, половина очереди слиняла.

— Правда?

— Говорят.

— Это хорошо. Ой...

— Ну, что ты, как пьяный! Дурачок...

— Мы здесь, кажется...

— Да. За мной.

— А чего она пишет?

— Номера вычеркивает.

— Это, которые ушли?

— Ага.

— Мам, я писать хочу...

— Иди вон туда и пописай... иди...

— Вас, молодой человек, ночью добудиться не могли
никак.

— Ааа... да. Вспоминаю. Я прям провалился куда-то.

— Девушка ваша растолкала. А то б она вычеркнула.

— Чего, такая суровая?

— Да тут будешь суровым — обойди всю очередь.

— Она что — сама согласилась на это?

— Сама.

— А что ей за это будет?

— Сейчас получит первой.

— Здорово...

— Так... товарищи... значит, те номера, которые не откликаются, я вычеркиваю. Тут за ночь произошли кое-какие изменения... многие ушли...

— А порядок тот же остался?

— Нет, то есть, — да. Номера у всех свои. Просто выбывшие номера я не зачитываю. Пропускаю... Тысяча двести двадцать восемь.

— Покровский.

— Тысяча двести двадцать девять.

— Бородина.

— Тысяча двести тридцать.

— Вычеркиваю... Тысяча двести тридцать один.

— Болдырев.

— Тысяча двести тридцать два.

— Герасимова.

— Тысяча двести тридцать три. Тоже нет?!

— Тридцать три!

— Вычеркиваю. Тысяча двести тридцать четыре.

— Гутман. Здесь я.

— Тысяча двести тридцать пять.

— Алексеев.

— Тысяча двести тридцать шесть.

— Трошина.

— Тысяча двести тридцать семь.

— Заборовский.

— Тысяча двести тридцать восемь.

— Вычеркиваю. Тысяча двести тридцать девять.

— Самосудова.

— Тысяча двести сорок.

— Боканина.

— Тысяча двести сорок один.

— Вычеркнем товарища... Сорок два.

— Коноваленко. Тут мы...

— Тысяча двести сорок три.

— Зотова.

— Тысяча двести сорок четыре.

— Иванова.

— Тысяча двести сорок пять.

— Хохряков.

— Тысяча двести сорок шесть.

— Нет... Тысяча двести сорок семь.

— Тоже... Тысяча двести сорок восемь.

— Сатуновский.

— Тысяча двести сорок девять.

— Грамматикати.

— Ага... Тысяча двести сорок... пятьдесят...

— Монюкова.

— Тысяча двести пятьдесят один.

— Вычеркиваю... Пятьдесят два.

— Барвенков.

— Тысяча двести пятьдесят три.

— Воронина.

— Тысяча двести пятьдесят четыре.

— Так... Тысяча двести пятьдесят пять.

— Тоже... Пятьдесят шесть?

— Лаврикова.

— Тысяча двести пятьдесят семь.

— Кондратьев.

— Тысяча двести пятьдесят восемь.

— Хохлова.

— Тысяча двести пятьдесят девять.
— Вычеркиваем товарища... Шестьдесят.
— Мухин.
— Мухина или Мухин?
— Была Мухина, а теперь Мухин будет...
— Так. Тысяча двести шестьдесят один.
— Сумнина.
— Тысяча двести шестьдесят два.
— Злотников.
— Тысяча двести шестьдесят три.
— Бондаренко.
— Тысяча двести шестьдесят четыре.
— Соколова.
— Тысяча двести шестьдесят пять.
— Вычеркиваю. Шестьдесят шесть.
— Зворыкина.
— Тысяча двести шестьдесят семь.
— Он отошел на минутку... на минутку...
— Ладно. Шестьдесят восемь.
— Васина.
— Так. Васина... Ну, что, все здесь?
— Все.
— Все, вроде.
— Так. Теперь в том переулке...
— Скажите, а почему очередь не двигается?
— Торговать еще не начали.
— А когда начнут?
— В семь.
— Скоро уже...
— Да чего вы волнуетесь — сейчас быстро пойдет.
— А вы точно знаете, что каракулевый воротник?
— Да я видел своими глазами.

— Это здорово. Он и красивее, и лучше.

— Конечно...

— А производство чье?

— Турция.

— А не болгарские разве?

— Да что вы, Турция самая настоящая. Поэтому и очередь такая...

— У турков выделка мягче. Они кожу как-то обрабатывают умело.

— И она такая приятная, темно-коричневая...

— Подвинемся, давайте?

— Давайте.

— Вы не студенты, случайно, молодые люди?

— Она студентка, а я нет.

— А где вы учитесь?

— В текстильном.

— Это очень хорошо. Нашьете нам красивой одежды.

— Куда уж нам.

— Чего же вы в свои силы не верите?

— Причем тут мои силы...

— Ну, это вы зря. Мы в вашем возрасте просто горы были готовы своротить.

— Ну и своротили?

— Молодой человек, а я, между прочим, не с вами разговариваю.

— Зато я с вами.

— Очень вежливо.

— А что такого?

— Ничего такого! Хамить не надо. Что такого...

— А кто хамит?

— Вы хамите.

— Я?

— Вы.

— Лен, я хамлю?

— Да ладно тебе, не заводись...

— Да он первый заводится.

— Успокойся.

— Да я спокоен. Это он слюной брызгать начал.

— Парень, хорош. И так стоять муторно...

— А что я-то?

— Да хватит, хватит. Попизпели и хватит...

— Слушайте, мужчины! Может, кончим ругаться?!

— Молчу, мать, молчу...

— Смотри, Володь, голуби какие. Видишь?

— Ага. Мам, дай я хлебца покрошу им.

— На... немного... вот. Иди, только не пугай.

— Говорят, эти голуби разную заразу разносят. Эпидемии, холера там всякая...

— Да ну, глупости.

— Серьезно. Я в газете читал.

— Как вы думаете, начали торговать?

— Пора бы. Десять минут уже.

— Восьмого.

— Я отойду, сигарет купить.

— А что, киоск с семи?

— Должен вроде...

— Купите мне, если будет. «Яву» или «Пегас». Что будет.

— Мам, дай еще хлеба!

— Нет, хватит.

— Ну дай! Видишь, они поклевали. Дай!

— Ну на, на...

— Двигаемся, товарищи.

— Слава Богу...

— Пошли, Паш...

— У вас платье помялось сзади.

— Сильно?

— Нет, не очень, но мятое.

— На скамейке на этой.

— Двигаемся, двигаемся.

— Володя, хватит. Иди сюда.

— Мам, чуть-чуть...

— Иди, слышишь!

— Смотрите, а те за нами.

— Ага.

— Большая все-таки очередь...

— Да...

— Очередища такая...

— Давайте поактивней, ребят.

— Лен, это тебя касается.

— Иду, иду... сам не отстань...

— Наверно, очередь подтягивают.

— А турецкие и сшиты лучше. У них в талии поуже. В болгарских утонешь сразу.

— У турецких пуговицы красивые. Знаете, такие кожаные...

— Кожаные. Знаю.

— А солнце уже встало давно.

— Конечно...

— Как сегодня, жарко будет, не знаете?

— То же самое вроде.

— Ну, мы до девяти купим?

— Должны.

— Пошли, пошли как.

— Действительно, что-то уж очень быстро.

— Так и должно, при нормальной торговле.

— Если б так всегда очередь шла.

— Ну вот, еще немного, еще чуть-чуть...

— А то забились в переулок, как эти...

— Не давит, нет?

— Ничего.

— Дружней, дружней... чего там...

— Ну вот, нашел где разворачиваться...

— Ему назад надо.

— Выехал бы на улицу, да развернулся.

— Куда б я выехал, чего орешь?

— Я не ору. А ты весь переулок перегородил.

— Потерпите...

— Видали. Хамюга.

— Люди его ждать будут. Разворачивайся!

— Потерпите.

— Наглец какой.

— Ну вот, дыму напустит теперь... фу...

— Давай, давай...

— Пошли скорей, Лен.

— Успеется.

— Володя! Не отставай! Где ты?

— Я тут, мам...

— Иди ко мне.

— Слава Богу... во, вышли... ой, мамочка моя... народу-то...

— Что это такое?

— Кошмар какой... а где же очередь?

— Чего они там столпились?

— Фууу... сюрприз за сюрпризом...

— А как же? Где что?

— Идиотизм какой-то...

— Товарищ, а что это такое? Почему толпа такая?

— Черт их знает. Велели всем подойти.

— Кому — всем?

— Всей очереди.

— Ёп твою мать... я-то думал, покупают уже...

— Ладно, погоди, вон легавый идет...

— Щас вякнет что-нибудь...

— Поебень какая...

— Действительно, а какого черта собрали!

— Давайте послушаем...

— Может кончилось?

— Да быть не может. Вечером привезли полно...

— ТОВАРИЩИ! ПРОСЬБА НЕ ШУМЕТЬ! ТОЛКАТЬСЯ НЕ НАДО!

— Неужели столько стоит...

— Отойди, там грязь...

— Женщина, платок упал у вас...

— Спасибо.

— ТОЛКАТЬСЯ НЕ НАДО.

— Ленок, иди ко мне...

— Продвиньтесь немного, товарищи...

— ТОВАРИЩИ! ЧТОБ У НАС С ВАМИ БЫЛ ПОРЯДОК, НАДО ВЫСТРОИТЬ РОВНУЮ ОЧЕРЕДЬ!

— Как это — ровную?

— Чего, за этим и собрались?

— Давайте отпускайте побыстрей, чем трепаться!

— Дурью мучится, идиот...

— ТОВАРИЩИ! ВЫСТРАИВАЕМСЯ ПО ОДНОМУ!

— Как же по одному? На кой черт?!

— Нет, ну это безобразие! Стояли же нормально!

— Надо пожаловаться на него.

— А торгуют, не знаете?

— Вроде торгуют.

— Все равно грузины здесь.

— Ааа... это бесполезно. Они вперед нас пролезут.

— ВЫСТРАИВАЕМСЯ ПО ОДНОМУ, ТОВАРИЩИ!

— Зачем это нужно?

— С другой стороны, так уж никто не пролезет.

— Да ну вас...

— Ну, чего, пошли назад?

— Сволочизм какой...

— ТОВАРИЩИ! ЗДЕСЬ МЫ УСТАНОВИМ ТУРНИКЕ-ТЫ, ЧТОБ ПОСТОРОННИЕ В ОЧЕРЕДЬ НЕ ПРОНИКАЛИ! И ДВИЖЕНИЕ БУДЕТ ПО ТУРНИКЕТАМ! ВЫСТРАИВА-ЕМСЯ ПО ОДНОМУ, ПО СВОИМ НОМЕРАМ!

— Вообще с турникетами хорошо...

— Да ну... одна каша...

— Пошли, ладно...

— Сень, возьми авоську.

— ПО ОДНОМУ! ПО ОДНОМУ! А ШУМЕТЬ И ТОЛ-КАТЬСЯ НЕЗАЧЕМ! НЕЗАЧЕМ ШУМЕТЬ И ТОЛКАТЬСЯ!

— Что за дураки...

— Не ворчи.

— Не видно, торгуют они?

— Да отсюда не увидишь ни черта... не знаете, торгу-ют там, а?

— Понятия не имею... не торгуют, не знаете?

— Должны бы... не видно... не продают, а?

— Черт знает... надо б подойти... вам не видно, мо-лодой человек?

— Нет.

— А вам?

— Нет. Как там, не начали?

— Давно пора уже, по идее. Не знаете?

— Торгуют.

— Точно?

— Вы видели?

— Нет, вот он ходил. Ровно в семь и начали... можно пройти?

— Да-да, конечно...

— Это хорошо...

— ТОВАРИЩИ! РАЗБЕРИТЕСЬ ПО СВОИМ НОМЕРАМ! РАЗБЕРИТЕСЬ!

— А много продавцов?

— Двое.

— Как и вчера?

— Ага.

— Ну вот, теперь расходиться час будут... можно побыстрей там?!

— Это передние медленно идут...

— Ну, поторопите их!

— Идите и поторопите, быстрая какая...

— Ползут, как черепахи...

— Хватит ворчать-то... с утра ворчит...

— Ну, пошли опять по знакомой улице...

— А бочка где? Не видно что-то...

— Бочка дальше, в том дворе.

— Ааа... да, да. Там песочница еще...

— Да. Песочница.

— Ленусик... ау, я здесь...

— А я ищу...

— Здорово я замаскировался?

— Здорово...

— Знаешь этот анекдот?

— Какой?

— Василий Иванович с Петькой сидят в штабе и пьют.

— Так...

— Петька говорит: Василий Иваныч, белые в город входят.

— А тот?

— Не перебивай. А Василий Иваныч... извините... А Василий Иваныч ему — пей, Петька, пей... А он опять: белые в городе! Пей, Петька, пей...

— Алкоголики...

— Белые на огородах, Василий Иваныч! А он ему: ты меня видишь? Неа, Василий Иваныч, не вижу. И я тебя не вижу. Здорово мы замаскировались, а?!

— Не остроумно.

— Вон бочка наша. Только не торгует никто.

— Что ж тебе с утра прям торговать начнут...

— А хорошо бы кваску тяпнуть...

— Чего захотел. А пива не хочешь?

— Пива не хочу. А вот пожрать не мешало. Пошли чего-нибудь купим?

— А где?

— Да где-нибудь.

— Надо сначала на место встать. Щас придем, тогда пройдем.

— Ты рифмами заговорила.

— Учись, пока жива...

— Учусь. Как Ленин завещал.

— Во-во. Учись.

— Учусь...

— Учись-учись...

— Учусь-учусь... чего-то не разберутся там никак...

— Щас выйдем в родной переулочек и разберемся.

— Галантерея закрыта еще.

— А что такое?

— Да мелочь там...

— Оп...

— Зачем ты выкинула?!

— А они завяли уже давно.

— Поставила бы в воду и все. Чудачка.

— В какую воду? Где ты воду видишь?

— Ну... нашла бы...

— Найди сначала, а потом советуй.

— Не серчай, Еленка. Будет и на нашей улице праздник.

— Ты что, всегда так хохмишь?

— Ага. У меня на все случаи жизни припасено.

— Что?

— То самое.

— Остряк... а чего это... мы ж прошли переулок...

— Так теперь по одному будем стоять, значит очередь больше растянется.

— И то правда.

— Пошли перейдем, а то тут не протолкнешься...

— Давай...

— Тут за углом, я знаю, кафе есть. И кафетерий. Можем чего-нибудь перехватить.

— Хорошо бы.

— Простите, мы не за вами стоим?

— Да, да, за мной.

— Как далеко вытянулись...

— Еще пройдите, товарищи.

— А что такое?

— Там загибы получаются... пройдите!

— Пошли отодвинемся.

— Ой, когда ж остановятся...

— Володя, иди за дядей.

— Так, тут наверно, рынок близко?
— Да, недалеко.
— Вон кафетерий. Только он, кажется, закрыт...
— Так рано еще.
— Да. Они с девяти вроде.
— До девяти не купим, наверно.
— Черт знает...
— Не надо давить-то, ребята!
— А мы не давим.
— Ну что, выровнялись там?
— Кажется.
— Стой тут.
— Стою.
— А не очень далеко. Вон за нами хвостище еще какой...
— Да.
— Слушай, дай я сбегаю матери звякну.
— Беги.
— Смотри, а баба все в пальто...
— Мерзнет, наверное.
— В жару такую.
— Ну, щас-то и не так жарко.
— А мне жарко что-то...
— Возле рынка должны квасом торговать.
— Да не всегда там торгуют...
— Ууаах... хоть бы лавочки были какие...
— А во дворе должны быть. Товарищи, вы не видите, есть там лавочки во дворе?
— Детская площадка есть. Небольшие такие...
— И возле дома есть. Возле подъездов.
— Так может там рассядемся, товарищи? Чего стоять-то?

— Давайте, конечно...

— Загнемся туда и все...

— Да. Выгибаемся во двор, выгибаемся!

— Пошли... иди занимай скорее...

— Только по порядку, по порядку! В порядке очереди!

— Куда лучше!

— Дружней, дружней...

— И правда, так настоишься, действительно...

— А зеленый дворик...

— Люда, мы за ними.

— Вон отсюда лучше.

— Володя, дай руку.

— Прямо по подъездам, товарищи!

— Садись сюда...

— Подвиньтесь-ка...

— Еще место здесь...

— Вот и все. А то стояли, стояли...

— А это занято место, отошел он...

— На ту лавочку.

— Хорошо, что очередь пореже стала.

— Витек, садись поплотней.

— Тут тесно что-то получается... может на ту пойдем?

— А там сидят уже...

— Ну, тогда подвиньтесь немного...

— Куда двигаться-то?

— Ну немного хотя бы.

— Рит, подвинься.

— На этих лавках обычно старухи сидят. А теперь мы у них отобрали законные места!

— Точно. У нас прямо обойма старух. Как выйдут, сядут и на весь день.

— Сидят и рассматривают всех. Идешь, как сквозь строй.

— А что им делать-то? Они в деревнях привыкли на завалинках сидеть, вот и здесь хотят.

— Зеленый двор какой.

— Да, ничего.

— Смотри, а те вон как устроились!

— Сообразительные. Только там грязно.

— В принципе, там ведь такие же дворы. Тут вся очередь может разместиться.

— Ага.

— Ну, что, не заблудился?

— Почти. А здорово придумали...

— Садись.

— Умница, что заняла...

— Дозвонился?

— Ага.

— Ну и как?

— Да ничего.

— Товарищи, а как же двигаться будем?

— А может, прямо лавочками?

— Как?

— Ну, когда предыдущая лавочка перейдет вся, тогда и мы.

— Точно.

— Правильно. Чего по одному тыркаться.

— Давайте всей лавочкой.

— Огонька не будет?

— Пожалуйста...

— Спасибо.

— У вас сегодняшняя?

— Да.

— Как там в Ливане?

— Да все по-старому, кажется. Бомбят.

— Варвары...

— Обнаглели совсем. А арабы эти ни черта не воюют.

— Да. Они привыкли, что мы за них все делаем.

— Не в этом дело. Евреев больше.

— И армия лучше. Америка для них миллионов не жалеет.

— Что ни месяц — то война какая-нибудь. Ирак с Ираном тоже не поделили что-то.

— Время поганое какое-то.

— Аааа... воевали всегда. И будут воевать.

— А евреи прямо по женщинам, по детям хуярят, не стесняются...

— Ты потише с выражениями...

— Про спорт нет ничего?

— Ничего особенного...

— А хорошо придумали — загородочка. У нас перед домом все вытоптали.

— Сирень большая какая. Наверно, давно сажали.

— У нас кирпичиками обложили и успокоились. Конечно, все потоптали.

— Да это сами жильцы отгораживали. ЖЭК надрываться никогда не будет.

— А может и сами...

— Поспи, сынок.

— Да не хочу...

— Тут кроссвордик есть.

— Давай отгадаем.

— Ручка только нужна...

— На...

— Ага. Так... По горизонтали... русский советский писатель.

— Сколько букв?

— Щас... семь. Семь букв.

— Шолохов.

— Шолохов советский писатель. А тут русский и советский.

— Маяковский.

— Он поэт.

— Горький.

— Подходит...

— Подошел?

— Да. Неподвижная часть горизонтального оперения летательного аппарата.

— Черт его знает... элерон какой-нибудь...

— Ритмическое окончание фразы.

— Фразы?

— Фразы.

— Рифма...

— Тут букв много. Популярный итальянский тенор.

— Их миллионы... тоже мне кроссворд...

— Ну ты хоть одного назови.

— Не знаю.

— Озеро в Приморском крае.

— Ханка не подходит?

— Щас... подходит.

— Ну так! Я ж там вырос... Ханка, конечно.

— Отрезок, соединяющий точку окружности с ее центром.

— Радиус. Конечно радиус.

— Верно. Небесное тело в составе солнечной системы.

— Их много... Марс, Юпитер... Венера...

— Шесть букв.

— Сатурн.

— А может Венера?

— Может и Венера... ногу убери...

— Юпитер тоже шесть букв.

— Многолетняя трава семейства осоковых.

— Камыш.

— Не подходит.

— Не знаешь траву семейства осоковых?

— Их много очень...

— Столица республики Нигер.

— Не знаю.

— Венгерский писатель.

— Хрен его знает...

— Чапек.

— Не подходит.

— А Чапек не венгр, кажется, а чех.

— Действующее лицо оперы «Севильский цирюль-
ник».

— Фигаро.

— Подошло. Остров на Онежском озере.

— Трудно сказать...

— Ну, хоть какой-нибудь?

— Черт его знает... Дальше что?

— Деталь плуга.

— Лемех?

— Лемех. Точно... Так, что ж получается...

— Давай вот это отгадаем... по вертикали... вот... ал-
фавит...

— Да это просто азбука.

— Азбука, точно.

— Приток Дона.

— Дона?

— Дона.

— Приток Дона никто не знает?

— Северный Донец.

— Не подходит.

— Приток Дона.

— Воронеж, есть приток такой.

— Тоже не подходит.

— А больше не знаю...

— Духовой инструмент Закавказья.

— Зурна.

— Точно...

— Вот это давай... Промысловая рыба...

— Семейства тресковых.

— Кета.

— Она не тресковая... пять букв.

— Семейство тресковых, пять букв.

— Семга.

— Семга подходит, только черт знает, может это и не тресковая рыба...

— Главное — подошло...

— Наука о происхождении и эволюции человека.

— Биология?

— Тут букв до фига...

— Не сообразишь сразу...

— А это что... Изделия, продукция металлургии.

— Литье.

— Нет.

— Штамповка.

— Да нет.

— Прокат, может быть?

— Прокат подошел...

— А это... Камчатский бобер.

— Последнее — ан.

— Калан.

— Ага...

— Венгерский писатель.

— Гашек.

— Он чех.

— Венгерский писатель.

— А вот... смычковый инструмент.

— Скрипка.

— Не-а...

— Виолончель.

— Нормально...

— Сколько тут...

— Мужчина, ну хватит может быть толкаться?!

— А я что, толкаюсь?

— Толкаетесь!

— Да никто вас не толкает.

— Сидит и локтем пихается.

— Да ничего я не пихался. Мы кроссворд разгадываем.

— Хоть бы извинился. Спорит еще.

— Чего мне извиняться?

— Ничего! Совесть надо иметь!

— Вот бы и поимели.

— Ладно, друг, ты попридержи язык-то.

— Сам попридержи.

— Сидит и пихается. Хам!

— Сама ты хамка. Из-за пустяка разоралась...

— Хам!

— Дура ты, ёпт...

— Мы вот щас милицию позовем.
— Ага. Зови. Прибегут.
— Молодой человек, вы в общественном месте находитесь!
— Она тоже тут находится.
— Вам замечание сделали, а вы огрызаетесь.
— Хамит еще!
— Сама ты хамишь.
— Дурак чертов...
— Дура ты, ёпт...
— Слушай, парень, кончай ругаться!
— А чего она привязалась?
— Веди нормально себя.
— Пусть она ведет нормально.
— Такие вот и лезут без очереди. Хамы.
— Это ты без очереди влезла, сидит воняет тут! Дура!
— Дурак чертов!
— Кончайте ругаться, что вы, как дети!
— Дебильная...
— Лавочка двигается.
— Ага, уже...
— Я же говорил, что быстро пойдет...
— Встаем, товарищи...
— Лена, не отставай.
— Садись ты с ней, я с пиздой с этой не сяду...
— Во... тут прямо цветник. Хорошо.
— Подвиньтесь немного...
— А некуда больше.
— Немножко хотя бы.
— Пожалуйста.
— Вот, нормально...
— Саша, на, почитай, я без очков не вижу...

— Все подряд?

— Ага... подряд...

— Так. Продается. Стереомагнитофон «Маяк-203».

— Ага.

— Швейная машинка подольского завода.

— Ага...

— Разборный гараж.

— Так...

— Новый югославский палас.

— Так...

— Новый диван из холла «Виру».

— Ага...

— Вертушка «Пионер».

— Так...

— Старинная мебель красного дерева.

— Ясно...

— Пластинки «Курс немецкого языка».

— Ага...

— Звуковой кинопроектор «Радуга».

— Понятно...

— Недорогое немецкое пианино «Блютнер».

— Так...

— Японская стереомагнитола «Санио-9944».

— Ага...

— Вязальная машина «Северянка».

— Ага...

— Новые колонки 35 АС.

— Ага...

— Рояль «Арнольд». Недорого.

— Так...

— Горные лыжи «Торнадо».

— Ага...

— Монгольский ковер 3x4.

— Ага.

— Видеомагнитофон «Ломо».

— Ага...

— Пианино «Лира».

— Так...

— Магнитофон «Весна-306».

— Ага...

— Модель детской железной дороги.

— Так.

— Фотоаппарат «Никон».

— Ага...

— Полдома.

— Ага...

— Сборно-разборный металлический гараж.

— Так...

— Электрофон «Вега-108».

— Ага...

— Картины, старинная бронза.

— Ага...

— Усилитель «Бриг-101», стереокатушка.

— Ага...

— Стойка «Феникс-005».

— Так...

— Сервиз «Мадонна» на 12 персон.

— Ага.

— Трехстворчатый шкаф красного дерева.

— Ясно...

— Марки, монеты, значки...

— Ага...

— Надувная лодка с мотором.

— Ага...

— Дедушка, переходить надо...

— Правда?

— Вон уже, смотри.

— Переходим, товарищи?

— Сейчас. А что там... можно уже, ребят?

— Да.

— Встаем.

— Ленок, пошли.

— Здесь видишь как быстро.

— Да. Если такими темпами пойдет...

— Смотри, они не за нами были?

— Вы не за нами, случайно?

— Да, да. Я перепутал...

— Садись.

— Смотри, поломана.

— Ничего, места хватит.

— А красивые у тебя босоножки.

— Нравятся?

— Очень. А содержимое еще больше.

— Да уж, да уж... Это финские.

— Серьезно, красивые.

— Сейчас модны серебряные плетенки. Видел?

— Видел.

— Вот. Я скоро достану себе.

— Ты муравья придавила.

— Бедненький...

— Убийца. Агрессор.

— Да, я агрессор. Я горжусь этим.

— Муравьишка полз, полз, а ты его каблучищем примяла.

— Ну я ж говорю, что я агрессор.

— Товарищи, я, к сожалению, не могу больше стоять.

— Почему?

— На работу пора. И так десятый час уже...

— Да...

— А может, я все-таки за вами буду, а?

— Пожалуйста.

— Я б в обеденный перерыв подскочил.

— Ну, до обеденного мы купим, это точно...

— То-то и оно. Но на всякий случай я за вами.

— Хорошо.

— Товарищи, я к вам с той лавочки. Просто в том вон доме есть столовая.

— С улицы?

— Да. И мы решили прямо в порядке очереди заходить, ведь покушать все хотят...

— А чего, правильно.

— Так что эта лавочка за нами, а вы за ней, хорошо?

— Ага. Спасибо.

— Нормально. Теперь нам и рыпаться не надо.

— Смотри, парень вылез...

— Голубятник, наверно.

— Что, там голуби у него?

— Голуби.

— Вы видите?

— А вон полетели. Много...

— Ага...

— Я так тоже когда-то умел свистеть.

— А почему они не улетают? Никогда не понимал.

— Приручены.

— Так вот кругами летают и летают...

— Я б улетел, мам, сразу.

— Куда б ты улетел?

— Куда-нибудь.

— Куда?

— В лес или еще куда-то... В Горький, к дяде Пете...

— До дяди Пети ты бы не долетел. Устал бы и обессилел.

— Ну в лес улетел бы.

— А питался бы чем?

— Чем-нибудь.

— Вот именно! Чем-нибудь. А тут у него в кормушке и пшено и водичка. Поклевал и полетал. Снова поклевал и снова полетал...

— Скушно...

— А голодным в лесу сидеть не скушно?

— Не знаю...

— Говорят, эти голубятни щас особенно не разрешают строить.

— Почему?

— Разносят заразу всякую. Голубями спекулируют.

— А что, они стоят прилично?

— Иногда. От породы зависит.

— Двигайся ближе.

— А интересно, в столовой много народу?

— Не думаю. Только что открылась.

— Там жрать-то нечего, наверно...

— Ну, чего-нибудь есть.

— Посмотрим.

— Сейчас вот так лучше.

— Ага...

— Господи, успеть бы до двенадцати...

— Успеем, успеем.

— Успеем, конечно.

— Успеем, это точно...

— До одиннадцати успеем.

— До одиннадцати вряд ли, а до двенадцати успеем.
— Еще часа полтора, и все.
— Успеем, куда они денутся...
— Сейчас лавочками — раз, два и там.
— Лавочками хорошо двигаться — редко, но метко.
— Какое там — редко. Вон как часто пошло.
— Лишь бы эти опять не подъехали.
— Сегодня не подъедут, я узнавал.
— Точно?
— Точно.
— Хорошо бы.
— Да уж...
— Ууааахххх... разморило на солнышке...
— Скоро в тень переходить.
— Ага. Там тенечек.
— Тут тоже не особенно жарко...
— Володя, не сиди на земле!
— Я не сижу, я на корточках.
— И на корточках не надо.
— И площадка огорожена.
— Культурный дворик.
— Ага.
— А то у нас выйти некуда.
— Точно. Или асфальт везде, или машины стоят.
— Выйти туда, что ли...
— Да зачем, зайди за забор, да отлей...
— И то верно.
— Он тоже стоять не будет?
— Нет, он щас придет.
— Говорят, у них подкладка хорошая.
— Стеганая?
— И мягкая такая, шелковая.

— Это хорошо. А то есть совсем без подкладки — один форс. А с подкладкой теплей.

— Теплей, конечно.

— Да и без подкладки они теплые тоже.

— Вообще-то бывают ничего и без подкладки.

— Но все равно с подкладкой лучше.

— Лучше. С подкладкой получше...

— А она отстегивается?

— Вот это не знаю.

— Должна бы.

— Наверно отстегивается.

— А может и нет.

— Если югославские, то должна.

— Должна?

— Ага.

— Тогда совсем хорошо.

— Вон, они двигаются уже.

— Ладушки. Встаем, дядь Сереж...

— Погоди, погоди, дай людям встать.

— Двигаемся?

— Двигаемся.

— Оп-ля...

— Володя, иди место занимай.

— Таких дворов щас не делают.

— Так это ж довоенные дома...

— Тогда строили хорошо.

— Хорошо, конечно. Вон, кирпичи какие...

— А щас нашлепают плит этих, а толку никакого.

— Правда, строят быстро.

— Быстро, да плохо.

— Да, плоховато.

— Ну что, нам до столовой одна лавочка осталась?

— Ага.

— А она с улицы, да?

— Да.

— А балкончики ничего.

— Хорошие балконы. Широкие.

— И потолки наверно большие, высокие.

— Да. Тогда на потолках не экономили.

— Точно. А щас во всем экономят.

— Ага.

— Тогда, я помню, как первое апреля — удешевления, понижения, понимаешь, цен.

— А щас наоборот — дороже и дороже.

— Да. А все Сталина ругали.

— А у нас только могут — ругать.

— А он войну выиграл, страну укрепил. И дешевле все было. Мясо дешевле. Водка три рубля. Даже меньше.

— И порядок был.

— Конечно был. На двадцать минут опоздаешь — судят.

— Кажется, на пятнадцать.

— На двадцать. Моя жена покойная однажды через Урал бежала, по льдинам, чтоб на завод успеть. Автобус сломался, она побежала. Вот! А кто теперешний побежит?

— Да, смешно сказать.

— Вон мастер знакомый говорил, я, говорит, захожу в раздевалку, а там в домино вся бригада зашибает. Я им — а ну идите работать! А они — матюгом.

— Работнички. Только пьянствовать и умеют.

— А вот посадили бы всю бригаду, и другие почесались бы.

— Почесались бы, а как же.

— А то — пьянствуют да прогуливают.

— И воруют. Все продавцы воруют.

— Еще как! У них все есть, все! А на прилавках — пусто.

— Конечно, у них клиентура своя. Ты мне, я тебе.

— А нам — фигу с маслом.

— Я однажды пошел жаловаться на продавщицу, нахамила мне, зашел к директору, а там своя очередь — колбасу копченую берут!

— По своим, значит.

— Ага, по своим. Я говорю, а ну, давайте мне! А то всех заложу к чертовой матери! Злой был, как черт. Так что ж — дали!

— А куда они денутся. Они ж трусы все.

— Дали два батона, как миленькие.

— А я так вот подхожу однажды к мяснику, говорю, мне килограмма три хорошего мясца бы. И подмигнул ему.

— Вынес?

— Вынес, а как же? Рубль сверху дал ему. А куда денешься? Ко мне теща приехала из Кировограда. Кормить-то надо.

— Конечно.

— А при Сталине разве творилось такое?

— Порядок был.

— Порядок. И все работали на совесть.

— Еще как. Нормы перекрывали.

— А сейчас слесаря уволить не могут: права не имеют.

— А главное — уволят, а на его место кого?

— Некого, конечно.

— А Брежневу наплевать.

— А что Брежнев сделать может? Система такая.

— Да... вон очередища какая.

— Ленок, я за газетой сбегаю.

— Беги. А мне купи какой-нибудь журнальчик, «Крокодил» там, или еще что...

— Ага...

— Володя, отойди от подъезда.

— Мам, я посмотрю только.

— Отойди!

— Мам, ну немного...

— Да что ты там интересного нашел?

— Мам, ну чего ты!

— Иди сюда!

— Вась, одиннадцати нет еще?

— Нет...

— Сходим тогда, возьмем чего-нибудь?

— Давай.

— Красного какого-нибудь.

— Давай.

— А то башка гудит что-то...

— Тут недалеко, я знаю.

— Совсем хорошо.

— А там у них овощной, не знаете?

— Да. Овощной.

— Он с девяти или с десяти?

— Наверно с десяти.

— Купил? Так быстро?

— А чего ж. Одна нога здесь, другая там...

— Спасибочки.

— Тааак. Что здесь...

— Смотри, поднимаются, пошли!

— Все, пошли, товарищи.

— Это в столовку за ними?

— Ага.

— Володя, давай руку!

— Хоть проглотим чего-нибудь...

— Ой, насиделась, нога онемела...

— Идем, идем скорей...

— Ух ты, а тут тоже порядком народу...

— Так это все из нашей очереди. Вон женщина в красном.

— Да, да. Тогда хорошо. Не зря постоим.

— Пройди туда. Там начало.

— Я поднос возьму.

— Спертый воздух какой. С утра, а духотища какая...

— Меню там висит, посмотри.

— Простите, можно я тоже посмотрю?

— Да, да...

— Так, сметана, салат овощной... Лен!

— Чего?

— Сметану будешь?

— Буду.

— А салат овощной?

— Буду.

— А солянку?

— Неа...

— Тогда горячего нет... первого...

— А второе?

— Тефтели с макаронами.

— Нет, это не для меня...

— Окунь жареный с картофельным пюре.

— Лучше одно пюре.

— Кофе или компот?

— Кофе.
— Ладно... ты встала?
— Давно уж. Иди поближе...
— Ой, тут мокро...
— Разлили чего-то...
— А ты сюда встань.
— Смотри, поручень горячий какой... с чего бы это?
— Черт его знает...
— Но тут быстро должно быть...
— Я что-то сметаны не вижу... может, нет?
— Есть, есть, я видела.
— Смотри поднос какой.
— Чем его так?
— Краска какая-то...
— А мы место найдем?
— Найдем, не боись.
— Молодые люди, я отойду на немного.
— Пожалуйста.
— Тюк...
— Прекрати, Вадик...
— Тюк, тюк...
— Хулиган.
— Двигайся, двигайся...
— Ну вот, хоть хлеба возьмем.
— Скажите, а сметана есть?
— Дальше сметана.
— А есть?
— Есть.
— Женщина, кошелек потеряли.
— Ой, спасибо... все из-за тебя! Стой спокойно!
— А лапши больше нет?
— Нет.

— Вот те раз. Солянку возьмешь, Петь?

— Давай.

— Стакан дайте пожалуйста, а то кончились.

— Там кофе в правом.

— Я полстакана возьму.

— Тут сметана хорошая, бери полный.

— Да ну...

— Паш, давай на один поднос.

— На мой.

— Товарищи, двигайтесь быстрей! Толпиться не надо!

— Я за вами.

— Ага...

— Что у вас... двадцать шесть... семь... тридцать четыре...

— И хлеб у него.

— Так. А там... восемнадцать, девяносто две.

— Пожалуйста.

— Тридцать четыре... девять... девять... шестьдесят.

— А у нас вместе посчитайте.

— Рубль... рубль сорок две.

— Вот.

— Ваши пятьдесят восемь.

— Двигайтесь...

— Девять... двадцать шесть... так... семьдесят пять.

— У меня десятка.

— Ничего... девять... двадцать пять...

— Вы кофе пролили, мужчина...

— Черт... подносы скользкие... посчитайте вот...

— Тридцать девять... копейку найдете?

— Вот...

— Вы вместе?

— Да.

— Тридцать четыре... восемнадцать... хлеб... так... и у вас...

— Пожалуйста.

— Так... рубль ваш.

— А где вилки у вас?

— Вон там... тридцать четыре... десять... девять...

— Я могу мелочью дать...

— Ага... хорошо...

— У меня кофе одно. Вот без сдачи.

— Так. Двадцать шесть... девять... девятнадцать... три...

— Не разменяете мне позвонить?

— Нет, ничего нет.

— Так вон у вас мелочи сколько.

— Она мне нужна. Рубль три.

— Возьмите, я копейку должен был...

— Спасибо. Так... сорок девять...

— Вот, пожалуйста.

— Вам копеечка как раз... проходите сюда с подносами!

— Ага... идем, идем...

— Вы вместе.

— Да, да... Ленок, ставь сюда...

— Пятьдесят две... шесть... пюре одно?

— Да.

— Десять... тридцать четыре... пять кусков?

— Да. Пять.

— Рубль тридцать две.

— Пожалуйста.

— Шестьдесят восемь.

— Лен, вон там столик есть...

— Там занято.

— Ну два места есть, идем.

— Можно пройти нам?

— Ага... Нина, посторонись...

— Встала на пороге и стоит...

— Ладно, Лен, не сердись... иди вперед...

— Не пролезешь...

— У вас не занято?

— Нет, нет...

— Так... ставь сюда...

— Сходи за ложками, я подносы уберу...

— Ага...

— Не знаете, сметана не кончилась?

— Да нет, вот мы взяли.

— Я пойду еще возьму.

— Такая хорошая?

— Да, неплохая. Видимо, еще не разбавляли...

— Держи, Ленок...

— Спасибо. Поднос поставь пока сюда. Потом уберем.

— Со сметанки начнем?

— Ага. Тут человек ее хвалил. За добавкой пошел.

— Мммм... ничего...

— Дай мне хлеба...

— На...

— А правда, хорошая...

— Лен, ты про Венгрию хотела рассказать...

— Когда я ем, я глух и нем...

— Лады...

— ...

— .....

— ...

— Мммм... нормально...

— ...

— ...гнутую выбрал...

— Какие были... бери вот эту...

— Спасибо...

— ...

— ...ам и нет...

— Не могу больше...

— Оставь тому парню...

— Хам...

— ...

— .....

— А ничего готовят...

— Сносно...

— .....

— ...

— .....во, толстенькая какая...

— Повезло...

— На, бери, если хочешь...

— Ладно, ешь спокойно...

— ....

— ....

— ...мм... мм...

— ...пюре паршивое...

— Плохое?

— Ага... тьфу... гадость... сладкое какое-то...

— ...картошка... ммм... мерзлая наверно...

— ...комки какие-то...

— Я говорю, оставь тому парню... ммм...

— ......остряк...

— ...

— .....

— ...
— ....ммм...
— ...ты быстро так управился...
— А чего ж...
— ...
— ....кофе холодный совсем...
— Да?
— ....попробуй... молоко одно...
— Фу... пенка какая... правда холодный...
— ...
— .....
— ...
— Дай салфетку.
— Последняя.
— А больше нет?
— Неа.
— Пополам. Держи.
— Спасибо. Настоящий друг.
— Ага.
— Ну вот, заморили червячка.
— Слегка.
— Тут разлито что-то. Рукой не влезь.
— Вижу.
— Ну, что пошли?
— А куда спешить-то. Вон наша лавочка есть еще.
— Ну, давай посидим. Хотя тут места просто так не занимают.
— Подумаешь. Посидим и все.
— Давай... Правда, тут душновато.
— Да не так чтоб очень.
— Возьми с того стола салфетки.
— Держи...

— Ну что, досталась вам сметана?
— Как видите.
— Неплохая, правда?
— Да. Единственное, что можно есть.
— Пюре гадкое у них.
— Если б одно пюре. Я котлету съесть не смог.
— Правильно, что мы не взяли.
— Вонь сплошная и жир. Понапихано черт знает что.
— Вы тоже в очереди?
— Да.
— У вас какой номер?
— Тысяча сто девяносто.
— Впереди нас.
— Ну, сейчас-то наверное мы какие-нибудь пятисо-
тые.
— Да, подвинулись заметно.
— Вы не ходили туда смотреть?
— Нет.
— Говорят, там новый цвет завезли.
— Какой?
— Серо-голубой.
— Правда?
— Да. Мой сосед ходил смотреть.
— Ну и как, ничего?
— Приятный цвет. И главное, сшито все путем, эле-
гантная вещь.
— Может, серо-голубые взять?
— Надо посмотреть сначала.
— Это конечно...
— А не знаете, на этих какая строчка?
— Вот это я не могу сказать.
— Хорошо бы красненькая. Или оранжевая.

— Между прочим, там чай появился.

— Правда? Вадим, давай чаю возьмем, а то кофе этот муторный какой-то...

— Я пойду возьму.

— Иди, и возвращайся с победой.

— Бу зде...

— И вы шутница.

— Это плохо или хорошо?

— Хорошо. Вы извините меня за глупое откровение, но вы очень, просто очень похожи на мою первую девушку.

— Господи...

— Серьезно... Это было жутко давно, но факт остается фактом.

— Действительно похожа?

— Очень. Когда вы сели, я даже испугался.

— Ну, а чего страшного.

— Да не страшно, а просто элемент неожиданности.

— А где она сейчас?

— Понятия не имею. Это было в шестьдесят втором году, я поступил на первый курс и одновременно пошел работать в журнал.

— А вы журналист?

— Нет, хуже. Писатель.

— А кончали что?

— Литинститут.

— Как интересно...

— Да ничего интересного... Гнусное заведение. Вспоминаю с тоской и головной болью.

— А как звали вашу девушку?

— Лена.

— **Меня тоже Леной зовут. Надо же.**

— Я ж говорю, что это не случайно. Наверное, она умерла, чтоб в вас воплотиться.

— Ну, это вы слишком.

— Слушайте, Лена, а не сбежать ли нам с вами отсюда куда-нибудь в более приятное место?

— Куда?

— Я знаю один уютный ресторанчик. А до него сходим в Пушкинский. Там сейчас Мунк. Фантастический художник.

— А очередь?

— Серо-синие за мной. Достану свободно в любом количестве.

— А зачем же вы стояли?

— Писатель должен всегда все знать.

— Чего?

— Ну, толпу.

— Аааа... И вы ради этого стояли?

— А ради чего же?

— Интересно.

— Ваш друг уже выбивает чай.

— Да он не друг, мы в очереди познакомились.

— Совсем хорошо. Жду вас в двенадцать у входа в Пушкинский.

— Ну, вообще-то я не знаю...

— Леночка, не надо начинать наше знакомство с недомолвок.

— Нет, ну так сразу...

— А я вообще все люблю делать сразу. Ваш знакомый идет. Жду вас, до свидания...

— А вот и чаек.

— Молодчина.

— Любитель сметаны смылся?

— Ага.

— Забавный мужик. Одна борода чего стоит.

— Да... горячий... фуу...

— Ммм... ага...

— Уффф...

— .....

— Уфф.....

— ...

— Уфффф...

— ...ничего чаек.

— Не то что кофе.

— Да.

— Уфффф.....

— ....

— Уфффф...

— .....

— ....

— .....

— ....уффф...

— ...

— Смотри... уффф...

— Дурак-то...

— Даа... уффф... уффф...

— ...кретин какой— то...

— Уффф... уффф... уффф...

— Уффф...

— Уффф... уффф...

— Уффф... уффф...

— Уффф... нормально...

— Уффф...

— Теперь хоть весь день не есть.

— Уффф... уффф... уффф...

— У тебя щеки пылают.

— Уффф... уффф... уффф...

— Не лопни смотри...

— Спасибо...

— Хороший чай?

— Хороший.

— Ух ты... очередь какая...

— Теперь сметаны всем хватит.

— Пошли отсюда.

— Ну, пошли отсюда.

— Разрешите...

— Пройди там.

— Хлеб раздавили.

— Ага...

— А вы уже здесь?

— Да. Как тут, ничего готовят?

— Нормально.

— В двенадцать перекличка будет.

— Точно?

— Точно.

— Это что, опять женщина пойдет?

— Нет, надо будет подойти самим, а там кричать будут.

— Ну чего, это даже лучше...

— Не знаю...

— Пошли...

— Фууу... хорошо как. Надышались гадостью.

— Пошли на лавочку?

— Ты знаешь, я позвонить хотела.

— Так ты ж звонила.

— А мне подружке обязательно нужно.

— Ну давай. Двушка есть?

— Есть...

— Я на лавочку пойду.

— Ага... я пошла...

— Тари-ра-ра-ра-рам... та-рам...

— Слушай, друг, не выручишь, а?

— А что такое?

— Да не хватает шестнадцать копеек.

— Чего ж так обнищали?

— Да так вот... выручи, а? Ёпт, купить не хватает.

— А вы чего берете?

— Да огнетушитель за рубль девяносто.

— Говно такое пить...

— Ну, а хули, ёпт. Денег нет.

— А вы из очереди?

— Ну да. Я тебя помню, ты впереди нас. Поэтому я
и прошу.

— А водка есть там?

— Есть.

— Давай лучше водки выпьем.

— Давай. Там стоит один.

— А сколько денег?

— Мы пару хотели брать. До четырех хрустов не хватило.

— Вас двое, значит?

— Ага.

— На... полтора... пусть бутылку купит. И сырков ка-
ких-нибудь.

— Ага...

— Это вон там, что ли?

— Ага... пошли туда...

— Тоже очередища...

— Да, бля... понабежали с утра...

— Далеко стоит?

— Нет.

— А там хозяйственный?

— Ага...

— Маленький магазин, вроде...

— Хуевый... Ну, я пойду отдам ему.

— Ага. Я тут подожду.

— Давай.

— Тари-ра-ра-ра-рам... ти-ра-рам...

— Погоди... я что-то не соображу... ага вот рупь...

— Пошли вместе...

— Ага...

— Тари-ра-ра-рам... ти-ра-рам...

— Там портвейн еще какой-то... тоже хуевый...

— Тари-ра-ра-ам... та-ра-рам...

— И сухое одно... а пива и в помине не бывает...

— Тари-ра-ра-рам... ра-ра-рам...

— Дайте пройти, мужики... иди сюда... Вась, вот парень с нами в доле. На.

— Чего?

— Возьми поллитру.

— Серьезно?

— Серьезно.

— Обрадовал.

— Ну так, ёпт. Мне всегда везет.

— Тари-ра-ра-рам... та-ра-рам...

— Я пойду пару сырков куплю.

— Купи один, достаточно.

— Купи пару, если не хватит, я дам еще... на... мелочь.

— Ага. Может и на три хватит...

— Тари-ра-ра-рам...

— А ты сам его нашел?

— Да нет, он ко мне подошел.

— Аааа...

— Тут и бутылки принимают.

— Принимают.

— Ладно, я на улице подожду, а то здесь не протолкнешься.

— Я щас уже возьму...

— Тари-ра-ра-рам... ра-ра-рам...

— Сынок, а пива нет, не знаешь?

— Нет.

— А на той стороне нет нигде, а?

— Не знаю.

— Нет и на той. Там никогда не бывает.

— А не привезут сегодня, а?

— Черт их знает. Вроде нет, ребята спрашивали.

— Тари-ра-ра-рам...

— Сереж, на хуя ты отошел-то?

— А я тебя не дождался...

— Ёп твою, а я тебя там ищу! Пошли.

— Тари-ра-ра-рам...

— Не толкайся, бать... хуль ты прешь...

— Я не толкаюсь...

— Тари-ра-ра-рам... тари-ра-ра-рам... коогдаа ты вернешься домооой...

— Вот сырки, держи...

— «Дружба». Неплохие.

— Ага.

— А там и мясной отдел есть?

— Есть. Только там нет ни хуя. Жена ходила утром, мы с ней вместе стоим. Ни хуя.

— А деньги она, значит, не дает?

— Так у нас в обрез. Она и не знает, куда я пошел...

— Ясно.

— Ну что, скоро он там...

— Щас возьмет.

— Смотри сколько понабилось... охуели совсем...

— Ин вино веритас...

— Что?

— Истина, говорю, в ханке.

— Эт точно... я на ночь хотел взять погреться, жена скурвилась, не дала...

— Ничего, щас восполнишь.

— А что там... бутылка на троих. Понюхать только.

— Ты гигант.

— Ххе...

— Мужики, закурить не будет?

— «Беломор».

— Давай.

— Держи...

— Спасибо... спасибо...

— Тари-ра-ра-рам... тари-ра-ра-рам... когда ты вернешься домооой...

— Отошли бы с прохода, ребят! Хуль стоите, мешаете?

— Ладно, не пизди, отец...

— Встали, бля, и стоят. Продирайся сквозь них...

— Тари-ра-ра-рам... тори-ра-ра-рам... ти-та-ри-ри-ри-ра-ра-ра-рааам...

— Тут вот. Держи сдачу.

— Вон ему отдай.

— Да ладно, оставь себе на сигареты.

— Спасибо, парень.

— Где будем?

— Пошли вон туда...

— А что там во дворе?

— Ну а чего такого?

— В подъезде лучше.

— Давай в подъезде...

— Дай в карман уберу, у меня глубокий...

— На...

— Тари-ра-ра-рам... тари-ра-ра-рам...

— Машина, Вась...

— Вижу...

— Ой, бля... насиделся на этих лавочках... спина болит...

— В тот двор пойдем?

— Пошли в тот...

— Ну я доволен, хоть огнетушители не купили.

— Такое говно пить. Охуели вы, что ли.

— Так денег не было...

— Лучше б чекушку купили, чем это...

— Направо, Вась...

— А может в тот?

— Да нет, там поспокойней...

— Во, разворотили двор как. Роют что-то...

— С кабелем что-то...

— И дерево задели.

— А хуль церемониться...

— Вот в этот пошли...

— Пшли, пшли...

— Ты что здесь прыгаешь? Вот серый волк утащит вместе со скакалкой.

— Не утащит.

— Утащит, утащит...

— Ау... прохладно как...

— На второй пошли.

— Топай вперед, руки назад.

— Слушаюсь, ваше благородие...

— Стены испоганили как, а... когда ж тут ремонт был?

— В старинные года, когда лягушки, бля, были господа...

— Давай на подоконнике...

— Открывай.

— Держи сырок.

— Ага.

— Падла... теперь не делают кепочек... ровная...

— Зубами подцепи...

— Ммм... опля...

— Ну вот.

— Ну чо, пей, парень, первым.

— Спасибо.

— Держи.

— Будьте здоровы............ фуууу..аа

— Вась, ты теперь, я дотяну.............хааа...

— Чтоб не последняя............. ой, бля...

— Кинь ее в мусоропровод.

— Сдавать не будем?

— Да ну. Толкаться там.

— Поставим, пусть кто-то сдаст.

— Заботливый какой. Тебя б в тайгу на зимовье. Всем бы припасы оставлял.

— Не говори...

— А ничего пошло, а...

— Нормально.

— Слушайте, в двенадцать перекличка, говорят?

— Вроде.

— Успеем.

— А чего тут. Близко.

— Во... тепло разливается...

— Ну чего, пошли?

— Пошли.

— Смотри, там пол моют.

— А я и не заметил.

— Слышь, мне мужик рассказывал, это, баба в магазин пошла, а мужа пол мыть заставила...

— Вместо себя?

— Ага. Он до трусов разделся и моет, нагнувшись. А яйца из трусов вывалились, а кошка увидела и вцепилась в них...

— Во, бля!

— Ага. Он как заорет, упал навзничь и об батарею.

— Ххе...

— Жена приходит, а он в крови валяется на полу. Вызвала скорую. Приехали, на носилки положили, а он по дороге очнулся...

— Живучий, бля...

— Очнулся и рассказал все санитарам. А те от смеха выронили его, и он пизданулся и ногу сломал!

— Ой, бля!

— А я тоже забавную историю слышал. Мужик растворителем чистил что-то, ну и вылил в унитаз.

— А спустить забыл?

— Чего, ты тоже слышал?

— Да. А потом сел посрать, покурил и папиросу туда выкинул...

— Ну. И на воздух взлетел.

— Ххе...

— А это быль, между прочим...

— Может быть...

— Ой, а ты все прыгаешь?

— Попрыгунчик...

— Попрыгунья стрекоза...

— Тари-ра-ра-рам... тари-ра-ра-рааам...

— Во, опять мини-юбки в моде...

— Только ножки толстоваты... И кривоваты.

— Тожееe, тожееe вееернооо...

— Опять парить начало.

— Сегодня грозу обещали.

— Давно пора. Жарища такая стоит.

— Вишь, марево какое. Польет, обязательно.

— Польет.

— Ну, поперли все на перекличку, народу-то...

— А где наши?

— Там наверно.

— Вон та баба, значит мы после...

— Где там?

— А вон они... вон идут...

— Так, а я здесь, кажется.

— Нашли нас?

— Нашел, еле-еле...

— А мы тронулись уже.

— Интересно, какие мы по счету?

— Скажут сейчас.

— Скажите, они точно полированные?

— Я сам видел.

— Хорошо. А то сейчас мода какая-то — не полировать.

— Ну, в матовой мебели есть своя прелесть.

— Есть, но все-таки...

— Володя, не крутись там.

— Парит как.

— Перед грозой, наверно.

— Еще похватало...

— Леля, я здесь...

— У них ножки красивые — под старину.

— Да, я видела.

— А главное — вместимость большая. Столько ящиков.

— И замки элегантные.

— Замочки что надо. Под бронзу.

— У нас почти такой же сервант есть. Прямо почти.

— Это хорошо. Впишется, значит.

— Должен.

— Тари-ра-ра-рам, тари-ра-ра-рам...

— А где же подружка ваша?

— Да вот ума не приложу. Побежала звонить и нет что-то.

— Может, дела какие-нибудь.

— Да наверно.

— Или очередь большая...

— Не думаю. Тут свободно у автоматов.

— Вообще-то да...

— Уааах... жарища-то...

— Я тоже мокрая вся.

— Двигайтесь быстрей, товарищи!

— А там затор какой-то...

— Что такое?

— Пусть пройдут, потом наговорятся!

— Действительно! Идем, идем, никак не выйдем...

— Володя!

— Вон та женщина мне дала...

— Хорошо как.

— Ты оставь, не ешь сразу...

— Ирка, отстань...

— Нет, ну ты действительно все на меня повесил...

— Чего все?

— Все. Весь дом, вот и сейчас тоже.

— Ладно, хватит. Тут-то хоть помолчи...

— Володя! Иди сюда...

— Мам, я здесь.

— Ну вот. Ой, толпа какая.

— Господи, да что ж это такое?!

— Как была такая, так и осталась.

— Да это задние, наверно.

— Задние сзади идут! Какие это задние?!

— Да нет, что просто толпятся здесь.

— Может быть.

— Не может быть, а точно.

— Надо у милиционера спросить.

— А вон он. Он щас, может, сам скажет.

— А где женщина наша?

— Не видать.

— Встань поближе...

— Хуйня какая...

— Какой смысл стоять-то?!

— Ни хрена не двигаемся.

— Да нет, двигаемся, как так — не двигаемся...

— Вообще-то двигаемся.

— Это, наверно, сзади которые.

— Может, и так.

— Но а с какой стати они тут?

— Непонятно.

— Вон женщина.

— Нет, товарищи, ну чего паниковать зря?! Есть очередь, номера. Вперед никто не влезет.

— Конечно. Чего гадать. Может, это просто любопытные.

— Ух ты, народищу сколько...

— Мама, иди в тенечек сядь...

— Лидок, не отставай.

— Вон эта женщина.

— Пойдемте поближе, а то не слышно...

— Она встанет повыше... вот, правильно...

— Да и на лавочку можно было.

— Ничего, так тоже хорошо. Видно всем.

— Пройдите поближе, мужчина...

— А вы сами пройдите.

— Тогда посторонитесь... встал и стоит...

— Тари-ра-ра-рам, тари-ра-ра-рам... когда ты вернеешься домооой...

— ТОВАРИЩИ! ПРОСЬБА НЕ НАРУШАТЬ ПОРЯДОК!

— Ну вот, ожил наконец.

— А мы услышим отсюда?

— Услышим, услышим...

— Лишь бы кричала погромче.

— ВО ВРЕМЯ ПЕРЕКЛИЧКИ НЕ НАДО ТОЛКАТЬ!

— Володя!

— Товарищи, я буду читать, а вы... я буду...

— Погромче можно?

— Так не слышно ни черта...

— Говорите громче!

— Давайте поближе подойдем.

— А куда ближе, вон впереди народу сколько...

— ТОВАРИЩИ! НЕ НАДО ТОЛКАТЬСЯ! ОТОЙДИТЕ ОТТУДА!

— Я буду читать номера, а вы отвечать свои фамилии.

— А сколько уже получили?

— Погромче!

— Сколько прошли уже?

— Значит, сейчас покупает... номер... шестьсот семьдесят третий... да... семьдесят третий...

— Так мало?

— Я-то думал, мы уже близко...

— А что, разве далеко?! Немного осталось.

— Скажите, а не кончаются там?

— Нет. Товару много. Только что еще фургон привезли.

— ОТОЙДИТЕ ОТ ТУРНИКЕТОВ! ОТОЙДИТЕ!

— Если кто не ответит, я того вычеркиваю... Да, и еще... Номера выбывшие нами уже заполнены новыми людьми.

— Правильно. Чтоб не было путаницы...

— Слушайте, а может просто вы фамилии зачитаете, а мы будем отвечать? А то так до обеда перекликиваться будем!

— А чего, правильно!

— Читайте фамилии одни!

— И так настоялись, черт знает что...

— Читайте одни фамилии. Кто не ответит — того вычеркнем.

— Конешно...

— Так логичней.

— Вась, ёпт, иди сюда!

— Ну что, фамилии одни?

— Читайте фамилии!

— Фамилии!

— Ну ладно... Значит, тогда я вон те номера не беру, которые за загородками... они уже покупать будут... так, значит, с номера... какой у вас? Женщина!

— Семьсот двадцатый. Кузьмина я.

— Так, семьсот двадцатый. Значит, каждый просто вычтет это число из своего известного номера и все будет ясно... Микляев!

— Я!

— Кораблева!

— Здесь!

— Викентьев!

— Я!

— Золотарев!

— Я!

— Буркина!

— Здесь мы!

— Кочетова!

— Я!

— Ласкаржевский!

— Я!

— Бурмистрова!

— Я!

— Федорова!

— Я!

— Столбова!

— Я!

— Смекалина!

— Я!

— Рыбаков! Вычеркиваю... Зверева!

— Я!

— Семенова!

— Я!

— Седаков!

— Я!

— Глузман!

— Мы!
— Чистякова!
— Я здесь!
— Прикамская!
— Разорваев!
— Здесь!
— Тупицына!
— Я!
— Карамышева!
— Я!
— Костенко!
— Я!
— Матвеевский!
— Я!
— Зайцева!
— Я!
— Файн!
— Я!
— Чабанек!
— Я!
— Фельдман!
— Я!
— Одесский!
— Я!
— Болотова!
— Я!
— Николаев!
— Я!
— Ромко!
— Я!
— Жуков!
— Я!

— Ногинский!
— Я!
— Бригите! Вычеркиваю... Егоров!
— Я!
— Петровский!
— Я!
— Хабалова!
— Я!
— Прохоронеко!
— Я!
— Кривопальцев!
— Я!
— Асауленко!
— Я!
— Кравченко!
— Я!
— Асмолова!
— Я!
— Кабакова!
— Я!
— Городецкая!
— Я!
— Мастерков!
— Я!
— Давыдов!
— Я!
— Юркин!
— Я!
— Сушилина!
— Я!
— Федотова!
— Я!

— Колондыревский!
— Я!
— Сороковой!
— Я!
— Лужин!
— Я!
— Подберезовикова!
— Я!
— Знаменская!
— Я!
— Титова!
— Я
— Попов!
— Я!
— Кривошеина!
— Я!
— Жилин
— Я!
— Курьерский!
— Я!
— Иванов!
— Я!
— Самойлов!
— Я!
— Бендарская!
— Я!
— Кучина!
— Я!
— Так... Волобуева!
— Я!
— Куллам!
— Я!

— Ильмесов!
— Я!
— Кокчатаев!
— Я!
— Хаямов!
— Я!
— Урсунбалиев!
— Я!
— Абаев!
— Я!
— Бурдюкова!
— Я!
— Фокина!
— Я!
— Калевас!
— Я!
— Супонева!
— Я!
— Некрасова!
— Я!
— Скуртул!
— Здесь...
— Хохрякова!
— Я!
— Бурмистрова!
— Я!
— Колбаско!
— Я!
— Курганов!
— Я!
— Кузнецов!
— Я!

— Аристакесян!
— Я!
— Смолькова!
— Я!
— Басанец!
— Я!
— Болотникова!
— Здесь!
— Дзержин!
— Я!
— Баталов!
— Я
— Макс!
— Я!
— Симакова!
— Я!
— Казакова!
— Я!
— Токмаков!
— Я!
— Так... одну минуту... Марченко!
— Я!
— Алексеева!
— Я!
— Супонева!
— Я!
— Бриттен!
— Она отошла на минуту... здесь.
— Толубеева!
— Я!
— Спасский!
— Я!

— Гулак!
— Я!
— Рубинчик!
— Я!
— Понедельник!
— Я!
— Петров!
— Я!
— Банченко!
— Я!
— Герасимов!
— Я!
— Яковлева!
— Я!
— Нищаев!
— Я!
— Пехштейн!
— Я!
— Волина!
— Я!
— Маяковская!
— Я!
— Цуп!
— Я!
— Харламова!
— Я!
— Васильев!
— Я!
— Бабаджанова!
— Я!
— Сенин!
— Я!

— Шихларов!
— Я!
— Мегреладзе!
— Я!
— Баскакова!
— Я!
— Ворошилин!
— Я!
— Потков!
— Я!
— Тарханов!
— Я!
— Нагимбеков!
— Я!
— Кантария!
— Я!
— Копенкин!
— Я!
— Посошкова!
— Я!
— Бальтерманц!
— Я!
— Давилина!
— Я!
— Плотникова!
— Я!
— Виноградова!
— Я!
— Самостина!
— Я!
— Чударов!
— Я!

— Шмуц!
— Я!
— Майоров!
— Я!
— Голинская!
— Я!
— Леин! Тоже нет... Петров!
— Я!
— Цава!
— Я!
— Чаковский!
— Я!
— Попова!
— Я!
— Барановский!
— Я!
— Журавлева!
— Я!
— Карасева!
— Я!
— Вихрева!
— Я!
— Лукуткин!
— Я!
— Сахарова!
— Я!
— Женевский!
— Я!
— Каширина!
— Я!
— Петухов!
— Я!

— Потенко!
— Я!
— Ященко!
— Я!
— Замоскворецкий!
— Я!
— Крогиус!
— Я!
— Степанов!
— Я!
— Синий!
— Я!
— Срубов!
— Я!
— Мочалов! Так... сейчас... Коломийцев!
— Здесь...
— Бабушкина!
— Я!
— Малиновский!
— Я!
— Бокштейн!
— Я!
— Алпатов!
— Тут!
— Ножкина!
— Я!
— Семенов!
— Я!
— Круглова!
— Я!
— Ротенберг!
— Я!

— Даль!

— Я!

— Заводной!

— Я!

— Дворжак! Вычеркиваю...

— Здесь, здесь я!

— Чего ж молчите... Иванов!

— Я!

— Фидлер!

— Я!

— Харлампиева!

— Я!

— Камзолов!

— Я!

— Панофский!

— Я!

— Дмитриев!

— Я!

— Кочергина!

— Я!

— Павленко!

— Я!

— Виппер!

— Я!

— Мелентьев!

— Я!

— Иконников!

— Я!

— Галчинский! Нет... Петров!

— Я!

— Гиацинтов!

— Я!

— Климова!
— Я!
— Позднякова!
— Я!
— Петрова!
— Я!
— Гурвич!
— Я!
— Лазарева!
— Я!
— Михайлова!
— Я!
— Гачев!
— Я!
— Орлов!
— Я!
— Ювалова!
— Я!
— Эпштейн!
— Я!
— Нариманов!
— Я!
— Рябушин!
— Я!
— Гропиус!
— Я!
— Кириллова!
— Я!
— Лебедева!
— Я!
— Хохлова!
— Я!

— Розенберг!
— Я!
— Лиханов!
— Я!
— Михайлова!
— Я!
— Данюшевский!
— Я!
— Курлыкова! Вычеркиваю... Викторова!
— Я!
— Танге!
— Я!
— Керженцева!
— Я!
— Кириченко!
— Я!
— Пустовойт!
— Я!
— Хлебникова!
— Я!
— Хазанова 1
— Я!
— Межирова!
— Я!
— Елистратова!
— Я!
— Добронравова!
— Я!
— Банкин!
— Я!
— Казакевич!
— Я!

— Волков!
— Я!
— Кривопальцева!
— Я!
— Рябинина!
— Я!
— Сотникова!
— Я!
— Рабинович!
— Я!
— Афиногенов!
— Я!
— Проткни!
— Я!
— Костылева!
— Я!
— Незабудкина!
— Я!
— Липай!
— Я!
— Ларькин!
— Я!
— Духнин!
— Я!
— Низаметдинов!
— Я!
— Митюкляев!
— Тут!
— Волшанинова!
— Я!
— Шрейбер!
— Я!

— Измаилов!
— Я!
— Бумажкина!
— Я!
— Кнут!
— Я!
— Доброва!
— Я!
— Светоносный!
— Я!
— Ярославцева!
— Я!
— Леючевский!
— Я!
— Банщиков!
— Я!
— Халдеева!
— Я!
— Лихтерман!
— Я!
— Розенблюм!
— Я!
— Каширин!
— Я!
— Сидорова!
— Я!
— Талочкин!
— Я!
— Мироненко!
— Я!
— Сумашков!
— Я!

— Хлюпин!
— Я!
— Гуринович!
— Я!
— Ягайлова!
— Я!
— Эрдман!
— Я!
— Арбузова!
— Я!
— Мравинский!
— Я!
— Колесова!
— Я!
— Огнев!
— Я!
— Зажогин!
— Я!
— Дахис!
— Я!
— Борисов!
— Я!
— Нарумбеков!
— Я!
— Хохмачев!
— Я!
— Ермолаев!
— Я!
— Кизякова!
— Я!
— Оксанова!
— Я!

— Пружанский!
— Я!
— Семенова!
— Я!
— Владимиров!
— Я!
— Гульченко!
— Я!
— Пошит!
— Я!
— Викентьева!
— Я!
— Рабин!
— Я!
— Брайнина!
— Я!
— Нечасова!
— Я!
— Забежин!
— Я!
— Иванова!
— Я!
— Зубова!
— Я!
— Лукомская!
— Я!
— Зачатьев!
— Я!
— Ломов!
— Я!
— Юсупов!
— Я!

— Ильметьев!
— Я!
— Зализняк!
— Я!
— Воронин!
— Я!
— Гелескул!
— Я!
— Холина!
— Я!
— Ворожеева!
— Я!
— Недопюскин!
— Я!
— Молчанова!
— Я!
— Гликман!
— Я!
— Тамм!
— Здесь...
— Вахромеева!
— Я!
— Ребров!
— Здесь, здесь...
— Золотаревский!
— Я!
— Гринберг!
— Я!
— Толстой!
— Я!
— Ашаев! Так... Ашаев... Ашаев... Левитина!
— Я!

— Травников!
— Я!
— Федаков!
— Я!
— Товарищи, отойдите подальше... Алексеев!
— Я!
— Моненков!
— Я!
— Рыжкова!
— Я!
— Сорокина!
— Я!
— Космачев!
— Я!
— Ключина!
— Я!
— Эстер!
— Я!
— Звонкова!
— Я!
— Трощенко! Нет... Фазлеева!
— Я!
— Рябушинская!
— Я!
— Немилович!
— Я!
— Корзун!
— Я!
— Васнецов!
— Я!
— Соломин!
— Я!

— Митяева!
— Я!
— Котомина!
— Я!
— Знахарцева!
— Я!
— Товарищи, ну ей-богу, отойдите отсюда! Я читать не могу!
— Отойдите, чего вы наваливаетесь!
— Мужчина, вам говорят!
— Сами же себя задерживаете!
— Встал и стоит!
— Да это сзади навалились...
— Брустман!
— Я!
— Харитонов!
— Я!
— Бялик!
— Я!
— Наседкина!
— Я!
— Рыбникова!
— Я!
— Литвинов!
— Я!
— Казанцев!
— Я!
— Клопов!
— Я!
— Захарова!
— Я!
— Равницкий!
— Я!

— Слуцкий!
— Я!
— Воронцова!
— Я!
— Горчакова!
— Я!
— Любеткина!
— Я!
— Новомосковский!
— Я!
— Пришвин!
— Я!
— Савостин!
— Я!
— Фельдман!
— Я!
— Коротаев! Капустина!
— Я!
— Старцев!
— Я!
— Карапетян!
— Я!
— Оганесян!
— Я!
— Лпутня!
— Я!
— Петросянц!
— Я!
— Бовин!
— Я!
— Старостина!
— Я!

— Мегед!
— Я!
— Позднякович!
— Я!
— Царева!
— Я!
— Бубнова!
— Я!
— Банина!
— Я!
— Никодимов!
— Я!
— Октябрьский!
— Я!
— Всяшкин!
— Я!
— Жмудь!
— Я!
— Кропоткина!
— Я!
— Артамонова!
— Я!
— Васина!
— Я!
— Иванова!
— Я!
— Марков!
— Я!
— Люблинский!
— Я!
— Батурин!
— Я!

— Карпова!
— Я!
— Волопасова!
— Я!
— Перловский! Вычеркнем... Санина!
— Я!
— Бер... Бербутуллин!
— Здесь!
— Тимофеевский!
— Я!
— Израиль!
— Я!
— Кушнир!
— Я!
— Максимов!
— Я!
— Лотинская!
— Я!
— Кузькина!
— Я!
— Волошина!
— Я!
— Васелия!
— Я!
— Крупенко!
— Я!
— Дымов!
— Я!
— Зайцевский!
— Я!
— Бобрин!
— Я!

— Кузовлева!
— Я!
— Николаев!
— Я!
— Марьина!
— Я!
— Кочубинский!
— Я!
— Викентьева!
— Я!
— Штейнбок!
— Я!
— Валериус!
— Я!
— Арбузова!
— Я!
— Кипренский!
— Я!
— Замусович! Вычеркнем... Власина!
— Я!
— Мамедов!
— Я!
— Крузенштерн!
— Я!
— Травченко!
— Я!
— Казакова!
— Я!
— Блинова!
— Я!
— Горская!
— Так... так... теперь... Баженова!
— Я!

— Трегубский!
— Я!
— Старкевич!
— Я!
— Каневский!
— Я!
— Рохлина!
— Я!
— Берберов!
— Не Берберов, а Бербетов. Здесь я.
— Так... Савостин!
— Я!
— Пинхус!
— Я!
— Кологривова!
— Я!
— Тропанец!
— Я!
— Дюкова!
— Я!
— Воскресенская!
— Я!
— Гитович!
— Я!
— Кобрина!
— Я!
— Шапкин!
— Я!
— Муханов!
— Я!
— Котко!
— Я!

— Шершеневский!

— Я!

— Исакова!

— Я!

— Яблочкина!

— Я!

— Юсаров!

— Я!

— Кири... Кирибеев или Киреев!

— Киреев.

— Амбарцумян!

— Я!

— Девушкина!

— Я!

— Макаренко!

— Я!

— Толстиков!

— Я!

— Ильяшенко! Вычеркиваю...

— Долматов! Долматов, а не Ильяшенко. Ильяшенко после!

— Как после? А, да. Да. Долматов. Здесь?

— Да.

— Ильяшенко?

— А его нет?

— Нет. Ушел.

— Так. Холодный!

— Я!

— Шнайдер!

— Я!

— Борисова!

— Я!

— Костальский!
— Я!
— Пальцева!
— Я!
— Дружникова!
— Я!
— Кораблев!
— Я!
— Рюмина!
— Я!
— Постышева!
— Я!
— Рябченко!
— Я!
— Трусова!
— Не Трусова, а Турусова.
— Понятно... Кержинский!
— Я!
— Вожакова!
— Я!
— Модельхаев!
— Я!
— Васькина!
— Я!
— Пак!
— Я!
— Чанов! Вычеркнем товарища Чанова... Дергабузов!
— Я!
— Самостийный!
— Я!
— Злобинский!
— Я!

— Тельпугова!
— Я!
— Саламатина!
— Я!
— Жом!
— Я!
— Тряпкина!
— Я!
— Пульясова!
— Я!
— Замарайкина! Что, тоже нет? Дюбина!
— Я!
— Сергеева!
— Я!
— Фомин!
— Я!
— Тышленко!
— Я!
— Сокольский!
— Я!
— Израилов!
— Я!
— Кержачова!
— Я!
— Ногтева!
— Я!
— Опанасенко!
— Я!
— Ивашов!
— Я!
— Крольцев!
— Я!

— Солодовников!
— Я!
— Гольденвейзер!
— Я!
— Трепакова!
— Я!
— Воск!
— Не Воск, а Волк!
— Извините... Комарова!
— Я!
— Виткяучус!
— Я!
— Прыгунов!
— Я!
— Тыловик!
— Я!
— Крамер!
— Я!
— Светланова!
— Я!
— Муравьев!
— Я!
— Воронянская! Нет... Дубина!
— Я!
— Кержеев! Так... Вычеркнем... Лось!
— Я!
— Брондуков!
— Я!
— Иканов!
— Я!
— Зеленый!
— Я!

— Топоров!
— Я!
— Саюшенко!
— Я!
— Медведкина!
— Я!
— Болдырева!
— Я!
— Клубова!
— Я!
— Рогачева!
— Я!
— Поздняк!
— Я!
— Осетров!
— Я!
— Попович!
— Я!
— Бурлаевский!
— Я!
— Коготкова!
— Я!
— Шутовской!
— Я!
 — Коранова!
— Я!
— Печников!
— Я!
— Сретенский!
— Я!
— Дерибасов!
— Я!

— Барыбина!
— Я!
— Мордатенко!
— Я!
— Куницына!
— Я!
— Вознесенский!
— Я!
— Барвихина!
— Я!
— Зверко!
— Я!
— Мукомолова!
— Я!
— Шейнина!
— Я!
— Лебединский!
— Я!
— Книпович!
— Я!
— Еленский!
— Я!
— Лопатин!
— Я!
— Фридкина!
— Я!
— Иволгина!
— Я!
— Пазохина!
— Я!
— Вечтомова!
— Я!

— Дароль!

— Я!

— Ванин!

— Я!

— Лепкин!

— Я!

— Орехова!

— Я!

— Загладина!

— Я!

— Трупаков!

— Я!

— Так... Трупаков... сейчас... Трупаков... Володин!

— Я!

— Каневый!

— Я!

— Дорош!

— Я!

— Петрова!

— Я!

— Лисуневич!

— Я!

— Хвастунова!

— Я!

— Измыжлавина!

— Я!

— Вальцевич!

— Я!

— Новикова!

— Я!

— Басова!

— Я!

— Венелис!

— Я!

— Кортыжный!

— Я!

— Абасова!

— Я!

— Юрченков!

— Я!

— Менасян!

— Я!

— Одалесян!

— Я!

— Газанян!

— Я!

— Ахмедов!

— Я!

— Мцкевонян!

— Я!

— Карапетян!

— Я!

— Бабаджанова!

— Я!

— Кобрян!

— Я!

— Иванесян!

— Я!

— Пижамин!

— Я!

— Жлуктова!

— Я!

— Норовистый!

— Я!

— Вихренко!
— Я!
— Бураковский!
— Я!
— Коломин!
— Я!
— Короткова!
— Я!
— Ярченко!
— Я!
— Сердюкова!
— Я!
— Данилина!
— Я!
— Махоткин!
— Я!
— Достигаева! Вычеркнем...
— Здесь я, здесь!
— Ну что ж не слушаете?! Как маленькие... Аверченко!
— Я!
— Добрынин!
— Я!
— Камский!
— Я!
— Большов!
— Я!
— Хитров!
— Я!
— Осокин!
— Я!
— Корчмарева!
— Я!

— Дробилин!
— Я!
— Глушко!
— Я!
— Пивоварова!
— Я!
— Вантрусов!
— Я!
— Кочиев!
— Я!
— Дубинская!
— Я!
— Шмидт!
— Я!
— Черпаков!
— Я!
— Долуханова!
— Я!
— Кропотов!
— Я!
— Саюшева!
— Я!
— Покревский!
— Я!
— Зимянин! Нет... Бородина!
— Я!
— Сохненко!
— Я!
— Болдырев!
— Я!
— Герасимова!
— Я!

— Николаенко!
— Я!
— Гугман!
— Я!
— Алексеев!
— Я!
— Трошина!
— Здесь! Отошла на минутку...
— Заборовский!
— Я!
— Локонов!
— Я!
— Слышь, парень, мы с тобой пили щас?
— Ааа, да, да... А что?
— Тебя выкрикнули уже?
— Да, все в порядке.
— Слушай, ты добавить не хочешь?
— Добавить?
— Ага. У меня трояк есть. Может, купим белую на двоих?
— На двоих? Не сурово ли?
— Да ну, чего там сурового! Ее щас плохую гонят. Слабую.
— А мне наоборот кажется — все крепче и крепче.
— Хуйня все это. Ну, пошли?
— Да я не знаю...
— Да тут еще час кричать будут! А после перерыв у них на обед! Пошли, чего ты!
— Ну, пошли.
— Вон, бля, народищу сколько... не протолкнешься....
— А давай здесь обойдем...
— Ага...

— Извините, можно пройти?

— Можно...

— А легавый, слышь, стоит и спит, бля.

— А чего ему...

— Щас как раз народу поменьше, купим быстро.

— Отец, а может и пожрать возьмем чего-нибудь?

— А ты чего — есть хочешь?

— Да нет, просто я рукавом занюхивать не люблю.

— Чего, можно, конечно.

— Пошли вон там.

— Во, бля, парит как!

— Парит здорово.

— А там вон арбузы продают.

— Там?

— Ага. Возле будки.

— Чего ж они прямо возле остановки...

— А все по хую...

— Так и под троллейбус попасть можно...

— Еще как...

— А где же дружок твой?

— Васька-то? А черт его знает. Смотался куда-то.

— Осторожней...

— Аа... ничего. Пусть он думает куда ехать.

— Они теперь не очень задумываются.

— Заставим.

— Это что, мы туда же вышли?

— Туда. Вон, очереди никакой. Точно угадал.

— Действительно.

— Давай бабки...

— На...

— Слушай, а ты может пожрать чего-нибудь возьмешь?

— Хорошо.
— Возьми слегка так...
— Ага...
— Ну, я пошел... там пять человек всего стоит...
— Ладно. Простите, молочный там отдел?
— Да...
— Таак... чего ж нам взять... вы крайняя?
— Да.
— Я пойду выбью, я за вами буду.
— Ладно.
— Так... значит... триста грамм сыра...
— Какого?
— А какой есть у вас?
— «Российский», «Пошехонский».
— Российского.
— Девяносто. Что еще?
— А колбасы нет?
— Сегодня нет никакой.
— Тогда две бутылки кефира.
— Ацидофилин. Кефира нет.
— Все равно.
— Рубль... сорок шесть.
— Пожалуйста.
— Пятьдесят четыре.
— Таак... а там что у них... я за вами?
— Да.
— Колбасы, значит, нет у них?
— Нет.
— Понятно.
— Полкило масла и четыреста «российского».
— Скажите, а хлебный отдел далеко?
— На той стороне.

— Держите...

— Три молока...

— Так... что у вас?

— Полкило масла, молоко и полкило «российского».

— Катя! Молоко больше не выбивай!

— Вот и кончилось. А мне-то хватит.

— Вам хватит... Держите...

— Мне триста «российского» и два пакета молока.

— Куском или порезать?

— Порежьте, пожалуйста.

— Так... масло...

— То есть, простите! Два ацидофилина! Я перепутал.

— Чего ж такой путаник... на.

— Спасибо...

— Купил?

— Да.

— Я тоже взял.

— Надо б хлеба купить.

— А пошли туда, купим...

— Быстро управились.

— А хули...

— Я кефир взял вместо молока.

— Нормально. Оно щас кислое все. Кефир лучше...

— Зачем толкаться-то?

— А она разбомбленная, бля. До сих пор не отойдет...

— Тари-ра-ра-рааам-тари-ра-ра-рааам...

— Ну, я пойду возьму хлеба.

— Возьми батон.

— Ага...

— Я на лавочке посижу...

— Скажите, а кефир вы там брали?

— Да.

— У них перерыв скоро?

— Наверно, с часу до двух.

— Не закрыли еще?

— Да нет, вроде.

— Гули-гули-гули...

— Вы им регулярно крошите?

— А как придется...

— Проворный какой... вон, вон там...

— Гули-гули-гули...

— Летите, голуби, летииите... тари-ра-ра-ра-ра-ра-рааам...

— Гули-гули-гули...

— Летите, гооолуби, летииите...

— Держи.

— Быстро.

— Ну так. Умеем.

— Смотри, голубей сколько.

— Аааа... одна зараза от них.

— Пошли вон туда. Там лавочки есть.

— Давай.

— Оп-ля... Возьми одну.

— Этих голубей для фестиваля развели. Говорят, тогда над стадионом вообще тьму выпустили. А они то ли от испуга, то ли от чего стали гадить в воздухе. Прямо на головы.

— Нормально...

— Туча такая кружится над стадионом и орет, бля! Умора.

— Чего ж они так не продумали...

— А внизу все песни поют. А после этих голубей, знаешь, такими вентиляторами, ну, турбинами засасывали. Их ведь страшное количество развелось. Дохли,

воняли. Эпидемии разные...
— Сейчас тоже много.
— Ну, ты бы видел тогда... ну, что, на эту?
— Давай.
— Вот... тут уютненько...
— В теньке хорошо. Давай, открою.
— Ох ты... ёп твою...
— Не поддается?
— Поддастся. Никуда не денется.
— Эх, газетки нет...
— А ты сыр разверни, на бумажке на этой...
— Точно.
— Пей первым.
— Уже. Ладно... будь здоров..аах...
— Закуси.
— Хаа... гадость...
— Не будешь больше?
— Нет. Хватит. Пей всю...
— И если б водку гнать не из опилок...
— Точно.
— Бери кефир.
— Ага... оп-ля..........холодненький...
—   Ага...............................хороший... сыр бе-
ри.....................
— ....
— ....нормально........................
— А то пить хотел к тому же...
— Я тоже...................... аааx...
— ....и порядок...
— А кинь туда вон.
— Ага.
— А здорово кефиром заливать.

— Я тоже первый раз пробую.

— Он жажду утоляет хорошо.

— Да. И главное, свежий.

— Ага...

— Сыр доешь.

— Ага...

— Ничего хоть?

— Сыр?

— Ага.

— Да. Этот нормальный. Щас говенные делают.

— Да. Раньше и «Российский» лучше был.

— Ага.

— Опа, опа... жареные раки...

— Бутылку надо бабусе оставить.

— Оставь.

— Ну ладно, дружок. Я пойду. Спасибо за компанию.

— Давай... Ты в очередь?

— Ага. Жена там ждет.

— Я тоже пойду.

— Ну, пошли.

— Кури...

— Спасибо... ага... «Явка», это хорошо...

— Лучшие из всех, наверно.

— Наверно.

— У них, может быть, и перекличка еще не кончилась.

— Может быть.. фу, бля...

— Догадался же....

— А чего такого. Я вон однажды иду, а мужик прямо на тротуаре стоит и ссыт.

— Этот хоть два шага сделал.

— Ага.

— Нет, идут уже... значит кончилась.

— Ага...

— Погоди, пусть проедет.

— Чего это у него с выхлопом?

— Залил говна какого-нибудь...

— Верно...

— Выползли куда... охуели совсем...

— Чего-то медленно идут.

— А куда торопиться...

— Вон мои, я пойду тогда.

— Давай...

— Скажите, а Лена не пришла?

— Какая Лена?

— Ну, она тут стояла.

— Где — тут?

— Ну, впереди вас?

— Впереди меня этот мужчина стоит.

— Как так? А я где тогда?

— Не знаю...

— Но я же тут стоял!

— Вы здесь не стояли.

— Что за глупости! У вас какой номер?

— Тысяча сто шестнадцать.

— Ой, извините. Я подумал, что тут стою.

— Бывает...

— А где же я-то...

— Где-то там, наверно.

— Да...

— Ну чего встал-то? Стоит, как столб.

— Возьми да обойди...

— Чево?

— Ничего.

— Козел...
— Мудак хуев.
— Молодой человек, хватит может?!
— А чего он, обойти не может?
— Нажрутся, а потом выражаются...
— Кто нажрался-то?
— Ты и нажрался!
— Сама ты нажралась.
— Хулиган чертов!
— Сама ты хулиганка... скажите, у вас какой номер?
— Тысяча двести первый.
— Ага... ближе... значит где-то здесь...
— Парень, дай пройти...
— Чего ты встал на дороге?
— Ничего... извините...
— Да отойди ты отсюда!
— Чего? Куда отойти? Я очередь ищу.
— Стоит и стоит.
— У вас какой номер?
— Никакой... пьяница чертов...
— Ты где так набрался-то?
— Отъебись...
— Чего — отъебись? Ты чего ругаешься?
— Пошел на хуй!
— Я вот пойду, пойду тебе!
— Пошшел ты... сволочь...
— Я вот... я вот... пойду...
— Эй, эй, ребята, вы что!
— Сука хуев... падла...
— Я вот...
— А ну, разнимите их! Сережа, разними их!
— Гандон, бля... сука...

— Успокойся... идиот пьяный...

— Разъеба, бля... ну, иди сюда, сука...

— Эй, парень, парень, а ну, спокойней!

— Мы щас милицию позовем!

— Гандон, бля... сука...

— Иди отсюда, слышишь?

— Сука, бля...

— Ты где стоишь?

— Вонючка, бля...

— Иди отсюда! А то милиции отдам!

— Засерыш, бля...

— Слышь, орел, иди отсюда...

— Тоже мне... ой, бля... ааа, вон мои...

— В жару такую и напиваются...

— Здрасте... я где-то здесь...

— Привет. Где ж ты так успел?

— Это не важно... икх...

— Подруга твоя так и не пришла чего-то.

— Ааа... бох с ней... икх...

— А ты на перекличке был?

— А как же... икх... был, а как же...

— Зачем же вы в жару такую пьете?

— А я не пил... икх...

— Это же вредно очень.

— Скажите... икх... а как там?

— Что там?

— Ну, как, сколько... икх... нормально там?

— Что? Торгуют?

— Да.

— Всем хватит.

— Ну и хорошо... икх... хорошо... ой...

— Держись...

— Этот наш двор?

— Нет, следующий. Теперь вся очередь будет во дворах.

— Эт...... почему же... икх...

— А так лучше. И толкучки меньше.

— Ага...

— Сюда, сюда...

— Куда... икх...

— Сюда, да стой ты прямо...

— Ой... чего-то это... икх...

— Иди вон туда, в тенек...

— А лавочка моя?

— Вон, вон там лавочка.

— Так... икх... это не моя...

— Иди, не спорь...

— Чего... я же тут должен...

— Иди, там лучше будет.

— Где?

— Тут вот. Сядь и отдохни.

— Так это ж не лавочка... тут травы много... икх...

— Ничего. Посиди здесь.

— Да ну... икх... икх... ой, бля...

— Сиди, сиди здесь.

— Чего тут...

— Приляг и отдохни...

— Да ну, в пизду, бля...

— Тут хорошо. Приляг.

— Фу ты... ой, бля... фууу...

— Вот. Самому же лучше.

— Ой, бля...

— Вон как хорошо... ну, я пойду.

— Ой, бля... фууу...

— Дядя. Дядь... дядь... дядя!
— Ффуу... что... что такое...
— Дядь! Дядь!
— Чего... чего такое... что...
— Дядь!
— Ну чего тебе?
— Вы это... встаньте, пожалуйста. А то там это...
— Что это?.. фу...
— Под вами машинка моя.
— Какая машинка?
— Самосвальная.
— Бит... какая... фууу...
— Вон она.

— Ёпт... на, бери... фууу... Господи, а который час-то?

— А я думал, что потерял.

— Слышь, не знаешь, который час?

— Не знаю.

— А где это... ааа, вон они... фу, черт, весь в песке...

— Вы сзади тоже испачкались.

— Сзади... черт...

— Я думал, что тогда потерял.

— Что?

— Машину. А она под вами была.

— Есть еще сзади?

— Немного. Спина там.

— Черт... а теперь?

— Есть немножко.

— Все равно?

— Ага.

— А теперь?

— Теперь чисто.

— Фуу... жара какая... ёпт... весь мокрый...

— Дядя, а эти дяди, на лавочках которые сидят, они зачем сидят?

— Сидят-то... фуу... ой... бля...

— А, дядь?

— А тут не грязный?

— Неа. Зачем, дядь?

— Точно не грязный?

— Неа. Зачем они сидят?

— Фуу... слышь... а это... черт, и тут тоже...

— А, дядь?

— Таак. Где же я... ёпт... проворонил все на свете...

— Дядь, а дядь?

— Отвяжись... товарищи! А какие тут номера сидят?

— Тысяча шестьсот сорок.

— Черт возьми...

— Чего, номер потерял?

— Да вот... это...

— Это ты спал там?

— Черт... а где же это?

— Чего?

— Ну, другие... другие номера?

— Прошли уже.

— Что, и купили?

— Ну, я не знаю, каким ты стоял.

— Тысяча двести тридцать пять.

— Ууу... так это там где-то. Впереди.

— Там?

— Там.

— Спасибо...

— Я тоже пойду туда.

— А что такое?

— Там жена стоит.

— Ааа...

— Она тысяча триста пятнадцатая.

— Не купила еще?

— Нет еще.

— А сколько осталось?

— До нее человек триста.

— А до меня, значит, меньше?

— Да. До тебя, наверно, человек двести.

— Вовремя проснулся.

— Чего, перебрал, что ли?

— Немного. Алкаш какой-то смутил.

— Много выпили?

— Бутылку на двоих, и до этого немного...

— Редко пьешь, наверно.

— Да. Я вообще-то не пью... ух ты, как растянулись.

— Да. Тут теперь дворами сидят.

— А ведь, по-моему, по-другому было...

— По-другому.

— А щас так?

— Так.

— Ясно... ой...

— Осторожней. Ты бы лицо вымыл. Холодной водой.

— Да. Надо. А то перегрелся на солнцепеке.

— Пить в жару — гиблое дело.

— Дааа.

— У меня друг так напился однажды и кровоизлияние получил.

— Ага... туда, да?

— Да.

— Где б попить можно...

— Там дальше автоматы есть.

— Автоматы?

— Автоматы.

— Хорошо.

— Вон туда тебе. Там дальше твои номера.

— Да, да...

— Женщина, это не ваша сумка?

— Нет.

— Чья сумка?

— Простите, у вас какой номер?

— Тысяча триста два.

— Спасибо.

— Чья сумка, а? Стоит и стоит...

— Ребята, не бегайте здесь!

— Серый, давай перекинемся.

— Там, что ли?

— На портфеле, давай.

— А там двор дальше, да?

— Да.

— Это направо?

— Направо, за площадкой направо...

— Отошли бы сюда...

— А мы не мешаем никому...

— Фу ты...

— Верка! Иди сюда!

— Слышь, парень, десять копеек не найдется?

— Десять копеек?

— Ага. Выручи, друг. Не хватило.

— На...

— Во, спасибо... Ты что, с похмелья?

— Немного.

— Ну пошли с нами, чего ты. Опохмелишься.

— Нет, не могу...

— Петь, вот, иди...

— Простите, а какой у вас номер?

— Тысяча двести семьдесят пять.

— Спасибо... ааа, вон мои...

— Володя! Отойди от мальчика!

— Вот и нашел я вас...

— Ааа... привет. Ты что ж грязный такой?

— Грязный?

— Выпил наверно?

— Да так, немного... ну, как тут? Скоро купим?

— Теперь скоро.

— Сколько впереди?

— Человек двести пятьдесят. Не больше.

— Хорошо...

— Ты тут испачкался в чем-то...

— Спасибо... да... надо же...

— Подруга твоя так и не пришла.

— Не пришла?

— Неа.

— Наверно что-то случилось... или дело какое...

— Садись... подвиньтесь, парень сядет. Он стоял здесь.

— Спасибо...

— Теперь очередь вся дворами идет. Милиция попросила всех во дворах стоять. Чтобы не мешать на улице.

— Понятно...

— Практически два двора осталось просидеть и все...

— А отпускают быстро?

— Да. Там четыре продавца.

— Четыре? Это хорошо.

— Да...

— Молодой человек, я попрошу вас, мне вот так удобней...

— Пожалуйста, пожалуйста...

— Вот хорошо так... спасибо... знаете, у вас тут вот песок...

— Ага... да...

— Фууу... ну вот, хоть облаками заволокло.

— Скоро дождь будет.

— Грозу обещали.

— А вы поставьте вот сюда.

— Спасибо.

— Володя!

— Хочешь бутерброд, Люсь?

— Давай.

— А там всегда так. Они себе-то получше какой, а нам — фигу...

— Ага...

— А эти гоняют и гоняют. Целый день! Все футбол только на уме...

— Воронцов его фамилия... Воронцов...

— Спасибо... спасибо...

— Какое же безобразие... сволочизм просто...

— Я думаю, она щас подойдет...

— Может быть...

— Володя! Я кому говорю!

— Вы не стесняйтесь, чего тут...

— Скажите, а тут переклички не было за мое отсутствие?

— Нет.

— Хорошо...

— Правда, тут многие ушли, фамилии свои отдали другим.

— Ясно...

— Тут уже и спекулянты появились.

— А где их нет...

— Говорят, в первой сотне фамилия стоит пятнадцать рублей.

— Недурно... Господи... как голова болит...

— Перегрелся?

— Немного...

— Жили-то беднее, слов нет, но добрее как-то... добрые люди были. А щас просто каждый себе норовит...

— Светлана Яковлевна.

— Как здорово. А я — Игорь Иванович.

— Тоже неплохо.

— Володя!

— Как бы его там эти хулиганы не задели... вон, вон как носятся, как угорелые...

— А переходят часто?

— Знаете, тут теперь дворами переходят.

— Правильно. Чего лавочками... дворами удобней...

— Удобней...

— Мудачье, бля...

— Заняла за ним, подхожу, а он говорит — вы, говорит, здесь не стояли! Во как!

— Дурак какой-то.

— Не дурак, а хулиган просто...

— Крошки брось туда... и бумажку...

— Тяжело все-таки.

— Тут еще двор ничего. А в том и лавочки поломаны...

— Сережа, не надо там.

— А я ничего...

— Теперь немного осталось...

— Я уж боялся, что все купили.

— Ничего, на нашу долю хватит.

— Хватит... хватит...

— Я там немного проработала совсем...

— Ну, это неплохое место.

— Конечно. Но скучно, правда.

— Володька! Ну что за дрянь за такая!

— А я видел в универсаме забавную сцену...

— Да?

— Да. Стоит очередь гигантская. А на лотках на этих — пусто...

— Пусто?

— Пусто. А за стеклами видно, как сосиски фасуют. Гору целую.

— Так...

— И после раз всю гору на лотки!

— И что?

— А как рыба-пиранья! Раз, раз, и нет ничего! И снова пустота и очередь спокойная, спокойная такая...

— А я видел, как две женщины колбасой дрались.

— Наверно, удобно очень... ха, ха...

— Такой вареной, за два девяносто...

— Ха, ха, ха!

— Подвинься, он сядет...

— Закурить не будет?

— Есть... вот...

— Спасибо...

— Трикотажная.

— Аааа... это хорошо...

— Помидоры там. Здесь их не бывает никогда.

— «Ростов» — нормально. У него канал сквозной.

— А это что?

— Ну, когда записываешь, слушать можно, как пишется.

— Нормально...

— Мендельсон.

— А мне кажется — Вебер.

— Нет. «Песни без слов».

— Сень, подкинь хлебца...

— На...

— Во, порядок.

— Ой, оса... отгони...

— Не бойся, не укусит...

— Они сами этого хотят, понимаете?! Сами!

— Двигайтесь, двигайтесь, пожалуйста...

— Это еще ничего... бывают и побольше...

— Вон он.

— Мне немного. Я попробую только.

— И не торопится... чудак...

— «Шарп» тоже будь здоров. Ватт тридцать. Штуки три стоит, если не больше...

— «Джи Ви Си» тоже тридцать ватт. Приемничек, все путем...

— Хохма старая...

— Володя!

— Да я не ради себя покупаю. Сын просил. Он в армии.

— Просто подонок...

— Они напишут, ждите!

— Почему, могут и написать. Сейчас вон как спекулянтов прижимать начали...

— Ааа... им все равно...

— Ну, на хуя?

— Да ладно, подумаешь...

— Бит, стояло, не мешало никому...

— Валя, Валь...

— Старый, старый такой...

— А за молодых она не захотела?

— Так она баба с расчетом.

— Сейчас все хитрожопые пошли... нет чтоб по любви, как в старое время...

— Где там... все модные...

— Хуйня все это...

— А Блохин все на полузащиту оглядывался. И вечно недоволен был. Все ему не так...

— Играть надо уметь, конечно...

— Главное, поразительно — из двухсот пятидесяти миллионов не могут отобрать двенадцать, которые могли б катать мячик!

— А им до лампочки. Сейчас и тренеров настоящих не осталось. Всё карьеристы разные...

— Точно...

— Тошно смотреть было...

— И Озеров этот, трепется и трепется... Наши ребята! Наши ребята! Мудак...

— Все от колонок зависит...

— Сволочь просто.

— Как тяжело это... невозможно...

— Нет. Скрябин с Рахманиновым вместе кончали. Только Рахманинов получил большую золотую медаль, а Скрябин малую...

— Ну, это незаслужено...

— Басовские кассеты лучше. Пленка тоньше...

— Хуй...

— Виктор Николаич! Идите к нам!

— Слышать его тяжело. Он заикается здорово...

— Тари-ра-ра-рааам...

— Он только что из Америки вернулся.

— Ну и как там?

— Да по-разному... Преступность высокая. После восьми не выйдешь... Барахла полно. Но работать надо как лошадь.

— Конечно. Даром ничего не бывает.

— А у нас гуляй хоть всю ночь...

— Ну, не скажите. Вон у нас во дворе за три года два убийства было. С ограблением.

— Это случайности...

— Да, да! Ничего себе — случайности.

— А главное, американец вечно чего-то боится — что его выгонят с работы, что кто-то изнасилует его жену, что его машину угонят... страх какой-то...

— Зато у них таких очередей нет...

— Да. Очередей нет. Это верно...

— У них вкалывать надо, а у нас пришел на работу пьяным и хоть бы что.

— Ага...

— Битлы это ясно, но они отгремели. Щас группы интересные есть. «Полис», «Дженезис». Роллинги выдают иногда нормально так...

— Нормально.

— Но машины у них отличные. Машины, дороги, техника...

— Это ясно...

— Он выжирал, выжирал и довыжирался — ёбнулся с пятого этажа...

— Ххе...

— Тошно. Тошно это.

— Тари-ра-ра-раам...

— Дабль альбом. А после концертный выпустили и...

— Свободой своей они кичатся, это факт. Что Рейган дурак, можно кричать, но что шеф дурак — нельзя. Выгонят.

— Ага...

— Хуй, бля, с километр. Она от него визжала, бля, как крыса...

— Я Роллингов больше люблю.

— Тут и сготовить надо успеть, и то, и се...

— Самый-самый. В точку прямо.

— А у меня друг тоже говорил, я, говорит, как бабе засажу, она тут же в слезы. Черт знает почему...

— Хорошо, что я проснулся вовремя.

— Говно.

— Вытри, вытри за собой... вон накапал...

— Черт его знает. Начальник как начальник...

— Иди ко мне.

— Рядом с Яшиным. Не меньше.

— Ну, это слишком...

— Не меньше!

— Да ну...

— Продавщица на весь магазин — чей чек, товарищи! А он молчит, падла...

— А по ебальнику за такие дела...

— Я бы прям расстреливал, точно...

— Воблы нет нигде.

— Там жить хорошо тем, у кого деньги есть. А бедняки, пожалуйста, вон их по «Времени» показывают — на панелях спят...

— Да ну. У нас покажут. Верь им...

— Эта целочка еще была. Плакала, не хотела. Уговорил...

— Ххе...

— Хуевый диск. «Граффитти» лучше...

— Они садятся после стирки.

— Сильно?

— Нормально...

— Нет, крови немного было. Зато ей потом больно стало, когда вторую палку кидал...

— Так за ними очередь в ГУМе была...

— Большая?

— Не очень. Подруга успела купить.

— Тут ведь не угадаешь, где выкинут...

— Угу...

— Руль сорок три...

— Так дешево?

— Да.

— А Цеппелинов, говорят, на концерте расстреляли.

— Это туфта чистой воды. Живы все.

— У них ударник, говорили, умер...

— Не слыхал.

— Сладкая девочка была, что ты...

— Нормальная, да?

— Рыженькая такая, нежная. Подмышками так сладенько пахло...

— Пятый начертил, а он зарубил Олю на консультации.

— А что такое?

— А, говорит, на таких опорах у вас держаться не будет.

— Дурак, бля...

— Главное, я расчет ему тычу под нос, а он смеется...

— Они все там на этой кафедре мудаки...

— А утром я чемодан собираю, а она в слезы. Без тебя, говорит, не могу.

— А ты что?

— Ну успокоил, денег дал. Пообещал, что как в командировку приеду — так сразу к ней...

— Больше не ездил?

— Да куда там. В такую дыру нормальные люди один раз в жизни суются. Такое захолустье...

— Я пятый у хиппов люблю. Там хоть они разворачиваются на полную.

— У них орган мощный.

— Орган и вокал нормальный.

— А на лидере кто у них?

— Бокс.

— А на органе — Хэнли?

— Хэнли...

— Стояли, стояли — и на тебе...

— Так быстро?

— Ага...

— А я тоже не ебался давно...

— Поздний ребенок, что вы... Это трудное дело.

— В «Юности» печатался, кажется. А потом вышел отдельной книжкой.

— Интересный?

— Да. Нормальный такой детективчик.

— А ты «Выстрел в спину» не читал?

— Не-а.

— Тоже ничего. Про убийство. Там друг его убил.

— Ну вот, теперь тут бегать будут.

— Скоро переходить, не знаете?

— Не знаю. Там сказать должны.

— Скажут...

— Да насрать мне на Трусова, чего ты пугаешь...

— Волонтер.

— Ага...

— Там ручки под бронзу. Застекленный такой...

— Разъеба...

— Слушайте, может, хватит наваливаться?!

— А кто наваливается?

— Ты наваливаешься!

— Кто наваливается?

— Ты вот и наваливаешься! Подвинься!

— Пожалуйста.

— Сел, главное, впритык, и сидит себе...

— Похожий на него.

— Заставить таких трудно, сами понимаете...

— Понимаю...

— Уаааа... фууу...

— Тари-ра-ра-рааам...

— Давай поиграем с тобой. Кидай!

— Да ну, не хочется...

— Устал, что ли?

— Нет, не устал. Просто не хочется.

— Что ж ты, маленький такой, а играть не хочешь?

— Не хочу.

— Посрать пойти бы, а...

— А вон иди за контейнеры, да посри.

— У тебя бумажки не будет?

— Бери газету.

— Там тоже не очень...

— Да?

— Ну да. Пока подадут, пока что...

— Котлы это классика, ясное дело...

— Через Сергея Анатольича.

— А он согласился?

— Ну, не задаром, конечно.

— Сделали?

— Сделали.

— А щас как?

— Стоит, нормально.

— Я тоже за таким же охочусь.

— Они в «Свете» бывают.

— Хороший парень. Я учился с ним.

— Туда осенью хорошо лететь — фрукты, овощи...

— Да на хуй мне коричневая! Я серую хочу.

— А мне все равно какой цвет.

— Тари-ра-ра-рааам...

— Щас может перейдем уже...

— А остался тот только?

— Там за ним немного.

— Скажите, а помните тут женщина стояла?
— В красном?
— Да.
— Она отошла куда-то...
— Отошла?
— Ага...
— Бит, ну что ты заладил — нельзя, нельзя!
— А хуль, — правда, нельзя...
— Можно! У нас все можно!
— Так они не продадут тебе и все...
— Дам по червонцу — продадут...
— Могут и не продать...
— Куда они денутся, бля...
— Танины, сходи маме позвони.
— А ты тут побудешь?
— Да.
— Солнышко скрылось... туча какая, мам...
— А щас гроза будет.
— Да... заволакивает как быстро...
— Вон та женщина идет.
— Переходим?
— Наверно...
— Товарищи, переходите в следующий двор!
— Ну, наконец-то...
— Вася, вставай...
— Володя, иди ко мне! Переходим.
— Я ж говорил, быстро пойдет...
— Подъем, хлопцы!
— Она там стоит, возьми...
— Ой, бля, ноги свело...
— Оп... оп...
— Только спешить не надо... куда летите?!

— Разворотили как.
— А тут все дворы разворочены. Кабель кладут...
— Тут проход есть.
— Ага...
— Сереж, помоги...
— Давай руку...
— Туда, туда... куда ты...
— Те лавочки?
— Не толкайтесь, друзья! Чего прете?!
— Мы не прем...
— Сам ты прешь, козел...
— Садитесь по порядку...
— Сашок, я тут!
— Ну вот и загремело...
— Господи, а темно-то как...
— Щас хлынет...
— Неделю дождя не было...
— А может обойдется?
— Да что вы! Вон темнота какая прет... прохладно...
— Да. Гроза будет.
— Будет...
— Засерыш распизделся, бля, а я ушел...
— Закапало... все, пошли по подъездам... Вить...
— Ууу... подъем...
— Сашка! Пошли...
— Давай скорей...
— Ой, бля... ёпт...
— Бежим скорей!
— Володя! Иди сюда! Иди, дрянь такая!
— Ну, сразу как! Бежим!
— Ой... Жень... Женя...
— Да вот сюда! Куда ты?!

— Там далеко!

— Сука...

— К нам, Виктор Петрович!

— Уууx, ну, мать честная...

— Рви когти, Вась...

— Ёпт, посидеть не дал...

— А вон в того ближе!

— Ага...

— Таак.

— Прямо туда!

— Скорей, скорей!

— Ёбаный в рот... сука...

— Сашулька, держись...

— Ни мороз нам не страшен, ни жара...

— Порядок.

— Сильно промокли?

— Да нет... ничего...

— А быстро как, а?

— Во! Во! Смотри какой!

— Ой! Ну и ливень...

— Смотри, смотри! Белый прямо.

— Ууу... это надолго...

— Смотри, смотри как!

— Ага...

— Я не очень мокрый?

— Ну, молодой человек, что ж вы так...

— Фууу... ой... еле успел... фууу...

— Чего вы там задержались?

— Фууу... сильно, да?

— Да... до нитки...

— Фууу... ну и дождь... фууу...

— Прямо как из бочки. Вон как поливает.

— Фууу... ой...

— А вы идите на второй этаж, снимите рубашку да выжмите.

— Фууу... придется... фууу...

— Как в джунглях.

— Ага...

— Хотите, помогу вам?

— Да нет... фууу... спасибо...

— Дождик, дождик...

— Фууу... ой, бля... сюда что ли...

— Прямо наверх идите...

— Ага... фу ты, потемки, бля...

— Ой!

— Ух ты... извините пожалуйста...

— Ой, как вы испугали меня... кошмар какой...

— Извините... я вот вымок... извините...

— Ой. Вы прямо блестите весь... где ж вы так?

— Да тут. Я в очереди... тут вот и попал.

— Аааа. Понятно. Ну здорово промокли...

— А вы тоже в очереди?

— Нет, я живу здесь.

— Ааа...

— Просто покурить вышла. А тут прямо водяной.

— Что, похож?

— Очень.

— Даа... у вас сигаретки не будет?

— Будет. Пойдемте.

— Да я мокрый весь, я тут лучше...

— Да пойдемте. Что ж вы на лестнице дрожать будете.

— Спасибо...

— Щас, я почту выну... ага... пишут. Ну ладно. Идемте.

— Как обита красиво...

— Нравится?

— Да. Элегантная дверь...

— Проходите.

— Да куда ж мне в таком виде...

— Не стесняйтесь, тут нет никого.

— Вы одна?

— Вроде...

— Тут у вас заплутаешься... кто ж такого красавца свалил?

— Так. Один человек... держите...

— Спасибо. А спички...

— Вот...

— Спасибо... ммм... спасибо...

— Проходите сюда.

— Да нет, я не рискну.

— Ну, что ж вы в коридоре будете стоять.

— Да нет, я мокрый весь...

— Знаете что, идите-ка в ванну, снимите вашу рубашку. А я утюгом ее просушу.

— Да ну что вы... с какой стати вас обременять...

— Давайте, снимайте.

— Да неудобно...

— Снимайте, пока не передумала.

— Прямо неудобно как-то...

— Снимайте быстро, я вам пока халат дам.

— Влип я с этим дождем... черт... прилипла...

— Что, не успели добежать вовремя?

— Ну да. Вздремнул немного на лавочке, слегка так... или, вернее, собирался вздремнуть... а тут... во как пристала...

— Дождь, да?

— Ага. Да не просто дождь, а как в Южной Америке потоп.

— Хха...

— Короче говоря, разверзлись хляби небесные... вот... снял...

— Держите халат.

— Спасибо... до сих пор не знаю, как зовут мою спасительницу...

— Людмила Константиновна. Можно просто Люда.

— А я Вадим.

— Да... мокрая вся... проходите сюда...

— Какой длинный... чей же это... японский, что ли...

— Нет. Этот халат я сама шила.

— Ну, вы просто великий мастер.

— Да ну. Поделка простая... куда ж я утюг дела...

— У вас так уютно... полумрак такой красивый...

— Да это на улице вон что творится, поэтому и полумрак.

— Нет, но вообще... а картины это чьи?

— Все того же. Который и лося убил.

— Угу... муж ваш?

— Бывший...

— Интересно. Вот этот пейзаж мне нравится...

— Да ну. Эпигонская живопись...

— Ну, почему.

— Не знаю. Хоть я в этом и не понимаю ни черта, мне так кажется.

— А вы кто по профессии?

— Экономист.

— Как интересно...

— Ничего интересного. Тоска зеленая.

— Ну, это, видимо, зависит от места работы...

— Аааа... все равно...

— Людмила Константиновна, ничего что я курю здесь?

— Да курите на здоровье.

— Вернее — во вред.

— Как угодно...

— Высокие потолки у вас.

— Да. Одно преимущество...

— Ну, почему одно. Комната большая. Таких однокомнатных сейчас не строят.

— Так... вот сейчас нагреется, и поглажу вам...

— Не знаю, что б я без вас делал...

— Очередь, наверно, по подъездам разбежалась?

— Да! Как мыши, врассыпную...

— Я прошлый раз шла из магазина, посмотрела. Вы меня извините, но это дико — сидеть по дворам.

— Да, да, конечно...

— Сидят, как парализованные, на лавках! Ни выйти, ни сесть. Стояли бы на улице...

— Да... что тут говорить... Это милиция распорядилась...

— Идиоты...

— Я уж проклял, что ввязался в эту эпопею...

— И долго вы стоите?

— Да не очень...

— Очередь громадная. Я таких давно не видела.

— Ну так их же раз в полгода выбрасывают.

— Да. Все теперь хотят жить шикарно...

— Конечно...

— У вас тут она грязная немного... в песке, что ли...

— Аааа... в волейбол играли с друзьями, вот я и упал...

— Вы что, спортсмен?

— Да нет.

— А работаете кем?

— В одном журнальчике.

— В каком?

— Да в техническом одном...

— Вы журналист.

— Хотел быть когда-то. Нет. Я редактор.

— А учились где?

— В трех вузах. И ни одного не кончил.

— Это в каких же?

— В МГУ, в педагогическом и в стали и сплавов.

— Да. Вот это подборка... и долго?

— Где как. В МГУ — год, в педе — три, а в этом два.

— И никакой не кончили?

— Нет.

— А что мешало?

— Все. Мне все мешало.

— Ну как — все?

— Да все понемногу... учился на историческом, а интересовать меня потом стала больше техника. А в стали и сплавов наоборот — об истории вспомнил.

— Интересно...

— Да. Куда уж интереснее... это пепельница?

— Да.

— Забавно сделана.

— Ну вот... рубашка ваша готова... держите...

— Спасибо вам огромное, Людмила Константиновна.

— Да не за что...

— Ой, еще темнее стало. Что ж такое...

— Ну так давно ж дождей не было. Вот и прорвалось...

— Действительно...

— Вадим, а что вас заставило такую очередь стоять?

— Странный вопрос.

— Нет, я понимаю, но когда мужчина летом стоит в такой очереди... странно...

— Понимаете, я, собственно, не ради себя стою, а ради друга. Просто он просил очень, вот и подвернулись...

— Вы настоящий друг, значит...

— Не знаю. А потом, знаете, мне спешить некуда, я в отпуске. Ехать никуда не собираюсь...

— Что так?

— Да надоела эта толкучка южная. Я на юг уже лет десять ездил. На юг и в Прибалтику...

— А теперь надоело?

— Да. Решил на даче посидеть.

— А у вас по какой дороге?

— По Ярославской.

— Где?

— «Правда».

— Ничего там.

— Близко, конечно, но что поделаешь...

— А вы с родителями живете?

— Сейчас нет. Раньше жил.

— А сейчас?

— Бабушка умерла, я в ее комнате.

— В общей квартире?

— Да.

— Ну и как?

— Вполне. Соседи приличные люди. В центре живу.

— Ну, это хорошо, когда соседи такие...

— Да... я пойду переоденусь, можно?

— Конечно, конечно...

— Теплая какая... а ванная большая у вас... а плитку такую милую тоже ваш бывший муж выложил?

— Да.

— Надо же. На все руки мастер.

— Да уж...

— Ну вот. Спасибо вам большое. Вот халат.

— Да не за что...

— Так уютно, что даже уходить не хочется...

— Ну а чего. Оставайтесь чай пить. Вон все равно льет...

— Вы человек редкой гостеприимности. Но, может быть, у вас дела какие-то, а я влез вот...

— Были б дела, я б вас не пустила...

— Логично...

— Идемте на кухню.

— Спасибо...

— Скажите, Вадим, а продают югославские?

— В том-то и дело, что английские.

— Аааа... ну, тогда я беру свои слова обратно.

— За югославскими я бы и стоять не стал.

— А там по записи, да?

— Да.

— У вас какой номер?

— Ну, приблизительно где-то двести пятидесятый.

— Далековато...

— Далековато! Там очередь тысячи на две!

— Серьезно?

— Да. Они по дворам сидят.

— Аааа. Садитесь, я вскипячу сейчас...

— Знаете, вам очень эта прическа идет. Я сразу хотел сказать.

— Идет? Разве?

— Да. Оптимальный вариант.

— А я жалела, что постриглась.

— Очень мило.

— А они на улице торгуют?

— Да. Там рядом с магазином навес и фургоны там стоят.

— Значит, сейчас они не продают.

— Вы думаете?

— Ну, а кто ж в такой дождь торговать будет? Все промокнет.

— Но там навес есть.

— Да что навес! Смотрите, льет как. А ваших и не видно нигде.

— По подъездам все...

— Курите.

— Спасибо...

— Все не брошу никак.

— А вам идет. И мундштучок милый.

— Это из слоновой кости. Мне недавно подарили.

— Очень милый... позвольте я...

— Мерси...

— Вы кактусы любите?

— Да. Вернее, недавно полюбила.

— Почему?

— Прочла у Вознесенского о кактусах. Знаете?

— Да, да... помню...

— А вам он нравится?

— Когда-то нравился. Сейчас как-то меньше... Я вот Евтушенко терпеть не могу.

— Да. Он на публику работает. Но зато он симпатичней, чем Вознесенский. У Вознесенского лицо тяжело-

вато. А Евтушенко фотогеничный. Внешность для по-
эта важна ведь, правда?

— Ну, не знаю...

— Хотя у Евтушенко есть тоже хорошие стихи. «Хотят ли русские войны?» и «Идут белые снеги».

— Да, это ничего... но Вознесенский смелее. «Уберите Ленина с денег». А? Смело, правда?

— Это он так написал?

— Да, да. Смело?

— Ой... очень!

— Люда, а Самойлов вам нравится?

— Это тоже поэт?

— Да. И очень хороший. «Сороковые, роковые, тре-
вожные, пороховые»...

— Хороший поэт?

— Очень. Мой друг с ним однажды был в «Рузе».
Очень демократичный и простой человек. Но любит
выпивать.

— Я на Вознесенском была в Зале Чайковского. Он
под орган читал. Здорово, хотя под конец уже тяжело.
И я подумала тогда — жаль, что он петь не может. Сам.

— Как Окуджава?

— Ага.

— Я все забываю, как вот эти фигурки называются?

— Вон те? Гжель.

— Да, да. Гжель. Очень красиво.

— Это я собираю.

— Знаете, у меня дома стоит такой лев. Лев из Гжели. Мне он ни к чему, а вам я его подарю.

— Ну, спасибо.

— Такую коллекцию надо пополнять.

— Сейчас заварится...

— Люда... можно вас так звать?

— Так я, по-моему, сразу сказала...

— Люда, вы «Старый замок» любите?

— Это вино? Приятное, а что?

— Тогда я сбегаю в ваш магазин. Я его видел сегодня...

— Опоздали.

— Как?

— Часы сзади вас.

— Восьмой час?! Черт возьми!

— А потом — в такой дождь куда вы побежите.

— Черт... день невезения...

— Не переживайте. «Замка» у меня нет, а вот вермут венгерский есть... подвиньтесь немного... вот... открывайте сами...

— Красивая бутылка какая.

— Вот из этих пить лучше.

— Да, да. Красивые бокалы...

— Так. Вот варенье. Хлеб. Масло достаньте там...

— Ага. Вот оно...

— Вадим, а вы есть хотите? Я лично хочу.

— Ну я немножко чего-нибудь...

— А у меня только картошка жареная.

— Чудесно. Ах картошка объеденье, денье, денье...

— Любите?

— Да. По-моему, лучше всякого мяса.

— Правильно. Я от мяса тоже хочу отказаться.

— Смотрите, тучи какие низкие.

— Да...

— Люда, а это какой камень, интересно?

— Это обыкноващая бирюза.

— Красивый перстень.

— Нравится?

— Да... так...

— Ой, хватит, хватит... вы меня споите...

— Так он же легкий совсем.

— Ну вот. Сковородку пополам. Хорошо?

— Чудесно.

— Так. Все, кажется, на столе...

— Все. Все чудесно. Знаете, Люда, давайте выпьем за радость неожиданных встреч. У нас ведь радостей не так уж много. Так вот, пусть эта всегда будет. За встречу.

— Ну что ж... за встречу...

— ....

— ....вкусный...................

— Замечательное вино.

— Берите колбаску.

— Спасибо. Давайте я за вами поухаживаю...

— Хватит, хватит, Вадим... спасибо... себе положите...

— ....замечательная   картошка..............................

— .... льет и льет........................ надо же................

— Угу... ммм... вкуснотища какая............................

— Просто   там   зелени   много...

— ....ага...................ммм...................................

— ....

— ....ммм.......................

— Можно вам?

— Немного............................

— А теперь, Люда, за ваше здоровье. Будьте здоровы.

— Спасибо.

— ....чудный вермут..........................

— ....брр...

— Неужели не нравится?

— Нравится, нравится. Это я просто так.

— ....вы   чудно   готовите,
Люд............ммм..................

— Мерси................... доедайте............. колбасу..............................

— Спасибо...................ммм..

— ....

— ....

— ....

— ...... ммм........... а за окнами дождь. Он идет днем
и ночью...

— ....вот и все................ сейчас чаю попьем...

— Помочь вам?

— Нет, нет............сейчас................. все...................

— У меня сегодня фантастичный день.

— Да?

— Ага. Стоял в паскудной очереди, толкался, ждал чего-то. И вдруг пью вино с очаровательной женщиной...

— Ну, не преувеличивайте. Давайте чашку.

— Я не преувеличиваю. Какой-то философ, кажется
Платон, сказал, что недооценивать свою красоту еще
хуже, чем переоценивать ее.

— Ха-ха...

— Вы удивительно похожи на одного человека.

— На какого?

— Ну... просто это было очень давно...

— А кто она?

— Мы вместе учились.

— И что? Вам покрепче?

— Все равно... Просто мы любили друг друга.

— Ну, учитывая, что я вас старше, это была не я.

— Вы очень похожи. Просто очень...

— Да не хочу я быть похожей на какую-то девчонку! Каждая женщина похожа только на себя.

— Конечно, конечно... просто так... вспомнил...

— Не сердитесь... берите печенье...

— Спасибо. Давайте еще выпьем?

— Вадим, я уже опьянела.

— Ну, немного совсем?

— Ну, немного можно... хватит, хватит!

— За ваши глаза. Чудные карие глаза.

— Ну почему все время за меня?! Давайте за ваши журналистские успехи лучше.

— Нет, нет, за ваши глаза.

— Господи, ну что они вам дались...

— За ваши глаза...

— За ваши успехи...

— К черту успехи. За ваши глаза...

— Как хотите..............................ой...

— ....

— Все. Уберите бутылку подальше от греха...

— Неужели так не нравится?

— Да он крепкий.

— Ну хорошо. Ваше слово — закон. Правда, я хотел...

— Что?

— Да ну, вы обидитесь...

— Ну что?

— Да нет, нет... ничего...

— Вадим, ну что такое?

— Да просто... я хотел предложить выпить брудершафт.

— На брудершафт?

— Да.

— Ха, ха, ха! Почему?

— Ну вот видите, вы не хотите...

— Да с чего вы взяли? Давайте, если вам хочется.

— Правда?

— Правда. Только мне чисто символически — капельку...

— Хорошо... вот... немного...

— А почему вам захотелось?

— Потому что вы мне очень нравитесь.

— Ой, Вадим. Ну что вы...

— Это действительно так.

— Просто вы перестояли на жаре, вот и все...

— Нет, нет, жара тут ни при чем.

— Смех просто!

— Если для вас смех, то для меня нет... ну, давайте?

— Я уж забыла, как это делается... руки кольцом, да?

— Да. Встаньте, а я вот здесь. И вот я руку в вашу продену.

— Да. Чего только люди не придумают...

— А теперь выпьем.

— Так неудобно...

— Я пью.....................................

— ....

— А теперь скажи мне — ты.

— Ты.

— А я тебе скажу — ты. Ты самая очаровательная женщина города Москвы.

— Ха, ха, ха! Вадим, выпейте лучше еще чаю.

— А почему — вы?

— То есть выпей чаю. Выпей.

— Ну вот. А тебе налить?

— Немного.

— Чудный чай какой. Индийский?

— Да. Со слониками.

— Аааа...

— Я их ссыпаю вон в ту банку.

— Это та красивая такая?

— Ага...

— Люда, а ты действительно одна живешь?

— Нет.

— А с кем?

— С Кулькой.

— Кто это?

— Моя лучшая подруга.

— Подруга?

— Ага. Самый верный друг. Она щас на балконе.

— Как? Это кто?

— Кошка.

— Господи... а имя почему такое?

— А это еще у бабушки была такая кошка. А я просто свою так назвала.

— Странная кличка.

— Не знаю. Мне нравится.

— А она не промокнет на балконе?

— Так у нас же лоджия. Там застеклено все. Ты не заметил?

— Не-а.

— Ну! Это ж моя главная гордость.

— А у меня в помине балкона нет.

— Ничего. Переживешь.

— Кончается дождик?

— Вроде бы.

— Все равно сегодня мне не купить...

— Да все продавцы разбежались, наверно.

— Да... Как все-таки у тебя хорошо.

— Нравится?

— Да. Я так давно не видел настоящего уюта...

— Ну, ну, поплачь еще...

— Серьезно, у тебя такие глаза красивые...

— Старая песня...

— В них можно смотреть, смотреть... бесконечно...

— Чай будешь еще?

— Не-а. Слушай, а у тебя какая-нибудь музыка имеется?

— Проигрыватель. Магнитофон сломался.

— Давай потанцуем?

— А ты любишь танцевать?

— Любил. Сто лет уж не танцевал. Давай?

— Ну, пошли. Правда у меня пластинки все немодные...

— А какое это имеет значение... и спасибо большое за чудесный стол...

— Вот, иди сюда.

— Стерео?

— Да.

— Ну, совсем хорошо... так... ух пачка какая... Матье... Песняры... а это... чех какой-то...

— Да, саксофонист...

— Так... ну, а чего ж ты говоришь — немодные? Джо Дассен.

— Ну, одна, пожалуй...

— Давай его поставим?

— Давай.

— Так... включили... это, правильно?

— Да. А потом вон тот рычажок...

— Ага... так... ну вот. Замечательный певец, правда?

— Да. Жаль, что умер.

— Можно вас пригласить, Людмила Константинов-на?

— Ты знаешь... ты можешь на минуту выйти?

— А что такое?

— Потом узнаешь.

— Хорошо...

— На минуту, буквально...

— Ну, конечно. Я пока позвоню.

— Звони, он там на кухне.

— Ага... так... двести... двадцать... три... так... так... так... и тааак... мама? Привет. Звонил. Точно. Просто не дозвонился... ага... да! Конечно... Ну. Это надолго. Конечно. Мне? Ну и что? А я при чем здесь?.. Ну, это я не знаю... Нет... Ну а чего сердиться-то? Я что ль виноват в этом? Ну да, конечно... Нет... да ну, тоже мне... Да нет, мам, Володя тут не при чем. Серьезно. Абсолютно. Да нет, это тебе кажется... да. Да! Я... завтра, наверно. В конце дня. Ну, а куда мне спешить-то... конечно... ага. Ну, папе привет... ага... ага... пока...

— Вадим!

— Да, да?!

— Уже давно можно.

— Иду... Господи... кто это...

— Ха, ха, ха!

— Слушай, ты что с собой сотворила?!

— Ничего!

— Ну, потрясающе! Такие платья только в кино показывают!

— Ха, ха, ха!

— Потрясающе! Пред такой женщиной надо вот... так вот, на колено и... прошу руку вашу... вот...

— Ха, ха, ха!

— А теперь можно вас пригласить?

— А где же ваш белый фрак?

— Уже летит самолетом из Парижа! К концу танца будет здесь. Прошу вас!

— А ты остроумный парень...

— Не остроумнее других.

— Ну да. Мой муж бывший вообще юмора не понимал.

— Бывает и такое.

— Ему что скажут, а он обидится.

— Ну, это тяжелый случай.

— Я ему потом переводила.

— Что с ним шутили?! Ха, ха, ха!

— Да. Тебе смешно, а мне тоска зеленая... ой, у меня голова кружится... споил ты меня совсем...

— Я вот эту песню люблю. Замечательная, правда?

— Ага. Нежная такая... тара-ра-ра-раараарааам...

— Смотри как стемнело быстро...

— Да... тара-ра-ра-ра-ра-рааам...

— Ты знаешь... наверно, за последние пять лет это у меня самый чудесный вечер.

— Правда?

— Да...

— А почему?

— Потому что... потому что...

— Вадим... Вадим...

— Прелесть моя...

— Вадим...Вадим...

— ....пре... лесть...

— ... Вадим... ну зачем... а..

— ....

— ....Вадим... ну не надо...

— ....

— ....не надо..............................

— ....Ва-
дим..

— Ну....................ну что................ ну..............

— ....

— ....

— Вот так, можно?

— Темно совсем...

— Ты прелесть... прелесть...

— Вадим... ну мы же совсем друг друга не знаем...

— ....прелесть... какая шейка у тебя...............

— ....Вадим..................Вадим..........

— ....Людочка................

— ....

— ....как хорошо с тобой...............

— Вадим...

— ....

— Ну не надо..............милый.............зачем.............

— ....

— Вадик.................................ааа...

— ....

— Мальчик мой................ не надо................

— ....

— Оно так не снимется.............................

— ....

— Подожди. Я шторы задерну.

— Ты прелесть.

— Сними покрывало...

— Иди ко мне...

— Расстегни мне... там зацепилось...

— Да..........цветик мой...

— Господи... проклятое платье...

— Так...

— Еще немного...

— Милая...

— Ой......

— ....ах.................... мальчик мой............

— ....

— ....мальчик............милый................

— ....ааа................

— Милый мой..

— ....

— Ой...

— Хааа...

— Аахх...

— Хааа...

— Аахх...

— Хаааа...

— Аха... ми... лый...

— Хааа...

— Ааах...

— Хааа...

— Аааах... ой...

— Хааа...

— Ооаах... ах...

— Ха...

— Аааах... солны... шко...

— Хаа...

— Аах... ооо...
— Хааа...
— Аах... Ва... ди... ммм...
— Хаа...
— Аах...
— Хааа...
— Аах... маль... чик...
— Хааа...
— Аах...
— Хаа...
— Хааа...
— Аах...
— Хох...
— Ах... ах...
— Хааа...
— Аах...
— Хааа... ми... лая...
— Аах... ми... ми... лый... мой...
— Хаа...
— Ааааа!
— Хаа...
— Аах...
— Хааа...
— Аах... ааа... ааа!
— Хаа...
— Хааа... род... на... я...
— Азах...
— Хааа!
— Аааах...
— Хаа!
— Аах!
— Ха!

— Аха...

— Ха!

— Ах!

— Ха!

— Ах.

— Ха!

— Ах.

— Ха!

— Ах.

— Ха!

— Ах.

— Ха!

— Аааа...

— Ха!

— Ах.

— Ха!

— Ааах... ой...

— Ха!

— Хаа!

— Хаа!

— Ах.

— Ха!

— Аааx...

— Ха!

— Ааах... милы... й...

— Ха!

— Ааааа... аааа! Аа! Аааа! Ой! Солнышко! Аааааа! Аааа!

— Ха!

— Аааа! Аааа! Ой! Ааах... милый! Аааа! Аааа!

— Ха!

— Аааа... ааааах... ааааа...

— Ха! Аааа... ууу... оооаааа... люююю... дааа...

— Оооой... ооо... милый мой... мальчик... ааах...

— Аааа... ааа... прелесть... прелесть... аааа...

— Оооой... котеночек мой... оооой...

— Аааа... ааа... ааа... люблю тебя...

— Ооох... обожаю тебя...

— Милая моя...

— Котеночек мой...

— Милая...

— Золотце мое... мальчик...

— Прелесть...

— Котеночек мой...

— У тебя грудь.......... просто...

— Тебе нравится?

— По-моему, любому понравится.

— Мальчишечка мой...

— Прелесть...

— Ой... мы прямо на одеяло легли... вытащи его...

— Ага...

— Вадик, подожди, я щас приду...

— У тебя фигурка божественная. Как у Клеопатры.

— Слушай, пошли со мной, я тебя вымою...

— Господи... наверно я сплю...

— Иди сюда...

— Милая...

— Полезай... пробку заткни...

— Ой... холодно как...

— Щас тепло будет...

— Уууу! Ну и кранище!

— Он за минуту наполнит... подвинься...

— Просто, как водопад... ууух...

— Дай мыло... там...

— Ага...

— Встань на коленки...

— Прелесть моя...

— Держись за меня...

— А потом я тебя вымою. Можно?

— Конечно... вот... сладенькая сосисочка...

— Прелесть моя...

— Потрудился... бедненький...

— Ой!..

— Не утопи меня, смотри...

— Горячо чего-то...

— Открой там холодной побольше...

— Ага... вот... нормально...

— Такой маленький... такой хорошенький...

— Ой...

— И здесь... уютный уголок...

— Ааааx...

— И полочку мы промоем... она вспотела вся...

— Ой... какие у тебя руки нежные...

— Вот здесь... вот...

— Ааах...

— И здесь... и здесь...

— А что это за шрамик, Люд?

— Стекло на меня упало... и здесь...

— Милая...

— Вот... чтоб чистенько было...

— Теперь я тебя.

— Закрой воду, много уже.

— Ага...

— А у тебя хорошее сложение... мускулистый парень...

— Слушай... ой, прелесть какая...

— Котеночек мой...
— Как здорово...
— Нравятся?
— Чудные... смотри скользят как...
— Они твои, котик...
— Слушай, а давай здесь, а?
— Ооо... что я вижу! Кто-то третий появился.
— Давай, милая...
— На мосту стояли трое: он, она и у него...
— Ну давай, давай...
— Как, в ванной? Тут не получится... я вылезу...
— Клеопатра моя...
— Давай так...
— Наклонись немного... вот...
— Ой... милый... ооох...
— Хааа...
— Аааx...
— Ха...
— Аааx...
— Ха...
— Аааx...
— Хаа!
— Аааx... коте... но... чек...
— Хааа...
— Аааах...
— Хааа...
— Аааx...
— Хааа!
— Аааx... ааа...
— Хааа! Пре... лесть...
— Аааx...
— Ха!

— Аааа... ааа...
— Хааа!
— Аааах...
— Хааа...
— Ах...
— Ха...
— Аааах...
— Хааа!
— Ааа...
— Хааа...
— Аааах...
— Хаа...
— Аах...
— Хаа...
— Аааах...
— Хааа! Оооо... оммм...
— Аааах...
— Хааа!
— Ооой... еще... ми... лый...
— Ха!
— Ох...
— Ха!
— Ах!
— Ха! Ой... ой...
— Аааах...
— Хааа...
— Аааах...
— Хааа...
— Аааах...
— Хааа...
— Аах...
— Хааа...

— Аааах... слад... кий... мммой...
— Ха!
— Ах!
— Ха!
— Ах!
— Ха!
— Аххх...
— Ха!
— Аааах... ой... как...
— Ха!
— Оооох... ой...
— Ах!
— Ооох...
— Аааа...
— Аха!
— Оооо...
— Аха!
— Ой...
— Аха!
— Ой... ми... лый...
— Ха!
— Аааа...
— Аха!
— Ааааа...
— Аха!
— Ааааx...
— Аха!
— Ооой... ой!
— Аха!
— Ой!
— Аха!
— Ой... ой...

— Аха!

— Ой...

— Аха!

— Ой...

— Аха!

— Ещеее... ааа...

— Аха!

— Ой...

— Аха!

— Аааа...

— Аха!

— Ааааа...

— Ахи!

— Аааа...

— Ох!

— Ой!

— Аааа...

— О!

— Хах!

— Аааа... ой... ко... те... ночек...

— Хах!

— Е... щеее...

— Хах!

— Ооооох...

— Хах!

— Хах!

— Аааааа! Аааааа! Ой! Аааа! Аааааа! Ой! Аааааа! Аааааа! Аааааааа!

— Хах!

— Аааааа!

— Хах!

— Ааааааай!

— Хах!

— Аааай!

— Хааа!

— Аааай!

— Хаа!

— Ай!

— Ха!

— Ай!

— Ха!

— Ааааа... ой... милый... не могу...

— Ха!

— Ой... не... мо... гу...

— Ха!

— Ой... как...

— Ха!

— Ой...

— Ха!

— Ой...

— Ха!

— Ой...

— Ха... Аааааааммммммааааа... аммммааа... оомммм... ммммм...

— За... и... нька... мммой...

— Мммммм... ооомммм... мммм... оммм... оааамм

— Ко... тик...

— Оммммм...

— Све... тик...

— Мммммм...

— Котик...

— Ой...

— Котик...

— Ой...

— Котик мой. Как хорошо с тобой...

— Ой...

— Милый...

— Ой... полезли... иди... ой...

— Не утони смотри...

— Фууу... не могу...

— Подвинься... ой! Течет...

— Фууу... ты обалденная женщина... фууу...

— Милый мой котик...

— Оооой... блаженство... ложись сюда...

— Волосы не намочи мне... оп-ля... ох!

— Хорошо как...

— Котик...

— Давай свет погасим и заснем?

— В воде?

— Ага...

— Да ты что. Размокнем все. Отклеится твоя пушечка...

— Ха, ха, ха...

— Я не утопила тебя?

— Еще нет...

— Просторная у меня ванна?

— Еще бы...

— Устал, работничек?

— Ты знаешь, пальцем шевельнуть не могу...

— Так быстро?

— Фууу...

— Ну да, ты же в очереди настоялся... бедненький...

— Я щас в этой водичке растворюсь...

— Выпить хочешь?

— Слегка...

— Ну, лежи, мокни, а я приду щас... оп... помоги...

— Давай... ага...

— Порядок...

— С такой грудью в Голливуде сниматься надо...

— Ничего, да?

— Шикарная грудь...

— Для сорока двух лет нормально.

— Что, тебе сорок два?

— Ага...

— Никогда б не подумал...

— Мне тоже не верится...

— А попка прелесть какая... кругленькая...

— И попка ничего... ну, я побежала...

— Ты разведи вермут водой холодной...

— Ладно...

— Ой... где тут...

— Вадик! А чаю не хочешь?

— Нет! Господи... ну и акустика...

— А то смотри, он тепленький!..

— Нет, спасибо!

— Как хочешь... щас... вот он...

— Тари-ра-ра-рааам... тари-ра-ра-рааам...

— Что?

— Ничего...

— Что ты говоришь, котик?!

— Ничего!

— Аааа... несу тебе... вот...

— Ну, замечательно... ты не замерзла?

— Нет пока.

— ....ммм.......... холодненький.............чудно.

— Допивай и пошли в кровать.

— А ты в ванну не хочешь?

— Лучше потом. Давай полежим немного.

— .... спасибо, прелесть моя...

— Пожалста. Пошли... вылезай...

— Дай мне руку... вот...

— Давай спинку вытру тебе...

— Красивое полотенце.

— Китайское. Таких щас не купишь.

— Спасибо... вот хорошо... бежим...

— Ой...

— Что такое?

— Кулька скребется... я щас пущу ее...

— Давай... не видно что-то...

— Да вон... прямо...

— Ага... ой, хорошо как... шикарное ложе...

— Замерзла, милая? Проходи...

— Люд, а почему ты под теплым одеялом летом спишь?

— А мне не жарко.

— Тут одна подушка...

— Щас другую дам...

— Как, дождик идет там?

— Нет. Кончился.

— А телевизора у тебя нет?

— Неа. Сломался. В ремонт отдала.

— Понятно...

— Вот подушка...

— Ложись.

— Ой... бррр... согрей меня...

— Иди поближе...

— Ой... ты теплый такой...

— Замерзла... девочка моя...

— Тепленький... у тебя такая кожа нежная...

— У тебя тоже...

— Слушай, Вадик, а ты был женат?

— Мы не расписывались.

— Почему?

— Да просто она не хотела.

— И детей не было?

— Нет. Она аборты делала.

— Давно разошлись?

— Давно. Лет шесть назад...

— А я только год как одна живу.

— Вы долго прожили с ним?

— Двенадцать лет.

— Много... прижмись... вот так...

— А у тебя какая она была?

— В смысле?

— Ну, симпатичная?

— Да.

— А работала кем?

— Микробиолог.

— Это первая женщина у тебя была?

— Да нет, что ты...

— А первая кто у тебя была?

— Да студентка одна. В общаге жила... А у тебя?

— Тоже студент. На практике когда были...

— Ну, согрелась?

— Ага...

— Какие волосы у тебя мягкие... вот какие...

— Котик...

— Фууу... ааа...

— Что такое?

— Да вспомнил про очередь эту пакостную... черт побрал бы...

— А что такого?

— Да зря стоял, выходит...

— А ты действительно для приятеля стоял?

— Да нет... Для себя...

— Значит соврал мне... врунишка...

— С другой стороны — американские. Понимаешь.

— Да, они хорошие... смотри какие мышцы у тебя...

— Думал, что сегодня куплю...

— И животик упругий... смотри как... ой, а тут что...

— Я ведь прошлую ночь на лавочке ночевал...

— Бедненький... как же так... слушай, а почему яички всегда холоднее члена?

— Не знаю...

— А тут наоборот... тепло...

— А у тебя тоже там тепло...

— Положи сюда руку...

— Нежность какая...

— Поцелуй меня...

— ...

— Какие у тебя губы... мягкие-мягкие...

— Ой... опять встает... так здорово...

— Нежная моя...

— Ой... какой толстенький...

— Милая...

— Вадик...

— Аааах... ммм...

— Сними одеяло...

— Прелесть моя...

— Поднимись повыше...

— Ой, ну зачем, Люд... ой...

— ....

— Оммм... ой... аааа...

— ... убери колени...

— Люд... ну что ты... я не достоин...

— Ооой... Люлечка... ой... ооо...

— Прелесть... ой... прелесть моя...

— Аааах... ой... милая... моя...

— Милая... милая моя...

— Ой... ой как... ооох...

— Люлечка... Люлечка... Люлечка...

— Люлечка... прелесть... ты прелесть...

— Милая... ой... это невыносимо...

— Солнышко... я умираю... ой...

— Ой... дорогая... ооох... оооха...

— Милая... я умру сейчас... умру...

— Люда... я не могу... давай, давай скорее...

— Ну давай, давай скорее... Люд...

— Давай сзади...

— Как хочешь... прелесть...

— Подожди... вот так... ага...

— Ты измучила меня...

— Выше, выше... ооох... он у тебя сладкий, как апельсин...

— Аха.

— Ха...

— Аха...

— Ха...

— Ааах...

— Хаа...

— Ааах...

— Хаа...

— Аааах...

— Хаа...

— Ааааах...

— Хаа...

— Аааах...
— Хааа...
— Ааааах... ааааах... мала... чик... мо..й...
— Хааа...
— Ааааах...
— Хая...
— Ааах...
— Хоаа...
— Ааах...
— Хаа...
— Аааах...
— Хааа...
— Ааах... ой... ааах......... ко... ти... к...
— Ха...
— Аааах...
— Хаах...
— Ааах...
— Хаах...
— Аааах...
— Хааах...
— Аааах...
— Хаах...
— Ааааааах... ой... ой... о!!
— Хах!
— Хах!
— Хах!
— Аааах...
— Хах!
— Ааах...
— Хах!
— Хах!
— Хах!

— Ааааа...

— Хах!

— Ааааа...

— Хах!

— Аааааа...

— Хах!

— Ой... мальчик мо... и... ой!

— Хах!

— Ооох...

— Хах!

— Ооох...

— Хах!

— Аааах...

— Хах!

— Оооой! Ой! Оооооой! Ааааа! Ааааа! Аааааай! Ааааааай! Ааааай!

— Хах!

— Ооооой! Оооооой! Мальчик! Ой! Не могу! Ой! Ой! Аааааааа! Ааааай!

— Хах!

— Ооооой!

— Хах!

— Ой... не... могу... ой...

— Ха!

— Оой!

— Ха!

— Оооооой...

— Хаа!

— Ооооой... не... мо... гу...

— Хах!

— Оооой...

— Хааа!

— Ой! Ой! Ой! Ооооой! Ааааай! Аааааааай! Ааааа! Ааа! Ааааа! Ааааа! Ааааа!

— Хах!

— Аааа!

— Хах!

— Ааааай!

— Хах!

— Аааай!!

— Хах!

— Аааай!!

— Хах!

— Аааай! Аааай!!

— Хаах!

— Ооой...

— Хах!

— Хах!

— Ва... дик...

— Хах!

— Вадик...

— Ха!

— Ва... дик...

— Ха!

— Вади... че... к...

— Ха... аааам... аммммм... аааа! аааааам... ааам! ааа! ааааа...

— Ко... тик...

— Ааааам... амммм... мииилая... мммм...

— Котик...

— Миилая... ммм...

— Вадик... ласковый мой...

— Ооомммммм... оммм...

— Родной мой...

— Ой... ты прелесть...

— Ты тоже прелесть...

— Обалденно... ой... сил нет... прелесть...

— Котик мой... работничек...

— С ума сойти... ой... фууу...

— Я щас приду.

— Фууу... фууу...

— Вадик! Вадик! Ты что, спишь, что ли?

— А? Господи... прямо провалился куда-то... фууу...

— Котик мой. Устал?

— Да нет, просто... транс какой-то... фууу...

— Я тоже, вообще-то, как-то это... ты такой активный.

— Нет, я щас просто в трансе в каком-то...

— Ой, как тут тепло. Милый мой...

— Фууу... ты очень сексуальная женщина.

— Мерси.

— Ой... обними меня...

— Устал, котик мой...

— Устал...

— Ну, спи, радость моя... спи...

— И ты тоже... не уходи от меня... прелесть...

— А я с тобой. С тобой...

— Оооох... как хорошо... сон какой-то, прямо...

— Спи... котик мой...

— Уааааах... поцелуй...

— ... котеночек.

— Ой... фууу... ааах...

— Ой... фууу... Фету... Люд, сколько время? Люд! Люд!

— Что... а?

— Люд! Час который... который час?

— Не знаю... вон там стоят... чего ты проснулся... ой...

— Где... где часы... восьмой час?!

— Куда ты спешишь-то...

— Да перекличка... черт... я и забыл совсем, что там переклички... и ночью наверно была... черт! А где трусы мои?

— Там где-то...

— Опоздал... очередь прошлепал... лапоть...

— Да что ты... Господи... рань какая...

— Вот они... думал ведь все время...

— Погоди... Вадим...

— Да чего погоди! Может там уже очередь моя!

— Да погоди ты, дурачок! Ложись!

— Ты что, с ума сошла? Лучше б вчера напомнила! А брюки?

— Иди сюда!

— Что?! Я же опаздываю!

— Никуда ты не опаздываешь.

— Почему?

— Потому что сегодня мы не торгуем.

— Кто — мы?

— Мы. Работники универмага «Москва».

— При чем здесь универмаг «Москва»?

— При том, котик, что продажа организована нашим универмагом... уууаааах... у нас учет сегодня по всем отделам...

— Ну и что?

— Да ничего. Ложись спи. А послезавтра я тебя проведу на склад, выберешь какие угодно...

— Постой... а ты же говорила, что ты экономист?

— Я пошутила, котик. Прости. Я техникум торговый кончила. А в институте не смогла учиться. И муж не советовал...

— А где ты работаешь?

— В «Москве».

— Кем?

— Заведующей сектора.

— А очередь? Не пойму ничего... там же очередь стоит...

— Да пусть стоит. Они до послезавтра стоять будут.

— А ты что... имела к этому какое-то отношение?

— Ну да, да, да! Какой ты непонятливый! Мы торгуем, мы! Мои девочки и я! Просто я вчера перед дождем ушла пораньше.

— Так это ты там, да?

— Я, я... ложись...

— Господи... ну это вообще!

— Ложись, Вадик. Всю ночь тер меня, а теперь спать не даешь.

— Так значит сейчас просто нет никакой продажи?

— Нет, нет! Весь товар идет на склад до послезавтра... не успели мы до учета продать... там штук триста еще...

— А они точно американские?

— Точно... ляжешь ты или нет?!

— Ложусь, ложусь... слушай, а если у вас учет, по чему ты дома?

— Я на больничном.

— Понарошку?

— Конечно... пускай без меня икру мечут... влипли, пусть и выкручиваются...

— Тепленькая моя... подвинься...

— Я тебе вчера сказать хотела, да забыла после...

— А зачем же ты наврала мне, что ты экономист?

— Да так просто... сразу поняла, что ты парень интеллигентный... знаешь как...

— Глупышка... какое это имеет значение... прелесть моя...

— Обними меня...

— Чудачка... такие неожиданности... прямо необычное лето...

— Парад планет, чего ж ты хочешь...

— Да...

— Оооой... спи, котик... потом встанем, я тебе цыплят табака сделаю...

— Сплю...

— Любишь табака?

— Люблю...

— Спишь?

— Сплю, сплю...

1982—1983

Содержание

MODERN TALKS

Владимир Сорокин

Тридцатая любовь Марины

РОМАН

Очередь

РОМАН

Ответственный редактор *А. Гантман*
Редактор *О. Авилова*
Художник *А. Бондаренко*
Корректор *Н. Гусева*

Издательство «Б.С.Г.-ПРЕСС»
129090, Москва, ул. Гиляровского, 1
Тел/факс: (095) 207-53-62
Email: bsgpress@mtu-net.ru
Лицензия ЛР № 066298 от 04.02.1999

Подписано в печать 19.12.99 г.
Формат 70x100/32. Бумага офсетная.
Печать офсетная. Усл. печ. л. 26,0.
Тираж 5000 экз. Заказ № 545.

Отпечатано с готовых диапозитивов
на ГИПП «Уральский рабочий»
620219, Екатеринбург, ул. Тургенева, 13